D1134173

afgeschreven

Openbare Bibliotheek
SPB
Spaarndammerstraat 490
1013 SZ Amsterdam
Tel.: 020 - 682.70.26
Fax: 020 - 681.63.43

OPENBARE BIBLIOTHEEK AMSTERDAM

DE MAN VAN MIJN DROMEN

CURTIS SITTENFELD BIJ DE BEZIGE BIJ

Prep

Curtis Sittenfeld

*De man
van
mijn dromen*

Vertaling Monique Eggermont

Openbare Bibliotheek
SPB
Spaarndammerstraat 490
1013 SZ Amsterdam
Tel.: 020 - 682.70.26
Fax: 020 - 681.63.43

2007

DE BEZIGE BIJ

AMSTERDAM

Cargo is een imprint van uitgeverij De Bezige Bij, Amsterdam

Copyright © 2006 Curtis Sittenfeld
Copyright Nederlandse vertaling © 2007 Monique Eggermont
Oorspronkelijke titel *The Man of My Dreams*
Oorspronkelijke uitgever Random House, New York
Omslagontwerp Marry van Baar
Foto auteur Ryan Kurtz
Vormgeving binnenwerk Peter Verwey, Heemstede
Druk Hooiberg, Epe
ISBN 978 90 234 2283 9
NUR 302

www.uitgeverijcargo.nl

Inhoud

DEEL I

1

Juni 1991

Julia Roberts gaat trouwen. Het is waar: haar jurk, die uit twee delen bestaat, kost achtduizend dollar en wordt speciaal voor haar gemaakt door Tyler Trafficante West Hollywood, en tijdens de receptie kan ze de sleep en de lange rok eraf halen zodat ze kan dansen. De jurken van de bruidsmeisjes zijn zeegroen en hun schoenen (Manolo Blahnik, 425 dollar per paar) worden in dezelfde kleur gespoten. De bruidsmeisjes zelf zijn Julia's agentes (ze heeft er twee), haar make-upstyliste en een vriendin die ook acteert, hoewel niemand ooit van haar heeft gehoord. De taart bestaat uit vier lagen, met viooltjes en zeegroene linten van glazuur.

'En waar blijft onze uitnodiging?' zegt Elizabeth. 'Is die zoekgeraakt bij de post?' Elizabeth – Hannahs tante – staat naast het bed de schone was op te vouwen terwijl Hannah op de grond zit en voorleest uit het tijdschrift. 'En met wie is ze ook weer verloofd?'

'Met Kiefer Sutherland,' zegt Hannah. 'Ze hebben elkaar leren kennen op de set van *Flatliners*.'

'Is hij knap?'

'Gaat wel.' Eerlijk gezegd is hij razend knap – hij heeft een blonde stoppelbaard en, heel bijzonder, een blauw en een groen oog – maar Hannah voelt er niets voor om daarvoor uit te komen; misschien heeft ze wel een slechte smaak.

'Laat eens zien,' zegt Elizabeth, en Hannah houdt het tijdschrift omhoog. 'Mm,' zegt Elizabeth. 'Hij kan er wel mee door.' Hierdoor moet Hannah aan Darrach denken. Hannah is een week geleden uit Pittsburgh hierheen gekomen, toen Darrach – hij is Elizabeths echtgenoot, Hannahs oom – op de weg zat. Toen hij 's avonds thuiskwam, nadat Hannah de tafel had gedekt en de salade had gemaakt, zei Darrach: 'Je moest hier maar voor altijd blijven, Hannah.' En die avond riep Darrach ook vanuit de badkamer op de tweede verdieping: 'Elizabeth, het lijkt hier wel een zwijnenstal. Straks denkt Hannah nog dat we een stelletje beesten zijn.' Vervolgens begon hij op zijn knieën de boel te schrobben. Ja, het bad was smerig, maar Hannah kon haar ogen niet geloven. Ze had haar eigen vader nog nooit een tafel zien afnemen, een bed verschonen of een vuilniszak buiten zetten. En daar zat Darrach op de vloer, nadat hij net was thuisgekomen van een rit van zeventien uur. Maar het probleem met Darrach is... dat hij lelijk is. Echt lelijk. Zijn tanden zijn bruin en staan alle kanten op, hij heeft borstelige wenkbrauwen, die net als zijn tanden alle kanten op staan, en hij heeft een paardenstaartje. Hij is lang en slungelig en zijn accent is wel leuk – hij komt uit Ierland – maar toch. Als Elizabeth vindt dat Kiefer Sutherland er wel mee door kan, wat moet ze dan wel niet van haar eigen man vinden?

'Weet je wat we zouden moeten doen?' zegt Elizabeth. Ze houdt twee sokken omhoog, allebei wit, maar duidelijk niet even lang. Ze haalt haar schouders op, zo te zien alleen voor zichzelf, en rolt de sokken tot een bal die ze naar de stapel met opgevouwen wasgoed gooit. 'Laten we een feest geven voor Julia. Met een bruiloftstaart en komkommersandwiches zonder korstjes. Dan toosten we op haar geluk. Met bruisende cider voor iedereen.'

Hannah kijkt Elizabeth aan.

'Wat is er?' zegt Elizabeth. 'Vind je dat geen leuk idee? Ik weet heus wel dat Julia zelf niet komt.'

'O,' zegt Hannah. 'Oké dan.'

Als Elizabeth lacht, doet ze haar mond zo ver open dat de vullingen in haar kiezen zichtbaar zijn. 'Hannah,' zegt ze, 'ik ben niet gestoord, hoor.' Ik besef heus wel dat zo'n ster niet naar mijn huis komt, alleen omdat ik haar heb uitgenodigd.' 'Dat dacht ik ook niet,' zegt Hannah. 'Ik wist wel wat je bedoelde.' Maar dat is niet helemaal waar; Hannah kan haar tante niet altijd volgen. Elizabeth is altijd aanwezig geweest in Hannahs leven – Hannah weet nog dat ze als meisje van zes bij haar achter in de auto zat terwijl Elizabeth uit volle borst 'You're So Vain' meezong met de radio – maar Elizabeth was meestal niet meer dan van verre aanwezig. Hoewel Hannahs vader en Elizabeth verder geen broer of zus hebben, zijn hun gezinnen jarenlang niet bij elkaar over de vloer geweest. Nu Hannah bij Elizabeth logeert, beseft ze hoe weinig ze van haar tante weet. De belangrijkste informatie die ze altijd met Elizabeth in verband bracht, heeft ze zo lang geleden gehoord dat ze zich niet eens meer kan herinneren wanneer dat was: dat Elizabeth, kort nadat ze als verpleegster was gaan werken, flink wat geld had geërfd van een patiënt en dat ze dat heeft verbrast. Ze gaf er een enorm feest van, hoewel daar niet echt een reden voor was, zelfs niet haar verjaardag. En sinds die tijd heeft ze de eindjes aan elkaar moeten knopen. (Hannah kwam er echter tot haar verbazing achter dat haar tante maaltijden, meestal chinees, aan huis laat bezorgen op de avonden dat Darrach weg is, wat minstens de helft van de tijd is. Ze gedragen zich niet echt alsof ze hun best moeten doen om de eindjes aan elkaar te kunnen knopen.) En het maakte het financieel gezien ook niet veel gemakkelijker dat Elizabeth met een vrachtwagenchauffeur trouwde: de Ierse hippie, zoals Hannahs vader hem noemt. Toen Hannah negen was, vroeg ze aan haar moeder wat het woord 'hippie'

11

betekende, en haar moeder zei: 'Dat is iemand die er een alternatieve leefwijze op na houdt.' Toen Hannah het aan haar zusje vroeg – Allison is drie jaar ouder – zei zij: 'Dat betekent dat Darrach nooit doucht,' wat volgens Hannahs bevindingen niet klopt.

'Zullen we ons feestje voor of na de trouwdag houden?' vraagt Hannah. 'Ze gaat op 14 juni trouwen.' En dan, als ze eraan denkt dat het op deze manier, in fraaie krulletters, op de uitnodigingen moet staan, voegt ze eraan toe: 'Negentienhonderd eenennegentig.'

'Waarom niet op de veertiende zelf? Dan is Darrach mijn partner, als hij hier is, en Rory die van jou.'

Hannah voelt een steek van teleurstelling. Natuurlijk is haar partner haar achterlijke neefje van acht. (Dat is het laatste onderdeel van Elizabeths financiële debacle, volgens Hannahs vader: dat Rory geboren is met het syndroom van Down. Op de dag dat Rory werd geboren zei haar vader tegen haar moeder, toen hij na zijn werk in de keuken de post stond door te nemen: 'Dat kind zullen ze moeten onderhouden tot ze in hun graf liggen.') Maar wat had Hannah dan gedacht dat Elizabeth zou zeggen? *Jij gaat met de zestienjarige zoon van een van mijn collega's. Hij is heel knap, en hij zal je meteen leuk vinden.* Ja, dat had Hannah verwacht. Ze denkt altijd dat er voor haar een vriendje uit de lucht zal komen vallen.

'Ik wou dat ik mijn trouwjurk kon vinden, dan kon jij die aan op het feestje,' zegt Elizabeth. 'Ik zou mijn grote teen er niet eens meer in krijgen, maar die zou jou beeldig staan. God mag weten wat ik daarmee heb gedaan.'

Hoe is het mogelijk dat Elizabeth niet weet waar haar trouwjurk is gebleven? Het is geen sjaaltje dat je kwijt kunt raken. Thuis in Philadelphia ligt haar moeders trouwjurk op zolder in een lange, gevoerde doos, als in een lijkkist.

'Ik moet de droogtrommel weer vullen,' zegt Elizabeth. 'Ga je mee?'

Hannah staat nog met het tijdschrift in haar hand. 'Kiefer heeft haar een tatoeage gegeven,' zegt ze. 'Het is een rood hart met het Chinese symbool voor "hartskracht".'

'Met andere woorden,' zegt Elizabeth, 'hij heeft tegen haar gezegd: "Als teken van mijn liefde word je met een naald met inkt bewerkt." Moeten we deze man wel vertrouwen?' Ze zijn op de benedenverdieping en lopen via de keuken de trap af naar de kelder. 'En mag ik vragen waar die tatoeage zit?'

'Op haar linkerschouder. Darrach heeft geen tatoeages, hè? Terwijl dat toch typisch iets voor een vrachtwagenchauffeur is.' Is dat een onbeschofte vraag?

'Niet dat ik weet,' zegt Elizabeth. Het lijkt er niet op dat ze zich aan die vraag stoort. 'Maar ja, de meeste vrachtwagenchauffeurs zijn waarschijnlijk ook geen tofu-eters of yoga-fanaten.'

Gisteren heeft Darrach Hannah zijn truck met oplegger laten zien die op de oprit staat; de aanhangwagens die hij gebruikt zijn eigendom van de bedrijven waarvoor hij werkt. Darrachs route loopt momenteel van hier in Pittsburgh, waar hij assen oppikt, naar Crowley in Louisiana, waar hij de assen aflevert en suiker ophaalt, naar Flagstaff in Arizona, waar hij de suiker aflevert en onderjurken ophaalt die hij weer mee terugneemt naar Pittsburgh. Gisteravond heeft Darrach Rory laten zien hoe je de voorste stoel moet draaien om in de slaapcabine te komen. Daarna wees Darrach op de bank waar hij altijd rust. Tijdens de rondleiding was Rory helemaal door het dolle. 'Hij is van mijn pappa,' zei hij een paar keer tegen Hannah, terwijl hij wilde gebaren maakte. Blijkbaar is de truck een van Rory's obsessies; een andere is de nieuwe pup van zijn buschauffeur. Rory heeft die pup niet echt gezien, maar Elizabeth is van plan

13

dit weekend met Rory naar de boerderij van de buschauffeur te gaan. Terwijl Hannah naar haar neefje in de truck keek, vroeg ze zich af of de adoratie van zijn ouders zo puur zou blijven. Misschien houdt het syndroom van Down hun liefde constant.

Nadat Elizabeth de natte was in de droogtrommel heeft gestopt, gaan ze de trap weer op. In de woonkamer laat Elizabeth zich op de bank vallen, ze legt haar voeten op tafel en zucht hoorbaar. 'En, wat zijn onze plannen?' zegt ze. 'Darrach en Rory zijn nog minstens een uur weg. Ik hoor graag suggesties.'

'We zouden kunnen gaan wandelen,' zegt Hannah. 'Ik weet het niet.' Ze werpt een blik uit het raam, dat uitkijkt op de voortuin. Eigenlijk vindt Hannah deze buurt griezelig. Waar haar ouders wonen, in een buitenwijk van Philadelphia, staan de huizen een stuk van elkaar af, met brede gazons ertussen. De opritten zijn lang en bochtig, en de voordeuren worden geflankeerd door Dorische zuilen. Hier zijn geen portalen, alleen veranda's, bespikkeld met mica, en als je buiten zit – de laatste paar avonden zijn Hannah en Elizabeth buiten gaan zitten terwijl Rory probeerde vuurvliegjes te vangen – hoor je de televisie in andere huizen. Het gras is dor, jachthonden blaffen in de nacht, en 's middags fietsen bleke tienjarige jongens in mouwloze shirts rondjes, zoals ze op tv op de achtergrond doen waar een goedgekapte verslaggever bij de plaats delict staat waar een zesenzeventigjarige vrouw is vermoord.

'Wandelen is geen gek idee,' zegt Elizabeth, 'alleen is het zo verdomd heet.'

Daarna is het stil in de woonkamer, in het hele huis zelfs, op de was na die beneden rondtolt in de droogtrommel. Hannah hoort metalen knopen tegen de zijkant van de machine tinkelen.

'Laten we een ijsje gaan halen,' zegt Elizabeth. 'Maar niet dat tijdschrift meenemen, hoor.' Ze grijnst naar Hannah. 'Ik weet niet hoeveel gelukkige beroemdheden ik nog aankan.'

Hannah is naar Pittsburgh gestuurd. Ze is in een Greyhound-bus gezet, terwijl Allison bij haar moeder in Philadelphia mocht blijven omdat ze vlak voor haar overgangsexamen zit. Hannah vindt dat zij om dezelfde reden – vanwege haar overgangsexamen – ook in Philadelphia had moeten blijven. Maar Hannah zit in groep acht, en Allison zit al op de middelbare school, wat blijkbaar inhoudt dat haar examen belangrijker is. Daarbij komt dat Hannah door haar ouders niet alleen als jonger wordt gezien, maar ook als minder evenwichtig, waardoor ze problemen zou kunnen geven. Hannahs schooljaar is dus nog niet eens voorbij, maar hier zit ze dan, bij Elizabeth en Darrach, voor onbepaalde tijd.

Volgens de brief die is ondertekend door dokter William Tucker en die door haar moeder persoonlijk is afgegeven bij de kamer van het schoolhoofd, heeft Hannah de ziekte van Pfeiffer en daarom vragen haar ouders of ze haar schoolwerk later in de zomer mag inhalen. Dat is een leugen. Dokter William Tucker bestaat niet, maar hij is verzonnen door Hannahs moeder en Hannahs tante Polly, de zus van haar moeder. Bij deze tante Polly logeren Hannahs moeder en Allison nu sinds tien dagen. Hannah heeft geen pfeiffer (de andere mogelijkheid waar moeder en tante Polly over hebben nagedacht was waterpokken, maar ze besloten dat Hannah te oud was om dat nu nog te krijgen en bovendien zou men zich later kunnen afvragen waarom ze er geen littekens van had). Hannah gaat niet naar school omdat haar vader haar en haar moeder en Allison op een avond het huis uit heeft gezet. Dat was natuurlijk wel een beetje gek. Maar niet gekker of wreder dan andere dingen die hij heeft gedaan, wat niet wil zeggen dat hij aldoor gek of wreed is. Hij is zichzelf; hij kan heel gezellig zijn; hij is de weersgesteldheid waarmee ze leven, en alles wat zij doen hangt af van zijn stemming. Begrijpen zij drieën niet dat met hem in één huis wonen gewoon niets anders is dan dat? Erover klagen of protesteren zou even zinloos zijn als protesteren of klagen over een tornado. Vooral daarom is Hannah verbijsterd over haar moeders weigering terug naar huis te gaan, en daarom geeft Hannah zowel haar moeder als haar vader de schuld voor de plotselinge verandering. Sinds wanneer komt haar moeder voor zichzelf op? Ze voegt zich niet meer naar de regels van het gezin.

Misschien maakte het feit dat ze uithuizig waren het nog erger dat ze naar tante Polly en oom Tom moesten rijden en daar midden in de nacht moesten aankloppen, terwijl de gevolgen van haar vaders woedeaanvallen meestal beperkt bleven tot binnen hun vier muren, buiten ieders zicht. Of misschien was het feit dat hij hen wegstuurde veel heftiger dan alleen het gebruikelijke geschreeuw, het slaan met deuren of het gooien met servies. En het was ook gênant (daar stond Hannah, tegenover haar nichtje Fig en neefje Nathan in haar roze nachthemd met een kauwgomballenpatroon, dat ze nog uit groep zeven had), maar niet schokkend. Dat haar moeder weigert naar huis terug te keren... ze doet net alsof het zo schokkend is. Ze doet net alsof zij allemaal gewone eisen kunnen stellen aan Hannahs vader. Maar ze weten allemaal dat ze geen gewone eisen aan hem kunnen stellen. En Hannahs moeder is de enige die hem al die jaren heeft kunnen kalmeren, de enige die Hannah en Allison, zowel door het hun voor te doen als door het hun uit te leggen, precies heeft geleerd hoe ze hem moeten kalmeren.

Hannah zet de tv uit – een tv die overdag aanstaat doet haar denken aan de keren dat ze ziek was – en pakt het tijdschrift van de vorige dag op. Ze is alleen thuis: Elizabeth is aan het werk en Rory is op school, en Darrach, die morgen weer de weg op gaat, is naar de ijzerhandel.

Het moet heerlijk zijn om beroemd te zijn, denkt Hannah als ze de bladzijde omslaat. Niet om wat de mensen zich daarbij voorstellen – geld en glamour – maar omdat je dan nooit alleen bent. Hoe kun je je ooit eenzaam voelen of je vervelen als je een beroemdheid bent? Daar zou je geen tijd voor hebben, want je zou nooit alleen zijn. Je zou constant in de weer zijn met mensen en afspraken, scripts lezen, het passen van een zilverkleurige japon, afgezet met kraaltjes, voor de eerstvolgende prijsuitreiking, en sit-ups doen terwijl je trainer Enrique over je heen gebogen staat en je luidkeels aanmoedigt. Je zou steeds een vaste groep mensen om je heen hebben, iedereen zou elkaar verdringen om met je te kunnen praten. Verslaggevers zouden willen weten wat je goede voornemens voor het nieuwe jaar zouden zijn of je lievelingshapjes; ze zouden die informatie echt belangrijk vinden.

De ouders van Julia Roberts gingen scheiden toen zij vier was – haar vader, Walter, verkocht stofzuigers, en haar moeder, Betty, was administratief medewerkster bij een kerk – en op haar negende stierf haar vader aan kanker, wat een ramp moet zijn geweest, tenzij het een opluchting was. Hoe dan ook, Julia's kinderjaren liggen al heel lang achter haar, in Smyrna, Georgia. Ze is nu drieëntwintig en ze woont in Californië, een staat waar Hannah nooit is geweest maar die ze zich voorstelt als zonnig met veel wind, vol lange mensen en glanzende auto's en met een eindeloos blauwe hemel.

Het is iets na enen en Hannah heeft een uur geleden een boterham met pindakaas en jam gegeten, maar ze denkt alweer aan wat er allemaal voor eetbaars in de keuken ligt: Darrachs vegetarische enchilada's die over zijn van gisteravond, en ijs met stukjes chocola. Ze wordt zwaarder, dat begon al voordat ze in Pittsburgh kwam. Sinds ze in groep acht zit, is ze vijf kilo aangekomen; ze heeft nu heupen, en haar beha, maat 80C, die ze nooit voor mogelijk had gehouden, zit niet lekker. Ook is er zomaar ineens een neus verschenen die ze nooit eerder had gezien. Het was haar nooit opgevallen, totdat ze de laatste schoolfoto onder ogen kreeg: haar lichtbruine haar en bleke huid, haar blauwe ogen, en daar was ie: een verdikking van haar neus, terwijl ze tot voor kort altijd net zo'n kleine wipneus als haar moeder had gehad. Hannahs moeder is een tengere vrouw, dol op haarbanden en met blonde highlights, en elke ochtend, zomer en winter, gaat ze tennissen met tante Polly en twee andere vrouwen. Op haar achtendertigste kreeg ze een beugel die ze op haar veertigste – vorig jaar – heeft laten weghalen, maar in feite heeft ze altijd de persoonlijkheid gehad van een aantrekkelijke volwassen vrouw met een beugel: bevoorrecht maar toch schuldbewust, goed bedoelend, maar dat is moeilijk serieus te nemen. Ze heeft op zich nooit iets gezegd over Hannahs gewichtstoename, maar soms prijst ze iets al te enthousiast aan, bijvoorbeeld selderie. Op die momenten is ze in Hannahs ogen niet zozeer vitterig als wel beschermend, en probeert ze voorzichtig haar dochter ervan te weerhouden de verkeerde weg in te slaan.

Wórdt Hannah lelijk? Zo ja, dan lijkt het wel of dat het ergste is wat er zou kunnen gebeuren; dan stelt ze haar ouders teleur, en mogelijk allerlei jongens en mannen. Hannah weet dit zowel van tv als van de blikken van jongens en mannen. Je kunt zien dat schoonheid voor hen op de eerste plaats komt. Niet op een bevooroordeelde manier, zelfs niet als iets waarnaar ze kunnen handelen. Gewoon instinctief, om naar te kijken en van te genieten. Dat verwachten ze, en het meest verwachten ze het van tienermeisjes. Als je ouder bent, zoals Elizabeth, geeft het niet als je zwaarder wordt, maar als tienermeisje is schoonheid of in elk geval aantrekkelijkheid je eigen verantwoordelijkheid. Zeg maar eens 'meisje van zestien' tegen een groep mannen, of ze nu elf of vijftig jaar zijn, en ze zullen verlekkerd kijken, heel erg of een beetje, of misschien proberen ze juist niet verlekkerd te kijken. Maar wat ze voor zich zien zijn de gladde, bruine benen van een zestienjarig meisje, met strakke borsten en lange haren. Kunnen ze er iets aan doen dat ze schoonheid van haar verwachten?

Ze zou moeten touwtjespringen, bedenkt Hannah, nu, op dit moment – vijfentwintig, of vijftig keer. Maar ja, er ligt een blok cheddar in de ijskast en knapperige zoute crackers in de kast. Ze eet ze staand bij het aanrecht totdat ze met een gevoel van afkeer het huis uit loopt.

De straat van haar tante komt uit in een park, waar zich helemaal achterin een zwembad bevindt. Hannah loopt tot op twintig meter van de omheining rond het bad voordat ze terugloopt. Ze gaat aan een wrakkige picknicktafel zitten en bladert nogmaals het tijdschrift door, hoewel ze nu alle artikelen al een paar keer heeft gelezen. Ze was van plan deze zomer in Philadelphia als vakantiehulp in een verpleeghuis te gaan werken, misschien in het ziekenhuis waar Elizabeth werkt, als ze wist hoe lang ze zou blijven. Maar daar heeft ze geen idee van. Ze heeft met Allison en haar moeder gebeld, en thuis lijkt er nog niets veranderd: ze logeren nog steeds bij tante Polly en oom Tom, haar moeder wil nog steeds niet terug naar huis. Het allervreemdste is om zich haar vader alleen 's nachts in het huis voor te stellen; ze kan zich niet indenken dat hij daar boos is zonder hen. Het moet net zoiets zijn als in je eentje naar een quiz kijken; als je dan antwoorden roept, lijkt dat dwaas en zinloos. Wat stelt woede voor zonder getuigen? Waar is de spanning zonder een publiek dat zich afvraagt wat je daarna gaat doen?

Een jongen in spijkerbroek en een wit mouwloos T-shirt komt Hannahs kant op. Ze buigt haar hoofd en doet alsof ze leest.

Ineens staat hij daar; hij is helemaal naar haar toe gelopen. 'Heb je een vuurtje?' vraagt hij.

Ze kijkt op en schudt haar hoofd. De jongen is misschien achttien, een stuk langer dan zij, met glanzend blond haar, zo kort dat het wel geschoren lijkt, een vlassig snorretje, loensende blauwe ogen, volle lippen en goedontwikkelde armspieren. Waar kwam hij vandaan? Hij houdt een sigaret tussen twee vingers.

'Je rookt zeker niet?' zegt hij. 'Je krijgt er kanker van.'

'Ik rook niet,' zegt ze.

Hij kijkt haar aan – het lijkt alsof hij met zijn tong iets onzichtbaars van zijn voortanden haalt – en dan zegt hij: 'Hoe oud ben je?'

Ze aarzelt; twee maanden geleden is ze veertien geworden. 'Zestien,' zegt ze.

'Hou je van motoren?'

'Ik weet het niet.' Hoe is ze in dit gesprek verzeild geraakt? Is ze in gevaar? Dat moet haast wel, althans, een beetje.

'Ik ben bij een vriend aan een motor aan het sleutelen.' De jongen gebaart naar zijn rechterschouder, maar het is moeilijk te zien welke kant hij bedoelt.

'Ik moet weg,' zegt Hannah, en ze staat op, tilt eerst haar ene been over de picknickbank en daarna het andere. Ze loopt weg, en kijkt dan even om. De jongen staat daar nog steeds.

'Hoe heet je?' vraagt hij.

'Hannah,' zegt ze, en onmiddellijk heeft ze er spijt van dat ze niet een mooiere naam heeft gezegd: Geneviève bijvoorbeeld, of Veronica.

Toen ze negen was heeft Hannah op een slaappartijtje een mop gehoord waarbij je, ongeacht wat de vraag was, steeds 'ballen, pakken en palen' moest antwoorden. Toen haar vader haar op zondagochtend kwam ophalen, besloot ze de mop op hem uit te proberen. Hij leek er niet zo met zijn gedachten bij – hij was bezig een radiostation te zoeken – maar hij wilde wel meedoen. Het leek haar belangrijk om het hem in de auto te vertellen, waar ze met zijn tweetjes waren, omdat Hannah niet zeker wist of haar moeder het wel leuk zou vinden. Maar haar vader had wel gevoel voor humor. Als ze in het weekend soms niet kon slapen, mocht ze bij hem in de werkkamer zitten en naar *Saturday Night Live* kijken, en dan gaf hij haar, terwijl haar moeder en Allison sliepen, wat gemberbier. Ze keek dan hoe het licht van de televisie op zijn profiel scheen en ze was trots dat hij lachte als het publiek op de tv lachte – daardoor leek hij behalve van zijn gezin ook deel uit te maken van een grotere wereld.

In de auto vroeg Hannah hem: 'Wat is lastig te dragen?'

'Ballen, pakken en palen,' zei haar vader. Hij veranderde van rijstrook.

'Wat neem je mee naar je werk?'

'Ballen, pakken en palen.'

'Wat koop je in de winkel?'

'Ballen, pakken en palen.'

'Wat...' Ze zweeg even. 'Wat heb je in je kofferbak liggen?'

'Ballen, pakken en palen.'

'Wat...' Hannah voelde dat haar stem begon te trillen van voorpret, en ze kon bijna niets uitbrengen omdat ze zo moest lachen – nu al! 'Wat doe je 's nachts met je vrouw?'

Het werd stil in de auto. Langzaam draaide haar vader zich naar haar toe. 'Heb je er enig idee van wat dat betekent?' vroeg hij.

Hannah zweeg.

'Weet je wat ballen zijn?'

Hannah schudde haar hoofd.

'Dat zijn testikels. Die zitten onder de penis van een man. Vrouwen hebben geen ballen.'

Hannah keek uit het raampje. Tieten. Ze had gedacht dat ballen tieten waren.

'Dus die mop slaat nergens op. Háár ballen pakken? Snap je nu waarom dat nergens op slaat?'

Hannah knikte. Ze wilde weg uit de auto, weg van deze beschamende vergissing.

Haar vader zette de radio harder. De rest van de rit naar huis zeiden ze niets meer.

Op de oprit zei hij: 'Lelijke vrouwen proberen leuk te zijn. Ze denken dat ze daarmee iets kunnen compenseren. Maar jij wordt knap, net als je moeder. Jij hoeft niet leuk te zijn.'

Als Elizabeth thuiskomt van haar werk, rent Rory, zodra hij de sleutel in het slot hoort, naar de bank en kruipt hij erachter, waarbij zijn haar er nog net bovenuit steekt. 'Hallo, Hannah,' zegt Elizabeth, en Hannah wijst in de richting van de bank.

'Weet je waar ik zin in heb?' zegt Elizabeth luid. Ze draagt een roze verpleegstersschort en een macaroniketting die Rory vorige week op school heeft gemaakt. 'Ik heb zin om te gaan zwemmen. Was Rory hier nu maar, want die zou vast graag mee willen.'

Rory's haar beweegt.

'We zullen zonder hem moeten gaan,' zegt Elizabeth. 'Tenzij ik hem nog kan vinden voordat...'

Dan komt Rory met wapperende armen uit zijn schuilplaats gestormd. 'Hier is Rory,' roept hij. 'Hier is Rory!' Hij rent om de bank heen en werpt zich tegen zijn moeder aan. Als ze hem opvangt, vallen ze samen zijdelings op de kussens, waarbij Elizabeth Rory neerdrukt en hem herhaaldelijk op zijn wangen en neus zoent. 'Daar is mijn jochie,' zegt ze. 'Daar is mijn grote knappe jochie.' Rory giert het uit en ligt onder haar te kronkelen.

Bij het zwemband zitten Elizabeth en Hannah naast elkaar op witte plastic tuinstoelen. Elizabeths zwempak is bruin, en op buikhoogte hangt de stof in plooien om haar lichaam, zodat Hannah er een paar keer steelse blikken op werpt voordat ze het begrijpt. Maar het zou onbeschoft zijn om het rechtstreeks te vragen, dus zegt ze in plaats daarvan: 'Heb je dat zwempak pas gekocht?'

'Ben je mal?' zegt Elizabeth. 'Dat heb ik al vanaf dat ik zwanger was van Rory.'

Dus het is inderdaad een positiezwempak. Elizabeth kan echter niet zwanger zijn; kort na Rory's geboorte heeft ze haar eileiders laten afbinden (zo had Hannah het haar ouders horen zeggen, waardoor ze zich Elizabeths geslachtsorganen voorstelde als aan elkaar geknoopte worstjes).

Rory is in het ondiepe deel van het bad. Elizabeth houdt hem in de gaten, met een hand boven haar ogen tegen de latemiddagzon. Hij speelt niet met de andere kinderen, merkt Hannah op, maar hij staat met zwembandjes om zijn armen tegen de kant, hoewel het water slechts tot zijn middel komt. Hij kijkt naar een stuk of vijf kinderen, allemaal kleiner dan hij, die elkaar nat spatten. Hannah voelt een opwelling om naar hem toe te gaan, maar ze heeft geen zwempak aan. Ze heeft Elizabeth zelfs verteld dat ze er geen heeft, wat een leugen is. Ze heeft een splinternieuw zwempak – haar moeder heeft het voor haar gekocht bij Macy's, vlak voordat Hannah naar Philadelphia vertrok, alsof ze op vakantie ging – maar Hannah voelt er niets voor om het voor het oog van al deze mensen te dragen.

En Elizabeth heeft niet gezegd: Natuurlijk heb jij een zwempak! Iedereen heeft een zwempak! En ze heeft ook niet gezegd: Dan gaan we er nu een voor je kopen.

'Hoe gaat het met je filmsterren?' vraagt Elizabeth. 'Julia's grote dag is al gauw.'

Ze heeft gelijk – de bruiloft is aanstaande vrijdag.

'We moeten werk gaan maken van ons feestje,' zegt Elizabeth. 'Help me herinneren dat ik donderdag na mijn werk een pak cakemix haal, of misschien moeten we ons te buiten gaan aan petitfours van de bakker.'

'Wat zijn petitfours?'

'Neem je me in de maling? Weet jij, met die mondaine ouders van je, niet wat petitfours zijn? Dat zijn kleine gebakjes, en ik geloof dat ik ze niet meer heb gegeten sinds mijn debutantenfeest.'

'Ben jij debutante geweest?'

'Hoezo, zie ik er niet uit alsof ik een goede opvoeding heb genoten?'

'Nee, ik bedoel…' begint Hannah, maar Elizabeth valt haar in de rede.

'Ik plaag je maar. Het was vreselijk, dat debutantengedoe. We werden allemaal voorgesteld in een museum, en onze vaders liepen met ons mee over een lange loper zodat we een reverence konden maken voor zo'n ouwe aristocratische klootzak. En ik was ervan overtuigd dat ik zou struikelen. Ik had de hele tijd het gevoel dat ik zou gaan overgeven.'

'Moest je meedoen van je ouders?'

'Mijn moeder kon het niet veel schelen, maar mijn vader

was echt ambitieus op dat gebied. Hij was de enige voor wie het echt belangrijk was. En je weet dat je grootvader ook een opvliegend karakter had, toch?' Elizabeth doet met opzet nonchalant, denkt Hannah; ze wil zien hoe Hannah reageert. 'Maar ik mag mijn ouders niet de schuld geven van al mijn ellende,' vervolgt Elizabeth. 'Ik heb het mezelf veel moeilijker gemaakt door zo onzeker te zijn. Als ik eraan terugdenk hoe onzeker ik was, denk ik: jezus, wat heb ik een tijd verspild.'

'Waarover was je dan zo onzeker?'

'O, over alles. Over hoe ik eruitzag. Hoe dom ik was. Jouw vader ging naar Penn en daarna naar Yale om rechten te studeren, terwijl ik me door Temple heen worstelde. Maar toen besloot ik in de verpleging te gaan, ik kreeg een baan, ik leerde Darrach kennen, de hoofdprijs. Zie jij Rory trouwens nog ergens?'

'Hij staat achter die twee meisjes.' Hannah wijst over het beton. Overal om het zwembad ligt beton, alsof het midden in een trottoir ligt. Bij de vereniging waarvan haar ouders lid zijn, liggen er flagstones rond het zwembad. En hier moet je drie dollar betalen om binnen te komen, en bij de bar betaal je contant in plaats van dat je het laat opschrijven, en je moet zelf handdoeken meebrengen. Het ziet er hier niet helemaal fris uit, en hoewel het een zwoele avond is, spijt het Hannah niet dat ze heeft gezegd dat ze geen zwempak heeft. 'Hoe hebben Darrach en jij elkaar leren kennen?' vraagt ze.

'Ken je dat verhaal niet? O, dat vind je vast enig. Ik woonde in een huis met een stel maffe vrienden – een jongen noemde zichzelf Panda en maakte ornamenten van gebrandschilderd glas waarmee hij het land door reed en die hij op parkeerplaatsen bij concerten verkocht. Ik begon aan mijn eerste baan, en een van mijn patiënten was een grappige oude man die me graag mocht. Hij had kanker aan de alvleesklier en toen hij stierf bleek dat hij me een hoop geld had nagelaten. Ik geloof dat het zo'n vijfduizend dollar was, wat tegenwoordig misschien achtduizend waard zou zijn. Eerst wist ik zeker dat ik het niet zou mogen houden. Er zou vast nog een vergeten familielid op komen dagen. Maar de juristen handelden de zaak af en er dook geen familie op. Het geld was echt van mij.'

'Fantastisch,' zegt Hannah.

'Als ik net zo slim was geweest als je vader, had ik het op de bank gezet. Maar in plaats daarvan heb ik een deel aan het kankerfonds geschonken, omdat ik me hartstikke schuldig voelde, en van de rest heb ik een feest gegeven. Ik kan je niet vertellen hoe onkarakteristiek dat voor mij was. Ik was altijd zo verlegen en onzeker geweest, maar toen dacht ik: krijg de pest, en ik nodigde iedereen uit en mijn huisgenoten nodigden ook al hun kennissen uit en we huurden een band die in de achtertuin speelde. Het was in augustus, we hadden tuinfakkels en tonnen eten en bier, en er kwamen honderden mensen. Iedereen danste zich in het zweet, het was gewoon een geweldig feest. En toen zag ik die lange, magere Ier, absoluut de meest sexy man die ik ooit had gezien, met een vriend van hem. Die Ier zegt tegen me: "Jij bent zeker Rachel." Ik zeg: "Wie is Rachel in godsnaam?" Hij zegt: "Rachel, het meisje dat dit feest geeft." Toen bleek dat hij en zijn vriend – die vriend was Mitch Haferey, die nu Rory's peetoom is – op het verkeerde feest waren. Ze moesten een straat verderop zijn, maar ze hadden de muziek gehoord en waren zonder te controleren of het adres klopte bij ons beland. Drie maanden later zijn Darrach en ik getrouwd.'

'En nu leven jullie nog lang en gelukkig.'

'Nou, ik zeg niet dat het slim was wat we hebben gedaan. We zijn misschien een beetje overhaast te werk gegaan, maar we hebben geluk gehad. En zo pril waren we nu ook weer niet. Ik was toen zevenentwintig en Darrach was tweeëndertig.'

'Julia Roberts is drieëntwintig.'

'Goeie god. Een kind nog.'

'Ze is maar vier jaar jonger dan jij toen was!' zegt Hannah. Drieëntwintig, dan ben je echt geen kind meer. Als je drieëntwintig bent, ben je klaar met je studie (Julia Roberts heeft trouwens niet gestudeerd – ze is op haar zeventiende uit Smyrna vertrokken naar Hollywood, op de dag dat ze de middelbare school verliet). Je hebt een baan en misschien een auto, je mag alcohol drinken, je woont zonder je ouders.

'O!' zegt Elizabeth. 'Kijk eens wie daar aankomt.' Rory staat naast Elizabeths stoel met klapperende tanden achter bijna blauwe lippen te bibberen. Zijn smalle schouders hangen naar voren; zijn borst is spierwit, zijn tepels zo groot als stuivers, bleekroze. Elizabeth wikkelt hem in een handdoek en trekt hem tegen zich aan op de ligstoel, en als Hannah ziet dat het knuffelen en zoenen weer begint, staat ze op. Het is allemaal heel schattig, maar hier, waar iedereen bij is, ligt dat anders.

'Ik denk dat ik maar eens naar huis ga,' zegt ze. 'Ik moet mijn zusje bellen.'

'Waarom wacht je niet even, dan kun je meerijden,' zegt Elizabeth. 'Wij gaan ook zo.'

Hannah schudt haar hoofd. 'Een stukje lopen is goed voor me.'

Dit betekent het als je gaat trouwen: ooit heeft ten minste één man van je gehouden; jij was degene van wie hij het allermeest hield. Maar wat moet je doen om een man zoveel van je te laten houden? Laat je je achternazitten, of ga jij achter hem aan? De bruiloft van Julia Roberts vindt plaats bij Twentieth Century Fox, soundstage 14. Die is nu al ingericht als tuin.

Als Hannah haar zus in Philadelphia belt, krijgt ze haar nichtje Fig aan de lijn. Fig is precies even oud als Hannah en ze zit bij haar in de klas; ze hebben altijd veel tijd samen doorgebracht, wat niet wil zeggen dat ze elkaar graag mogen. 'Allison is er niet,' zegt Fig. 'Bel over een uur maar terug.'

'Wil je haar een boodschap doorgeven?'

'Ik heb met Tina Cherchis afgesproken in het winkelcentrum. Zou een dubbele piercing me goed staan?'

'Mag je dat dan?'

'Als ik mijn haar los laat hangen, ziet waarschijnlijk niemand het.'

Er valt een stilte.

'Mijn moeder zegt dat jouw vader een maniak is,' zegt Fig.

'Dat is niet waar. Ik weet zeker dat jouw moeder alleen maar probeert mijn moeder op te vrolijken. Vragen ze op school nog naar mijn pfeiffer?'

'Nee.' Er klinkt een klik, en Fig zegt: 'Iemand neemt het andere toestel op. Bel vanavond later nog maar een keer, dan zal Allison er wel zijn.' Ze hangt op.

Hannahs akeligste herinnering – niet de periode dat de woede van haar vader op zijn ergst was, maar de periode die Hannah het meest bedroevend vindt om aan terug te denken – was toen zij tien en Allison dertien was, en ze met hun vader pizza's gingen halen. Het restaurant was zo'n vijf kilometer van hun huis, en de eigenaars waren twee Iraanse broers wier vrouw en kinderen vaak achter de balie stonden.

Het was op een zondagavond en Hannahs moeder was thuisgebleven om de tafel te dekken. Er was ook al afgesproken dat Hannah en Allison vanille-ijs met aardbeiensaus toe zouden krijgen, en ze hadden Hannahs moeder zover gekregen dat ze dat 's middags bij de kruidenier was gaan halen.

Onderweg moest Hannahs vader bij een kr[...]   [...]
rood licht stoppen. Net toen het groen werd, [...]
gen die eruitzag als een student op het zebrap[...]
Allison greep haar vader bij zijn bovenarm. 'L[...]
Allison, en gebaarde intussen naar de voetgange[...] [...] [...] door
kon lopen. Hannah zag onmiddellijk – hun vader beet op zo'n speciale
manier op zijn lip – dat hij razend was. En ze begreep ook,
hoewel ze alleen de achterkant van het hoofd van haar zusje
zag, dat Allison niet in de gaten had hoe kwaad hij was. Maar
dat duurde niet lang. Toen de voetganger was overgestoken,
reed hun vader met brullende motor de kruising over en zette
de auto met een slingerbeweging langs de kant van de weg.
Hij draaide zich om naar Allison. 'Waag het nooit meer om je
met de bestuurder te bemoeien,' zei hij. 'Wat jij net deed, was
dom en gevaarlijk.'

'Ik wilde je er alleen maar op attenderen dat hij daar liep,' zei
Allison kalm.

'Jij hebt helemaal niets te attenderen,' brulde hun vader. 'Het
is niet aan jou om een voetganger te zeggen of hij wel of niet
mag oversteken. Ik wil een verontschuldiging van je, en wel
nu!'

'Het spijt me.'

Een paar seconden lang keek hij Allison woedend aan. Toen
zei hij op zachtere toon, waar de woede nog wel in doorzin-
derde: 'We gaan nu naar huis. Jullie krijgen wel weer eens een
pizza als jullie je beter weten te gedragen.'

'Pap, ze heeft toch sorry gezegd,' zei Hannah vanaf de achterbank. Hij draaide zich met een ruk om.

'Als ik jouw commentaar wil horen, vraag ik daar wel om,
Hannah.'

Daarna zei geen van hen nog een woord.

huis gingen ze stilzwijgend naar binnen, hun moeder riep vanuit de keuken: 'Ruik ik daar pizza's?' en kwam hen tegemoet. Hun vader liep vlak langs haar heen en stormde toen de zijkamer in. Het ergste was dat ze haar moesten uitleggen wat er was gebeurd en haar gezicht te zien betrekken toen ze begreep dat de sfeer was omgeslagen. Dat was al vaak genoeg gebeurd – het hoe en waarom waren slechts variaties op een thema – maar hun moeder was daar altijd bij aanwezig geweest. Het was verschrikkelijk om het haar te moeten vertellen. Ze wilde niet dat Allison en Hannah iets uit de koelkast haalden omdat ze hen wilde laten wachten totdat ze erin geslaagd was hun vader uit de zijkamer te krijgen (Hannah wist dat dat toch niet zou gebeuren) en zou voorstellen zelf de pizza's te gaan halen (Hannah wist dat hij dat toch niet goed zou vinden). Na ongeveer veertig minuten zei hun moeder dat ze een boterham moesten maken en daarmee naar hun kamer moesten gaan. Zij en hun vader gingen uit eten in een restaurant, en hij wilde Hannah en Allison niet beneden aantreffen.

Hannah liet die avond geen traan, maar nu soms wel, als ze denkt aan de tafel die haar moeder had gedekt, de blauwe borden, de gestreepte servetten in ringen, en aan het moment waarop ze terugkwamen, toen hun moeder nog uitkeek naar de pizza's en ze nog niet wist dat ze die niet zouden eten – dat specifieke droevige gevoel waarbij iets gewoons, iets leuks waar je naar uitkeek niet doorgaat, is bijna ondraaglijk. Vlak nadat hun ouders vertrokken waren, ging de telefoon, en toen Hannah opnam hoorde ze een man zeggen: 'Met Kamal, ik bel over de pizza's. Ze worden koud, u kunt ze maar beter komen halen.'

'Niemand heeft hier pizza's besteld,' zei Hannah.

Terwijl zij in het zwembad waren, maakte Darrach lasagne voor het avondeten. Er zit verse spinazie in en een heleboel basilicum.

'Mijn complimenten aan de kok,' zegt Elizabeth. 'Weet je nog, Darrach, hoe Hannahs ouders ons hebben geholpen ons gereed te maken voor de bruiloft? Daar moest ik al eerder aan denken.'

'Natuurlijk weet ik dat nog.'

'Wat een toestand.' Elizabeth schudt haar hoofd. 'We trouwden in het huis waar ik woonde, in plaats van in een kerk, en mijn ouders weigerden erbij aanwezig te zijn.'

'Wat vreselijk,' zegt Hannah.

'Mijn moeder kon zich jaren daarna nog wel voor haar hoofd slaan. Ze voelde zich er nog beroerder door dan ik. Je vader was ook niet bepaald een voorstander van wat hij beschouwde als mijn grillige levensstijl, maar hij en je moeder kwamen op de dag zelf vanuit Philly gereden. Ze kwamen rond het middaguur en ze brachten zowat een ton garnalen mee, bevroren in koeltassen op de achterbank. De receptie zou heel informeel zijn, maar je ouders wilden er iets leuks van maken. We zaten letterlijk garnalen te pellen toen de ambtenaar kwam, en je moeder was bang dat Darrach en ik op onze eigen bruiloft naar vis zouden ruiken.'

'Mag ik van tafel?' vraagt Rory.

'Nog één hapje,' zegt Darrach. Rory prikt een groot stuk lasagne aan zijn vork, steekt dat in zijn mond en springt kauwend en wel op. 'Goed zo,' zegt Darrach, en Rory schiet als een pijl uit de boog naar de woonkamer, waar hij de tv aanzet.

'Het was een zenuwentoestand,' zegt Elizabeth, 'maar wel leuk.'

'En niemand rook naar vis,' zegt Darrach. 'De bruid rook, zoals altijd, naar rozen.'

'Zie je wel?' zegt Elizabeth. 'Wat een charmeur, hè? Hoe kon ik daar nou nee tegen zeggen?'

Darrach en Elizabeth kijken elkaar aan, en Hannah voelt zich bij deze sentimentele liefdesbetuigingen opgelaten, maar ze is er ook door geboeid. Leven mensen echt zo vredig met elkaar, en bejegenen ze elkaar echt zo aardig? Het is indrukwekkend, en toch moet hun leven richting en doelgerichtheid missen. Thuis kent ze haar doel. Als vader thuis is – 's ochtends voordat hij naar kantoor gaat, na het werk, tijdens het weekend – bepaalt zijn humeur waar zij over kunnen praten, of ze sowieso kunnen praten, of in welke kamer ze kunnen gaan zitten. Met iemand moeten wonen die elk moment zijn zelfbeheersing kan verliezen maakt alles heel duidelijk: het doel is hem niet te prikkelen, en als je daarin slaagt, beloont dit vermijdingsgedrag zichzelf. De dingen die andere mensen willen, wat ze najagen en waar ze denken recht op te hebben – eigendommen of vermaak of, laten we zeggen, redelijkheid – wat doen die ertoe? Die dingen zijn irrelevant. Het enige wat jij probeert is de periodes tussen woede-uitbarstingen te rekken of, als dat onmogelijk blijkt, die uitbarstingen te verbergen voor de buitenwereld.

Hannah gaat naar de wc en als ze terugloopt naar de keuken hoort ze Darrach zeggen: 'Morgen naar Louisiana, helaas.'

'Een trucker is nooit klaar met zijn werk,' zegt Elizabeth.

'Maar zou het niet veel leuker zijn,' zegt Darrach net als Hannah de keuken binnen loopt, 'als ik hier bleef en we konden fukken als konijnen?' Hij spreekt het woord 'fukken' uit als 'foeken'.

Op hetzelfde moment zien ze Hannah staan.

'Nou,' zegt Elizabeth, nog steeds aan tafel, met een schaapachtig lachje, 'druk jij je even elegant uit.'

'Neem me niet kwalijk.' Darrach, die bij het aanrecht staat, buigt zijn hoofd in de richting van Hannah.

'Ik breng Rory wel naar bed,' deelt Hannah mee.

'Ik help je,' zegt Elizabeth. Als ze langs Darrach loopt, geeft ze hem een tikje op zijn achterwerk en schudt haar hoofd. In de woonkamer zegt ze tegen Hannah: 'Hebben we je nu een trauma bezorgd? Moet je niet kotsen?'

Hannah schiet in de lach. 'Het geeft niet, hoor.'

In feite vindt ze de gedachte dat Elizabeth en Darrach seks hebben inderdaad nogal weerzinwekkend. Hannah denkt aan Darrachs bruine tanden, zijn woekerende wenkbrauwen en zijn paardenstaartje, en in gedachten ziet ze hem naakt, met een erectie, lang, dun en bleek in hun slaapkamer staan. Wordt Elizabeth daar opgewonden van? Wil ze dat hij haar aanraakt? En Darrach, heeft die geen probleem met de dikke kont van Elizabeth, of haar haar dat grijs wordt en dat ze vanavond onder een rode bandana naar achteren draagt? Hebben ze het op een akkoordje gegooid – ik vind jou aantrekkelijk als jij mij aantrekkelijk vindt – of vinden ze elkaar écht aantrekkelijk? Hoe is dat mogelijk?

Dit is Hannahs favoriete voorstelling van haar vader: na zijn studie ging hij bij het vredeskorps en werd hij voor twee jaar uitgezonden naar Honduras. Het was over het algemeen een zware ervaring; hij had gedacht dat hij daar Engelse les zou geven, maar vaker gebeurde het dat hij aardappelen moest schillen voor de kokkin, een vrouw op leeftijd die alle dagen van de week drie maaltijden moest koken voor honderdvijftig jongens. De armoede was onvoorstelbaar. De oudste jongens waren twaalf jaar en smeekten Hannahs vader hen mee te nemen naar de Verenigde Staten. In september 1972, vlak voordat haar vader naar huis zou gaan, stonden hij en een stel jongens midden in de nacht op om in de eetkamer te gaan luisteren naar een radioverslag over Mark Spitz, die de 100 meter vlinderslag zwom tijdens de Olympische zomerspelen in München. De radio was klein en had een slechte ontvangst. Spitz had al wereldrecords gebroken en gouden medailles gewonnen op de 200 meter vlinderslag en de 200 meter vrije slag, en toen hij nog een record brak – hij zwom de wedstrijd in 54,27 seconden – draaiden alle jongens zich om naar Hannahs vader en begonnen ze te klappen en te juichen. 'Niet voor mij persoonlijk,' legde hij haar uit. 'Maar omdat ik een Amerikaan was.' Toch geloofde ze dat het althans voor een deel ook voor hem was: omdat hij sterk en competent was, een volwassen man. Dat was haar standaardidee van mannen; vrouwen vond ze op voorhand een beetje slap.

Hoe kwam het dan dat haar vader van een man die werd toegejuicht door Hondurese weeskinderen, veranderde in een man die, negentien jaar later, zijn eigen gezin het huis uit zette? Typerend is dat haar vader, als haar moeder hem kwaad heeft gemaakt – ze heeft bijvoorbeeld kip klaargemaakt terwijl hij biefstuk had gezegd, ze is vergeten zijn overhemden op te halen bij de stomerij, terwijl ze had beloofd het die ochtend te doen – haar 's avonds naar de logeerkamer stuurt; ze slaapt daar aan de linkerkant van het tweepersoonsbed. Dit gebeurt ongeveer een keer per maand, soms misschien wel drie nachten achter elkaar, en het betekent meer spanning in huis. Het komt niet altijd tot een uitbarsting of een venijnige opmerking – soms is het alleen de dreiging. Haar vader negeert haar moeder in deze perioden, ook al eten ze 's avonds samen, en hij praat op een agressief vriendelijke manier tegen Allison en Hannah. Haar moeder huilt dan veel. Voor het slapen gaat haar moeder naar hun eigen slaapkamer om haar zaak te bepleiten; ze smeekt en jammert om daar te mogen slapen. Toen Hannah jonger was, stond ze daar soms met haar mee te huilen. Dan riep ze: 'Toe, papa, alsjeblieft! Laat haar bij jou slapen!' Haar vader snauwde dan: 'Caitlin, haal haar weg bij die deur. Haal haar hier weg.' Of hij zei: 'Als je iets om je gezin geeft, zou ik maar niet proberen de kinderen tegen me op te zetten.' Dan zei haar moeder op fluistertoon: 'Ga weg, Hannah. Je helpt me hier niet mee.' Al die tijd stond daarbij de tv in de slaapkamer keihard aan en droeg bij aan de verwarring. Een paar jaar daarvoor was Hannah opgehouden bij haar moeder op de gang te gaan staan en liep ze naar Allisons kamer, maar na een keer of twee zag ze aan het gezicht van haar zusje dat ze dat niet prettig vond omdat Hannah haar herinnerde aan wat er gaande was. Nu blijft Hannah in haar eigen kamer. Ze zet een koptelefoon op en leest tijdschriften.

Op de nacht dat ze het huis uit werden gezet, werd Hannah rond halftwaalf wakker van hun geruzie. Haar moeder had de afgelopen nachten niet in de logeerkamer geslapen, maar nu wilde Hannahs vader dat ze daarheen ging. Ze weigerde. Niet resoluut, maar door hem te smeken. 'Maar ik lig al in bed,' hoorde Hannah haar zeggen. 'Ik ben zo moe. Toe nou, Douglas.'

Daarna wilde hij haar ineens het huis uit hebben. Het kon hem niet schelen waar ze naartoe ging – dat was haar probleem. Hij zei dat hij schoon genoeg had van haar gebrek aan respect voor hem, terwijl hij toch alles voor zijn gezin deed. Ze moest de meisjes ook meenemen, die nog minder waardering voor hem hadden dan zij. 'Het is jouw keuze,' zei hij. 'Jij gaat hun vertellen dat ze weg moeten, of ik maak ze zelf wakker.' Daarna riep hun moeder Allison en Hannah met de mededeling dat ze moesten opschieten, dat het niet erg was dat ze in hun pyjama waren. Dat was op donderdag. De volgende ochtend ging Hannah niet naar school – haar moeder nam haar mee om bij Macy's kleren te kopen – en op zaterdag stapte ze op de Greyhound naar Pittsburgh.

Maar waar het om gaat: Hannah verdenkt haar moeder en Allison ervan dat ze het eigenlijk best naar hun zin hebben. De laatste keer dat ze met haar zusje sprak, zei Allison: 'Maar hoe gaat het met jóu? Zijn Elizabeth en Darrach aardig?' Voordat Hannah iets kon zeggen, vervolgde Allison: 'Fig, zet de radio eens wat zachter! Ik kan Hannah nauwelijks verstaan.' Misschien is het net als wanneer haar vader op zakenreis gaat, dan is de sfeer in huis ineens heel ontspannen. Avondeten om vijf uur 's middags of om negen uur 's avonds; kaas met crackers en verder niets, of Rice Krispie Treats die ze staand bij de oven met zijn drieën zo uit de pan eten; met zijn drieën televisie kijken, in plaats van ieder op zijn eigen kamer. Het ontbreken van spanning voelt onwerkelijk, en eigenlijk is het dat ook, omdat het maar tijdelijk is. Maar misschien heeft Hannahs moeder door bij hun tante te gaan logeren beseft dat hun leven altijd zo kan zijn. Wat geen verkeerde of onredelijke conclusie is, maar toch… als Hannah en Allison en hun ouders allemaal in hetzelfde huis wonen, zijn ze nog steeds een gezin. Op het oog zijn ze volkomen normaal, misschien wel benijdenswaardig: een grote, sterke vader, een lieve, aantrekkelijke moeder, een knappe oudste zus die onlangs tot vice-president van de studentenraad is uitgeroepen, en een jonger zusje over wie weliswaar niet veel aanbevelenswaardigs te melden is, maar misschien, denkt Hannah, blijkt er toch nog wel iets bijzonders in haar te schuilen. Misschien gaat ze als ze op de high school zit wel bij een debatingclub en doet ze na korte tijd mee aan de nationale kampioenschappen in Washington DC, en gebruikt ze woorden als 'onweerlegbaar'. Het leven dat ze met zijn allen thuis leiden is niet zó slecht, en aan de buitenkant ziet het er helemaal niet slecht uit, en ook al zijn hun neven en nichten nu op de hoogte van hun geheim, nou ja, dat zijn alleen maar hun neven en nichten. De andere mensen weten er niets van.

Hannah moet Rory van de bus halen. Meestal doet mevrouw Janofsky dit, een vrouw van achtenzestig die aan de overkant woont, maar Elizabeth zegt dat Rory het vreselijk vindt bij mevrouw Janofsky, en als Hannah het niet erg vindt, zou ze er iedereen een enorm plezier mee doen. Misschien is dat wel waar, of anders probeert Elizabeth Hannah wellicht bezig te houden.

Een uur voordat de bus moet arriveren – ze heeft op de klok gekeken – neemt ze voor de tweede keer die dag een douche, poetst haar tanden en spuit deodorant op, niet alleen onder haar armen maar ook, voor de zekerheid, in de V tussen haar dijbenen. Ze bindt een blauw lint om haar paardenstaart, besluit dat dat te veel van het goede is, trekt het weer los en haalt dan ook het elastiekje uit haar haar. Ze weet niet zeker of de jongen in het park is, maar het is ongeveer even laat als de vorige keer dat ze hem zag.

Hij is er. Hij zit aan een picknicktafel – niet die waar zij de laatste keer zat, maar wel daar vlakbij. Meteen vraagt ze zich af wat hij uitspookt in het park. Is hij een drugsdealer? Als ze zo'n zes meter van hem vandaan is, kijken ze elkaar aan, ze kijkt naar de grond en buigt af naar links. 'Hé,' roept hij. 'Waar ga je heen?' Hij glimlacht. 'Kom eens hier.'

Als ze bij de picknicktafel is, gebaart hij naar de lege plek naast hem, maar ze blijft staan. Ze zet haar ene voet voor de andere en slaat haar armen over elkaar.

'Je hebt zeker gezwommen? Mag ik je badpak zien?' vraagt hij.

Dit was geen goed idee.

'Het staat je vast goed,' zegt hij. 'Jij bent niet zo eng mager. Veel meisjes zijn veel te mager.'

Het komt doordat haar haar nat is – daardoor denkt hij dat ze heeft gezwommen. Ze is tegelijkertijd geschokt, beledigd en gevleid; een warm gevoel stroomt door haar heen. Als ze nu eens wel een badpak droeg, en als ze hem dat nu eens echt liet zien? Niet hier, maar als hij tussen de bomen achter haar aan kwam. Wat zou hij dan met haar doen? Hij zou vast en zeker iets proberen. Maar – en dit besef knaagt aan haar – onder haar kleren ziet ze er waarschijnlijk niet zo uit als hij verwacht. Haar zachte buik, de korte haartjes boven aan haar dijen, vlak onder haar ondergoed (ze heeft andere meisje in de kleedkamer na gym horen zeggen dat ze zich daar elke dag scheren, maar zij vergeet veel). Hij hoeft niet per se te willen zien wat hij denkt dat hij wil zien.

'Dat kan ik je nu niet laten zien,' zegt ze.

'Denk je dat ik een viezerik ben? Ik ben geen viezerik. Ik zal jou wat laten zien,' zegt hij, 'en jij hoeft me heus niets te laten zien.'

Als ze op dit moment verkracht wordt, of gewurgd, zal haar vader dan begrijpen dat het zijn schuld is? Haar hart bonst in haar keel.

De jongen lacht. 'Nee, dat niet,' zegt hij. 'Ik zie al wat je denkt.' Dan – ze staan anderhalve meter van elkaar – trekt hij zijn hemd over zijn hoofd. Zijn borst is, net als zijn armen, gespierd; zijn schouders zijn verbrand en zijn huid die net nog schuilging onder zijn hemd, is bleek. Hij blijft staan, draait zich om, buigt zich naar voren en leunt met zijn handen op de picknicktafel.

Dat is het: een tatoeage. Het is een enorme tatoeage die het grootste deel van zijn rug bedekt, een Amerikaanse zeearend met gespreide vleugels, de kop en profil, een woeste blik in zijn ogen, en een geopende snavel met een doelbewust naar buiten gestoken tong. Zijn klauwen zijn klaar om iets te grijpen – wat? Een wegschietende muis of misschien wel het patriottisme zelf. Het is de grootste tatoeage die ze ooit heeft gezien, en de enige die ze van dichtbij heeft gezien. De rest van zijn rug is onbehaard en op sommige plaatsen overdekt met uitslag, het meest op zijn schouders, waar de tatoeage ophoudt.

'Doet het pijn?' vraagt ze.

'Om te laten zetten wel, maar nu niet.'

'Ik vind hem cool,' zegt ze.

Na een korte stilte zegt hij, bijna verlegen: 'Als je wilt, mag je hem wel aanraken.'

Ze weet niet echt zeker wat ze gaat doen tot het moment van contact, waarop het topje van haar wijsvinger zijn rug aanraakt. Dan gaat ze met haar vinger over de gele klauwen en zwarte veren en het rode kraaloog van de zeearend. Het Chinese symbool dat hartskracht betekent, denkt ze. Ze gaat weer met haar vinger omhoog, en de jongen zegt: 'Dat voelt zacht.' Haar hand is vlak onder zijn nek als ze op haar horloge ziet dat het tien over drie is.

'O jee,' zegt ze. 'Mijn neefje!'

Later kan ze zich niet herinneren dat ze haar hand van zijn rug haalde, ze weet niet meer wat ze verder nog tegen hem zegt; ze rent het park al uit. Rory komt altijd om drie uur met de bus aan, en ze was maar een paar minuten bij die jongen gebleven, maar ze had er zo lang over gedaan om zich aan te kleden dat het al bijna drie uur geweest moet zijn toen ze met hem aan de praat raakte. Als er iets met Rory is gebeurd, doet ze zichzelf iets aan. Dat zij Elizabeths gezin kapot zou kunnen maken – dat is ondenkbaar. Ze is altijd een toeschouwer geweest van families waar narigheid was, zonder te beseffen dat zijzelf ook het vermogen bezat om daar de oorzaak van te zijn.

Rory staat niet bij de bushalte. Een paar straten verderop staat hij voor zijn huis, midden in de tuin. Hij staat om zich heen te kijken, met zijn rugzak die nog breder is dan hijzelf.

Een paar dagen geleden had Elizabeth op Rory's verzoek een uil op het buitenste vak van de tas genaaid.

'Het spijt me ontzettend,' zegt Hannah. Ze is buiten adem. 'Rory, wat ben ik blij je te zien.'

'Je zou me van de bus komen halen.'

'Ik weet het. Daarom zei ik dat het me spijt. Ik was te laat, maar nu ben ik er.'

'Ik vind jou niet lief,' zegt Rory, en eerst is Hannah verbaasd en daarna voelt ze zich klein. Hij heeft groot gelijk. Waarom zou hij haar lief vinden?

Ze doet de voordeur open en ze lopen naar binnen. 'Wat dacht je ervan als we een ijsje gaan halen bij Sackey's?' stelt Hannah voor. 'Zou dat niet lekker zijn?'

'We hebben hier ook ijs,' zegt Rory.

'Ik dacht dat je misschien eens ander ijs zou willen.'

'Ik wil mama's ijs.'

Ze maakt een schaaltje chocolade-ijs voor hem, en daarna een voor haarzelf, maar hij eet het voor de tv en zij in de keuken. Ze raakt steeds erger van slag, op een bizarre manier. Door haar toedoen had er iets verschrikkelijks kunnen gebeuren. Maar ook, wat zou die jongen hebben gedaan als ze Rory niet had moeten afhalen? Misschien had zich iets ontsponnen dat goed voelde, misschien het begin van haar leven. Maar het is egoïstisch om zo te denken. Elizabeth en Darrach hebben Hannah gastvrijheid verleend, en Hannah heeft hen daarvoor bedankt door niet goed op hun zoon te letten. Ze zal besluiten moeten nemen, denkt ze, stappen die ondernomen moeten worden zodat ze een ander mens wordt. Ze weet niet goed wat voor stappen, maar het zijn er vast verscheidene.

Ze loopt steeds naar de woonkamer als ze zich verbeeldt dat ze Elizabeths auto hoort, maar als ze dan uit het raam kijkt is er niets, een fantoommotor. Dan, eindelijk, ziet ze Elizabeth aankomen. Hannah kan niet wachten tot ze binnen is. Ze rent naar buiten terwijl Elizabeth de boodschappen uit de kofferbak haalt, en Elizabeth kijkt op en zegt: 'Hé, Hannah, kom je me een handje helpen?' Maar Hannah is in huilen uitgebarsten; de tranen biggelen over haar gezicht. 'Ach, nee,' zegt Elizabeth. 'O, ik vind het zo erg. Ik heb het in het ziekenhuis op tv gezien, maar ik wist niet of je het al had gehoord. Die arme Julia Roberts!'

Tussen het snikken door zegt Hannah: 'Wat zag je dan?'

'Niet meer dan een fragment van het nieuws. Als het waar is dat hij haar heeft bedrogen, heeft ze groot gelijk dat ze de boel afblaast.'

'Heeft Kiefer haar bedrógen?' Nu begint Hannah pas echt te huilen; ze kan niets meer zien, ze kan bijna geen adem krijgen.

'Och, schat, ik weet niet meer dan jij.' Elizabeth heeft haar arm om Hannah heen geslagen. Ze heeft haar meegenomen naar de stoelen op de veranda. 'Waarschijnlijk weten alleen zij tweeën er het fijne van.'

Als Hannah weer kan praten, zegt ze: 'Waarom zou Kiefer Julia bedriegen?'

'Tja, nogmaals, misschien is het helemaal niet waar. Maar we moeten niet vergeten dat beroemdheden mensen van vlees en bloed zijn, met hun eigen problemen. Ze wonen in dezelfde wereld als de rest van ons.'

'Maar ze waren zo'n goed stel,' zegt Hannah, en opnieuw rollen de tranen. 'Dat kon ik zien.'

Elizabeth trekt Hannah nog dichter tegen zich aan, zodat Hannah met de zijkant van haar gezicht tegen Elizabeths boezem wordt gedrukt. 'Ze zijn net als ieder ander,' zegt Elizabeth. 'Julia Roberts gaat ook wel eens naar bed zonder haar tanden te poetsen. Ik zeg niet elke avond, maar wel eens. Waarschijnlijk peutert ze ook in haar neus. Zo zijn alle beroemdheden – bedroefd, jaloers, ze maken ruzie met elkaar. Tja Hannah, het huwelijk is een zware opgave. Ik weet dat sommige mensen denken dat het om glazen muiltjes en huwelijkstaart draait, maar het is het allermoeilijkste wat er is.'

Hannah kijkt haar fel aan. 'Waarom verdedig je mijn vader altijd? Ik weet best dat jij weet dat hij een klootzak is!'

'Hannah, jouw vader heeft last van demonen. Zo is het gewoon. We doen allemaal zo goed mogelijk ons best.'

'Die demonen kunnen me niets schelen!' roept Hannah. 'Hij is een bullebak! Hij is zo gemeen dat niemand het tegen hem op durft te nemen.'

Eerst is Elizabeth stil. Dan zegt ze: 'Oké. Hij is een bullebak. Ik kan moeilijk iets anders beweren. Maar wat jij pas zult begrijpen als je ouder bent, is dat je vader heel ongelukkig is. Niemand gedraagt zich zo als hij niet ongelukkig is. En hij weet het. Hij weet hoe hij is, en de wetenschap dat hij zijn gezin tekortdoet, dat hij zichzelf hetzelfde ziet doen als onze eigen vader – dat moet je vader gruwelijk veel pijn doen.'

'Ik hóóp dat hem dat gruwelijk veel pijn doet.'

'Je groeit hier overheen, Hannah, dat beloof ik je. En als je moeder bij hem weg kan blijven, zal het niet meer zo erg zijn om thuis te komen. Dat is de fout die mijn moeder heeft gemaakt, dat ze eeuwig bij mijn vader bleef. Maar jouw moeder knijpt er tijdig tussenuit en dat is het verstandigste en moedigste wat ze kan doen.'

Dus haar ouders gaan uit elkaar. Dat moet wel. Hannah is er vrijwel zeker van dat Elizabeth niet beseft wat ze zojuist heeft onthuld, en misschien is het op dit moment niet helemaal zeker, maar als Hannahs moeder begin augustus naar Pittsburgh komt om haar op te halen en haar onderweg naar huis bij een broodje vis bij Dairy Queen vertelt dat ze naar een flat is verhuisd, zal het Hannah niet verbazen. De flat zal in een mooie buurt staan, en haar moeder zal de kamers van Allison en Hannah al hebben ingericht. Die van Hannah zal roze gestreepte gordijnen hebben en een bijpassende sprei op een tweepersoons bed. Hannah zal de flat algauw leuker vinden dan het oude huis, waar haar vader nog een aantal jaren zal wonen – de flat zal niet zo groot zijn dat ze bang is als ze alleen thuis is, en hij zal op loopafstand zijn van een grote drogist, een kruidenier en een aantal restaurants waar Hannah en haar moeder soms op zaterdagavond een hapje gaan eten. Hannah en Allison zullen op zondagmiddag met hun vader lunchen en verder zullen ze hem niet zien of spreken. Hij zal tegen hen zeggen dat ze altijd bij hem mogen komen eten of slapen, maar ze gaan maar een paar keer, om de spullen die hun moeder nog niet heeft meeverhuisd op te halen. Hun vader zal afspraakjes krijgen met een vrouw van de sociëteit, een aantrekkelijke vrouw wier echtgenoot bij een ongeluk met een boot in Michigan om het leven is gekomen. Deze vrouw, Amy, zal drie kleine kinderen hebben, en Hannah zal zich afvragen of haar vader met opzet zijn ware aard voor Amy verborgen houdt of dat Amy ervoor kiest die niet te zien. Hannahs moeder zal heel lang niet met mannen uitgaan.

Dit zijn de geruchten die over Julia Roberts de ronde zullen doen: dat Kiefer vreemd is gegaan met een danseres, Amanda Rice, die echter in de Crazy Girls Club waar ze werkt Raven wordt genoemd. Op de dag waarop ze zou trouwen, zal Julia naar Dublin vliegen met Jason Patric, ook een acteur, die bevriend is met Kiefer. In hotel Shelbourne, waar een suite $650 per nacht kost, zullen hotelmedewerkers verkondigen dat Julia uitgemergeld is, dat ze oranje haar heeft en dat ze haar verlovingsring niet draagt.

Twee jaar later zal ze in het huwelijk treden met de countryzanger Lyle Lovett. Ze kennen elkaar dan drie weken, zij komt blootsvoets naar de plechtigheid en het huwelijk zal slechts eenentwintig maanden standhouden. Hij zal tien jaar ouder zijn dan zij, en hij heeft aanstellerig haar en een mager, nors gezicht. In 2002 zal Julia Roberts in het huwelijk treden met een cameraman, Danny Moder. Hun bruiloft zal op 4 juli om middernacht plaatsvinden, op haar ranch in Taos, New Mexico, maar voor die tijd zal Danny Moder nog moeten scheiden van zijn vrouw, Vera, een visagiste, met wie hij vier jaar getrouwd is geweest.

Voor zover Hannah een oordeel over dit onderwerp heeft, zal ze er wanneer Vera in het spel komt, een beetje onpasselijk van worden, maar over het geheel genomen vindt ze dat Danny en Julia goed bij elkaar passen. Op foto's zien ze er ontspannen en gelukkig uit, maar een klein beetje te mooi om voor normaal door te kunnen gaan. Maar behalve in de wachtkamer van de tandarts of in de rij voor de kassa van de supermarkt zal Hannah de belevenissen van Julia Roberts niet langer volgen; ze zal haar eigen tijd niet meer verspillen aan beroemdheden. Niet omdat ze heeft besloten dat het onbelangrijk is – dat is het natuurlijk wel, maar dat zijn de meeste dingen – maar omdat ze andere dingen aan haar hoofd heeft; ze zal een volwassene zijn. Hannah zal zich over het algemeen gesproken niet echt anders voelen dan toen ze veertien was, maar dit zal een van de tekenen zijn dat ze wel veranderd moet zijn: dat ze altijd zoveel van Julia Roberts wist, en nu nog maar heel weinig.

In de verre toekomst zal Hannah een vriendje krijgen, Mike, met wie ze het over haar vader zal hebben. Ze zal zeggen dat ze haar opvoeding voor de scheiding niet betreurt, dat ze er in vele opzichten het nut van inziet. Opgroeien in een onstabiel gezin leert je inzien dat de wereld zich niet naar jouw wensen voegt; een inzicht waarmee, naar Hannahs idee, veel mensen tot op latere leeftijd nog moeite hebben. Het doet je beseffen hoe snel een situatie kan veranderen, dat er in werkelijkheid overal gevaar is. Maar een crisis valt je dan niet ineens koud op je dak; je hebt nooit geloofd dat je beschermd wordt door een goedwillende macht. En na een onstabiele jeugd leer je rust te waarderen en niet naar opwinding te verlangen. Zaterdagsmiddags de keukenvloer dweilen terwijl je naar een opera op de radio luistert, 's avonds met een vriend of vriendin naar een Indiaas restaurant en om negen uur thuis – dat is genoeg. Dat zijn geschenken.

Op een keer zal Hannahs vriend wanneer ze hem over haar vader vertelt, huilen, maar zij niet. Een andere keer zal hij zeggen dat ze volgens hem last heeft van het stockholm-syndroom, maar dan studeert hij psychologie en is hij, naar Hannahs mening, nogal beïnvloedbaar. Tijdens de seks zal Hannah zich een bepaald stukje van Mikes rug in haar geheugen prenten, zoals ze dat ziet als ze over zijn linkerschouder kijkt, en soms, als ze probeert een hoogtepunt te bereiken, zal ze zich daarbij voorstellen dat vlak daaronder, buiten haar gezichtsveld, een heel grote tatoeage van een adelaar zit; ze zal met haar vingers over de plek gaan waar de tatoeage zou moeten zitten. Ze zal de jongen met de echte tatoeage na de dag dat ze Rory heeft laten wachten nooit meer terugzien. Hoewel ze nog twee maanden bij haar tante blijft logeren, gaat ze nooit meer terug naar het park.

Op dit moment, als Hannah nog veertien is, zit ze op de veranda zo dicht tegen Elizabeth aan dat ze de ziekenhuiszeep aan de handen van haar tante kan ruiken. Elizabeths boodschappentassen staan nog op de oprit op de plek waar ze ze heeft laten vallen. Rory komt zo naar buiten en vraagt of ze naar het zwembad gaan, en als ze daarvan terugkomen, bestellen ze omdat Darrach de stad uit is, wontonsoep, kip cashew en rundvlees met broccoli. 'Gaan mijn ouders scheiden?' vraagt Hannah. 'Ja, hè?'

'Je moet gewoon beseffen dat de meeste mannen slappe wezens zijn,' zegt Elizabeth. 'Dat is de enige manier om ze te kunnen vergeven.'

DEEL II

2

Februari 1996

Om negen uur zouden ze Hannah komen ophalen, maar om vijf voor negen belt Jenny om te zeggen dat het waarschijnlijk wel halftien of kwart voor tien zal worden. Ze zegt dat Angie laat van haar werk is gekomen en nog moet douchen. (Hannah heeft geen idee wat voor werk Angie doet.) 'Sorry hoor,' zegt Jenny.

Hannah zit achter haar bureau. Ze draait zich om op haar stoel en kijkt rond in haar slaapkamer: de kranten die zo hoog opgestapeld liggen, wachtend tot ze naar de papierbak worden gebracht, dat het wel een sofa lijkt; haar schoenen op een rij tegen de ene muur; de hutkoffer die ze als nachtkastje gebruikt, waar een plastic beker met water op staat; en haar bed, dat ze een paar minuten geleden heeft opgemaakt, ook al is het avond, omdat ze klaar was met aankleden en niet precies wist wat ze anders aan moest met haar rusteloosheid. Het is het aanzicht van het bed, met de opgeschudde kussens en het dekbed in de flanellen hoes eroverheen, dat Hannah er bijna toe brengt tegen Jenny te zeggen dat ze niet langs hoeven komen, omdat ze vanavond hier blijft. Ze zou binnen tien minuten kunnen slapen – het enige wat ze zou hoeven doen is naar de gang gaan en haar gezicht wassen, daarna haar pyjama aantrekken, lipbalsem aanbrengen en het licht uitdoen. Ze gaat vaak zo vroeg naar bed. Het is best raar, heel anders dan andere studenten, maar ze doet het wel.

'Dus dan zijn we er over een halfuur à drie kwartier,' zegt Jenny.

De woorden liggen al op haar tong: *Weet je, ik ben eigenlijk best moe.* Op dat moment zou Hannah een verontschuldigend lachje kunnen laten horen. *Ik geloof dat ik maar thuisblijf. Het spijt me, ik weet dat het stom is. Maar nog wel bedankt voor het feit dat je me hebt uitgenodigd. En je moet me absoluut vertellen hoe het is geweest. Ik weet zeker dat het heel leuk zal zijn.* Als Hannah haar mond opendoet, zullen de woorden eruit tuimelen en over de campus door de telefoonlijn naar Jenny reizen, en dan hoeft Hannah niet mee te gaan. Jenny zal aardig reageren – ze ís namelijk aardig – en misschien proberen Hannah nog over te halen, maar als Hannah voet bij stuk houdt, zal Jenny het opgeven. Ze zal het opgeven en dan zullen ze nooit echte vriendinnen worden omdat Hannah dat rare meisje zal zijn dat op het laatste moment afzegde toen ze naar het westelijk deel van Massachusetts zouden rijden. En Hannah zal weer een avond doorbrengen zonder iets te doen, slapend. Ze zal de volgende ochtend om zes uur wakker worden, als het nog donker en stil is op de campus, en de eetzaal nog vijf volle uren gesloten zal zijn omdat het weekend is. Ze zal gaan douchen, droge cornflakes uit het pak op de vensterbank eten, en aan haar huiswerk beginnen. Na een poosje, als ze klaar is met de marxistische theorie en daarna aan de evolutiebiologie begint, zal ze op de klok zien dat het kwart voor acht is – kwart voor acht nog maar! – en nog steeds zal er verder niemand wakker zijn, zelfs niet bijna. Ze zal daar zitten met haar haren gekamd, steil en nat, brandschoon, en de ene na de andere bladzijde in haar leerboek met kleurtjes markeren, en ze zal zich niet ijverig, niet vlijtig voelen, maar vertwijfeld. De ochtend zal een grijze luchtstroom zijn die zij in haar eentje moet vullen. Wie kan het wat schelen of haar haren schoon zijn of dat ze iets heeft gelezen over pathogene bevolkingsstructuren?

Voor wie heeft ze schoon haar, tegen wie moet ze praten over pathogene bevolkingsstructuren?

Ga, denkt Hannah bij zichzelf. Je moet gaan.

'Ik wacht wel bij de hoofdingang,' zegt ze tegen Jenny.

Als ze heeft opgehangen weet ze, net als voordat Jenny belde, niet wat ze moet doen. Geen huiswerk – daar zal ze zich ofwel niet op kunnen concentreren ofwel ze raakt er zo in verdiept dat ze de stemming die ze nu toch al kwijtraakt helemaal verliest, de stemming die verbeterde toen ze onder de warme douche stond, toen ze haar linkerbeen optilde en het scheermes over haar kuit haalde, daarna haar linkerbeen neerzette en haar rechterbeen optilde. Terug in haar kamer zette ze de radio hard en bleef ze voor haar klerenkast staan kijken. Ze haalde er twee zwarte blouses uit, trok de ene aan en toen de andere. Ze stelde zich voor welke van de twee haar nichtje Fig zou aanraden (Hannah is eerstejaars op Tufts, en Fig is eerstejaars op Boston University). Fig zou zeggen dat ze die strakke aan moest trekken.

Ze wou dat ze nagellak had, dan kon ze haar nagels nu gaan lakken, of dat ze make-up gebruikte en voor de spiegel haar lippen kon tuiten om er een vette, glanzend roze tint op aan te brengen. En ze wou dat ze op zijn minst een damesblad had zodat ze daarin kon lezen over anderen die dit soort dingen deden. Ze heeft wel een nagelknippertje – niet echt bijzonder, maar het is iets. Ze gaat weer op haar bureaustoel zitten, zet de prullenbak voor zich neer en steekt de bovenkant van een nagel in de bek van het knippertje.

Het vraagt niet veel tijd. Als ze ermee klaar is, staat ze op en bekijkt ze zichzelf in de manshoge spiegel op de deur van haar kamer. Het bloesje is niet flatteus. Het zit strak om haar armen maar ruim rond haar boezem – strak op de verkeerde manier, en zo strak is het niet eens, niet vergeleken bij wat de andere meisjes waarschijnlijk dragen. Ze trekt het andere bloesje aan.

Het nummer op de radio is afgelopen, en de dj zegt: 'Wie is er in de juiste stemming voor de vrijdagavond? We hebben hierna nog meer fantastische dancenummers, dus blijf luisteren.' Er volgt een spotje van een autodealer, en Hannah zet de radio zachter. Ze luistert vaak naar de radio, ook als ze studeert, maar ze luistert zelden op vrijdag- of zaterdagavond, en wel hierom: die verwachtingsvolle toon waarop de dj praat. Elke vrijdagmiddag om vijf uur laat hij een nummer horen met de tekst: 'Ik wil niet werken/ Ik wil alleen maar de hele dag drummen', en op dat moment zet Hannah de radio uit. Ze stelt zich voor dat de werkende mannen en vrouwen in Boston hun kantoor verlaten, wegrijden uit parkeergarages of in de metro springen. De twintigers bellen vrienden en spreken af in een café, en de gezinnen in de buitenwijken koken spaghetti en huren films (de gezinnen benijdt ze het meest), en het weekend kan voor hen beginnen, met uren die ze zelf mogen invullen. Ze slapen lang uit, wassen hun auto, betalen rekeningen, al die dingen die mensen dan doen. Soms neemt Hannah op vrijdag hoestdrank, zodat ze vroeger dan normaal slaapt, één keer al om halfzes 's middags. Dit is waarschijnlijk niet zo'n goed idee, maar het is maar hoestdrank, het zijn geen echte slaappillen.

Vanavond voelt het vreemd om deel uit te maken van het wereldje van de dj, om uit te gaan. Ze kijkt op haar horloge en besluit dat ze net zo goed al naar beneden kan gaan. Ze trekt haar jas aan, tast in haar zak – lipbalsem, kauwgom, sleutels – en kijkt nog een keer in de spiegel voordat ze de deur uitgaat.

Ze zijn laat, zoals ze al verwacht had. Ze leest de campuskrant, eerst die van vandaag, dan die van gisteren, en daarna de advertenties van vandaag. Andere studenten lopen de grote hal door, een aantal van hen is opvallend dronken. Een jongen draagt een spijkerbroek die hem zo veel te groot is dat aan de achterkant twaalf centimeter van zijn boxershort te zien is. 'Wie hebben we daar?' zegt hij als hij langs haar loopt. Hij is met een andere jongen, die een fles in een papieren zak in zijn hand heeft. De andere jongen grijnst naar haar. Hannah zegt niets. 'Yo, cool,' zegt de eerste jongen.

Ze zit op een bank, om de paar minuten loopt ze naar het raam naast de voordeur en drukt dan haar gezicht tegen het glas om in het donker te turen. Ze kijkt net uit het raam als de auto stopt; ze herkent hem niet als de auto waarop ze wacht, maar dan wuift Jenny haar vanaf de passagiersstoel toe. Hannah stapt weg van het raam en ritst haar jas dicht. Er volgt een moment waarop ze voor de deur staat, een enorme deur van donker hout, waarachter ze haar niet kunnen zien staan, waarop ze denkt dat ze op handen en voeten weer naar boven zou kunnen kruipen, en dat ze tegen de tijd dat een van hen haar zou komen zoeken, verdwenen zou zijn.

'Hoi,' zegt Jenny als Hannah naar buiten komt. 'Sorry dat we zo laat zijn.'

Als Hannah instapt wordt ze overspoeld door muziek en sigarettenrook en de zachte parfumlucht van meisjes die zichzelf beter verzorgen dan zij.

Jenny draait zich om naar achteren. 'Dit is Kim.' Jenny gebaart naar de bestuurster, een klein meisje met kort donker haar en diamanten oorbelletjes dat Hannah nooit eerder heeft gezien. 'En dit is Michelle, en Angie ken je, toch?' Angie is Jenny's kamergenote, en Hannah heeft haar ontmoet toen ze bij Jenny studeerde. Bij Jenny heeft ze ook Michelle ontmoet, maar Michelle zegt: 'Leuk om je te leren kennen.'

'Het is een vriend van Michelle die op de technische hogeschool zit,' zegt Jenny. 'En wat heb je uitgespookt – ben je nog aan het bijkomen van dat statistiektentamen? Als ik daarvoor slaag ga ik het vieren, dat zweer ik je.'

Hannah en Jenny kennen elkaar van de statistiekcolleges, maar ze hebben elkaar al ontmoet tijdens de kennismakings-kampeertocht, toen ze in dezelfde tent sliepen. Hannah kan zich het meeste daarvan nog maar vaag herinneren, als een waas van andere eerstejaars die beschamend hard hun best leken te doen; zij begreep niet dat dit het onderdeel was waarbij je je best moest doen. Haar enige duidelijke herinnering is dat ze rond drie uur 's nachts wakker werd, met aan weerskanten meisjes wier naam ze niet kende in slaapzakken, terwijl het heet en benauwd was in de tent. Ze lag lang wakker met haar ogen open, en stond uiteindelijk op om ineengedoken over armen en hoofden heen te stappen terwijl ze verontschuldi-gingen fluisterde als een van de meisje bewoog, waarna ze zich door de tentopening naar buiten wurmde. Ze zag de toiletten, in een betonnen gebouw, dertig meter verderop staan, aan de overkant van een modderige weg. Op blote voeten liep ze er-naartoe. In de damestoiletten scheen een groenachtig licht op de deuren, die volgekrabbeld waren met initialen en kracht-termen. Toen ze zichzelf bekeek in de spiegel boven de was-tafel, wenste ze radeloos dat dit moment voorbij was, dat dit tijdsegment niet langer bestond. Haar misère leek tastbaar, iets wat ze kon vastpakken of weggooien.

De volgende ochtend gingen ze terug naar de campus, en Hannah praatte met niemand die ze tijdens de kennisma-kingsdagen had leren kennen. Ze zag die mensen soms wel; eerst leek het of ze deden alsof ze haar niet herkenden, daarna, na een paar weken, was het of ze niet langer hoefden te doen alsof. Maar op een dag in januari kwam er een meisje naast Hannah lopen toen ze de collegezaal verlieten na statistiek.

'Hoi,' zei het meisje. 'Jij zat tijdens de kennismakingsdagen toch bij mij in de groep?'

Hannah keek naar het meisje, naar haar blonde pony en haar bruine ogen. Iets in haar trekken gaf haar iets vriendelijks, dacht Hannah, en toen besefte ze dat het haar tanden waren: haar snijtanden waren onevenredig groot. Maar ze was niet onaantrekkelijk. Ze droeg een witte, eenvoudige blouse onder een grijze wollen trui, en een spijkerbroek die wel geperst leek. Het waren van die kleren die Hannah deden denken aan studentes uit de jaren vijftig.

'Ik ben Jenny.' Het meisje stak haar hand uit en Hannah schudde hem, verbaasd door Jenny's stevige greep.

'Ik moet je iets bekennen,' zei Jenny. 'Ik heb geen idee waar dit college over gaat. Ik bedoel, echt totaal geen idee.'

Dat Jenny haar bekentenis zo laconiek naar buiten bracht was zowel een opluchting als een teleurstelling. 'Het is nogal ingewikkeld,' zei Hannah.

'Heb je al gehoord van een studentengroep?' vroeg Jenny. 'Of zou je er iets voor voelen om samen met mij te studeren? Volgens mij zou het veel gemakkelijker gaan met iemand samen.'

'O,' zei Hannah. 'Oké.'

'Ik rammel,' zei Jenny. 'Heb jij al geluncht?'

Hannah aarzelde. Ze ontbeet alleen in de kantine omdat je dat best alleen kon doen; anderen deden het ook. 'Ja,' zei Hannah, en ze had er onmiddellijk spijt van. Op haar kamer nam ze voor de lunch en het avondeten bagels en fruit. Het was haar tegen gaan staan. Ze wilde iets warms of iets klefs: een hamburger of pasta. 'Maar misschien na het college van woensdag,' zei Hannah.

'Ik zal je mijn nummer geven,' zei Jenny. Ze waren aangekomen bij het pad dat naar de kantine leidde. Toen Jenny Hannah een papiertje gaf, zei ze: 'Dus dan zie ik je tijdens dat college, ervan uitgaande dat ik mezelf voor die tijd niet in mijn borst steek.'

Toen Hannah terugliep naar haar kamer, dacht ze: een vriendin. Het was een wonder. Zo had ze zich ooit voorgesteld dat ze mensen zou tegenkomen tijdens haar studie, gewoon, net zo gemakkelijk, maar het was nooit gebeurd. Ze had het wel met andere studenten zien gebeuren, maar haar was het niet overkomen. Het eerste probleem was dat ze toevallig een eenpersoonskamer toegewezen had gekregen. Het tweede probleem was Hannah zelf. Ze had hiervoor wel vriendinnen gehad – niet veel, maar wel een paar – en ze had gedacht dat het wel beter zou gaan als ze ging studeren. Maar bij haar aankomst op Tufts had ze zich niet aangesloten bij een club. Ze was zelf geen gesprekken begonnen. In het begin, toen de studenten bij haar op de gang en masse naar improvisaties of a-capellakoortjes gingen kijken, ging Hannah niet mee omdat ze niet wilde, omdat ze improvisaties en a capella nogal stom vond. (Later leek haar dat een armzalige redenering.) Op zaterdagmiddag nam ze altijd de metro naar Fig die in een studentenflat van BU zat, daar bleef ze rondhangen terwijl Fig zich ging aankleden voor studentenfeestjes, en daarna ging Hannah rond acht uur 's avonds terug naar Tufts. Bij haar in het gebouw was het stil, op een paar kamers na waar gebonk te horen was, en daar liep Hannah snel voorbij. Al haar beslissingen op zich waren onbelangrijk, maar het werden er steeds meer en ze voelde dat het steeds minder goed met haar ging. In oktober, toen de jongeren die om haar heen woonden uitgingen, kon ze niet met hen mee, niet omdat ze dat niet wilde maar omdat ze het gewoon niet kon. Want wat zou ze tegen hen moeten zeggen? Ze had echt niets te zeggen. Vijf maanden verstreken, de langste maanden van Hannahs leven, en toen leerde ze Jenny kennen.

Voor zover Hannah kan zien is er niets opmerkelijks aan Jenny, behalve haar reactie op Hannah. Jenny schijnt niet te beseffen dat ze Hannahs enige vriendin is. De laatste keer dat ze samen studeerden, zei Jenny: 'We gaan vrijdag met een stel naar Springfield. Mijn vriendin Michelle heeft op school gezeten met een jongen die daar de technische hogeschool doet, waar negentig procent uit mannen bestaat.' Jenny trok twee keer veelbetekenend haar wenkbrauw op, en Hannah moest lachen omdat ze wist dat dat van haar werd verwacht. 'Ga mee,' zei Jenny. 'Misschien is het een zuipfestijn, maar in elk geval is het een verandering van omgeving. En ik ben die jongens hier zo zat.' Jenny had Hannah al eens eerder het verhaal verteld over haar relatie met een jongen die twee kamers verderop woont en met wie Jenny seks heeft als ze allebei op hetzelfde feestje dronken worden, ook al vindt ze hem een zak en niet bijster knap. De levendige manier waarop Jenny het verhaal vertelde, impliceerde dat ze ervan uitging dat Hannah soortgelijke verwikkelingen had meegemaakt, en Hannah liet haar in die waan. In werkelijkheid heeft Hannah nooit iets met een jongen gehad, helemaal niet. Ze heeft zelfs nog nooit gezoend. Die jongen met de adelaartatoeage – dichterbij is ze nooit gekomen. Haar onervarenheid op achttienjarige leeftijd geeft haar soms het gevoel dat ze raar is en dan weer dat ze iets bijzonders is, alsof ze onder een loep bekeken zou moeten worden door wetenschappers. En ook geeft het haar op risicovolle momenten – tijdens een turbulente vliegtocht naar huis bijvoorbeeld – het gevoel dat ze onkwetsbaar is. Ze denkt dat het onmogelijk moet zijn, tegen alle natuurwetten, om de high school te volgen en daarna te sterven zonder dat je ooit iemand hebt gezoend.

Terwijl ze wegrijden van de campus is er een nummer op de radio van een vrouwelijke rapper, en Angie, die tussen Michelle en Hannah in zit, rekt zich uit om het geluid harder te zetten. Waar het in dit nummer over gaat is dat de rapster, als een man geen orale seks met haar wil doen, niets met hem te maken wil hebben. Dit is niet de radiozender waar Hannah altijd naar luistert, maar ze heeft het nummer wel eerder in kamers van andere studenten gehoord. Blijkbaar kennen Angie en Michelle alle woorden uit hun hoofd, want die brullen ze nu mee, terwijl ze lachend met hun hoofd heen en weer gaan.

Het is krap op de achterbank en Hannahs dijbeen zit tegen dat van Angie aan gedrukt. Ze trekt de gordel over haar schouder en graait naar de sluiting tussen haar en Angie. Ze kan hem niet vinden. Ze graait nog eens en geeft het dan op, terwijl ze zich een afschuwelijk tafereel voor de geest haalt van in elkaar gedrukt metaal, glasscherven en bloed. Deze situatie lijkt rijp voor zo'n soort ongeluk – jonge vrouwen die een leuk avondje tegemoet gaan, een lange rit door het donker in de winter. In dit geval zou de onkwetsbaarheid die gekoppeld is aan het feit dat ze nog nooit is gezoend, zelfs Hannah niet kunnen beschermen. Ze bevindt zich nu tussen vier meisjes die al zo vaak seks hebben gehad dat het haar eigen gebrek aan ervaring zou uitvlakken.

Jenny steekt een sigaret op en geeft hem door aan Kim, dan steekt ze er een voor zichzelf op. Jenny's raam staat een paar centimeter open en als ze de as buiten aftikt, ziet Hannah haar gladde, glanzende nagels; ze zijn donkerrood gelakt, de kleur van wijn. Jenny draait zich om en zegt iets wat door de muziek niet te verstaan is.

'Wat?' zegt Hannah.

'De rook,' zegt Jenny iets harder. 'Heb je daar last van?'

Hannah schudt haar hoofd.

Jenny draait zich weer terug. De harde muziek is eigenlijk

heel welkom, omdat daardoor een gesprek onmogelijk is.

Het duurt bijna twee uur voor ze in Springfield zijn. Als ze van de snelweg af gaan, vallen Hannahs ogen steeds dicht. Ze heeft een droge mond; ze vermoedt dat haar stem schor zou klinken als ze iets zou zeggen.

Michelles vriend woont in een appartementencomplex boven op een heuvel. Michelle is hier al eerder geweest maar ze zegt dat ze niet meer weet waar de juiste ingang is, dus rijden ze rond terwijl ze de nummers bekijken. 'Het is ergens in het midden,' zegt Michelle. 'Dat weet ik zeker. 'O, hier, ga hier maar in.'

'Bedankt voor de waarschuwing,' zegt Kim op gekscherende toon terwijl ze de oprit inrijdt en achter een suv parkeert.

Hannah loopt achter Jenny en Angie aan, die ieder twee sixpacks dragen die ze uit de kofferbak hebben gehaald. Ze komen een hal binnen met bruine vloerbedekking, wit gestuukte muren en een aantal brievenbussen aan de linkerkant. 'Ik voel de testosteron,' zegt Kim, en iedereen lacht.

Als ze de trap op lopen is het ruisen van winterjassen te horen. Op de overloop draait Angie zich om en zegt: 'Zit mijn lipstick goed?'

Hannah heeft niet meteen door dat Angie het aan haar vraagt, ook al loopt zij vlak achter haar. Dan zegt Hannah: 'Ja hoor, prima.'

Michelle klopt op de deur. Hannah hoort muziek. 'Zit mijn lipstick goed?' vraagt Angie aan Jenny, en Jenny zegt: 'Ja hoor, prima.' De deur gaat open, en een magere, donkerharige jongen met een rood gezicht en een stoppelbaard verschijnt. Hij heeft een blikje bier in zijn ene hand. 'Michelle, ma belle,' zegt hij, en hij slaat zijn arm om Michelle heen. 'Het is je gelukt.' Hij gebaart met het bierblikje. 'En wie zijn al deze schoonheden?'

'Oké,' wijst Michelle. 'Angie, Jenny, Kim, Hannah. Jongens, dit is Jeff.'

Jeff knikt een paar keer. 'Welkom, welkom,' zegt hij. 'Als ik vanavond iets voor jullie kan doen, dan hoeven jullie maar te kikken.'

'Je kunt beginnen met ons iets te drinken te geven,' zegt Michelle. Ze loopt al langs hem naar binnen.

'Deze kant op.' Jeff steekt met een geopende hand zijn arm uit en ze drommen langs hem heen. Hannah ziet Kim en Jeff naar elkaar kijken. Hannah kan Kims gezicht niet zien, maar ineens heeft ze het idee dat Jeff en Kim vanavond iets met elkaar krijgen. Waarschijnlijk zullen ze seks hebben. Ze beseft met een schokkende helderheid dat het hier vanavond allemaal om draait: iemand versieren. Tot op een bepaald niveau vermoedde ze al zoiets, maar nu is het zonneklaar.

Een stuk of twaalf jongens en twee meisjes zitten in de woonkamer. Het ene meisje is een knap blondje met een strakke spijkerbroek en zwartleren laarzen. De ander draagt een trui met capuchon en een honkbalpetje. Tijdens de drukte waarin iedereen zich aan elkaar voorstelt komt Hannah erachter dat het knappe meisje een vriendin van buiten de stad is, en het andere meisje een studente van hier. Hannah heeft de namen van de meisjes noch van de jongens onthouden. De stereo en de tv staan allebei aan – op de tv is een basketbalwedstrijd bezig – en het is bijna donker in de kamer. Men staat in groepjes bij elkaar of zit op de grond of op een van de twee bankjes, met een sigaret. Een jongen praat in een draadloze telefoon, en loopt heen en weer van de woonkamer naar de achterkant van het appartement. Hannah gaat de felverlichte keuken in. Angie geeft haar een biertje, waarop Hannah teruggaat naar de woonkamer en naast de bank blijft staan. Haar blik wordt naar de televisie getrokken en ze doet alsof ze kijkt.

'Je gaat me toch niet vertellen dat je een fan van de Sonics bent.'

Ze kijkt op. Er zit een jongen op de bank met zijn voeten op de salontafel voor hem.

'Nee,' zegt ze.

Het antwoord lijkt haar wat te kort; als ze wil dat hij met haar blijft praten, moet ze nog iets zeggen.

'Hoeveel staat het?' vraagt ze.

'Vijfenzeventig tegen achtenvijftig. De Knicks hebben de overwinning al binnen.'

'O, mooi,' zegt Hannah. Dan is ze bang dat ze door de mand valt en haastig voegt ze eraan toe: 'Niet dat ik echt iets van basketbal weet.'

Deze bekentenis lijkt goed te vallen. Op speelse toon zegt hij: 'Meisjes weten gewoon niets van de spiritualiteit van sport.'

'De spiritualiteit?'

'Die brengt mensen dichter bij elkaar. Met de kerk is het… wie gaat er tegenwoordig nog naar de kerk? Maar wat dacht je hiervan: er zijn nog tien seconden te gaan. De Bulls staan een punt achter. Pippen gooit de bal naar Jordan, en Jordan gaat ermee het veld op. Hij ziet de klok verder lopen. Het publiek wordt wild. Met nog twee seconden te gaan maakt Jordan een sprong en wint de wedstrijd. En de fans gaan uit hun dak – mensen die elkaar totaal niet kennen omhelzen elkaar. Zeg nou zelf, als dát geen spiritualiteit is.'

Terwijl hij aan het woord was, dacht Hannah: Verlicht me nog wat meer, Einstein. Maar tijdens het laatste stukje over volslagen onbekenden die elkaar omhelzen – toen moest ze zich wel voorstellen dat ze door hem werd omhelsd. Zei hij dat met opzet? Hij draagt een geruit flanellen hemd en ze denkt eraan hoe het zou zijn als hij zijn armen om haar heen had.

'In het algemeen gesproken zie ik sport als een positieve kracht,' zegt Hannah.

'Wat is er verder?' zegt de jongen. 'Noem één ander ding dat mensen op die manier bij elkaar brengt.'

'Nee, ik weet het,' zegt Hannah. 'Ik ben het met je eens.'

'En als ik ouders hoor zeuren dat atleten zulke slechte rolmodellen zijn, heb ik iets van: jullie zijn degenen die je kinderen grootbrengen. Of althans, dat zouden jullie moeten zijn. Weet je wel? Verdomme, zo van: Dennis Rodman brengt kleine Johnny niet elke avond naar bed. Als atleten coke snuiven of hun vrouw slaan, heeft dat niets te maken met hun prestaties.'

'Ik zou coke snuiven en je vrouw slaan niet hetzelfde willen noemen,' zegt Hannah.

'Je meent 't.' De jongen grijnst. 'Je vrouw slaan is een stuk goedkoper.'

Juist, denkt Hannah. Huiselijk geweld als aanloop voor een flirt. Maar ze glimlacht halfslachtig, ze wil geen spelbreker zijn.

'Trouwens,' zegt de jongen, 'ik ben Todd.'

'Hannah.'

Hij gebaart naast zich. 'Wil je zitten?'

Hannah aarzelt even en zegt dan: 'Oké.'

Op de bank vindt ze hem meteen aardiger dan toen ze nog stond. Ze vindt zijn aanwezigheid naast haar prettig, zijn arm die de hare raakt. Misschien is hij de eerste die haar zoent. Ze zal aan hem terugdenken als Todd die een ruitjesoverhemd droeg, die avond in Springfield.

'En, wat studeer je daar, op Tufts?' vraagt Todd.

'Ik heb nog geen hoofdrichting gekozen. Maar kunstgeschiedenis vind ik wel leuk.'

'Mag je dan schilderijen bekijken en gewichtige woorden

gebruiken om te beschrijven wat voor gevoel je daarbij krijgt – klopt dat ongeveer?'

'Precies. En we dragen zwarte coltruitjes en zwarte alpino's.'

Hij schiet in de lach. 'Ik kan me zelfs niet heugen wanneer ik voor het laatst in een museum ben geweest. Ik wed dat het op de lagere school was.'

'Nou, het staat nog niet vast of ik kunstgeschiedenis ga doen. Ik heb nog even de tijd om erover na te denken.'

Hij kijkt haar aan. 'Je weet toch dat ik een geintje maakte over die gewichtige woorden, hè? Ik zat je alleen maar te plagen.'

Hannah werpt snel een blik op hem en kijkt dan weg. 'Ik trok het me niet aan, hoor.'

Geen van beiden zegt iets.

'En jij?' zegt ze. 'De jongens hier doen geloof ik allemaal technische wetenschappen?'

Hij leunt achterover. 'Ik ben techneut,' zegt hij. 'Werktuigbouwkundige.'

'Wauw.' Maar hij weidt er verder niet over uit en zij kan verder geen vragen bedenken, want wat is dat eigenlijk, werktuigbouwkunde? Ze drinkt haar bier met een forse teug leeg en steekt het lege flesje omhoog. 'Ik geloof dat ik er nog een haal. Wil jij nog?'

'Nee hoor, ik ben tevreden.'

In de keuken staan Jenny en Angie met twee jongens te praten. Jenny knijpt Hannah even in haar schouder. 'Heb je het naar je zin?'

'Ja hoor, best.'

'Dat klinkt niet erg enthousiast.'

'Jemig, nou!' roept Hannah uit, en op dat moment weet ze dat ze aangeschoten is. Daar was maar één biertje voor nodig.

Jenny schiet in de lach. 'Wie is die jongen met wie je zit te praten?'

'Todd. Maar ik weet het niet.'

'Wat weet je niet?' Jenny stoot Hannah aan. 'Hij is echt een lekker ding.' Jenny begint te fluisteren. 'En wat vind je van…' Ze rolt haar ogen naar links.

'Die met die bril?' fluistert Hannah.

'Nee, die andere. Dave heet hij.'

'Toppertje,' zegt Hannah. 'Daar moet je werk van maken.' Ze weet niet zeker wat gekker is: het feit dat ze dit gesprek voeren op nog geen meter afstand van de jongen in kwestie, of het feit dat ze sowieso deelneemt aan dit gesprek. Blijkbaar weet ze welke woorden en stembuigingen ze moet gebruiken. Ze zou dit vaker moeten doen; misschien is het slechts een idee-fixe dat ze moeilijk vrienden maakt.

Maar als ze terugkomt in de woonkamer, ziet ze dat Michelle nu naast Todd zit. Maar dat geeft niet. Er is aan de andere kant van hem nog plaats. Ze stapt over zijn benen heen en mompelt 'hoi' terwijl ze gaat zitten.

Geen van hen reageert. 'Mijn vader heeft een BMW m5 gekocht,' zegt Michelle. 'Die heeft hij zichzelf cadeau gedaan voor zijn vijftigste verjaardag.'

'Hebben jullie het over mannen met een midlifecrisis?' vraagt Hannah.

Michelle kijkt Hannah aan en zegt: 'We hebben het over auto's.' Ze draait zich weer om naar Todd. Ze zegt: 'Ik heb altijd iets van: "nou papa, als je wilt dat ik een boodschap voor je doe, hoef je maar te kikken".'

'De BMW's van nu zijn, vergeleken met de oudere modellen…' begint Todd, en Hannah wendt zich af. Op de andere bank, die tegen deze bank aangeschoven staat zonder ruimte tussen de armleuningen, zit het meisje dat techniek studeert met drie jongens borrels achterover te slaan. Op de televisie lijkt een einde gekomen te zijn aan de basketbalwedstrijd. Twee commentatoren met microfoons in hun hand zeggen dingen die Hannah niet kan horen. Ze voelt zich ineens uitgeput. Ze zet het flesje aan haar mond en slokt het bier naar binnen. Ze zou weer bij Jenny kunnen gaan staan in de keuken, maar ze wil haar niet claimen.

'Hé.' Todd schopt zacht tegen haar kuit. 'Kak je een beetje in?'

'Ik heb nogal een lange dag achter de rug.'

'Met wat, schilderijen bestuderen?' Hij glimlacht en ze denkt dat hij misschien toch nog niet de voorkeur geeft aan Michelle.

'Het is vermoeiender dan je denkt,' zegt Hannah.

'Ik heb dit semester geen college op vrijdag,' zegt Michelle. 'Heerlijk is dat.'

Hannah heeft ook geen college op vrijdag, wat misschien de reden is voor haar hoestdrankprobleem – tegen de tijd dat het vrijdagmiddag is geworden, heeft ze al meer dan vierentwintig uur niets te doen gehad.

'Stelletje alfastudenten,' zegt Todd. 'Jullie hebben geen idee hoe goed jullie het hebben.'

'Ik doe de vooropleiding geneeskunde,' zegt Michelle. 'Ik werk me uit de naad.'

'Oké, maar zij' – hij wijst met zijn duim naar Hannah – 'doet kunstgeschiedenis. Als je vragen hebt over de *Mona Lisa*, moet je bij Hannah zijn.' Hij doet een poging, denkt Hannah. Het is misschien niet veel, maar hij doet een poging. Hij ziet er niet verkeerd uit, en ze vermoedt dat hij dronken is, en dat is goed, want als hij dronken is, zal hij als hij haar kust niet merken dat zij geen idee heeft wat ze moet doen.

'Hannah en ik kennen elkaar niet echt,' zegt Michelle. Tegen

Hannah zegt ze: 'Voordat we jou gingen ophalen, dacht ik dat je iemand anders was. Maar ik geloof dat het meisje dat ik bedoelde Anna heet.'

'En ik maar denken dat jullie dikke vriendinnen waren,' zegt Todd. 'Ik zag al voor me dat jij Hannahs haar doet terwijl zij jouw panty leent.'

'Sorry, maar niemand onder de zeventig draagt tegenwoordig nog een panty.'

'Wat draagt zij dan?' Todd wijst op Kim, die met Jeff bij de stereo staat.

'Dat is een maillot,' zegt Michelle. 'Panty's zijn doorzichtig. Net alsof je blote benen hebt, zeg maar.'

'Bloot? Dat bevalt me wel.'

Nee, Todd zal waarschijnlijk niet de eerste jongen zijn die Hannah kust. Ze wilde echter dat ze het zeker wist, dan hoefde ze niet langer haar best te doen. De dynamiek tussen haar en Michelle – Michelle met haar strakke roze T-shirt met V-hals en haar warenhuisketting van plat, dik goud – is belachelijk en onwerkelijk, iets uit een film: krengerige meisjes die kibbelen over een jongen. Misschien hoopt Todd wel dat hij hen allebei kan versieren.

Nu hebben ze het over de stage die Todd deze zomer gaat doen bij Lockheed Martin. Hannah kijkt weer even naar de andere bank. Ze zou op de leuningen kunnen gaan liggen, denkt ze, en haar ogen sluiten. Dat zou er raar uitzien, maar ze kan zich niet voorstellen dat het iemand echt iets zou kunnen schelen, en bovendien, ze zouden er waarschijnlijk van uitgaan dat ze in slaap was gevallen. Ze gaat tegen de kussens aan zitten en sluit haar ogen. Onmiddellijk zakt ze weg in het donker. Het donker is als een dikke laag stof, alsof er allerlei activiteiten plaatsvinden aan de andere kant, waarbij mensen van achteren tegen een zwart toneelgordijn aan lopen.

'Kijk,' hoort ze Todd zeggen. 'Denk je dat alles goed met haar is?'

'Volgens mij slaapt ze gewoon,' zegt Michelle. 'Ik kreeg niet het idee dat ze zich erg vermaakte.' Hannah wacht op een duidelijker uitspraak van minachting – En ze is trouwens toch een sukkel! – maar in plaats daarvan zegt Michelle: 'Gaan we nog naar dat café of niet?'

'Ik zal even rondvragen,' zegt Todd.

Ga maar, denkt Hannah. Versier elkaar. Bezorg elkaar maar chlamydia.

Er gebeurt nog meer rondom Hannah. Op de andere bank zegt een jongen: 'Ligt dat meisje te slapen?' Ze is bang dat iets in haar gezicht beweegt of, erger nog, dat ze moet glimlachen en zichzelf verraadt.

'Hannah.' Er tikt iemand op haar arm en ze doet haar ogen open. Dan, terwijl ze net doet alsof ze niet weet waar ze is, sluit ze ze weer, slikt, en doet ze weer open. Jenny zit geknield voor haar. 'Je bent in slaap gevallen,' zegt Jenny. 'Voel je je niet lekker?'

'Nee hoor, ik ben prima in orde.'

'We gaan met zijn allen naar een café, een uurtje maar. Wil je hier blijven of ga je mee?'

'Ik denk dat ik hier blijf.'

'Wil je wat water of zo?' Er straalt een bepaalde opgewektheid uit Jenny's ogen, en ze spreekt haar woorden overdreven nadrukkelijk uit, waardoor Hannah er vrijwel zeker van is dat Jenny behoorlijk aangeschoten is.

Hannah schudt haar hoofd.

'Goed dan. Droom lekker.' Jenny glimlacht naar Hannah en even flitst de wens door Hannah heen om echt bevriend met haar te zijn. Ze zou bijna geloven dat Jenny haar, als zij zich aan haar zou voordoen zoals ze werkelijk is, net zo goed zou accepteren.

Ze doen de tv en de stereo uit, en ook de lichten, behalve in de keuken. Als ze allemaal weg zijn is de stilte verbijsterend. Hannah denkt dat ze nu misschien wel echt kan slapen. Ze beseft dat ze er geen idee van heeft hoe of wanneer de anderen terug willen naar de campus. Misschien blijven ze hier wel de hele nacht. Die gedachte maakt haar wanhopig – diezelfde jongens te moeten zien in het harde ochtendlicht, wachtend in de rij voor de badkamer. Ze wou dat ze haar tandenborstel had meegenomen.

Nog geen vijf minuten later hoort Hannah de voordeur weer opengaan. Ze zijn met zijn tweeën, een jongen en een meisje, allebei lachend en fluisterend. Algauw fluisteren ze zelfs niet meer, maar praten ze gewoon zacht. Het meisje, beseft Hannah, is Jenny, en ze neemt aan dat ze met Dave is, de jongen uit de keuken.

'Ik heb hem in de mouw van mijn jas gestopt, dus als hij eruit is gevallen, moet hij op de bodem van de kast liggen,' zegt Jenny. 'Geen licht aandoen. Hannah slaapt.'

Ze zijn een poosje stil en dan zegt Dave met een andere – dikke – stem: 'Heb je eigenlijk wel een muts?'

Jenny lacht. 'Wat wil je daarmee zeggen?'

'Wat denk je dat ik daarmee wil zeggen?' Op dit moment moet hij Jenny's voorhoofd of nek aanraken. 'Het geeft niet als je er geen hebt,' zegt hij. 'Ik vind het fijn om met je alleen te zijn.'

'Ik weet zeker dat hij hier ergens ligt,' zegt Jenny. Haar stem klinkt ook anders, zachter en trager. Het is stil in het appartement – Hannah heeft het gevoel dat ze haar adem inhoudt – en dan volgt een heel licht smakken van hun lippen, en het schuren van hun kleren.

Tot Hannahs afgrijzen lopen ze van de kast naar de andere bank. Ze zeggen niet veel en beginnen steeds sneller te ademen. Hannah hoort drukknoopjes openspringen. Na een paar minuten zegt Jenny: 'Nee, hij sluit voor.' Hun voeten liggen in de richting van Hannahs hoofd, met daartussen alleen een paar centimeter kussens en de armleuningen van de twee banken. 'Je weet toch wel zeker dat ze slaapt, hè?' zegt Dave, en Jenny zegt: 'Ze was meteen in dromenland.' Hannah vraagt zich af of Jenny dat echt gelooft.

Er klinken nog meer schurende geluiden. Het lijkt heel lang te duren, misschien wel vijftien minuten, maar Hannah heeft haar ogen niet opengedaan vanaf het moment dat Jenny en Dave binnen zijn gekomen en ze heeft geen idee hoe laat het is. Een rits wordt opengetrokken, en na een paar seconden zegt Dave zachtjes: 'Dit vind je lekker, hè?'

In feite kreunt Jenny alsof ze jammert, maar het is duidelijk dat ze dat laatste niet doet. Maar er zit iets zachts en treurigs, iets kinderlijks in de geluiden die ze maakt. Krijg alsjeblieft geen orgasme, denkt Hannah. Alsjeblieft. Ze merkt dat ze zelf huilt. Een voor een vallen de tranen tussen haar dichtgeknepen oogleden door, in lange druppels tot over haar kin, en verzamelen zich in de holte van haar sleutelbeen.

Dave mompelt: 'Wat een lekker ding ben jij.'

Jenny zegt niets, en zelfs ondanks haar tranen verbaast Hannah zich hierover. Het lijkt haar dat Jenny op het compliment zou moeten reageren. Niet per se met een bedankje, maar door in elk geval iets te zeggen.

'Wacht heel even,' zegt Jenny plotseling, en haar stem klinkt bijna gewoon. Ze veranderen van positie en Jenny staat op van de bank.

Na een minuutje is duidelijk te horen dat ze in de wc staat over te geven. 'Jezus christus,' zegt Dave. Hij staat op en gaat op het geluid af.

Hannah opent haar ogen en blaast haar adem uit. Ze wou

dat ze naar een van de slaapkamers kon gaan, of zelfs naar de gang – het maakt haar niet uit. Maar als ze tijdens hun afwezigheid wegloopt, zullen ze merken dat ze al die tijd wakker is geweest en misschien denken ze dan dat ze hen heeft willen afluisteren.

Als ze voetstappen hoort aankomen, doet ze haar ogen stijf dicht. Ze neemt aan dat ze van Dave zijn, maar het is Jenny die sist: 'Hannah. Hannah!'

Hannah sputtert wat.

'Word wakker,' zegt Jenny. 'Ik heb net overgegeven. En ik ben die jongen aan het versieren. Hij is nu de wc aan het schoonmaken. O god, ik wil hier weg. Kunnen we vertrekken? Laten we gaan.'

'Waar naartoe dan?'

'Terug naar school. Ik heb Kims sleuteltjes. En jij kunt toch autorijden? Jij hebt toch niet zoveel gedronken?'

'Als wij weggaan, hoe moeten Kim en de anderen dan terug?'

'We kunnen naar het café gaan om ze op te halen. En als ze niet mee willen, wat vast en zeker het geval is, kunnen we ze morgen ophalen.'

'Maar die jongen dan?'

'O jee. Ik weet niet wat ik met hem aan moet. Hij probeerde me net te zoenen in de wc, nádat ik had overgegeven. Ik had iets van: ben je nou helemaal gek? Laten we gaan. Kunnen we nu gaan?'

Hannah komt half overeind op haar ellebogen. 'Die wagen heeft toch geen versnellingen? Want ik kan niet rijden in…'

Jenny duwt haar weer neer. 'Hij komt eraan. Ga weer slapen.'

'Hé,' hoort Hannah Jenny zeggen. 'Wat een spelbreker ben ik, hè?'

'Geeft niks,' zegt Dave. 'Dat overkomt ons allemaal wel eens.'

'Weet je?' zegt Jenny. 'Ik denk dat ik maar beter kan gaan.'

'Meen je dat nou?'

'Ik heb het gevoel dat dat beter is.'

'Maar je er geen zorgen over,' zegt hij. 'Je kunt gerust blijven.'

'Ik geloof echt dat ik weg wil. Hannah, word eens wakker.' Hoe kan Jenny Dave weigeren? Hij wil haar, met overgeven en alles, en zij weigert hem. Hannah vindt het niet weerzinwekkend dat hij Jenny wilde zoenen nadat ze had overgegeven; ze vindt het lief.

'We hoeven niets te doen,' zegt Dave. 'We kunnen gewoon gaan slapen.' Hij zegt het heel luchtig, alsof hij meer kans maakt om Jenny over te halen als hij nonchalant doet.

'Een andere keer,' zegt Jenny. 'Hé, Hannah, slaapkop.'

Voor de derde keer die avond doet Hannah alsof ze wakker wordt. Nu Jenny weet dat ze doet alsof, vraagt Hannah zich af of Jenny beseft dat ze de vorige twee keer precies hetzelfde deed.

'We gaan ervandoor,' zegt Jenny. 'Je kunt straks in je eigen bed slapen.'

'Oké.' Hannah gaat rechtop zitten en kijkt even naar Dave. 'Hoi,' zegt ze.

'Hoi.' Hij zit te kijken naar Jenny die haar jas aantrekt.

Jenny gooit Hannah de sleuteltjes toe. Terwijl Hannah haar jas uit de kast haalt, omhelst Jenny Dave. 'Fijn om je te hebben leren kennen,' zegt ze.

'Als jullie de volgende keer komen, moeten jullie langer blijven,' zegt Dave.

'Beslist,' knikt Jenny. 'Dat zou leuk zijn.'

Dan zijn ze in de hal, de deur van het appartement gaat achter hen dicht en Dave blijft binnen. Jenny grijpt Hannah bij haar pols en fluistert: 'Wat een waardeloze gozer was dat.'

'Ik vond hem best aardig.'

'Hij was eng. Als we samen wakker waren geworden, zou hij hebben gezegd dat hij van me hield.'

Hannah zegt niets.

'Slim van je om te gaan slapen,' zegt Jenny. 'Goed besluit.'

Besluit? denkt Hannah ongelovig. Ik heb niets besloten. En dan denkt ze: of toch wel?

Ze komen bij de auto. Het vriest, de lucht is ijzig koud. Het café is onder aan de heuvel en Hannah laat de motor aan terwijl Jenny naar binnen rent om tegen de anderen te zeggen dat ze vertrekken. Hannah vermoedt dat de meisjes boos zijn, maar Kim verschijnt lachend en zwaaiend voor het raam. Hannah zwaait terug.

'We moeten ze morgenmiddag bellen,' zegt Jenny als ze weer instapt. 'Maar waarschijnlijk hoeven we ze niet voor zondagochtend op te halen. Dan rijd je toch weer met me terug?'

Het verzoekt verbaast Hannah – blijkbaar heeft ze zich vanavond toch niet zo vreemd gedragen dat Jenny niet meer met haar wil omgaan. Dit feit zou Hannah waarschijnlijk dankbaar moeten stemmen.

Ze nemen maar één verkeerde afslag voordat ze bij de snelweg komen. Er rijden een paar andere auto's op de weg – het is over drieën, ziet Hannah als ze op het digitale klokje op het dashboard kijkt – en schimmige groepjes bomen staan aan weerskanten van de weg. Michelles auto rijdt soepel, zo soepel dat Hannah, als ze op de snelheidsmeter kijkt, ziet dat ze de maximumsnelheid met bijna dertig kilometer overschrijdt. Ze weet dat ze gas terug moet nemen, maar het snelle rijden heeft iets bemoedigends. Ze beseft dat ze teleurgesteld was omdat ze wegingen. Onbewust moet ze toch ergens hebben geloofd dat de anderen terug zouden komen uit het café, dat Todd dan genoeg zou hebben van Michelle en dat zij, Hannah, tegen het einde van de avond met iemand zou hebben gezoend. Maar nu is ze blij dat ze weg is. Als zij en Todd elkaar morgen op straat zouden tegenkomen, zou hij haar waarschijnlijk niet eens herkennen.

Tegelijk met haar teleurstelling neemt ook haar verontwaardiging tegenover Jenny af. Het moest inderdaad zenuwslopend zijn als een jongen die je pas een paar uur kende, zei dat hij van je hield. Alleen in theorie lijkt dat leuk. Hoe dan ook, Hannah kan zich zo'n gebeurtenis in haar eigen leven met moeite voorstellen. Ze vraagt zich af hoe lang het zal duren voordat ze iemand kust, voordat ze seks heeft, voordat een jongen tegen haar zegt dat hij van haar houdt. Ze vraagt zich af of dit uitstel veroorzaakt wordt door iets wat zij doet en andere meisjes niet, of door iets wat die meisjes doen wat zij laat. Misschien zal ze wel nooit iemand kussen. Tegen de tijd dat ze oud is, is ze dan net zo zeldzaam als een coelacant: een vis, volgens het leerboek evolutiebiologie, waarvan werd aange nomen dat hij zeventig miljoen jaar geleden uitgestorven was totdat er in de jaren dertig van de twintigste eeuw een werd aangetroffen in Madagaskar, en daarna weer een op een markt in Indonesië. Ze zal lobvinnig, blauwschubbig en geluidloos alleen door het donkere water glijden.

Een halfuur verstrijkt in stilte. Nadat ze langs een bord zijn gereden met daarop een aankondiging van een vrachtwagenstopplaats bij de volgende afslag, zegt Jenny: 'Zin in koffie? Ik trakteer.'

'Wil jij?' vraagt Hannah. Zij drinkt geen koffie.

'Als je het niet erg vindt.'

Hannah geeft richting aan en rijdt van de snelweg af. Aan het einde van de afslag ziet ze een opvallend bord van der-

tig meter met de naam van de uitspanning, en een groten-
deels lege parkeerplaats die baadt in het licht. Ze wacht tot het
groen wordt.

'Raar,' zegt Jenny. 'Ik heb een déjà vu.'

'Over dat truckerscafé?'

'Over alles. Deze auto, en dat jij rijdt.'

'Een déjà vu betekent dat je ogen een situatie sneller opnemen dan je hersenen,' zegt Hannah. 'Dat heb ik ergens gelezen.' Jenny reageert niet, en dan – Hannah hoort zelf dat ze
het er gehaast en ademloos uitgooit – zegt ze: 'Maar dat is wel
een saaie verklaring. Zo klinisch. Soms denk ik wel eens, over
tien jaar, denk ik dan, stel dat ik dan getrouwd ben en kinderen heb en in een huis woon en wat nou als ik op een avond,
terwijl ik eten maak voor mijn man en mij en ik groente sta
te snijden of zoiets, een déjà vu heb? Stel dat ik dan denk: o,
wacht eens, dit heb ik allemaal al eens gezien? Dat lijkt me
gewoon zo bizar, want het zou zijn alsof ik altijd al wist dat
het uiteindelijk allemaal goed zou komen. Dat ik wist dat ik
gelukkig zou worden.' Hannahs hart bonkt. 'Dat zal wel raar
klinken,' zegt ze.

'Nee.' Jenny lijkt op dit moment heel serieus, bijna bedroefd.
'Het klinkt helemaal niet raar.'

Ze rijden de parkeerplaats op. Reclameposters voor een
aanbieding van twee liter sodawater hangen voor het raam, en
Hannah ziet achter de balie twee vrouwen in rode schorten.
Het lijkt in het hele complex te gonzen van bedrijvigheid.

'Zo veel jongens heb ik niet versierd,' zegt Hannah.

Jenny lacht zachtjes. 'Heb jij even geluk,' zegt ze.

3

April 1997

Wanneer Hannah na haar afspraak met dokter Lewin met de metro terug naar school rijdt, maakt ze notities over hun gesprek. Jared waarschijnlijk gevleid, schrijft ze. Waarom zo'n gek gebaar? Waarom niet nagedacht? Ze gebruikt haar schrift van het vak islamitische kunst, en op haar kamer zal ze de bladzij eruit scheuren en haar aantekeningen in de manilla map opbergen die ze in de bovenste la van haar bureau bewaart. Als ze genoeg velletjes heeft verzameld zal Hannah, naar ze hoopt, begrijpen wat het geheim van geluk is. Het is niet duidelijk hoe lang dit gaat duren, maar op dit moment gaat Hannah, sinds de lente van haar eerste studiejaar, al een jaar lang elke vrijdagmiddag naar dokter Lewin. Dokter Lewin rekent Hannah negentig dollar per uur, een schijnbaar buitensporig bedrag dat in feite een variabel honorarium weergeeft. Om dit te kunnen betalen zonder een van haar ouders om geld te hoeven vragen – dat wil zeggen, zonder haar ouders te vertellen dat ze bij een psychiater in behandeling is – heeft Hannah een baan aangenomen in de bibliotheek van diergeneeskunde, waar ze boeken op planken zet. 'Wat vrees je dan dat ze denken?' vroeg dokter Lewin een keer, en Hannah zei: 'Ik wil er gewoon niet met ze over praten. Ik zie daar de zin niet van in.'

Dokter Lewin is achter in de dertig, goed verzorgd en getraind; Hannah vermoedt dat ze jogt. Ze heeft donker krullend haar dat ze kort draagt, een mooie huid en diepblauwe ogen. Ze draagt het liefst witte of gestreepte bloesjes en zwarte broeken. Ze zien elkaar in het omgebouwde souterrain van dokter Lewins grote grijs gepleisterde huis in Brookline. Volgens de diploma's aan de muur in dokter Lewins praktijkkamer heeft ze op Wellesley College gezeten, is ze summa cum laude afgestudeerd en heeft ze een medische opleiding gevolgd aan de Johns Hopkins University. Hannah vermoedt dat dokter Lewin joods is, hoewel Lewin haar niet joods in de oren klinkt. Dokter Lewin heeft twee zoontjes in de basisschoolleeftijd die geadopteerd lijken, misschien uit Midden- of Zuid-Amerika – op de ingelijste foto op dokter Lewins bureau hebben ze een karamelbruine huid. Hannah weet niets van de echtgenoot van dokter Lewin. Soms stelt ze zich hem ook voor als een psychiater, een man die dokter Lewin op Hopkins heeft ontmoet en die haar intelligentie en haar ernst bewonderde, maar andere keren (Hannah heeft een voorkeur voor deze versie) ziet Hannah hem als een sexy timmerman, een man met een smeulende blik en een riem met gereedschap om zijn middel die ook vol bewondering is voor dokter Lewins intelligentie en ernst, zij het op een andere manier.

Vandaag hebben ze het gehad over het feit dat Hannah tijdens een college maatschappijleer een fles hoestsiroop heeft gegeven aan een jongen genaamd Jared. Het is een klein klasje van maar twaalf studenten, en de professor is een serieuze kerel met een baard, die spijkerbroeken draagt. De studenten zitten met zijn allen om een grote tafel, en Hannah en Jared zitten meestal naast elkaar zonder dat ze iets zeggen, hoewel er soms een gemoedelijke sfeer tussen hen is; ze vermoedt dat hij dezelfde dingen ziet als zij, dat hij dezelfde studenten grappig of irritant vindt als zij. Jared kleedt zich heel apart in een stijl die mogelijk punk is of mogelijk voor homo's: wijde rode, marineblauwe of olijfgroene denim shorts die veel langer zijn dan normale shorts, tot ruim over zijn knieën; witte lange sokken die hij optrekt over zijn dunne enkels en kuiten; suède sportschoenen en nylon jasjes met een rits van voren en verticale witte strepen op de armen. Als je achter hem de klas uit loopt, zie je een zilveren ketting van een van zijn achterzakken naar een zak aan de voorkant lopen, een opvallende schakel tussen iets wat Hannah niet zeker weet (een portefeuille?) en nog iets wat ze niet zeker weet (sleutels? Een zakhorloge?). Hij heeft zwartgeverfd haar en ze ziet hem soms over de campus rijden op een skateboard, met andere jongens die zich net zo kleden als hij, en met een meisje met een piercing door haar rechterwenkbrauw.

De reden waarom Hannah Jared de hoestdrank heeft gegeven was, logisch genoeg, omdat hij een aantal lessen achter elkaar zat te hoesten. Toen Hannah op een dag naast hem zat, moest ze ineens denken aan de fles hoestdrank in een doos in haar kast, die ze nog had uit de tijd dat ze die nam als slaapmiddel. (Ze is er vorig jaar mee opgehouden toen ze bevriend raakte met Jenny, in dezelfde tijd dat ze op zoek ging naar een therapeut.) De fles zat nog dichtgeplakt met een doorzichtig zegel; de siroop smaakte naar kersen. Toen Hannah hem voor de volgende les in haar rugtas stopte, zag ze dat de uiterste houdbaarheidsdatum was verstreken, maar wat gaf dat? Het was toch niets zoiets als melk? Ze gaf hem de fles toen ze de klas uit liepen – toen ze, een paar passen achter hem, 'Jared?' zei, was het de eerste keer dat ze zijn naam gebruikte – en hij keek eerst een beetje onthutst en daarna, toen ze het had uitgelegd, aangenaam verrast. Hij bedankte haar, draaide zich weer om en liep door. Ze liepen geen moment samen, zelfs niet naar de uitgang. In de les daarna, vandaag, zei hij niets tegen haar, hij maakte zelfs geen oogcontact, wat volgens Hannah voor het eerst was. Terwijl de minuten tijdens de les wegtikten, kreeg Hannah steeds meer spijt van haar handelwijze, zodat ze er bijna misselijk van werd. Waarom doet ze ook zo verdomd raar? Waarom gaf ze die punkjongen met wie ze nooit een woord heeft gewisseld een fles hoestdrank die over de datum was? Wilde ze een flirt met hem beginnen? En stel dat het er wel toe doet dat die hoestdrank over de datum was en dat er smerige kersenschimmel in dreef toen hij de fles opendeed, áls hij die al opendeed, wat hij waarschijnlijk niet heeft gedaan, en zijn gehoest gewoon het gevolg is van een of andere nieuwe drug waar Hannah nog nooit van heeft gehoord.

Terwijl dokter Lewin haar verhaal aanhoorde bleef ze zoals altijd onaangedaan: de vraag of Jared Hannah nu een rare vindt is voor haar minder belangrijk dan de vraag waarom Hannah zelf denkt dat ze hem die hoestdrank wilde geven, waarom Jared dat anders zou hebben opgevat dan als een vriendelijk gebaar, en welke redenen, die niets met de hoestdrank te maken hebben, hem ertoe aangezet kunnen hebben vandaag in de klas oogcontact met Hannah te vermijden.

'Wil je dat ik daar redenen voor noem?' vroeg Hannah.

Dokter Lewin knikte kalm. (O, dokter Lewin, denkt Hannah soms, laat het waar zijn dat je net zo fatsoenlijk en aangepast bent als je eruitziet! Laat het leven dat je voor jezelf hebt gecreëerd echt prettig zijn en je vrijwaren van alle narigheid en ellende van alle anderen.)

'Ik weet het niet… misschien omdat hij moe was omdat hij de hele nacht is opgebleven om een scriptie te schrijven,' zei Hannah. 'Of omdat hij ruzie had met zijn kamergenoot.'

Allebei heel aannemelijk, zei dokter Lewin. En ook zag ze niet in waarom Hannah aanstaande maandag tegen Jared zou zeggen dat mocht hij het niet hebben gezien, de uiterste houdbaarheidsdatum van de hoestdrank inmiddels was verstreken. Dokter Lewin dacht niet dat het een gevaar zou kunnen opleveren voor de gezondheid, en zij is per slot van rekening arts.

Hannah was bij dokter Lewin terechtgekomen nadat ze de studentengezondheidsdienst van Tufts had gebeld en een verwijsbriefje had gekregen. De aanleiding om de studentengezondheidsdienst te bellen – degene die de aanleiding gaf – was Elizabeth. Ze spraken elkaar om de paar maanden aan de telefoon, en op een keer belde Elizabeth Hannah wakker op een vrijdagavond om zeven uur. 'Was je een dutje aan het doen?' vroeg Elizabeth, en Hannah zei: 'Zoiets.' Die zondag belde Elizabeth weer. 'Ik wil je iets zeggen, en je moet goed begrijpen dat dit geen kritiek is op jou als persoon, want je bent een geweldige meid. Ik vermoed dat je een depressie hebt en dat je naar een therapeut moet.' Toen Hannah niet onmiddellijk reageerde, zei Elizabeth, 'Heb ik je beledigd?' 'Nee hoor,' zei Hannah. Dat was waar. Dat ze wellicht depressief was, was ook bij haar opgekomen; wat niet bij haar was opgekomen was dat ze er iets aan moest doen. 'Sommige therapeuten zijn echt eikels,' zei Elizabeth, 'maar als je de juiste treft, kan die heel veel voor je doen.' Dokter Lewin was de eerste van de lijst die Hannah belde, en ze mocht haar meteen. Dokter Lewin deed haar zelfs aan Elizabeth denken, maar na verloop van tijd zag Hannah dat die gelijkenis niet klopte, maar ongetwijfeld een gevolg was van de omstandigheden, en dat de twee vrouwen helemaal niet zoveel op elkaar leken.

Tegen de tijd dat Hannah weer op haar kamer is, is het bijna zes uur. Ze doet de bovenste la van haar bureau open, stopt het blaadje uit haar schrift in de manilla map, duwt de la dicht en blijft een minuut lang roerloos achter haar bureau zitten. Ze heeft vanavond dienst in de bibliotheek, een vooruitzicht dat haar dankbaar stemt. De angst voor de vrijdagavond, de neiging zich schuil te houden in haar kamer, heeft niet zo veel vat op haar wanneer ze weet dat ze nog ergens wordt verwacht. Ze gaat soms langs bij de kantine, niet voor een maaltijd, maar voor een appel of een granenreep. En daarna, in de bibliotheek, als ze de boeken in doorzichtig plastic op de metalen planken zet, de grijze of lichtblauwe periodieken opbergt, met de inhoud van de artikelen op het omslag – 'Artroscopische chirurgie van het musculoskeletair systeem bij paarden' – in de stilte tussen de boeken, tijdens die lichte werkzaamheden en steeds terugkerende activiteiten, voelt ze zich bijna tevreden.

Op zaterdagmiddag om drie uur gaat de telefoon. Hannah leest een studieboek over zestiende-eeuwse Iznik-tegels, ze heeft sinds vrijdagavond met niemand gepraat en verwacht Jenny te horen als ze de hoorn opneemt. Nu het warm weer is, gaan Jenny en zij vaak 's zaterdagsmiddags yoghurtijs eten. Maar het is Hannahs nichtje Fig, die zegt: 'Ik bel even over oma.'

'Waar heb je het over?'

'O, jee,' zegt Fig. 'O, nee. O, wat vreselijk. Ja, natuurlijk.' Fluisterend vervolgt Fig: 'Speel het mee.' Ze gaat weer op luide toon verder – met haar idioot harde toneelstem, beseft Hannah: 'Ja, dat denk ik ook. Ik weet het niet, maar als je me zou kunnen ophalen… Vind je dat echt niet erg?'

'Fig?'

'Ik ben in een huis in Hyannis. Je moet de Three South volgen, en dan afslaan naar de Six, en als je eenmaal in de stad bent neem je de Barnstable Road – schrijf je het even op?'

Hannah zwijgt even voordat ze vraagt: 'Is dat een nepvraag of meen je het nu serieus?'

Fig fluistert weer, ze sist bijna: 'Ik ben bij een hoogleraar, maar hij doet echt maf en ik wil hier weg. Ik wil dat je Henry gaat zoeken en met hem hierheen komt. Hij neemt niet op, maar als je naar SAE gaat, zie je hem waarschijnlijk buiten wel frisbeeën, of je vraagt daar aan iemand waar hij is. O,' vervolgt ze, nu luid en op radeloze toon, 'ik kan het ook niet geloven. Soms gaat het allemaal zo snel.'

'Je doet echt idioot,' zegt Hannah. 'Ben je in gevaar of zo?'

'Ik doe alsof oma net is overleden,' fluistert Fig. 'Kun je nu meteen vertrekken?'

'Je bedoelt oma die al vier jaar dood is?'

'Hannah, wat zei ik nou net? Speel het mee! Heb je de route opgeschreven?' Fig beschrijft hem nogmaals, en deze keer schrijft Hannah alles op, hoe snel Fig ook praat met haar vreemde stem. 'Je bent wel eens op de Kaap geweest, toch?' vraagt Fig.

'Kaap Cod?'

'Nee, Kaap de Goede Hoop, nou goed. Hannah, wat denk je nou?'

'Sorry,' zegt Hannah. 'Nee, ben ik nooit geweest. Weet Henry hoe je daar moet komen?'

'O, je moet je niet verdrietig zijn, Hannah,' zegt Fig. 'Het was haar tijd.'

'Je bezorgt me de kriebels.'

Fig zegt weer op fluistertoon: 'Ik leg het in de auto wel uit.' Daarna, harder: 'Rij voorzichtig, hè? Dag, Han.'

'Geef me het telefoonnummer van waar je nu bent,' zegt Hannah, maar Fig heeft al opgehangen.

Tijdens het overstappen in de metro van Davis Square naar BU West bedenkt Hannah dat ze misschien beter een taxi had kunnen nemen. Dringt de tijd? Is Fig in gevaar? Sigma Alpha Epsilon blijkt een roodstenen huis te zijn met een halfronde veranda ervoor, en boven de veranda een dakterras, ook halfrond, dat op dunne Ionische zuilen rust; twee jongens, een van hen heeft een ontbloot bovenlijf, zitten in tuinstoelen op het dak. De stoelen nemen bijna de hele ruimte achter een zwarte smeedijzeren reling in beslag. Met haar hand boven haar ogen kijkt Hannah loensend naar hen omhoog. 'Neem me niet kwalijk,' zegt ze. 'Ik ben op zoek naar Henry.' Ze beseft dat ze geen idee heeft van Henry's achternaam. Ze heeft hem slechts één keer ontmoet, een paar maanden geleden, toen ze bij Fig op haar kamer was. Hij is een ouderejaars, twee jaar ouder dan Fig en Hannah. Hij was knap, wat niet verbazingwekkend was, en aardig, wat dat wel was; in tegenstelling tot Figs vorige vriendjes, stelde hij Hannah vragen over haarzelf.

'Voordat we jou vertellen waar hij is, moet je ons vertellen wat Henry heeft gedaan,' zegt een van de jongens. 'Zo luidt de regel.'

Hannah aarzelt even en zegt dan: 'Ik ben het nichtje van zijn vriendin – van Fig.'

'Je bent het nichtje van Fig,' herhaalt de jongen zonder hemd, en ze beginnen allebei te lachen. Hannah wil bijna zeggen: het gaat om een noodsituatie, maar ze weet niet of dat echt zo is, en het voelt ook niet goed om hun gesprek ineens zo'n andere teneur te geven. De jongens zijn vriendelijk, en het is haar eigen schuld dat ze niet eerder heeft gezegd hoe dringend het is.

Ze probeert op opgewekte toon te zeggen: 'Het spijt me, maar ik heb een beetje haast. Ik heb gehoord dat hij misschien aan het frisbeeën is.'

De jongen zonder hemd staat op, buigt zich over de reling en wijst in het huis. 'Hij zit naar een wedstrijd te kijken.'

'Bedankt.' Hannah loopt snel de trap af. De deur is roodgeverfd en wordt opengehouden door een bruine plastic vuilnisbak, en als ze tegen het zware hout duwt, hoort ze een van hen zeggen: 'Dag nichtje van Fig.' Ze is blij, want dat moet betekenen dat ze niet humorloos is overgekomen.

Het is binnen donkerder dan buiten, en het televisietoestel is gigantisch. Ze staat op de drempel van de woonkamer – een jongen kijkt naar haar, en dan weer weg – en een stuk of zeven jongens zitten met hun rug naar haar toe. De jongens zijn verspreid over stoelen en banken. Ze is er vrijwel zeker van dat Henry degene is die een meter voor haar zit, en ze loopt langs de bank. 'Henry?' zegt ze – het is hem beslist – en als hij zich omdraait, legt ze haar hand op haar sleutelbeen. 'Ik ben het, Hannah,' zegt ze. 'Ik weet niet of je me nog kent – we hebben elkaar wel eens ontmoet – bij Fig…?'

Wat ze ook van hem had verwacht – dat hij op zou springen misschien – hij doet het niet. 'Hoi,' zegt hij, en hij kijkt vragend.

'Kan ik je heel even spreken?' Hannah gebaart naar de gang. 'Daar?'

Als ze weg zijn bij de televisie, blijft Henry met zijn armen over elkaar staan, maar niet op een rotmanier. Hij is zo'n een meter tachtig lang, hij draagt een effen wit T-shirt, een blauw sportbroekje en slippers. Zijn haar is donkerbruin, bijna zwart, en ook zijn ogen zijn bruin. Hij is zo knap, zo precies zoals je, als je een jaar of tien bent, denkt dat een vriendje eruit hoort te zien – zoals je denkt dat je eigen vriend eruit zal zien, je geboorterecht – dat hij Hannahs hart een beetje breekt. Ze kent hem amper (misschien is hij wel niet zo geweldig), maar het is toch niet eerlijk dat maar een paar meisjes later zo'n jongen krijgen.

Hannah haalt diep adem. 'Fig wil dat we haar komen halen. Ze zit bij haar hoogleraar.'

'Waar heb je het over?'

Ze had gedacht dat hij er meer van zou weten en het haar zou kunnen uitleggen. Dat hij precies zo reageert als Hannah zelf is verontrustend en intrigerend tegelijk.

'Ze heeft me gebeld' – Hannah kijkt even op haar horloge

– 'ongeveer een uur geleden. Ze wil dat we haar daar ophalen. Ze is in Hyannis.'

'Zit ze bij Mark Harris?'

'Is dat haar hoogleraar?'

'Haar hoogleraar – ja, ja.'

'Is hij dat dan niet?'

Henry kijkt Hannah even aan. 'Fig en ik zijn niet echt meer samen,' zegt hij. 'Ik krijg het idee dat ze je dat niet heeft verteld.'

En dus? Moet Hannah nu teruggaan naar Tufts? Er wordt toch niet van haar verwacht dat ze een auto huurt om Fig op te halen? Het is denkbaar dat dit het abrupte einde is van haar hulpactie. Toch voelt ze ook dat Henry er niet helemaal afkerig tegenover staat. Hij zegt geen nee; het lijkt er meer op dat hij doet alsof hij er geen zin in heeft.

'Ik geloof niet dat Fig in geváár is,' zegt Hannah, en ze baalt van zichzelf dat ze zich zo inschikkelijk opstelt. *Hé, egocentrische nicht en slap, zogenaamd vriendje van je, jullie hebben me zover gekregen dat ik probeer jullie wensen in te willigen terwijl ik het jullie ook nog eens zo gemakkelijk mogelijk maak.* 'Maar,' vervolgt Hannah, 'ze leek me niet echt zichzelf.'

'Hyannis is ruim honderd kilometer rijden,' zegt Henry.

Hannah zegt niets. Ze blijft hem aankijken. Hoe overtuigend Henry dat ook kan, en hoe compromitterend het ook voor Hannah zelf is, ze is er verrassend goed in.

Uiteindelijk kijkt Henry met een zucht weg. 'Weet je de route?'

Hannah knikt.

'Mijn sleuteltjes liggen boven,' zegt Henry. 'Ik zie je straks voor de deur.'

Ze wou dat ze haar zonnebril bij zich had, maar verder is het zo fijn om op een prachtige namiddag eind april over de snelweg te rijden, zo fijn om gewoon ergens heen te gaan. Ze heeft al niet meer in een auto gezeten sinds ze een maand geleden in de voorjaarsvakantie thuis was. En ze had zich erop ingesteld dat Henry van die vreselijke mannenmuziek zou willen horen – heavy metal of misschien wel van die pretentieuze blankemannenrap – maar de cd die opstaat is van Bruce Springsteen. Het is heel goed mogelijk dat Hannah nog nooit van haar leven zo gelukkig is geweest.

Henry heeft wel een zonnebril, die met een verschoten paars riempje, een sportriempje, rond zijn hoofd zit. Hij heeft ook een verschoten wegenkaart in zijn auto die al zo gevouwen is dat Massachusetts te zien is. 'Jij leest kaart,' heeft hij gezegd toen ze instapten, en toen Hannah zag hoe ver Hyannis was, ging er een golf van opwinding door haar heen.

Aanvankelijk zwijgen ze, totdat Hannah zegt: 'Moet je over de Ninety-three om op de Three te komen?' waarop Henry zijn hoofd schudt. Bijna een halfuur is verstreken als hij het geluid van de stereo zachter zet.

'Dus ze belde je zomaar ineens met de boodschap "Kom me halen"?' vraagt hij.

'Min of meer.'

'Je bent een trouw nichtje, Hannah.'

'Fig kan behoorlijk dwingend zijn.'

'Zo kun je het ook zeggen,' zegt Henry. Hannah wijst hem er niet op dat hij ook in deze auto zit.

Ze zwijgen – 'I got laid off down at the lumberyard,' zingt Bruce Springsteen – totdat Hannah zegt: 'Ik geloof dat ik me vroeger toen we klein waren meer door haar heb laten frustreren. Vooral toen we pas op de high school zaten, omdat Fig toen steeds werd uitgenodigd op feestjes bij klasgenoten en ouderejaars. Of ik hoorde anderen vertellen over een bepaald voorval, zoals dat ze op een parkeerplaats bij een basketbalwedstrijd wodka met gelatine had staan zuipen, en ik dacht: wacht even, mijn nichtje Fig? Díe Fig?' Het feit dat Henry vaag geërgerd lijkt, en het feit dat hij van Fig is – zelfs als hij en Fig niet meer samen zijn, is hij nog steeds van Fig en buiten bereik van Hannah – hebben beide een bevrijdend effect op haar, en Hannah babbelt er voor haar doen op los. Het is niet zo dat ze aantrekkelijk probeert te zijn, of indruk op hem wil maken; ze kan zich gewoon ontspannen gedragen. 'Natuurlijk weet ik niet zeker of ik eigenlijk wel naar die feestjes van jaargenoten en ouderejaars had gewild,' gaat ze verder. 'Waarschijnlijk wilde ik liever uitgenodigd worden dan er daadwerkelijk naartoe gaan. Ik ben nogal een sukkeltje.'

'Of misschien heb je het niet zo op wodka met gelatine,' zegt Henry.

'Ik heb het eerlijk gezegd nooit geprobeerd.' Ze vraagt zich af of dit hem als een bekentenis voorkomt. Als dat zo is – nou en! Gezien het feit dat ze nog steeds niet heeft gezoend, is wodka met gelatine wel het minste van de dingen die ze nog nooit heeft geprobeerd. 'Maar wat ik vooral bedoel over Fig is dat je niet van haar hoeft te verwachten dat ze je halverwege tegemoetkomt,' zegt Hannah. 'Je kunt haar maar beter waarderen om haar goede eigenschappen, en het niet te persoonlijk nemen als ze je negeert.'

'Over welke goede eigenschappen heb je het?'

Hannah werpt hem even een blik toe. 'Jij hebt verkering met haar gehad,' zegt Hannah. 'Je weet hoe ze is.'

'Klopt,' zegt Henry. 'Maar ik wil graag weten wat je precies bedoelt.'

'Waarom zeg jij het niet eerst?'

'Wil je dat ik zeg wat ik leuk vind aan Fig?'

'Dat wilde je mij ook vragen.'

'Maar jullie hebben niet net een verkering verbroken,' zegt hij. 'Maar ik zal meespelen.' Hij rijdt de linkerbaan op, passeert een Volvo en voegt weer in. Hij rijdt goed en met zelfvertrouwen. 'Ten eerste is ze beeldschoon.'

Blablabla, denkt Hannah.

Henry kijkt haar even aan. 'Dat is toch niet kwetsend? Ik mag toch wel zeggen dat een mooi meisje mooi is?'

'Natuurlijk mag dat,' zegt Hannah. Het enige wat nog saaier zou zijn dan praten over Figs schoonheid is praten over de reden waarom Henry het recht heeft die te noemen.

'Het gaat niet alleen om het uiterlijk,' zegt Henry. 'Maar ik zou liegen als ik zou zeggen dat dat geen rol speelt. En bovendien is ze spannend.'

Hannah vermoedt dat dit op hun seksleven slaat.

'Ze laat je constant in het ongewisse,' vervolgt Henry. 'Ze heeft zo veel energie, en ze is overal voor in. Al zei je om drie uur 's nachts: "Ik wil nu naakt zwemmen in de Charles," dan reageerde zij meteen met: "Ja, geweldig!"'

Oké, denkt Hannah. Het is duidelijk.

Dan zegt Henry: 'Maar ik denk dat het me niet zou verbazen als ze mij een saaie sok vindt.'

'Ja, maar Fig houdt van saaie sokken.'

'Denk je?'

'Ze heeft publiek nodig. Ze komt pas goed tot haar recht bij mensen die precies het tegenovergestelde zijn.' Hannah heeft hier nooit eerder over gesproken, maar ze is tamelijk overtuigd van wat ze zegt. 'Toen we in groep zes zaten, zat er een meisje, Amanda, bij ons in het softbalteam dat altijd maffe dingen deed – ze kon "Yankee Doodle" spelen met haar oksel, of ze maakte radslagen terwijl de trainer ons probeerde iets uit te leggen, maar het was duidelijk dat hij haar evengoed mocht. Als we in de bus naar huis reden, zat Amanda voorin en koos de radiozender uit. Ze zei dan: "Recht rijden, coach Halvorsen," en dan zwenkte hij uit. Het was alsof Amanda Fig de baas wilde zijn. En Fig had de pest aan haar.'

'Wacht even,' zegt Henry. 'Speelde dat meisje "Yankee Doodle" met haar óksel?'

'Dat was haar speciale trucje.'

'Nou, geen wonder dat Fig zich bedreigd voelde.'

Hannah glimlacht. 'Ik denk dat je gelijk hebt, het wás ook vreemd, maar ik heb er nooit over nagedacht,' zegt ze. 'Amanda tilde haar truitje omhoog en ging met haar arm op en neer, alsof ze een kip was, en dan maakte ze met haar oksel een piepend geluid.'

'Jemig, en ik dacht dat ik bijzonder was omdat ik mijn oogleden binnenstebuiten kan keren.'

'Dat ken ik,' zegt Hannah. 'Dat deden de jongen in de bus ook, en alle meisjes begonnen dan te gillen.'

'En wat voor bijzonders kon jij op de basisschool? Ga me niet vertellen dat je niets kon.'

Het enige wat Hannah zich kan herinneren is iets wat je niet gaat vertellen aan een knappe jongen. Maar nogmaals: hij is van Fig. Ze probeert niet hem te verleiden. 'In groep vier,' zegt ze, 'heb ik een keer midden in de les maatschappijleer geniesd en tegelijk een scheet gelaten.'

Henry lacht.

'Ik ontkende dat ik het had gedaan. Ik zat achter in de klas, en alle kinderen om me heen hadden het gehoord en wilden weten wie het had gedaan, en ik zei: "Ik kan het niet geweest zijn, want ik was degene die moest niezen."'

'Wat uitgekookt van je.'

'Ze dachten waarschijnlijk dat het Sheila Waliwal was, die in onze klas van allerlei ranzige en maffe dingen de schuld kreeg. Zij was de eerste die ongesteld werd toen we in groep vijf zaten, en toen brak de hel los. Sheila verstopte zich in een toilethokje terwijl de rest van de meisjes helemaal gek werd en de toiletten in en uit rende. Met Fig voorop – ze deed alsof zij de regisseur en de producent was van Sheila's menstruatie.'

'Dat klinkt eigenlijk best wel lief.'

'Ik geloof dat alle meisjes er wel tegen opgewassen waren. Ik denk dat we gewoon zo blij waren dat niet wij de eerste waren, hoewel er voor zover ik weet meisjes waren die al eerder ongesteld waren geworden maar het gewoon nooit hadden verteld. Maar Sheila vertelde het aan Fig, en dat had hetzelfde effect als een openbare aankondiging.'

'Toen mijn tweelingzusje ongesteld werd,' zegt Henry, 'feliciteerde mijn pa haar tijdens het avondmaal. Ik kon mijn eten bijna niet meer weg krijgen. We waren dertien, wat inhield dat ik eruitzag en me gedroeg als een kind van negen en Julie eruitzag en zich gedroeg als een vrouw van vijfentwintig.'

'Ik wist niet dat je er een van een tweeling bent,' zegt Hannah. 'Het leek me altijd zo leuk om een tweeling te zijn.'

'Jij en Fig zijn bijna tweelingzusjes. Jullie schelen maar een paar maanden, toch?'

'Zij is drie maanden ouder,' zegt Hannah. 'Maar dat is niet hetzelfde. We zijn in verschillende huizen opgegroeid, met verschillende ouders. Bovendien is het toffe van tweelingen zijn...'

'Ga je het nu over telepathie hebben? Want dat hebben Julie en ik helemaal niet.'

'Eigenlijk wilde ik het over slaapfeestjes hebben. Ik dacht altijd dat als ik een tweelingbroer had, hij zijn vrienden zou uitnodigen en dat ik dan aan de deur kon luisteren om te horen op wie ze verliefd waren.'

'Nou, als Julie een slaapfeestje hield, mocht ik er niet eens bij zijn. Op een keer, toen ik bij mijn vriendje zou gaan logeren, werd hij op het laatste moment ziek en kon de logeerpartij niet doorgaan. Mijn moeder waarschuwde me met opmerkingen als: 'Zorg dat Julies vriendinnetjes zich op hun gemak kunnen voelen. Geen trucs met ze uithalen.' Niet dat ik dat van plan was – ik voelde me waarschijnlijk minder op mijn gemak dan zij. Maar van mijn moeder moest ik bij haar en pa in een slaapzak op de grond slapen. De hele nacht schoot ze om de paar uur overeind en zei ze: "Henry, ben je daar nog?"'

'Waar ben je opgegroeid?' vraagt Hannah.

'In New Hampshire. Leef vrij of sterf.'

'Ik in een buitenwijk van Philly. Nou ja, du-uh – net als Fig. Ik heb alleen geen idee wat het motto van die staat is.'

Zonder aarzelen zegt Henry: '"Deugdzaamheid, vrijheid en onafhankelijkheid."'

'Echt?'

'Massachusetts: "Door het zwaard streven we naar vrede, maar vrede slechts onder vrijheid." Dat is een lastige.'

'Verzin je die nu ter plekke?'

'We moesten ze uit ons hoofd leren bij maatschappijleer,' zegt Henry. 'Dat deden sommigen, terwijl anderen bezig waren met scheten laten.'

Hannah geeft hem met de rug van haar hand een klapje tegen zijn arm. Heel licht, niet meer dan een tikje, maar het doet haar meteen tot haar ongenoegen denken aan haar vader, die altijd waarschuwde de bestuurder nooit aan te raken. 'Sorry,' zegt ze.

'Waarvoor?' vraagt Henry.

Hannah, die nog steeds aan haar vader denkt, vraagt zich af of er situaties zijn, situaties op de langere termijn, waarin niet achter elke hoek een conflict wacht, waarin de tijd niet verstrijkt alleen in afwachting van jouw fouten. Het is zoiets als je een charmant bergdorpje in Zwitserland voorstellen. Hardop zegt ze: 'Sorry dat ik je woorden in twijfel trok. En Alaska – ken je dat motto ook?'

'"De toekomst ligt in het noorden."'

'Missouri?'

'"Het welzijn van het volk zal de hoogste wet zijn." Sommige zijn uit het Latijn vertaald.'

'Maryland?'

'"Daden zijn manlijk, woorden vrouwelijk."'

'Dat is níet de staatsleuze van Maryland,' zegt Hannah.

'Wat is het dan?'

'Wat zou "Daden zijn manlijk, woorden vrouwelijk" dan moeten betekenen? Wat is een manlijke daad of een vrouwelijk woord?'

'Ik denk dat een manlijke daad bijvoorbeeld hout hakken is. En een vrouwelijk woord... mascara, misschien? Vingerdoekje? Trouwens, klopt mijn veronderstelling dat ik gewoon op de Three moet blijven rijden tot de Sagamorebrug?'

Hannah pakt de kaart op die aan haar voeten ligt. 'Het lijkt erop dat daarna de Three uitkomt op de Six, en dat is hetzelfde als de Mid-Cape-Highway. Nog zo'n vijftien kilometer.' Ze zwijgen allebei en dan vraagt ze: 'En waarom ben jij dan zo'n saaie sok?'

'Ik bedoelde vooral vergeleken bij Fig. Ik ben niet zo'n feestganger. Als je vrijgezel bent, ga je vaak uit, maar als je een relatie hebt – soms wilde ik gewoon thuisblijven en lekker lui liggen. Maar je nichtje wil graag pret maken. Ze houdt wel van een glaasje rum-cola, weet je wel?'

'Maar jullie relatie is toch niet stukgelopen omdat zij zo'n feestbeest is?'

'We gingen over het geheel genomen allebei een andere kant op. Ik studeer over een paar weken af, en dan ga ik aan de slag als consulent, wat betekent dat ik waanzinnig lange dagen ga maken. En Fig moet nog twee jaar studeren – dit is helderder dan wanneer ik me constant moet afvragen wat ze uitspookt.' Dus Fig heeft hem bedrogen. Dat moet hij wel bedoelen. 'Maar het is zoals je zei,' gaat hij verder. 'Je moet Fig waarderen om haar goede eigenschappen, en niet te veel van haar verwachten.'

Had Hannah dat gezegd? Ze kan het zich amper herinneren.

'Mark Harris is trouwens geen echte hoogleraar,' gaat Henry door. 'Hij is een stomme studiebegeleider die zelf nog studeert, postdoctoraal, zo iemand als Chaucer – zo'n fijngevoelig type. En hij zit al vanaf het najaar achter Fig aan.'

'Is hij haar studiebegeleider?'

'Niet dit semester. Maar het is zo'n vreselijke gluiperd. Het zou me echt niet verbazen als hij een fluwelen cape heeft.' Hannah lacht, maar Henry niet. Hij zegt: 'Welke studiebegeleider heeft er nu een huis op Kaap Cod? Dat moet dan toch van zijn ouders zijn, of niet?' Hij schudt zijn hoofd. 'Ik moet zeggen dat ik eigenlijk het liefst rechtsomkeert zou willen maken.'

Eerst zegt Hannah niets. Na dat onverwachte telefoontje van Fig is alles ineens zo snel gegaan. Maar wie weet wat er gaande is? Ze denkt aan de tijd dat zij en Fig klein waren, toen Fig bij hen thuis kwam spelen en dat ze dan gingen tekenen of koekjes bakken. En dan ineens, zonder waarschuwing, wilde Fig weg, terwijl Hannah juist dacht dat ze het heel erg naar hun zin hadden. Dat gebeurde zelfs midden in de nacht, en Hannahs vader, die Fig een vervelend kind vond, vond het uiteindelijk niet meer goed dat ze bij hen bleef slapen.

De kans dat Fig op dit moment in gevaar is, is klein. Waarschijnlijk heeft ze gewoon genoeg van die studiebegeleider, die

Hannah zich nu, vanwege die fluwelen cape, voorstelt als Sir Walter Raleigh. Maar als Hannah en Henry keren, is hun samenzijn binnenkort afgelopen. De redenen waarom zij door wil rijden, hebben weinig te maken met Fig.

'Ik vind dat we door moeten rijden,' zegt Hannah. 'Dat vind ik gewoon. En wil je een bizar verhaal horen?'

'Als dat een afleidingsmanoeuvre is, doe je dat niet erg subtiel.'

'Nee, dit verhaal wil ik je echt vertellen. Laatst' – ze was eigenlijk van plan geweest dit gisteren aan dokter Lewin te vertellen, maar toen had ze niet genoeg tijd gehad – 'volgde ik een college politieke wetenschappen. Ik zat nogal vooraan, en ik dacht: met de eerstvolgende persoon die de collegezaal binnenkomt, ga ik trouwen. Het was zomaar een idee dat bij me opkwam. En toen ging de deur een klein stukje open, maar meteen weer dicht, zonder dat er iemand door binnenkwam. Wat denk je, zou dat betekenen dat ik voorbestemd ben alleen te blijven?'

'Kwam er daarna niet iemand binnen?'

'Jawel, maar die ene keer, toen ik dat dacht, niet.'

'Je meent dit toch niet serieus, hè?'

'Het is niet zo dat ik er echt in geloof, maar het was wel een tamelijk bizar toeval.'

'Hannah, je bent knettergek. Zoiets belachelijks heb ik nog nooit gehoord. Stel dat er een meisje was binnengekomen – zou je dan hebben gedacht dat je met haar zou trouwen?'

'Nou ja, misschien bedoelde ik de eerstvolgende jóngen die binnenkwam.'

'Maar er kwamen toch ook jongens binnen?'

'Ik geloof het wel, maar niet…'

'Als je niet wilt trouwen, prima. Maar je kunt niet een of ander bizar spelletje bedenken waardoor je dat laat bepalen.'

'Doe jij dat nooit? Zoiets als: "Als ik op het juiste tijdstip wakker word, haal ik een goed punt voor mijn paper"?'

'"Als ik een stuiver vind, betekent dat geluk"?'

'Niet van die algemene bijgelovigheden,' zegt Hannah. 'Dingen die je zelf bedenkt, maar waarvan je het gevoel hebt dat ze kloppen. Je weet eigenlijk niet eens meer dat je ze bedenkt.'

'"Als er een sneeuwvlokje op mijn linkeroor valt, win ik de lotto."'

'Laat maar,' zegt ze. Omwille van hem doet ze alsof ze mokt.

'Als ik een giraf voorbij loop op het trottoir, groeit er een derde tepel op mijn lichaam,' zegt hij.

'Heel grappig.'

'Als ik tegelijkertijd moet niezen en een scheet laat...'

'Ik vertel jou nooit meer iets.'

'Wat?' zegt Henry grijnzend. 'Heb ik je gekwetst?' Met de middelvinger en duim van zijn rechterhand tikt hij tegen de zijkant van Hannahs hoofd. Het is opwindend – ten eerste dat hij haar zomaar zonder reden aanraakt. Daardoor is het nu ook legitiem dat zij zijn arm heeft aangeraakt. Tot voor kort stond zij een punt achter, maar nu staan ze gelijk. Dan zegt hij: 'Ik wed dat je ook in liefde op het eerste gezicht gelooft,' en ze krijgt een warm en smeulend gevoel. Het lijkt er nu wel erg op dat hij met haar zit te flirten.

Maar haar stem klinkt verrassend normaal als ze zegt: 'Hoezo – geloof jij daar niet in?'

'Ik geloof in aantrekkingkracht op het eerste gezicht,' zegt Henry, en zijn stem klinkt ook normaal, niet meer zo plagerig. 'En dan word je misschien verliefd als je elkaar beter leert kennen. Ik denk dat ik geloof in chemie op het eerste gezicht.'

Ze zit op een evenwichtsbalk en als ze iets zegt dat te afgezaagd of te klinisch is, helt ze over naar de ene kant. Maar mogelijk wordt Henry als ze precies het juiste zegt, verliefd op haar. (Nee, natuurlijk wordt hij dat niet! Hij is Figs ex-vriendje! En iedere jongen die een meisje als Fig heeft gehad... En hij kan ook niet met Hannah flirten, want betekent een gesprek over romantische onderwerpen niet automatisch dat dat niet slaat op de mensen die dat gesprek voeren? Als Henry zich ook maar een beetje aangetrokken voelde tot Hannah, zou dit er dan niet veel te dik op liggen?) 'Ik weet niet wat ik ervan moet denken,' zegt ze.

Henry schudt zijn hoofd. 'Dat is een smoes. Probeer het nog eens.'

'Dan zou ik waarschijnlijk zeggen dat ik niet geloof in liefde op het eerste gezicht. Stel ik je nu teleur?'

'En die jongen dan die door de deur van de collegezaal zou lopen?'

'We zouden niet diezelfde dag verliefd geworden zijn. Dat zou gewoon een kijkje in de toekomst zijn geweest. Misschien hadden we elkaar zelfs daar niet gesproken, noch de rest van het jaar, maar zouden we elkaar pas leren kennen in het jaar daarna, als we weer samen college hadden.'

'Je plan is al aardig uitgewerkt.'

'Nou ja, het is niet zo dat ik al die details al had bedacht. Ik zeg dat alleen omdat jij ernaar vraagt.'

'Interessant,' zegt Henry, 'want Fig is een beetje maf, en jij bent een beetje maf, maar jullie zijn op heel verschillende manieren maf.'

'En op wat voor manier ben jij maf?'

'Dat heb ik je al verteld, ik ben echt zo'n saaie Amerikaan. Ik heb honkbal gespeeld op de high school. We hadden thuis een golden retriever. Mijn ouders zijn nog steeds bij elkaar.'

'En nu word je consulent – dat lijkt me een prima baan voor een saai persoon.'

'Touché,' zegt Henry, maar – ze controleert het even – hij glimlacht.

'Jij noemde me zojuist maf.'

'Misschien had ik moeten zeggen: excentriek. Je lijkt in elk geval een stuk nuchterder dan Fig,' zegt hij.

'Eigenlijk – nou ja, ten eerste geloof ik niet dat ik maf ben. Maar ten tweede geloof ik dat jongens het leuk vinden als meisjes een beetje maf zijn. Ik zie altijd jongens met meisjes die vreselijk klagerig en humeurig doen. Ze zijn zo onredelijk klagerig en humeurig.'

'En meisje die met klootzakken gaan dan?'

'Dat is niet hetzelfde. Het type meisje dat ik bedoel is altijd aan het klagen of huilen of scènes aan het trappen. Ik denk gewoon dat ik, als ik haar vriendje was, geen minuut langer bij haar zou blijven. Maar het feit dat hij bij haar blijft moet betekenen dat hij van dat dramatische gedoe houdt.'

'Je kunt als buitenstaander nooit weten wat twee mensen met elkaar hebben.' Door de manier waarop Henry dit zegt, zo vlak, is Hannah er tamelijk zeker van dat hij al verscheidene serieuze relaties achter de rug heeft; hij lijkt volwassen en goed op de hoogte, alsof hij, in tegenstelling tot Hannah, uit ervaring spreekt. 'Wat voor iedereen zichtbaar is, is maar de helft van het verhaal,' zegt hij. 'Bovendien, gedragen we ons niet zoals er van ons wordt verwacht? Als je vriendinnetje overstuur is, probeer je natuurlijk haar weer te kalmeren, zelfs als ze niet helemaal redelijk is. Het is gewoon een geval van een hoop geschreeuw en weinig wol.'

'Dat klinkt alsof je wilt zeggen dat een meisje dat een vriendje wil, gewoon heel irritant moet doen.'

'Ik zou zeggen dat je meer kans hebt als je daarbij een laag uitgesneden bloesje draagt.'

'Dus je bent het niet met me eens?'

'Ik ben ervan overtuigd dat je in bepaalde gevallen gelijk hebt, maar je generaliseert wel heel erg.'

Hannah valt stil; haar frivole bui is verdwenen. Kennelijk stoot ze Henry af met haar theorie over lastige meisjes – hij antwoordt diplomatiek maar het kan hem niet echt boeien. Toch is de afstand die tussen hen ontstaat bijna een opluchting; haar eigen verwachtingen werden haar te machtig.

Een paar minuten verstrijken totdat Henry zegt: 'Hoe gaat het daar?'

'Goed, hoor.' Maar buiten verandert er ook iets: ze voelt door het open raam dat de avond valt. Als ze over de Sagamorebrug rijden, houdt ze zich voor niet te doen alsof zij eenendertig en Henry drieëndertig is en dat hun twee kinderen achterin zitten (een van zes en een van vier); ze houdt zich voor niet te doen alsof ze een weekend naar een huisje aan zee gaan. Het komt gewoon doordat studentendates, met al de rituelen en maffe kleren en codes die je verondersteld wordt te gebruiken, zo heel anders zijn dan wat zij zich wenst. Het zou beter zijn als ze tien jaar ouder was en de tijd dat ze plezier en spanning zou moeten beleven achter de rug had. Het enige wat ze echt wil is iemand met wie ze samen een maaltijd kan bestellen, iemand naast je in de auto, precies zoals nu, alleen zou zij dan de vrouwelijke hoofdrol spelen in plaats van de bijrol; ze zou Henry overhalen ergens naartoe te rijden, niet voor Fig, maar voor háár.

De Kaap is alledaagser dan ze had verwacht. Ze had het zich kakkineuzer voorgesteld, maar het zijn gewoon een paar rijen winkels achter elkaar. Ze naderen Hyannis, en dan zijn ze er. Hun gesprek is zo'n twintig minuten geleden vastgelopen, en Henry's stem verrast haar bijna als hij zegt: 'Zie je die Mexicaanse tent? Heb je trek?'

'Ik geloof het wel,' zegt Hannah. 'Ja, zeker.'

Binnen doet het denken aan een fastfoodrestaurant, maar Hannah gelooft niet dat het een keten is. Ze nemen allebei een burrito – in een opwelling van damesachtigheid slaat ze de guacamole en zure room af – en gaan ermee naar buiten, naar een picknicktafel vlak bij de weg. Henry gaat op de tafel zitten, dus Hannah doet dat ook. Ze kijken uit op de auto's, wat het idee geeft alsof ze televisie kijken; het neemt de druk weg dat ze met elkaar zouden moeten praten.

Hannah heeft haar burrito bijna op als Henry zegt: 'Je hebt geen ongelijk wat betreft jongens die van meisjes houden die zielig doen – ik zou zelfs zeggen dat je in wezen gelijk hebt. Maar volgens mij onderschat jij hoeveel het voor een jongen betekent om nodig te zijn. Het klinkt heel dwaas, maar als een meisje op je vertrouwt en jij voldoet aan haar verwachtingen, dan voel je je een superheld.'

Waarom vindt Hannah dit zo deprimerend om te horen?

'Op de lange duur is het meisje dat niet voor zichzelf kan zorgen niet iemand bij wie je voor altijd blijft,' zegt Henry. 'Maar voor een tijdje – ik weet het niet. Het is gewoon wel leuk. Er zitten nadelen aan, maar de voordelen zijn echt geweldig.'

Hannah blijft naar de auto's kijken. Ze heeft een beetje de pest aan hem.

Hij praat iets langzamer als hij zegt: 'Ik weet dat ik je voor vandaag pas één keer heb ontmoet, maar je geeft de indruk dat je je zaakjes wel voor elkaar hebt. Jij lijkt me niet iemand die gered wil worden.'

Raakt ze zo gedeprimeerd door het feit dat hij slechts voor de helft gelijk heeft – dat het niet zo is dat zij niet gered wil worden, maar dat niemand dat zou kunnen? Ze heeft ergens altijd geweten dat zij zichzelf moet redden. Of misschien vindt ze het deprimerend dat deze wetenschap het idee wekt dat het leven hierdoor gemakkelijker wordt, maar dat het in wezen juist moeilijker is.

'Je beseft toch wel dat dat iets positiefs is, hè?' zegt Henry. Hij zwijgt even en zegt dan: 'Je moet niet denken dat je niet zult trouwen, want jij bent precies het soort meisje met wie een man trouwt.'

Ze is bang om hem aan te kijken, bang om te reageren. Ze is verbijsterd omdat hij haar een van twee soorten complimenten heeft gegeven, maar die soorten zijn tegenstrijdig. Hij zegt dit of uit medelijden of omdat hij zich tot haar aangetrokken voelt. Hij troost haar, of hij laat iets van zichzelf zien. En ze zou of een tikje beledigd moeten zijn door zijn broederlijke vriendelijkheid, of ze zou zich verlegen moeten voelen – op een positieve, prettige manier – met zijn opmerking. Inwendig smeekt ze: Zeg nog een paar woorden. Ga nog een stapje verder. Maak me duidelijk dat het geen medelijden is. Ze kijkt zijdelings naar hem, en als hun blikken elkaar ontmoeten, staan zijn ogen ernstig. Als hij uit medelijden sprak, zou hij er dan niet bemoedigend bij glimlachen? Ze kijkt weer naar het verkeer en zegt zachtjes: 'Ja, misschien wel.' Het lijkt niet onmogelijk dat hij haar op dit moment kust of haar hand pakt, en dat dat misschien afhangt van de vraag of hun blikken elkaar weer kruisen. Ze stelt het moment uit dat ze hem aankijkt, meer dan dat ze het vermijdt, of althans, dat gevoel heeft ze vlak voordat hij opstaat, het foliebakje van de burrito tot een prop maakt en in een metalen afvalbak gooit. Ineens lijkt het er niet meer op dat hij haar ooit gekust zou kunnen hebben.

Terug in de auto, in de buurt van de straat waar Fig moet zijn, rijden ze een paar keer verkeerd. Hannah stelt voor terug te rijden naar de hoofdweg en daar iemand de weg te vragen. Maar op dat moment ziet Henry de straat die ze zoeken.

Hij heet Tagger Point, wat niet heel veel verschilt van Dagger Point, zoals Hannah had opgeschreven; ter verdediging kan ze aanvoeren dat Dagger Point een veel betere straatnaam is voor Sir Walter Raleigh.

'Hij bestaat in elk geval,' zegt Hannah. 'We zijn niet voor niets op pad gegaan.' Ze voelt dat Henry de pest in heeft omdat ze de weg kwijt waren. Zijn chagrijn is echter niet helemaal onwelkom. Het is afleiding, het maakt alles weer normaal.

'Ik wil wedden dat Fig op dit moment op het strand zit met een cocktail,' zegt Henry. 'En die klootzak zit haar waarschijnlijk een sonnet voor te lezen.' Terwijl hij dit zegt rijdt hij langzaam verder en bekijkt intussen de huisnummers. Het is teleurstellend wanneer hij een oprit van witte stukjes schelp oprijdt naar een middelgroot huis met blauwe dakspanen – het is teleurstellend dat hun tijd samen nu voorbij is.

Luchthartiger dan ze zich voelt zegt Hannah: 'Denk je dat ze wodka-gelatinedrankjes zitten te drinken?' en op dat moment komt Fig het huis uit gerend. Letterlijk. Ze draagt een spijkerbroek en een zwarte katoenen trui met een V-hals, en om haar rechterschouder hangt een witte canvas weekendtas met een lichtroze bies (heeft Hannah het mis of heeft haar moeder die tas een paar jaar geleden met kerst aan Fig gegeven? Het verbaast haar nogal dat Fig die ook echt gebruikt). Figs lange steile haar fladdert achter haar aan, en eerst ziet Hannah het nog niet als Fig door de tuin stormt, maar als Fig het achterportier van Henry's auto heeft opengedaan en haar tas op de achterbank heeft gesmeten, en na het instappen de deur met een klap dichtgooit en zegt: 'Weg wezen. Rijden, Henry, ríjden!' – op dat moment ziet ze als ze zich omdraait dat Fig een gescheurde lip heeft. De wond zit links onder: een verticale snee met een glanzend streepje bloed aan allebei de kanten, en iets daarvandaan droger bloed in de vorm van een onregelmatige wolk. Er zit ook iets roods rond haar mondhoek, en in dat rood zitten een paar kleine stipjes, als minuscule sproetjes in een nog donkerder tint rood. De auto is nog niet in beweging gekomen: ook Henry heeft zich omgedraaid. Fig huilt niet, ze ziet er ook niet uit alsof ze heeft gehuild, en ze lijkt ook niet bang. Wat ze het meest uitstraalt is ongeduld.

'Wat is er in hemelsnaam aan de hand?' vraagt Henry.

'Waag het niet om daar naar binnen te gaan,' zegt Fig. 'Rij nou maar, of geef mij anders de sleuteltjes, dan rij ik wel.'

'Heeft die klootzak je geslagen of zo – is dat het?' Henry kijkt zowel ontsteld als ongelovig; hij lijkt in de war.

'Kunnen we gaan?' zegt Fig. Daarna maakt ze, met een uitdrukking vol minachting, aanhalingstekens in de lucht. 'Ik ben gevallen,' zegt ze.

Hannah kan niet zeggen of ze spot met hun bezorgdheid of alleen met het idee dat ze net doet of ze die kapotte lip bij een ongelukje heeft opgelopen. 'Fig, gaat het wel?' vraagt ze. 'Nee echt – moeten we je naar het ziekenhuis brengen?'

Fig slaat haar blik ten hemel. (Heeft Henry op dit moment ook het gevoel dat Fig de dochter is en dat zij de ouders zijn? En niet een schattig zesjarig dochtertje met staartjes maar een opstandige tiener.) 'Hou op, allebei,' zegt Fig. 'Voor de tiende keer, kunnen we nou gewoon gaan?'

Ten slotte draait Henry zich om naar het stuur, en Hannah ziet hem in het spiegeltje gespannen naar Fig kijken. Als hij achteruit van de oprit de weg op rijdt, ontspant Hannah: Mark Harris komt niet naar buiten. Henry zal niet proberen het huis binnen te gaan.

'O, ja,' zegt Fig vanaf de achterbank. 'Bedankt dat jullie me zijn komen halen.' Fig klinkt bijna normaal. Als Hannah haar niet kon zien, zou ze gewoon denken dat haar nichtje met volle mond praatte.

'Fig, je had het me moeten vertellen,' zegt Hannah. 'Ik had geen idee wat er aan de hand was.'

Henry schudt zijn hoofd. 'Die vent is een bruut.'

'Wat denk je?' zegt Fig. 'Mark ziet er nog veel erger uit dan ik, en dat verzin ik niet.'

Henry kijkt even om. 'Ben je daar trots op?'

Het is waar, Fig klinkt vreemd genoeg alsof ze zich zit te verkneukelen.

'Nou, je hoeft mijn eer niet te wreken of waar je ook aan mag denken,' zegt Fig. 'Ik kan heel goed voor mezelf zorgen.'

'Klaarblijkelijk,' zegt Henry.

'Weet je, Henry?' zegt Fig. 'Soms heb ik zo ontzettend de pest aan je.'

In de stilte die daarop volgt, beseft Hannah dat de cd van Bruce Springsteen al op staat sinds zij en Henry uit Boston vertrokken zijn; ze moeten hem nu al verscheidene keren helemaal hebben gehoord. Na een paar minuten, als ze weer op de hoofdweg zijn, rijdt Henry naar een benzinestation.

'O ja, goed idee,' zegt Hannah. 'Fig, we kunnen pleisters of zoiets voor je halen.' Later weet Hannah vooral door deze opmerking hoe stom ze is is. Deels omdat ze situaties op het eerste gezicht neemt voor wat ze zijn. Fig en Henry zitten elkaar in de haren, en zij denkt dat dat betekent dat ze boos zijn. Ze gelooft echt dat ze, nadat ze allemaal wat gedronken hebben, zullen kalmeren en dat het ritje terug naar Boston aangenamer zal verlopen en dat Henry Fig bij haar kamer zal afzetten, dat Hannah zal uitstappen om met een knuffel afscheid van Fig te nemen en dat Hannah daarna weer instapt en dat zij en Henry ergens gaan eten tot het moment in hun leven waarop ze een stel worden. Ze moet echt wel de meest naïeve twintigjarige van de hele wereld zijn.

Als hij de motor heeft uitgezet, zegt Henry tegen Fig: 'Ik wil even met je praten.'

'Ik ga wel tanken,' zegt Hannah.

Ze lopen weg en Hannah steekt de tuit van de slang in de tank. Het is een aangename avond, een koel briesje is opgestoken, de hemel kleurt zachtpaars. Die hoogleraar is klaarblijkelijk een griezel, maar Fig lijkt min of meer in orde, dus misschien geeft het niet dat het zo'n heerlijke dag is geweest; het is eigenlijk een fantastische dag geweest.

Maar ze komen maar niet terug – waar ze ook naartoe zijn, ze komen niet terug. Als Hannah binnen gaat betalen, ziet ze hen niet tussen de schappen met chips en antivries. Vlak voordat Henry hier binnenreed, had Hannah zich voorgesteld dat zij met Fig bij de wastafel in het damestoilet zou staan, waarbij ze met een papieren handdoekje het gezicht van haar nichtje zou hebben gedept – een beetje à la Florence Nightingale – terwijl Henry buiten rondhing. (De banden op spanning brengen misschien? Een of ander mannenklusje op de achtergrond.) Maar in het damestoilet is niemand, en er is niemand die het herentoilet in of uit gaat. Waarschijnlijk weet ze het dan al, maar niet bewust. Ze koopt een fles water en loopt naar buiten. Op de parkeerplaats roept ze 'Fig?' en ze voelt zich belachelijk. Ze loopt om het kleine gebouwtje heen en dan blijkt dat ze niet zo moeilijk te vinden zijn: Fig staat met haar rug tegen de achterkant van de winkel en Henry zit geknield voor haar, met zijn armen om haar middel en zijn gezicht tegen haar blote buik. Zij wrijft over zijn hoofd. Hoewel Figs trui omhooggeschoven is, zijn ze allebei geheel gekleed; godzijdank. Het is verschrikkelijk om te zien – op een bepaalde manier is die tederheid erger dan wanneer ze wilde seks zouden hebben – maar niet schokkend. Op dit moment is Hannah niet geschokt, en later, als ze een vriend heeft, zal ze begrijpen dat de situatie erom vroeg. Hun recente breuk, Figs verwonding, de pijnlijk zwoele lenteavond – hoe hadden ze uit elkaars armen kunnen blijven? En bovendien, als je deel uitmaakt van een stel, zelfs al ben je van elkaar vervreemd, dan is de hereniging niet compleet en niet officieel totdat je elkaar hebt omhelsd. Zelfs als je elkaar gewoon in een restaurant ziet om wat te gaan eten – als je elkaar niet omhelst of kust, denkt Hannah, dan moet er iets mis zijn met de relatie. Waarmee maar gezegd is dat ze gewoon hun rol spelen. Ze doen het niet om haar dwars te zitten. Of althans, Henry niet, en het is best mogelijk dat het ook niet Figs motief is, totdat ze haar hoofd naar Hannah draait en met haar mond dicht een klein lachje laat zien. Hannah trekt zich onmiddellijk terug.

Ze leunt met haar armen over elkaar tegen de auto; ze bedenkt een plan. Ze zal een jongen zoenen. Of, beter nog, een aantal jongens. Ze zal andere jongens zoenen en dan, op een dag – niet vanavond natuurlijk, en misschien een hele poos niet – als Henry haar wil zoenen, zal ze er klaar voor zijn. Hij heeft haar een reden gegeven om zich erop voor te bereiden. Ze is niet bedroefd. Ze denkt aan Jared, bij maatschappijleer, hoe bezorgd ze was over die hoestdrank, en hoe weinig ze eigenlijk over hem weet. Ze weet niet eens of hij een homo is. De waarheid is dat ze zich bij hem in de buurt niet anders kan voorstellen dan nerveus – op zijn best prettig nerveus, op zijn slechtst gewoon nerveus. Maar ze kan zich niet voorstellen dat ze hem zoent. Ze weet zo goed als zeker dat ze zich niet tot hem aangetrokken voelt. Hij is als een spel dat ze heeft gespeeld. Hij geeft haar iets om over na te denken, en iets om, behalve over haar ouders, met dokter Lewin over te praten.

Met Henry zou Hannah echter 's nachts in een bed kunnen slapen. Ze zou 's ochtends cornflakes met hem kunnen eten, of met hem bier gaan drinken in een café. Ook saaie dingen – ze zou met hem naar een warenhuis kunnen gaan om een paraplu te kopen, of in de auto zitten wachten terwijl hij naar het postkantoor ging. Ze zou hem kunnen voorstellen aan haar moeder en haar zusje. Het is niet zo dat ze een schitterende romance voor zich ziet; alleen kan ze zich geen situatie voorstellen die ze niet met hem zou kunnen beleven, niets wat ze niet aan hem zou willen vertellen. Het lijkt erop dat er altijd iets te zeggen zou zijn, en als dat niet het geval was, zou dat ook best zijn, en niet vervelend.

Als Fig en Henry weer naar de auto komen, stralen ze met z'n tweetjes een gloed uit die Henry probeert te verjagen en waar Fig zich prima bij lijkt te voelen (toen ze vijftien waren, wist Fig Hannah zover te krijgen dat ze zo'n zes kilometer met haar mee liep naar het huis van een jongen, en verdween toen met die jongen naar de zolder, terwijl Hannah in de keuken zat te wachten; tot haar schaamte zat Hannah net een peer te eten van de fruitschaal op tafel toen de moeder van die jongen thuiskwam). Hannah protesteert niet als Fig voorin gaat zitten. Henry stelt Hannah onbeholpen vragen, alsof ze niet al twee uur samen in de auto hebben gezeten: wanneer zijn de colleges afgelopen? Wat zijn haar plannen voor de zomer?

Een paar dagen later stuurt hij haar een e-mail. Ha die Hannah, staat erin. Ik hoop dat alles goed gaat. Ik vond je adres op de website van Tufts. (Dat is haar favoriete stukje, het idee dat hij haar naam heeft ingetypt.) Zaterdag was wel gek, hè? Fig en ik zijn samen uit geweest, en het gaat goed met haar. Ik dacht dat je dat wel zou willen weten. Pas goed op jezelf, Henry. P.S. Ik zal in jouw ogen wel een ontzettende hypocriet zijn. Ik kan me zo voorstellen dat je me, als we het erover zouden hebben, zou aanspreken over mijn zelfmisleiding.

Hannah print de e-mail uit en zelfs als ze alle woorden uit

haar hoofd kent – de laatste zin is haar tweede favoriet – bekijkt ze hem af en toe toch nog op de computer. Omdat Hannah niet van streek is vanwege het feit dat Fig en Henry weer bij elkaar zijn, lijkt dokter Lewin niet te vatten (het is heel ongewoon dat dokter Lewin iets niet vat) dat Hannah Henry niet als prototype ziet van het soort jongen die ze aardig zou kunnen vinden of met wie ze iets zou kunnen krijgen; alleen met Henry zelf, Henry alleen, wil Hannah iets krijgen.

Maar nogmaals: nog niet. Later, als ze er beter op voorbereid is. Daarom vindt ze het, op de terugweg van de Kaap, niet echt erg als zij degene is die door hen wordt afgezet, dat zij degene is die met een knuffel gedag gezegd wordt. Als Fig weer instapt, buigt Hannah zich naar voren om naar Henry te zwaaien, die achter het stuur is blijven zitten. 'Tot ziens, Henry,' zegt ze. 'Het was leuk om je weer te zien.' Is het mogelijk dat hij begrijpt dat zij die neutraal vriendelijke toon alleen gebruikt om iets te verbergen?

Hij aarzelt even en zegt dan: 'Vond ik ook, Hannah.'

Het is helemaal donker als ze de auto ziet wegrijden. Voor het eerst in jaren is Hannah niet jaloers op Fig, en de gebarsten lip speelt daar slechts een kleine rol in. Het ziet er gewoon naar uit dat Fig een verkeerde weg is ingeslagen. Henry op die manier te behandelen – dat laat hij niet eindeloos gebeuren, of het lot laat dat niet gebeuren, daarvan is Hannah overtuigd. Voordat de achterlichten van de auto uit het zicht verdwenen zijn, concentreert Hannah zich uit alle macht, alsof de boodschap daardoor echt bij Fig zal aankomen, alsof Hannah Fig met deze verantwoordelijkheid kan opzadelen. Zorg goed voor mijn grote liefde, denkt ze.

4

Juli 1998

Als Hannah in mei, vlak voor haar zomerstage begint, thuis is, gaat ze met haar vader lunchen in de buurt van zijn kantoor. (Lunchen is beter dan avondeten, omdat hij bij daglicht minder bedreigend is.) Ze gaan naar een restaurant waar ze aan een tafeltje buiten op de stoep zitten. Ze bestelt spinazieravioli, die wordt geserveerd met roomsaus in plaats van tomatensaus; het stond waarschijnlijk wel op de kaart, maar zij heeft gewoon niet goed opgelet. Ze neemt een paar hapjes, maar het is één uur 's middags en de zon schijnt, en bij het idee dat ze dat hele bord met die warme romige hap moet opeten draait haar maag zich om. Haar vader heeft zijn bord, caesarsalade met gegrilde kip, leeg als hij zegt: 'Is dat van jou niet lekker?'

'Jawel hoor,' zegt Hannah. 'Wil jij er wat van? Ik heb niet zo'n trek.'

'Als het niet lekker is, stuur ik het terug.'

'Nee, er is niets mis mee. Ik ben alleen niet zo in pastastemming.'

Ze weet het al zodra ze het heeft gezegd. Een van de dingen waaraan ze het kan zien, waaraan ze het het best kan zien, zijn zijn neusvleugels. Die zijn opengesperd, als bij een stier. 'Ik heb voor zover ik weet nog nooit gehoord van een pastastemming,' zegt hij. 'Maar ik zal je vertellen wat ik wel weet. Ik weet dat ravioli zestien dollar kost, en ik weet dat ik nu ga toekijken hoe jij alles opeet.'

Ze voelt evenzeer een opwelling om in lachen als om in tranen uit te barsten. 'Ik ben eenentwintig,' zegt ze. 'Je kunt me niet dwingen mijn bord leeg te eten.'

'Nou, Hannah,' – hij praat op die quasi nonchalante toon van hem, alsof hij je ter wille zal zijn, wat in werkelijkheid betekent dat hij je niet zo heel lang ter wille zal zijn – 'dan hebben we een probleem. Als ik zie dat jij achteloos met geld omgaat, moet ik me afvragen of het wel verstandig is om deze zomer jouw huur te betalen, zodat jij bij een reclamebureau kunt rondfladderen. Misschien doe ik jou wel geen plezier door je te verwennen.' Ook dit is een van de handelsmerken van haar vader – het escaleren. Elke ruzie is niet alleen maar ruzie maar gaat over al jouw enorme tekortkomingen, jouw wezenlijke gebrek aan respect voor hem.

'Jij hebt me zelf gestimuleerd om een onbetaalde stage te gaan doen,' zegt Hannah. 'Jij zei dat dat beter zou staan op mijn cv dan op kinderen passen.'

Ze kijken elkaar over het tafeltje heen aan. Een serveerster in een zwarte broek, een wit bloesje en een zwart schortje om haar middel loopt langs met een blad. Zonder een woord te zeggen wijst Hannahs vader naar het bord ravioli.

Onder het tafeltje balt Hannah haar servet tot een prop, en ze prent zich in haar tas niet te vergeten als ze opstaat. Ze slikt. 'Ik eet dit niet op,' zegt ze. 'En je hoeft mijn huur deze zomer niet te betalen. Dat was waarschijnlijk vanaf het begin al geen goed idee. En je hoeft mijn opleiding dit jaar ook niet te betalen.'

Haar vader kijkt zowel geschrokken als verheugd, alsof hij net een gewaagde maar heel grappige mop heeft gehoord. 'Geweldig,' zegt hij. 'Ik hoopte zestien dollar uit te sparen, en in plaats daarvan zijn het er dertigduizend geworden. Ik ben alleen wel nieuwsgierig waar je denkt dat geld vandaan te halen. Denk je dat je moeder dat op kan hoesten?'

Sinds de scheiding is haar moeders financiële situatie ondoorzichtig voor Hannah. Jaren geleden is haar moeder vier dagen per week gaan werken in een winkel waar ze chique soorten linnengoed en zeep verkopen, maar het lijkt erop dat ze een flink deel van haar waarschijnlijk bescheiden inkomen uitgeeft aan de spullen die ze verkoopt: de badkamer in haar flat ligt vol met de geschulpte handdoeken en miniatuurflesjes Engelse lotion uit die winkel. Er was natuurlijk alimentatie, en een erfenis toen Hannahs grootouders van moederskant een paar jaar geleden allebei stierven, maar Hannah heeft het gevoel dat er meer sprake is van een oppervlakkig soort chic dan van echte zekerheid. Ze heeft echter ook het gevoel dat deze oppervlakkige chic een cruciale rol speelt in het op peil houden van haar moeders geestesgesteldheid, dus misschien is het wel een goede investering.

Desondanks staat Hannah op. Ze hangt haar tas over haar schouder. 'Daar zal ik dan wel iets op vinden,' zegt ze. 'Ik wil niets meer met je te maken hebben.'

Om halfelf is er nog vrijwel niemand op kantoor – het is de vrijdag voor onafhankelijkheidsdag – en iemand beneden in de gang zet de radio aan en stemt af op een jarenzeventigzender, zoals Hannah zich na het vijfde of zesde nummer realiseert. Tegen elven komt Sarie binnen, de andere stagiaire, die aan haar laatste jaar aan Northeastern University begint, en ze blijft staan in de ruimte waar een deuropening zou zijn als het hokje voor de stagiaires een deur had.

'Hij kwam me dus veel te laat halen,' zegt Sarie. 'Ik was nog niet ingestapt of hij zei: "Ik heb niet zo veel trek. Zullen we gewoon koffiedrinken?" Ik had iets van: o nee, ik wil niet alleen maar koffie. Ik had verdorie...' Ze mimet de woorden:

mijn benen laten harsen. Op normale toon gaat ze verder: 'Ik bedoel, ik had best afgezien. Maar ik zeg: ja goed. En toen gingen we naar zo'n enge tent, niet eens een Starbucks. Volgens mij zaten er ratten in de keuken. We bleven er nog geen uur en toen bracht hij me terug. We stonden buiten en toen vroeg hij – dit geloof je niet, Han – hij vroeg of hij mee naar binnen mocht.' Sarie schudt haar hoofd.

'Ik snap het niet,' zegt Hannah. 'Waarom is dat zo gek?'

'Hij vroeg of hij nog een kop kóffie kon krijgen. We hadden net koffie gedronken. Hoe stom kun je zijn? Ik heb niet eens meer wat gezegd. Ik heb de deur voor zijn neus dichtgeslagen.'

'O,' zegt Hannah. 'Tja, wat jammer.'

'Helemaal niet jammer,' zegt Sarie. 'Als hij me mee uit eten had genomen, was het een heel ander verhaal. Maar hierna kan hij het wel vergeten.' Ze fronst haar voorhoofd en mompelt: 'Jongens.'

'Niet alle jongens zijn zo,' zegt Hannah onmiddellijk. 'Het gaat om deze: Patrick, toch?'

Sarie knikt.

'Sorry, maar hij leek mij zo te horen vanaf het begin al een dodo.'

'Ja, dat vond jij, hè? Ik moet vaker naar je luisteren, Han. Het zijn allemaal hufters.'

'Niet allemaal!' Hannah schreeuwt bijna.

'Ik zit je maar wat te stangen.' Sarie grijnst. 'Ik moet rennen naar het toilet.' Als ze zich omdraait, ziet Hannah hoe kort Saries rokje is, en kort is het zeker: acht centimeter onder haar achterwerk, als het dat al is; roodbruin, en gemaakt van een of ander nauwsluitend materiaal dat Hannah niet kan thuisbrengen omdat ze zelf niet van dat soort kleren heeft. Voor deze zomer wist Hannah niet dat mensen in dergelijke kleren naar kantoor mochten. Maar blijkbaar zijn er veel dingen die je in de grote wijde wereld wel mag.

Sarie is klein en heeft fraaie welvingen, en als Hannah haar nakijkt ziet ze hoe mooi Saries kuiten zijn. Sarie heeft volgens Hannah het soort lichaam dat de meeste jongens het liefst zien: niet te lang, klein maar toch weelderig, met daarbij een lief gezichtje en blond haar, dat een beetje nep is maar niet helemaal. Sarie draagt elke dag een rokje, terwijl Hannah altijd een broek draagt. En Sarie draagt ook strings. Elke keer als ze samen op het toilet staan, weidt Sarie uit over de voordelen ervan (ze zitten zo lekker, ze tekenen niet af onder je kleren) en ze zegt dat als Hannah er eenmaal een zou proberen, ze nooit meer anders zou willen.

Een paar keer – op de twee avonden dat Sarie Hannah in feite heeft overgehaald met haar naar een café te gaan en Hannah daar zat met het gevoel dat ze vreselijk dik en saai was, terwijl aan de andere kant van de tafel de mannen op Sarie af kwamen als vliegen op stroop – was Hannah van haar onder de indruk. Maar dan dacht Hannah aan de middag waarop Sarie zei: 'Wacht eens, is Shanghai nou een stad of een land?' Het ergste was dat Sarie toen, misschien als reactie op Hannahs geschokte blik, gegeneerd lachte en zei: 'Dat was echt een domme vraag, hè? Tegen niemand vertellen dat ik dat heb gezegd, hoor.'

Om kwart voor twaalf leidt de muziek beneden Hannah zo af dat ze het verslag van de vergadering even laat liggen en een vel papier van het bedrijf pakt. De was doen, schrijft ze bovenaan. En daaronder: Verjaarscadeautje voor mam kopen. Verder kan ze niets bedenken. Ze kijkt even de gang in. Ted Daley, die net is gepromoveerd van het hok naar een raamloos kantoor, loopt langs. Ze kijken elkaar aan en hij wuift even. 'Doe die frons eens ondersteboven,' zegt hij, en ondanks zichzelf moet Hannah lachen. 'Leuke bril,' zegt Ted. 'Nieuw?'

'Ik geloof dat al dat turen naar het computerscherm mijn gezichtsvermogen heeft aangetast,' zegt Hannah. 'Ik vind hem een beetje suf.'

'Nee, hij staat je echt goed. Ze zetten jullie daar wel op een beroerde plek neer, hè? Voor dat onbetaalde werk zou je toch een paar privileges mogen verwachten.'

'Ik vind het niet erg.' Eigenlijk zou Hannah hier vijf dagen per week gaan werken, maar ze komt nu maar drie dagen zodat ze de rest van de week op de kinderen van een hoogleraar kan passen. Hannah heeft geprobeerd Lois, de stagebegeleidster, net genoeg over haar nieuwe financiële situatie te vertellen om de verandering van haar werktijden niet al te wispelturig te laten overkomen. Uiteindelijk bleek er zelfs niet genoeg werk voor drie dagen te zijn.

Het werk bestaat voornamelijk uit het versturen van faxen, kopiëren en vergaderingen bijwonen waarin oudgedienden een uur de tijd nemen om duidelijk te maken wat volgens Hannah in drie minuten gezegd zou kunnen worden. Haar voornaamste doel is een goede aanbeveling te krijgen die ze als ze is afgestudeerd, kan gebruiken bij het solliciteren naar een baan, niet in de reclamewereld.

'Normaal gesproken was ik vandaag niet komen werken,' zegt Ted, 'maar ik ga in oktober naar Baja, en dus kan ik nu geen vrije dag nemen.' Hij heft zijn armen alsof hij daarmee vecht tegen onzichtbare muren die hem van achteren willen insluiten, en dan wiegt hij met zijn heupen, voor zover hij die heeft. '"Het enige wat ik nodig heb zijn flinke golven en een koel drankje, dan ben ik tevree".'

'Hè?'

'Dat is uit *Fast Times at Ridgemont High*,' zegt Ted. 'Ken je die film? Uit de jaren tachtig? Laat maar – waarschijnlijk zat jij toen nog op de kleuterschool. Ik hoop in Baja wat te kunnen surfen.'

'O,' zegt Hannah. 'Tof.'

Er valt een stilte waarin Ted een blik op zijn horloge werpt en Hannah naar Teds gehoorapparaat kijkt. Moet iemand die met een gehoorapparaat het water in gaat, vraagt ze zich af, dat eerst uitdoen, of zijn gehoorapparaten waterproof? Ted is pas acht- of negenentwintig – hij is assistent-account-executive – en toen ze hier pas was, was ze een beetje verkikkerd op hem, juist vanwége zijn gehoorapparaat, als dat al mogelijk is. Daardoor had hij iets gevoeligs, alsof hij het zwaar had gehad, maar niet zo zwaar dat hij er vreemd of verbitterd door was geraakt. Hij sprak een beetje zangerig, heel charmant, en bovendien was hij lang en hij had groene ogen. Die verliefdheid ging echter al binnen een maand over. Onlangs, tijdens een kantoorborrel waar ze zestien minuten bleef, hoorde ze hem in een geanimeerd gesprek zeggen wat een loeder Lois is, iets waarover Hannah het om te beginnen al helemaal niet met hem eens was – Lois is hartstikke aardig – en wat ze zowel onverstandig als onverdraaglijk gewoon vond. Gehoorapparaat of niet, Ted is helemaal niet zo bijzonder.

'We bestellen pizza's voor de lunch,' zegt Ted nu. 'Doe je mee?'

'Natuurlijk,' zegt Hannah. 'Hoeveel moet ik bijdragen?'

Ted loopt het hokje binnen om het geld aan te nemen, en Hannah draait automatisch haar boodschappenlijstje om, hoewel het erop lijkt dat Ted op dit moment ook niet al te hard werkt. 'Liefdesbrieven aan het schrijven?' vraagt hij als zij haar tas onder haar bureau vandaan pakt.

'Ja hoor, aan jou,' zegt Hannah.

'Hè?'

Als ze beseft dat hij haar niet heeft verstaan, wil ze de grap in eerste instantie niet herhalen, maar dan denkt ze: Ach, wat kan het schelen? 'Ik zat liefdesbrieven aan jou te schrijven,' zegt ze iets harder.

Hij glimlacht. 'Dat doen alle meisjes.'

'Wat een competitie.' Hannah wuift met haar hand. 'Vergeet die anderen maar.'

'O ja?' zegt Ted, en hij grijnst nog steeds, maar zijn gezicht toont een mengeling van nieuwsgierigheid en verbazing. Hij neemt haar op, beseft Hannah, en meteen weet ze niet meer wat ze moet zeggen.

Ze slaat haar blik neer en kijkt dan weer naar hem. 'Is tien dollar genoeg?'

'Dat hangt ervan af of je het halve kantoor wilt trakteren.'

Hannah wil altijd meer betalen dan er van haar wordt verwacht, voornamelijk uit angst om voor krenterig uitgemaakt te worden. De meeste anderen maken er geen bezwaar tegen.

'Vijf pop moet wel genoeg zijn,' zegt Ted. 'Hoeveel eet jij, twee punten misschien?' Dan gaat hij verder: 'Blijf jij zolang maar gedichten voor me schrijven,' en Hannah beseft dat de stemming – die vreemde luchtigheid – die net nog tussen hen hing, is vervangen door een gevoel van ongemak voor haar, niet voor hem.

Als de pizza's worden bezorgd, drommen ze met een man of tien de keuken in. Alleen de jongere werknemers blijken vandaag aanwezig te zijn. Iemand heeft bier besteld, en Hannah krijgt een flesje aangereikt. 'Daar heb ik helemaal niet voor betaald,' mompelt ze, maar niemand luistert en Lois, die vijf maanden zwanger is, geeft Hannah de flessenopener aan. 'Ik niet,' zegt Lois terwijl ze op haar buik tikt. Ze eet een stuk pizza met champignons.

'En wat zijn jouw plannen voor onafhankelijkheidsdag?' vraagt Hannah.

Lois heeft net een hap genomen en wappert met haar hand voor haar mond.

'O, sorry,' zegt Hannah.

Lois slikt. 'Geen bijzondere plannen. Jim en ik gaan samen met een paar andere stelletjes eten.'

'En, brengt iedereen wat mee?' vraagt Hannah opgewekt. Vanbinnen moet ze om zichzelf lachen. Meestal luncht ze alleen, en gaat ze naar een *foodcourt* in het Prudential Building voor een Cobb-salade in een doorzichtig plastic bakje, en een beker Sprite.

'Ja, ik denk het wel,' zegt Lois. 'Maar wel extra lekkere hapjes, weet je wel? Ik maak het dessert.'

'O ja? Wat ga je maken?'

'Ik heb het gisteravond al gemaakt. Een chocoladetaart, gebakken volgens een recept van Jims moeder.'

'Dat klinkt goed,' zegt Hannah. Ze heeft haar eerste stuk pizza naar binnen gewerkt. Een halve minuut verstrijkt waarin zij noch Lois iets zegt, en Hannah begint aan haar bier te lurken. Dat is donker en zwaar, als bittere soep.

'Hallo, meisjes,' zegt Sarie terwijl ze op hen afkomt. 'Hoe leeg is het vandaag op kantoor?'

'Zeg jij het maar,' zegt Lois.

'Han, kom morgen bij mij, dan kleden we ons daar om.'

'Goed,' zegt Hannah. 'Ik ga er niet al te veel werk van maken.'

'Gaan jullie samen onafhankelijkheidsdag vieren?' vraagt Lois.

'Ja, inderdaad,' zegt Sarie. 'Mijn zwager heeft een dakterras waar je een prachtig uitzicht hebt op het vuurwerk.'

Hannah probeert niet in elkaar te krimpen. Ze vindt het vreselijk als ze dat doet – wat maakt het uit wat Lois denkt? – en ze wil het liefst weg bij de twee vrouwen. 'Ik ben zo terug,' zegt ze, en ze wurmt zich de keuken uit.

In de hal staat een groepje mannen die Hannah niet goed kent: Ted, Rick, een jongen van de audiovisuele afdeling, Stefan, copywriter, en een jongen wiens naam ze niet meer weet. Als Ted haar ziet, pakt hij het biertje uit haar hand en bekijkt het schattend. 'Het ziet ernaar uit dat je wel een nieuwe kunt gebruiken,' zegt hij.

'Ik vind één flesje midden op de dag wel genoeg,' zegt Hannah, maar Ted is de keuken al in gelopen.

'Een dag waarop Nailand hier niet is, is per definitie geen werkdag,' zegt Stefan.

'Kwam Nailand niet naar kantoor op de dag dat zijn vrouw aan haar bevalling ging werken?' zegt Rick, en iedereen lacht.

'Dat lijkt me onmogelijk, aangezien de Nailands een adoptiekind hebben,' zegt Hannah.

Ted is nu weer terug, en na haar opmerking buigt hij zich naar haar toe, slaat een arm om haar heen en brengt zijn mond tot vlak bij haar oor, alsof hij gaat fluisteren. 'Drink je bier op,' zegt hij op gewone praattoon, en de jongens liggen weer dubbel.

Omdat ze niets beters te doen weet, drinkt Hannah haar bier. De mannen beginnen te praten over het aanstaande weekend en waar ze allemaal naartoe gaan.

'Ik heb godzijdank mijn vriendin Nantucket uit het hoofd kunnen praten,' zegt Rick. 'Ik vind het daar echt vreselijk.' Rick is degene met wie Ted op kantoor het meest bevriend is, en ook – dit is altijd het eerste waar Hannah aan denkt als ze hem ziet – degene met wie Sarie, toen ze pas aan haar stage begon, even iets heeft gehad, zonder dat zijn Nantucket-minnende vriendin hiervan op de hoogte was.

'En wie heeft die rotmuziek vandaag zo hard aan staan?' vraagt Stefan.

'Let op je woorden, kerel,' zegt Ted.

'Betekent dat dat jij het bent?' vraagt Stefan.

'Nou, nee,' zegt Ted. 'Maar ik schaam me er niet voor te zeggen dat de jaren zeventig muzikaal gezien een prachtige tijd waren. Wie houdt er nu niet van "I will survive"?'

'Dit meen je toch niet?' zegt Hannah. 'Je weet toch wel dat dat een soort feministisch loflied is?'

De mannen brullen nu van het lachen, hoewel het niet Hannahs bedoeling was om grappig te zijn.

Ted zet zijn biertje op de grond, doet een paar stappen van hen vandaan, draait zich om en haalt diep adem: '"First I was afraid, I was petrified / Kept thinking I could never live without you by my side…"'

'Grote god,' zegt Hannah. Ze loopt de keuken weer in, pakt nog een biertje en zegt tegen Sarie en Lois: 'Dit moeten jullie zien.'

In de hal loopt Ted rond te springen terwijl hij het refrein zingt, en alle vrouwen, behalve Hannah, vallen in. Ze is al aangeschoten, ze heeft zelfs iets lacherigs, maar ze is niet dronken. Maar ze voelt zich best lekker. Ze drinkt zelden, maar als ze het doet, wil ze wel altijd een beetje aangeschoten zijn.

Teds optreden zet de anderen ook aan tot het zingen van nummers waarvan ze allemaal de tekst kennen: 'Stayin' Alive', en daarna 'Uptown Girl'. In alle opwinding struikelt Lois over Teds halfvolle biertje, maar niemand behalve Hannah schijnt te zien dat het vocht in de vloerbedekking dringt. De sfeer heeft op een goedkope manier iets surrealistisch: een scène uit een sitcom over het kantoorleven in plaats van een echt kantoor waar mensen aan het werk zouden moeten zijn.

Dan pakt Ted Hannah van achteren bij haar schouders, draait haar om en brengt haar armen opzij. Ze lacht. Maar als hij haar loslaat, loopt ze half struikelend terug: 'Ik moet weer aan het werk.'

'Werk?' zegt Ted. 'Ik dacht het niet.' Als ze weer in het stagiaire-hokje zit, lijken de muren heen en weer te zwaaien. Ze zit achter haar bureau en grijpt de muis rechts van de monitor om haar e-mail te checken. Geen nieuwe berichten, ziet ze, en ze sluit snel haar account af voordat ze per mail een of andere beschuldiging aan alle personeelsleden stuurt – Nooit van mijn leven heb ik zo'n middelmatig clubje onder één dak meegemaakt of misschien: Werken met jullie is hetzelfde als een heel langzame dood sterven – of, erger nog, voordat ze nog gauw een liefdes-verklaring aan Henry verzendt. Sinds de rit naar Kaap Cod, nu ruim een jaar geleden, hebben ze sporadisch en niet bepaald flirterige mails uitgewisseld (hij mailde een keer om te vertellen dat er een artikel over staatsleuzen in de *Globe* van die dag stond), maar nu Henry in Korea woont worden de e-mails talrijker. Hij werd in maart door het consultancybureau waar hij ook in Boston voor werkte overgeplaatst naar het kantoor in Seoel.

Er zijn nog geen twintig minuten verstreken als Ted weer verschijnt. 'Hallo,' zegt hij, en zij zegt 'Hallo' terug. Ze voelt zich ontzettend verlegen. Het is niet zo dat ze de mensen hier niet mag, denkt ze. Waarom zou ze hen als individu niet mogen, met hun eigen onzekerheden en verlangens, en af en toe vriendelijke gestes? Nee, op deze manier, zoals Ted nu is, is er niets op hen aan te merken. Het zou wreed van haar zijn om daar anders over te denken. Ze had alleen niet verwacht dat het op kantoor – de volwassen wereld – zo alledaags toe zou gaan.

'We zijn hier voor vandaag wel zo'n beetje klaar,' zegt Ted. 'We gaan naar Ricks huis, dus als je mee wilt?'

'Waar woont Rick?' vraagt Hannah, wat voelt als een vriendelijke manier om de uitnodiging af te slaan zonder dat echt te doen.

'In North End. En jij in Somerville, toch? Je kunt de metro

bij Haymarket nemen als je van daar af naar huis wilt.'

Hannah is stomverbaasd dat hij weet waar ze nu woont. 'Ik ben zo beneden,' zegt ze.

Het is halfvier als ze allemaal buiten staan: Hannah, Ted, Rick, Stefan en Sarie. De metro is idioot vol voor dit tijdstip, en ze zeggen gekscherend dat de rest van Boston heeft gespijbeld terwijl zij aan het werk waren. Ze praten hard, maar iedereen lijkt hard te praten. Er hangt een bepaalde energie in de lucht, vanwege het lange weekend dat voor de deur staat.

Ricks vriendin blijkt niet thuis te zijn. In zijn appartement staat een zwartleren bank, en omgekeerde melkkratten dienen als tafeltjes. Wat een afschuwelijke combinatie, denkt Hannah. En vervolgens vraagt ze zich, naar aanleiding van de bank, af hoeveel Rick verdient.

Stefan en Ted bespreken wat ze bij de slijterij verderop in de straat gaan halen, en Rick wijst hun de weg. Als ze de deur uit zijn, gaat hij naar de slaapkamer om zich om te kleden, en Hannah en Sarie gaan op de bank zitten. 'Heb ik je al verteld over die Puertoricaan die vandaag belde?' zegt Sarie.

'Ik geloof dat ik je met hem heb horen praten,' zegt Hannah.

'Het was zo irritant. Hij was op zoek naar ene Margaret, en ik zei aldoor: "Er werkt hier geen stagiaire die zo heet." En hij weer: "Wilt u me doorverbinden met miss Margaret?"'

Hannah buigt zich naar voren en pakt een nummer van *Sports Illustrated* van de melkkrat die voor haar staat. Ze begint het door te bladeren en bekijkt de advertenties.

Sarie praat maar door. Gaandeweg haar verhaal verandert de beller van een Puertoricaan in een Mexicaan. Na vier minuten werpt Hannah een blik op haar horloge en vraagt zich af of ze haar de rest van de zomer een rare zouden vinden als ze nu opstaat en vertrekt.

Dan keren Stefan en Ted terug en worden ze vervolgens allemaal, en Hannah zelfs in het bijzonder, ontzettend, weerzinwekkend dronken. Rick haalt Trivial Pursuit uit de slaapkamer en dat spelen ze een poosje, maar intussen drinken ze door en binnen een uur kan niemand nog een goed antwoord uitbrengen. Ze laten het spel voor wat het is en iemand zet de tv aan. Er gaan nog eens drie kwartier voorbij en als Hannah opstaat om naar de wc te gaan, merkt ze dat ze Sarie bij haar schouder moet vastpakken om haar evenwicht te bewaren. In de spiegel boven de wastafel kijkt ze naar haar rode wangen en om een onverklaarbare reden straalt ze. De gastendoekjes zijn rood – dat Rick zelfs gastendoekjes heeft neemt hem nog meer voor haar in – en ze droogt haar vingers een voor een af, terwijl ze zich voorstelt dat ze een handmodel is.

Als ze weer in de woonkamer komt, hebben Sarie en Ted van plaats gewisseld en het uur daarna verstrijkt met ingewikkelde manoeuvres en Hannahs overdreven bewustzijn van louter en alleen de momenten dat zij en Ted elkaar aanraken. Deze momenten doen zich steeds vaker voor, totdat uiteindelijk zijn arm om haar schouders ligt, heel licht, maar toch.

Op dat moment – er zijn steeds meer signalen die aangeven dat er iets gaat gebeuren – gaat Hannah weer naar de wc, haalt een tandenborstel uit een beker op de wastafel en poetst haar tanden. In haar huidige toestand geeft het lenen van de tandenborstel haar een zelfverzekerd en beminnenswaardig gevoel.

Op een bepaald moment komt Ricks vriendin thuis, beladen met boodschappen en zo te zien met de pest in, en zij en Rick gaan de gang op om daar luidruchtig te gaan staan bekvechten. Het is iets waar Hannah als ze nuchter was met schaamte van genoten zou hebben, maar nu is ze te veel afgeleid om er enige lol aan te beleven. Ze sluit haar ogen – alles draait – en als ze ze weer opendoet, ziet ze dat Ted naar de keuken loopt. Ze kan er niets aan doen; ze moet hem achterna. Ze heeft niets te zeggen, ze heeft geen excuus om daar te zijn. Ze wil gewoon dicht bij hem zijn.

Het geluid van de tv is in de loop van de middag en avond steeds harder geworden – het is na zevenen – en nu staat het keihard, waardoor hun samenzijn veel chaotischer lijkt dan het is. 'Heb je het naar je zin?' roept Ted naar haar als ze de keuken binnen komt. Hij staat bij het aanrecht en vult een glas met ijsblokjes. 'Ik ben blij dat je bent meegegaan,' vervolgt hij.

En terwijl hij dit zegt, moeten zij en Ted allebei grijnzen, hij zet de bak met ijsklontjes neer en ze buigen zich naar elkaar toe totdat ze elkaar aanraken. Zijn lippen schampen langs haar kaak, dat is het eerste contact. Dan volgt een klein, bijzonder moment waarop hun monden elkaar zoeken – dus zo gaat zoenen – en dan wordt het ernst. Ze had nooit gedacht dat haar eerste zoen zou plaatsvinden in een keuken bij iemand die ze amper kent, met een jongen van bijna dertig, terwijl zij haar bril op heeft; ze wist niet eens dat je kón zoenen met een bril op. En het is ook niet ondenkbaar dat iedereen in de woonkamer hen kan zien. Maar ze is zo dronken dat het haar geen barst kan schelen.

Hij omvat haar gezicht met beide handen, met zijn vingers achter in haar nek net onder haar haarlijn, en zijn duimen vlak naast haar oorlelletjes. Hij doet een stap naar voren – heel dicht naar haar toe – zodat hun lichamen tegen elkaar gedrukt worden. Dit is geen aarzelend, halfslachtig kusje; het is een kus die seks in het vooruitzicht stelt. Hoe herkent ze dat? Ze weet het gewoon. En inderdaad, hij laat haar los maar strijkt met zijn hand over haar haar als hij zegt: 'Wil je hier weg?'

Ze knikt.

In de woonkamer zeggen ze iedereen gedag. Ted verzint een excuus dat ze amper hoort, terwijl zij iedereen omhelst behalve Sarie, die blijkbaar voor pampus in de badkuip ligt. Daarna stommelen ze de trap af naar buiten, de zwoele avond in. Ze bespreken waar ze naartoe gaan, naar haar huis of het zijne, en het wordt haar kamer omdat haar huisgenootjes Jenny en Kim al voor het weekend de stad uit zijn. Hannah voelt zich zo bevrijd van haar geremdheid dat het voelt alsof zij en Ted aan het gezelschap van een oordelende derde partij zijn ontsnapt – een oudtante met samengeknepen lippen bijvoorbeeld.

De metro is stampvol – ze begrijpt niet hoe dat kan op dit tijdstip – en terwijl ze naar hun bestemming rijden, staan zij en Ted heel dicht tegen elkaar waarbij ze ook nog in elkaars gezicht hijgen. Zelfs Hannah weet niet in hoeverre het wiebelen van de metro daar de oorzaak van is. Als ze het station bij Porter Square uit lopen, gaat de zon onder en ze beseft dat ze nuchter begint te worden. Maar dat geeft niet. Het lastigste moment is natuurlijk dat tussen niet-aanraken en aanraken, niet tussen aanraken en wat daar eventueel op volgt. Ze lopen over de stoep de hoek om naar het appartement dat zij en Jenny en Kim huren. Ze doet de voordeur open en draait daarna de sleutel in het slot van de tweede deur. Terwijl ze de trap naar de tweede verdieping op loopt, heeft ze het gevoel dat al het bloed in haar lichaam aanzwelt en haar vooruit stuwt.

Binnen zegt hij: 'Ga je me een rondleiding geven?'

Behalve de onopvallende keuken en de onopvallende woonkamer, zijn er verder alleen nog de slaapkamers. Zij en Jenny delen een kamer met een lits-jumeaux; Kim betaalt meer en heeft een eigen kamer met een tweepersoonsbed. Hannah ziet dat ze haar bed vanochtend niet heeft opgemaakt, en zij en Ted staan naast de kluwen beige lakens als hij haar weer kust. Dit duurt een aantal minuten, en op een gegeven moment zet hij haar bril af. Ze zeggen geen woord, en het is zo stil in het appartement, vooral na al die herrie bij Rick, dat Hannah zich bewust is van de geluiden die ze maken, het zachte smakken. Ze wou dat ze eraan had gedacht een cd op te zetten. Maar kort daarna liggen ze ineens op bed en denkt ze er niet langer over na. Ze ligt op haar rug, haar voeten bungelen los naast het voeteneind, hij buigt zich over haar heen en dan werken ze zich omhoog naar het kussen. Hij knoopt haar blouse open, reikt dan naar achteren en maakt haar beha los. 'Wil je het licht uitdoen?' zegt Hannah, maar hij reageert niet. 'Kun je het licht uitdoen?' zegt ze iets harder. 'De knop zit naast de deur.'

'Maar ik wil je zien,' zegt hij.

Geen denken aan. 'Nee, nee,' zegt ze, en ze duwt hem weg. Hij is bezig haar in haar hals te zoenen, houdt ermee op en kijkt haar aan voordat hij overeind komt om de knop om te draaien. 'Trouwens,' zegt hij als hij overeind staat, 'heb je een eh, voorbehoedmiddel?' Hij gaat weer liggen, nu meer naast dan op haar.

'Eigenlijk dacht ik dat mannen daar altijd voor zorgen.' Hannah giechelt en meteen kan ze wel door de grond zakken, maar Ted lijkt niet het soort man dat beseft dat wat ze zojuist heeft gezegd, of de manier waarop ze giechelde, iets was om voor door de grond te zakken.

'Misschien heb ik er wel een bij me,' zegt hij. 'Wacht even.' Hij rolt op zijn zij en voelt in zijn achterzak.

Even lijkt zich nu een kans voor te doen, maar even snel is die alweer verdwenen. Als ze iets wil zeggen, moet ze het nu doen. 'Overigens,' begint ze, en ze praat al op de toon die ze gebruikt als ze notulen aan Lois overhandigt, 'moet ik je geloof ik iets zeggen. Het is niet heel belangrijk, maar ik heb nog nooit seks gehad.'

Er volgt zo'n lange stilte dat Hannah zich begint af te vragen of Ted haar wel heeft gehoord, en ze besluit dat het misschien toch niet zo'n heel goed idee was om het hem te vertellen.

'Je bedoelt,' zegt hij, en voordat hij verdergaat weet ze dat hij haar wel degelijk heeft gehoord, 'je bedoelt dat je, dat je nog maagd bent? Bedoel je dat?'

'Tja, dat vind ik zo'n vreselijk woord. Ik vind het zelfs al erg als mensen het over een maagdenpalm hebben of over maagdelijk papier. Maar inderdaad, dat bedoel ik.'

'Ben je religieus?'

'Nee,' zegt Hannah.

'En ben je eerstejaars of tweedejaars?'

'Ik begin aan mijn laatste jaar.'

'Ben je – ik wil niet te persoonlijk worden, maar is er een jongen geweest die je iets heeft aangedaan?'

'Bedoel je of hij me heeft mishandeld?' zegt Hannah. Haar stem was een beetje onvast geworden, maar nu klinkt hij weer gewoon. 'Bedoel je dat?'

Hij zegt niets.

'Nee,' zegt ze. Meer gaat ze er niet over zeggen. Het is afgelopen. Het moment is voorbij.

'Ik kan niet zeggen dat ik me niet gevleid voel,' zegt Ted. 'Maar ik vind dat je dit met iemand moet doen van wie je houdt.'

'Is dat geen ouderwetse opvatting?'

'Hannah, je bent een prima meid.' Ted meent het serieus; zijn stem is nog zangeriger dan normaal. 'Ik mag je graag. Maar gezien de omstandigheden…'

'Waarom ga je niet weg?' zegt ze.

'Kom op nou. We kunnen toch evengoed plezier hebben.'

'O ja?' zegt ze. 'Kan dat?' Vervolgens – ze wil niet zo doen, ze wil niet toegeven aan haar hatelijkheid – zegt ze: 'Je had je huiswerk beter moeten doen. Sarie is de sletterige stagiaire.'

Hij kijkt haar aan, voor het eerst na een paar lange minuten. Zelfs in het donker is het oogcontact een kwelling. Ze kijkt weg. Een paar seconden later staat hij op, zijn lichaam lijkt niet echt meer aanwezig, hij is meer een schim dan een mens.

Rechtop staand stopt hij zijn overhemd in zijn broek en trekt zijn schoenen aan. 'Tot ziens,' zegt hij. 'Bedankt, Hannah.' Bij zichzelf voegt ze eraan toe: waarvoor dan? Eerlijk gezegd klinkt hij niet sarcastisch. Alleen maar afstandelijk. Hij loopt de slaapkamer uit, dan gaat de voordeur open en valt weer in het slot. Het eerste wat er bij Hannah opkomt is dat het vandaag vrijdag is, en dat ze in elk geval nog een heel weekend voor zich heeft voordat ze weer naar kantoor moet.

Ze ligt daar nog precies zoals hij haar heeft achtergelaten, met haar blouse half open, haar beha los, haar benen uit elkaar. Een niet te schatten hoeveelheid tijd verstrijkt, dan hoort ze rotjes knallen – heel dichtbij, misschien op het plein onder haar raam – en als om dit te bewijzen licht het even in haar kamer, net als tijdens een onweersbui. Wie zijn die idioten die altijd al op 3 juli vuurwerk afsteken?

Voordat de zomer begon, had ze het gevoel dat alles anders zou worden, dat haar leven zou veranderen. Ze bleef in Boston in plaats van dat ze naar huis ging, ze woonde hier samen met Jenny en Kim, en ze ging stage lopen. Ze was hoopvol gestemd geweest. Ze denkt aan die dag in mei, na die lunch met haar vader. Het restaurant was in Spruce Street, en toen ze opstond van het tafeltje, liep ze – trillend – in noordelijke richting over Twentieth en daarna rechtsaf Rittenhouse Square op. Het park zat vol kantoormedewerkers die buiten hun boterham aten, dakloze mannen op bankjes, omringd door de tassen met hun eigendommen, en kleine kinderen die rond de beelden draafden. Aan de andere kant van het park kwam ze uit in Walnut, en daar ging ze een flesje water kopen. Het was dertig graden, de eerste echt warme dag van het jaar.

Ze had haar moeders auto op de hoek van Seventeenth en Walnut geparkeerd, en toen ze ernaartoe liep, kwam ze langs een nieuwe kledingzaak waar een grootse opening leek te worden gevierd. De werknemers liepen in spijkerbroeken en kleurige T-shirts, en ze hadden bij de ingang speakers neergezet waardoor het nummer te horen was dat de meeslepende, onontkoombare hit van de zomer zou worden; het was voor het eerst dat Hannah het hoorde. Even voorbij Eighteenth Street, tussen een grote delicatessenwinkel en een chique boetiek met satijnen jurkjes in de etalage, liep Hannah vlak achter drie mensen van wie ze eerst dacht dat ze in hun eentje onderweg waren, maar die, zo besefte ze even later, bij elkaar hoorden: een meisje van Hannahs leeftijd, een man van een paar jaar ouder en een vrouw die waarschijnlijk de moeder van een van hen was. Hannah bekeek hun profiel terwijl ze met elkaar praatten. Het stel – ze moesten wel een stel zijn, dacht Hannah toen de man zijn arm door die van het meisje stak op een manier die veel te intiem was voor broers en zussen – was knap, allebei, de man had brede schouders en een forse neus. Het meisje droeg een groen zonnejurkje en had lang, witblond haar; het was zo licht dat het haar op de een of andere manier kwetsbaar maakte. Ze liep met haar kin in de lucht, bijna als een karikatuur van goede komaf. De oudere vrouw was zwaar en liep niet zo snel, en ze had een zakdoek om haar hoofd geknoopt. Hannah vroeg zich af waar ze naartoe gingen. De man zei iets tegen het meisje, en het meisje schudde haar hoofd. Hannah kon niet horen wat ze zeiden, en ze begon sneller te lopen. Maar daarna zeiden ze een hele tijd niets meer.

Toen ineens draaide de vrouw zich om naar het meisje en

zei: 'Ben je gelukkig?' Ze had een of ander accent, waarbij ze het laatste woord inkortte tot twee lettergrepen: ben je gluk-kig? Ze was Oost-Europees, besloot Hannah, of misschien Hongaars.

Het meisje reageerde niet, en het was belachelijk, maar Han-nah had het gevoel dat die vraag aan háár was gesteld. Hoe be-stond het dat het meisje geen antwoord gaf? Verliep haar hele leven al zo: één lange vraag of alles wel ging zoals zij wilde?

Aan de overkant stond een politiewagen met zijn lichten te knipperen, en Hannah wierp een blik op de blauwe gloed, en daarna keek ze naar de politieman zelf. Hij stond een bekeu-ring uit te schrijven voor een man die achter het stuur van een minibusje zat en nadrukkelijk wuifde. Ze leken allebei ver weg. De muziek uit de winkel was boven het verkeerslawaai uit nog te horen, en zoals altijd als ze ergens in de stad muziek hoorde, had Hannah het gevoel dat ze in een film speelde. Ze had een drastische en mogelijk dwaze beslissing genomen ten aanzien van haar vader. Maar ze had er geen spijt van. Op een vreemde manier school in het lelijke aan de situatie met hem het tegenovergestelde, en het was heel goed mogelijk dat alles de komende maanden ten goede zou keren. Ze liep naar de Hongaarse vrouw toe, tot zo dichtbij dat ze haar hand op de rug van de vrouw had kunnen leggen. 'Ben je glukkig?' vroeg de vrouw weer, deze keer indringender, en op dat moment had Hannah, terwijl ze in de richting van Walnut Street liep, bijna ja gezegd.

5

Augustus 1998

In kamer 128 van de Anchorage Holiday Inn heeft Hannahs zusje Allison net haar tanden gepoetst, en Hannah is haar gezicht aan het wassen. Als Hannah haar handdoek over de rand van de wastafel hangt, zegt Allison: 'Hannah, ik ben verloofd! Sam en ik gaan trouwen.'

'Sam?' Hannah spreekt zijn naam uit alsof ze niet zeker weet wie hij is, hoewel Sam op dit moment aan de andere kant van de badkamerdeur staat, in deze hotelkamer. Maar ze is van haar à propos. Zij en Allison hadden het over niets bijzonders, over verschillende merken zonnebrandcrème. 'Sinds wanneer?' vraagt Hannah.

'Hij heeft me vorige week gevraagd. Kijk.' Allison steekt haar linkerhand uit, waaraan ze een zilveren ring met een gegraveerd golfpatroon draagt. Hannah had de ring al eerder opgemerkt, maar het was niet bij haar opgekomen dat het een verlovingsring kon zijn. 'Ik had het al bijna verklapt aan de telefoon, maar het leek me leuker om het je zelf te vertellen,' zegt Allison.

'Weet mama het?'

'Ja, zij en papa weten het. Ben je niet blij voor me of zoiets? Je zou me misschien kunnen gelukwensen.' Allison lacht een beetje hulpeloos. 'Ik dacht dat je Sam wel mocht.'

'Ik heb niks tegen hem. Alleen – ik had er geen idee van dat jullie al zo serieus waren.'

'Hannah, we wonen al een jaar samen.'

'Nou ja, het is niet bij me opgekomen. Je bent pas vierentwintig – dat is best nog jong. Maar Sam is oké. Ik bedoel, ja, gelukgewenst. Ik vind hem alleen niet zo bijzonder.'

'Allemachtig, Hannah.'

'Sorry,' zegt Hannah. 'Ben ik grof? Ik probeerde eerlijk te zijn. Had ik dat niet mogen zeggen?'

'Inderdaad,' zegt Allison, 'dat had je niet mogen zeggen.'

Maar het is echt niet bij Hannah opgekomen dat haar zusje met Sam zou kunnen gaan trouwen. Allison heeft nog nooit ja gezegd als iemand haar ten huwelijk vroeg. Dat hoeft ze ook niet, aangezien er altijd wel weer een man is die verliefd op haar wordt. Ze heeft grote groene ogen en lang, golvend lichtbruin haar, en vóór Sam hebben twee jongens haar al ten huwelijk gevraagd. De een was een studievriend, die ze afwees omdat ze, zoals ze tegen Hannah zei, er nog niet aan toe was om zich te binden, en de ander was een jongen die op Valentijnsdag voor een café in San Francisco stond. Allison stond daar op de stoep op een vriendin van haar te wachten, en toen ze zich omdraaide was daar die lange, magere jongen met zijn zwarte haar, in een zwartleren jasje en met een hele hoop zilveren oorringetjes, helemaal niet Allisons type, maar hij en Allison keken elkaar aan en voor ze wist wat er gebeurde waren hun lippen op elkaar en ging hij met zijn handen door haar haren. Ze dacht dat ze letterlijk in zwijm zou vallen. De jongen zei: 'Trouw met me, schoonheid.' Hannah kan zich dit tafereeltje voorstellen: haar zus die met haar grote, verbaasde ogen naar die jongen kijkt; bij sommige mensen zeggen de ogen al nee voordat ze zelf een woord hebben uitgebracht, maar die van Allison doen dat nooit, zelfs niet tegenover zwervers of ex-vriendjes of geilaards in cafés. Toen dook Allisons vriendin op en sleurde haar weg, en zij verzette zich niet. Zij en die jongen verloren elkaar uit het oog en ze heeft hem daarna nooit meer gezien. Maar ze zei dat ze niet had gereageerd omdat ze bang was dat ze 'ja' tegen hem zou gaan zeggen.

In de badkamer van de Holiday Inn zegt Hannah: 'Niet boos zijn. Ik begin al aan het idee te wennen. Kom...' Ze spreidt haar armen en Allison laat zich, zij het een beetje wrokkig, door haar omhelzen. 'Spannend hoor,' zegt Hannah intussen. 'Hoera.'

Als ze uit de badkamer komen, ligt Sam in bed een kaart te bekijken van Prince William Sound, en Elliot, Sams broer, spit in zijn rugzak, die tegen een muur aan staat. 'Ik heb gehoord dat ik je mag feliciteren,' zegt Hannah, en ze buigt zich voorover naar Sam, terwijl ze zich een grote, onhandige vogel voelt. Dit is vandaag al de tweede keer dat ze Sam zo onhandig omhelst; de vorige keer was op het vliegveld.

Hannah arriveerde als eerste in Anchorage, en ze wist niet wat ze in haar eentje moest doen, dus kocht ze een broodje kalkoen waar klef, bleek vlees op lag waarvan ze het meeste op het plastic blad legde terwijl ze wat van de sla en het brood at en het vervolgens in de afvalbak gooide. Ze slenterde verder naar een grizzlybeer: een echte doch dode beer van twee meter zeventig lang met een donkerbruine vacht met zilverkleurige puntjes, met zijn muil half open achter glas. Volgens het bordje kon een volwassen grizzlybeer meer dan vierhonderd kilo wegen en rook hij al op dertig kilometer aas. Ik ben in Alaska, zei Hannah in zichzelf. Alaska. Alaska! Even bekroop haar de wens weer terug te zijn in haar huurkamer in Boston, politieseries op tv te kijken met Jenny, en roereieren voor het avondmaal te eten. Ze liep een cadeauwinkel binnen, bekeek de sleutelhangers en magneten, en dacht erover ansichtkaarten te kopen, maar ze het had het gevoel dat ze daarvoor eerst nog wat meer moest doen.

Vier uur later – uiteindelijk had ze het opgegeven en tijdschriften gekocht om de tijd te doden – kwamen de anderen met veel rumoer aan. Allison en Sam en Elliot waren samen vanuit San Francisco gevlogen, en toen ze uit het vliegtuig stapten, stond Hannah hen bij hun gate op te wachten. Toen Hannah haar zus in de gaten kreeg, kwam er iets in haar borst omhoog wat ze altijd heeft als ze Allison na een aantal maanden weer ziet. Allison is zo vertrouwd, elke trek in haar gezicht, elk gebaar dat ze maakt, en ze is zo vreselijk knap, en ze is van Hannah. Tussen al die mensen was Hannah degene naar wie Allison heeft uitgekeken. Hannah moest zelfs tranen wegslikken.

Zij en Allison omhelsden elkaar, en Allison zei: 'Leuk, die bril. Je lijkt er heel intellectueel mee,' en Hannah zei: 'Ik heb een paar koekjes uit het vliegtuig voor je bewaard, omdat ze naar cheddar smaken.' Toen Sam op haar af kwam, wist Hannah niet goed of ze elkaar moesten omhelzen of zoenen, en ze besloot hem te omhelzen. Maar Sam had de zoenhouding al aangenomen, dus draaide ze op het laatste moment haar wang naar zijn mond en lagen haar handen doelloos op zijn schouders. Maar toen besefte hij natuurlijk dat ze had verwacht dat hij haar zou omhelzen, en streek hij met zijn lippen alleen langs haar voorhoofd en sloeg hij zijn armen om haar middel.

'Dit is mijn oudere broer, Elliot,' zei Sam toen hij en Hannah zich losmaakten.

'En dit is mijn jongere zusje, Hannah,' zei Allison.

'Het lijkt wel zo'n familiequiz…' zei Elliot. Elliot was verontrustend knap, dacht Hannah terwijl ze elkaar de hand schudden, beslist knapper dan Sam, hoewel ze op elkaar leken. Elliot had blauwe ogen, een rechte neus, blond haar en een rossige baard. Het was niet zo'n viezige professorenbaard, ook al gaf Elliot wel les aan studenten; het was een sportief

baardje. Terwijl Hannah Sam in de hotelkamer voor de tweede keer die dag omhelst, bedenkt ze dat Elliot degene is met
wie Allison zou moeten trouwen, misschien alleen al om zijn
knappe uiterlijk.

'Jij bent zeker bruidsmeisje,' zegt Sam.

'Nee dombo, ze is getuige,' zegt Allison. 'Ja, toch, Hannah?'
Allison stapt in bed naast Sam.

'Natuurlijk,' zegt Hannah. 'Geweldig, hoor.' Terwijl ze naar
haar zus en Sam kijkt die naast elkaar in bed zitten, valt het
haar op dat ze in feite heel goed bij elkaar passen: Allison is
maatschappelijk werkster, en Sam is leraar van groep zes. Ze
maken gezonde maaltijden met koriander, ze lossen zondags
samen de kruiswoordpuzzel in de *Times* op en als het koud
wordt dragen ze het liefst mutsen en handschoenen die door
Paraguayaanse keuterboeren zijn gebreid. Sams vader is di-
recteur van een landelijke drogisterijketen, dus ondanks hun
eigen bescheiden inkomen kunnen Sam en Allison toch op
vakantie naar Alaska. (Waarschijnlijk heeft Sams vader indi-
rect Hannahs vliegtuigticket betaald.) En Hannah loog niet
toen ze zei dat ze niets tegen Sam heeft. Hij is altijd heel aardig
tegen haar en als ze hen thuis in San Francisco belt, vraagt hij
altijd, voordat hij de hoorn aan Allison geeft, hoe het met haar
gaat in 'het land van bonen en kabeljauw'.

Elliot gaat de badkamer in en Hannah gaat op de rand van
het lege tweepersoonsbed zitten. Er is zojuist een gedachte
bij haar opgekomen, een zorg die weggenomen moet worden
voordat ze gaat liggen. 'Allison, jij slaapt toch hier?' zegt ze.
'Broers bij broers en zussen bij zussen?'

Sam vouwt een hoek van de kaart naar beneden zodat ze
elkaar kunnen zien. 'Vind je dat mijn broer stinkt?' Ze vat dit
op als een nee, er wordt niet van haar verwacht naast Elliot te
slapen, maar als Sam weer op de kaart kijkt, vervolgt hij: 'Al-

lison en ik zijn nu eenmaal gewend samen in bed te liggen. Is dat een probleem voor je, Hannah?'

'Ik ging er gewoon van uit dat jij en Elliot in het ene bed zouden liggen, en Allison en ik in het andere,' zegt Hannah. Is het echt zo vreemd dat ze dat liever heeft? Ze zou denken dat bijna iedereen het met haar eens zou zijn dat het zenuwslopend is om met een zeer aantrekkelijke man die je amper kent in hetzelfde bed te moeten slapen, en dat het veel gemakkelijker is om met je zus een bed te delen; dan hoef je je niet bezwaard te voelen als je ruzie krijgt over de lakens.

'Jullie…' begint Allison, maar ze wordt in de rede gevallen door Sam, die zegt: 'Wat doet het er trouwens toe als je slaapt? Ik weet niet hoe het met jullie is, maar ik ben afgepeigerd.'

Klootzak, denkt Hannah.

Elliot duikt op uit de badkamer en Hannah voelt zich te gegeneerd om de discussie in zijn bijzijn voort te zetten. Dan zegt Sam: 'Elliot, Hannah wil niet met jou in één bed slapen. Ik heb haar gezegd dat de aanklacht van aanranding is ingetrokken, maar ze gelooft me niet.'

Elliot grijnst. 'Het was niet eens een echte vrouw. Het was een omgebouwde man!'

Allison zegt: 'Hannah, als jij en Elliot nu vanavond een bed en tijdens de tocht een tent delen, dan ga jij en ik samen in de kajak, wat dacht je daarvan?'

Dat is typisch Allison; altijd uit op compromissen.

'Als je tijd wilt doorbrengen met je zusje, kun je dat beter in wakkere toestand doen,' zegt Elliot. Zijn toon is ongeduldig en toch bijzonder redelijk, en er valt een stilte waarin het bij Hannah opkomt dat ze het onaangename vermogen heeft deze vakantie voor iedereen te verpesten, alleen door zichzelf te zijn.

'Best,' zegt ze. 'Allison en ik gaan samen in de kajak.'

Als ze de lichten uitdoen, is iedereen onmiddellijk stil. Hannah wordt zich ervan bewust dat haar kussen schuimrubberachtig aanvoelt, en dan hoe benauwd het in de kamer is. Ze kijkt een poosje naar Elliots rug in zijn grijze T-shirt, en vraagt zich af of hij een vriendin heeft en zo ja, wat voor iemand ze is. Een uur verstrijkt. Hannah begint wanhopig te worden. Ze gaat op de tast door het donker naar de badkamer. Als ze op de wc zit, komt er niet meer uit dan een eetlepel felgele urine. Ze gaat weer naar bed.

Om middernacht – vier uur bij Hannah thuis, een uur en drie kwartier nadat ze het licht hebben uitgedaan, en ruwweg twintig uur sinds ze uit Boston is vertrokken – denkt ze erover Allison wakker te maken, maar dan zouden Sam en Elliot waarschijnlijk ook wakker worden. Ze denkt er ook over om ertussenuit te knijpen, een taxi te nemen naar het vliegveld en naar huis te gaan, hoewel dat een hele serie gebeurtenissen in gang zou zetten die het niet de moeite waard maken.

Het is 00.25 uur. Hannah heeft zo liggen woelen dat het laken aan haar voeten losgegaan is en rond haar enkels gedraaid zit. Gewoon je ogen dichtdoen en niet meer opendoen, houdt ze zich voor. Dit werkt vier minuten, ziet ze op de digitale wekker als ze haar ogen opendoet. Oké, nog eens proberen. Ergens buiten, op een afstand die ze moeilijk kan schatten, klinkt een vreemdsoortig gejammer. Ze kan niet zeggen of het van een mens of een dier is. Ze ligt ernaar te luisteren, haar lichaam gespannen, zich afvragend wat ze moet doen, als ze al iets moet doen. Terwijl ze zich dit afvraagt, valt ze in slaap.

's Ochtends neemt ze een douche; de laatste keer voor de volgende vijf dagen. Ze lopen naar een winkel met sportartikelen omdat Sam nog wat wollen sokken moet kopen. De winkel beslaat twee verdiepingen en het wemelt er van de kano's, tenten en slaapzakken, en fris ogende, montere verkopers die er voor Hannah, in hun kaki shorts en sportschoenen, moeiteloos competent uitzien op een manier die haar nooit zal lukken. Ze ziet nu al dat zij niet het type is dat gaat kamperen in Alaska, en ook al gaat ze dat doen, ook al kan ze later zeggen dat ze in Alaska heeft gekampeerd, het zal haar nog niet tot zo'n soort mens maken.

Allison en Sam hebben dit reisje al maanden geleden gepland, en in juni hebben ze Hannah uitgenodigd mee te gaan, en Allison zei dat ze Elliot ook vroegen, zodat Hannah zich niet het vijfde wiel aan de wagen hoefde te voelen. Ze is er vrijwel zeker van dat Allison haar heeft uitgenodigd vanwege de ruzie met haar vader – Allison heeft waarschijnlijk het idee dat ze Hannah wel tot andere gedachten kan brengen. Toen Hannah de uitnodiging afwees omdat ze het naar haar zeggen niet kon betalen, zei Allison: 'Wij betalen je vliegtocht. Jij hoeft alleen maar voor de spullen te zorgen.' Die spullen, onder meer een zogeheten thermische slaapzak en een aantal broeken, jacks en lang ondergoed in verschillende gradaties van waterafstotendheid, kostten bij elkaar een slordige achthonderd dollar. Toen Hannah bij de kassa in Cambridge stond, rees bij haar het akelige vermoeden dat ze ze hierna waarschijnlijk nooit meer zou gebruiken.

Ze staat naast een rek met regenjassen als een verkoper haar aanspreekt.

'Kan ik je ergens mee helpen?' vraagt hij. Hij heeft krullend haar en een geitensikje – hij is leuk om te zien – en hij is waarschijnlijk van haar leeftijd.

'Ik wacht alleen even op een paar anderen.'

'Ben je in Alaska op vakantie?'

'We gaan kajakken in Prince William Sound.'

'O ja? Dan staat je iets geweldigs te wachten. Misschien krijg je zelfs wel een beer te zien. Die zijn behoorlijk indrukwekkend in hun natuurlijke habitat – heel anders dan in een dierentuin.'

'Maar is het niet gevaarlijk om een beer tegen te komen?'

Hij lachte even, een hartelijke lach. 'Geloof mij maar, ze zijn banger van jou dan jij van hen.' (Haar hele leven lang heeft Hannah het nooit geloofd als iemand zoiets tegen haar zei over wat dan ook.) 'Meestal zie je alleen hun uitwerpselen,' gaat de jongen verder. 'Als je een beer te zien krijgt, heb je geluk. Grizzly's kun je beter niet tegenkomen, maar zwarte beren zijn soms heel speels.'

'Maar is de kans groot dat we er een zien?'

'Als je bang bent, kun je tijdens het wandelen, vooral in een gebied met veel begroeiing, iets roepen als: "Hé, beer. Hé, jongen." Of je kunt gaan zingen. Het belangrijkste is dat je ze niet laat schrikken, vooral niet een moeder met kleintjes. Als ze je horen zingen, zorgen ze wel dat ze uit je buurt blijven. Gaan jullie kamperen, op eilandjes?'

Hannah knikt.

'Het hangt af van de grootte van de eilanden. Zorg dat je niets achterlaat. Dat weet je toch, hè? Geen parfum gebruiken, en 's nachts je etenswaren hoog in een boom hangen, dat soort maatregelen.'

Alles wat hij zegt klinkt bekend, alsof Hannah het in de gids heeft zien staan zonder er aandacht aan te besteden – iets wat ze misschien vluchtig heeft gelezen, wat indertijd niet belangrijk leek. Nu denkt ze: Beren? Echte, levende beren? Ze houdt niet eens van honden.

'Als je je zorgen maakt – we verkopen hier bellen,' zegt de jongen. 'Ik zal ze je laten zien.' Hij loopt naar achteren en Hannah volgt hem. 'Of anders,' zegt hij, terwijl hij zich omdraait, 'peperspray. Die zal ik je ook laten zien.'

De bellen zien eruit als kerstklokjes. Ze worden per stuk verkocht, in felle kleuren, aan een riempje met klittenband.

De jongen houdt een rode in de lucht. 'Je maakt hem ergens aan je lichaam vast,' zegt hij. 'We zullen hem eens aan je riem proberen.' Als hij neerhurkt, is zijn hoofd vlak bij haar middel, en ze vraagt zich af of ze vanuit dat oogpunt dik lijkt. Hij komt overeind en zegt: 'Probeer eens te lopen.'

De bel klingelt. 'Hoeveel kost hij?' vraagt ze.

'Drie dollar. Ik zal je de peperspray laten zien. Hoe lang blijf je?'

'Een week, met reizen en alles mee, maar we gaan maar vijf dagen kajakken.'

'Waar kom je vandaan?'

'Uit Massachusetts.'

'Dat meen je niet! Ben je helemaal uit Massachusetts gekomen voor vijf dagen?'

Ze had twee weken moeten zeggen, bedenkt ze.

De peperspray kost vijfendertig dollar. 'Maar eerlijk gezegd,' zegt de jongen, 'kun je je geld beter aan die bel uitgeven.'

Ze besluit beide te kopen. Als ze aan de kassa betaalt, staan Allison, Sam en Elliot te wachten. De jongen begint met hen ook over beren te praten, en als ze zich weer bij hen voegt, legt hij een hand op haar schouder. 'Het wordt fantastisch,' zegt hij. 'Je bent een kanjer.'

'Ben je bang?' vraagt Elliot.

'Nee,' zegt Hannah en tegelijkertijd zegt de jongen: 'Ik was vorige week met mijn vriendin in Denali, en wij hoopten juist een beer te zien, maar we zagen er geen.' Als hij het woord vriendin zegt, voelt Hannah zich een dwaas omdat ze had gedacht dat deze jongen naar haar taille zou hebben gekeken.

Elliot gebaart naar Hannahs peperspray. 'Is het bij je opgekomen dat je het wel kunt vergeten, als die beer al zo dichtbij je is dat je het in zijn ogen kunt spuiten? Of je moet over bovennatuurlijke krachten beschikken.'

'Hou je kop,' zegt Sam luchtig. 'Laat haar dat meenemen als ze dat wil.'

Allison pakt de bel van Hannah aan, houdt hem omhoog en rinkelt ermee. 'Ho ho ho,' zegt ze. 'Vrolijk kerstfeest.' Ze draait zich om naar Sam. 'Ben jij dit jaar wel een brave jongen geweest?'

Ze gaan bij een kruidenier langs om mondvoorraad in te slaan, en dan gaan ze met de trein naar Ander, waar ze later hun kajaks ophalen en aan het eind van de middag een charterboot nemen naar Prince William Sound. Ander bestaat uit zo'n zevenhonderd meter kleine gebouwen die op verschillende afstanden van elkaar staan – een kruidenier, een paar restaurants, een aantal zaken waar je kajaks kunt huren – plus een aantal niet meer gebruikte spoorwegwagons en een enorm gebouw van roze stucwerk, een vroegere legerbunker waar nu blijkbaar twee derde van de driehonderd inwoners in wonen. Achter de gebouwen doemen spitse bergen op, op sommige plaatsen groen en op andere besneeuwd; voor de gebouwen ligt de blauwe vlek die het begin aangeeft van Prince William Sound, met nog meer met sneeuw bedekte bergtoppen aan de andere kant van het water. Hoewel het zonnig is, liggen er overal plassen op het modderige grind waar de straten van het stadje uit bestaan.

Het is halfvier, en als lunch eten ze zalmburgers, behalve Allison, die vegetariër is en spaghetti bestelt. Hun serveerster geeft de indruk dronken te zijn; ze is rond de veertig, heeft touwachtig haar en een zwarte voortand, en ze vertelt opgewekt dat ze vier jaar geleden voor de lol hierheen is gekomen uit Corvallis, Oregon, en dat ze net twee maanden geleden met de kok is getrouwd, in dezelfde spijkerbroek die ze nu draagt, in ditzelfde restaurant. Nu wonen zij en haar man in de bunker op de vierde verdieping. Ze vergeet wat Allison heeft besteld en moet nog eens terugkomen, en Hannah koestert het vreemde maar niet onbekende verlangen deze serveerster te zíjn, veertig te zijn, en op een rustige manier onaantrekkelijk, in een vreemd, klein stadje in Alaska te wonen met een kok uit een snelkeuken die van je houdt. En niet het water op te hoeven, naar de beren.

Na de lunch lopen ze naar het eindpunt van de haven en gaan ze aan boord van een boot die over rollende golven op weg naar de Harriman Fjord dendert. De kapitein is een grote bebaarde man op leeftijd, en de anderen praten met hem, maar Hannah zit langs de kant van de boot met de wind in haar gezicht die haar huid gevoelloos maakt. Na een uur neemt de kapitein gas terug en drijven ze in de richting van een rotsachtig strand. Achter de rotsen zijn varens en bessenstruiken en grote, doornige planten, daarachter sparren en elzen en achter de bomen is een gletsjer. Het is de eerste die ze zien, versmolten met een berg, over een oppervlakte van misschien wel acht vierkante kilometer. Hannah had zich gletsjers voorgesteld als doorzichtig en schitterend en netjes afgebakend, als een gigantisch ijsblok, maar dit heeft meer weg van een veld met omgewoelde, smerige sneeuw. Hij is blauw, alsof hij met ruitenspray is bespoten.

De kajaks zitten aan de bovenkant van de boot vastgebonden, en de kapitein klimt er met een verbazingwekkende lenigheid naar toe om ze los te maken. Ze leggen de kajaks voorzichtig tegen de rotsen, en waden dan in hun zwarte rubberlaarzen terug door het ondiepe water om hun rugzak te halen. De kapitein vertrekt. Alles lijkt enorm groot, de zee en de lucht en de bergen en het uitgestrekte, rotsachtige strand waar geen mens te zien is. Hannah kan niet geloven dat dit, dit alles bestaat. Dat het bestaat terwijl zij op de kinderen van de professor past, terwijl ze met Jenny yoghurtijs eet op de campus. Dat lijkt nu zo ver en onbelangrijk. Dit is de wereld: deze heldere lucht, de wind die de hoge grassen laat wuiven, de manier waarop de zon aan het eind van de middag weerspiegelt op de golfjes die op de rotsen slaan. En toch voelt ze zich dwaas; gedachten over je eigen nietigheid zijn op zichzelf nietig. Bovendien neemt verbazing je angst niet weg.

Zo'n vijftig meter van het water zetten ze de tenten op. 'Zeg maar wat ik kan doen,' zegt Hannah tegen Elliot. Hij geeft haar de stokken aan, die opgevouwen zitten, met elastiek vanbinnen. De manier waarop je de metalen onderdelen in elkaar schuift, gebogen materiaal dat recht wordt, doet haar denken aan een toverstaf van een goochelaar op een kinderfeestje. De bodem is zacht, de stokken gaan er gemakkelijk in. De tent is turkooiskleurig, en als Hannah erin kruipt, op haar knieën zodat ze geen vuil mee naar binnen neemt, ziet ze dat het nylon een blauwige gloed op haar onderarmen werpt. Achter in de tent heeft Elliot een stuk stof los geritst waarachter een driehoekig schermpje te voorschijn komt – een raam – wat Hannah vreemd huiselijk aandoet. Het is alsof hij een windgong heeft opgehangen, of een brievenbus met hun namen erop heeft neergezet, voor het geval Allison of Sam daar een brief in zou willen doen. Hannah legt de slaapzakken in de tent, in hun hoes; de rugzakken staan tegen bomen geleund.

Ze gaan pas morgen kajakken. Voor het avondeten maken de broers macaroni met kaas waar ze stukjes vegetarische worst door doen. 'Geen vegetarische worst voor Hannah,' zegt Allison. 'Ze houdt niet van de textuur.' Als ze hebben opgeruimd, hangt Sam hun etenswaren in een boom. De broers spelen schaak op een piepklein magnetisch bordje, terwijl Allison op het strand in haar dagboek schrijft. Niet goed wetend wat te doen, gaat Hannah de tent in, trekt lang ondergoed en een ander T-shirt aan, en kruipt in haar slaapzak. In het afnemende licht leest ze een detective die Allison in het vliegtuig heeft uitgelezen, alleen verliest ze steeds haar aandacht en moet ze weer terugbladeren. Veertig minuten zijn verstreken tegen de tijd dat Elliot de tent in komt. Hij begroet haar met een een-lettergrepig gemompel. Hij trekt zijn T-shirt en zijn fleecejack uit, en als hij met zijn rug naar haar toe staat, is zijn huid goudkleurig en zijn zijn armen mager maar gespierd. Hij trekt ook zijn spijkerbroek uit en kruipt in een grijze boxershort in zijn slaapzak.

'Je studeert af in neurowetenschappen, hè?' vraagt Hannah. 'Dat is toch hetzelfde als arts worden?'

'Ik ga onderzoek doen en misschien lesgeven, maar ik ga nooit opereren, als je dat bedoelt.'

'Heb je je gespecialiseerd?'

'Ik werk in een team dat bestudeert hoe verschillende delen van het brein reageren op stress. Op dit moment zijn we bezig met de amygdala, maar dat zal jou waarschijnlijk niets zeggen.'

'Het klinkt wel bekend.'

Er valt een lange stilte.

Gezellig, denkt Hannah. Laat maar.

Maar uiteindelijk zegt Elliot: 'Jij gaat toch naar Tufts?'

'Ja, ik begin aan mijn laatste jaar. Ik heb afgelopen zomer stage gelopen bij een reclamebureau. Ik vind Boston wel leuk. Het klopt wat mensen zeggen over de manier van autorijden daar, maar ik heb geen auto, dus het kan mij niet zoveel schelen.'

'Ik ken Boston. Ik heb rechten gestudeerd op Harvard.'

'Wauw – jij hebt een hoop gedaan.'

Hij reageert niet. Maar ze liggen allebei op hun rug en Hannah kan er niets aan doen dat ze een beetje het gevoel heeft dat hij haar echtgenoot is. Het is die combinatie van intimiteit en het alledaagse, in tegenstelling tot intimiteit en erotiek; in haar eerste jaar aan de universiteit hielp ze af en toe de huisoudste, een jongen die Vikram heette, tijdens de pauze met boodschappen doen, en toen had ze ook dat gevoel. Ze voelde zich niet tot Vikram aangetrokken, maar ze liepen samen met het karretje de paden op en neer, terwijl ze over de aankopen praatten: waarom zijn druiven zo duur? We nemen zoute krakelingen, goed?

Elliot gaat op zijn zij liggen, met zijn rug naar Hannah. Ze zou nu niets meer moeten zeggen – het is duidelijk dat hij wil gaan slapen – maar ze hoort zichzelf vragen: 'En hoe vind jij het dat Sam en Allison gaan trouwen? Nogal onbezonnen, hè?'

'Geweldig,' zegt Elliot. 'Ik hoop dat ze gelukkig worden.'

'Wist jij dat ze zo serieus waren?'

'Hij zou wel gek zijn geweest als hij dat niet was. Je zus is fantastisch.'

Dat Allison zo fantastisch is, meestal een reden van trots voor Hannah, lijkt haar nu een uitgekauwd onderwerp. Ze zegt niets meer, en Elliot ook niet. Het is pikdonker, en ze hoort het water kabbelen. Drie kwartier verstrijkt en – haar buik voelt gezwollen en hard – ze laveert tussen de angst dat ze nooit meer in slaap valt en dat ze inslaapt en dan harde winden laat. Ze ziet in gedachten de kaneelkleurige vacht van de beer, zijn scherpe natte neus en zijn grote klauwen, bruin en enigszins gekromd. Het is natuurlijk een illusie, maar ze is blij dat ze weggestopt in een tent ligt. Wat een geluk voor de beer dat hij degene is waar de rest bang voor is; wat een vrij gevoel moet dat zijn wanneer hij over de stranden en tussen de bomen door dwaalt.

Na het ontbijt, als ze de regenkleding en de zwemvesten aantrekken, zegt Elliot: 'Dat ding ga je toch niet in de kajak dragen? Er zitten geen beren op het water.'

Eerder al heeft Hannah de berenbel aan de mouw van haar jack vastgemaakt, en elke keer dat ze zich beweegt, rinkelt hij. Ze kijkt naar Elliot, en dan kijkt ze weg. Ze wordt doodziek van haar pogingen bij hem in de smaak te vallen. 'Jawel, dat wil ik,' zegt ze net als Sam zegt: 'Zeg Hannah, welke maat zwemvest heb jij aan?'

'Dat weet ik niet.' Ze maakt de plastic sluiting aan de voorkant los en trekt het vest naar achteren zodat ze op het label kan kijken. 'Er staat "large".'

'Wil je met mij ruilen?' Sam gooit haar een ander zwemvest toe. 'De twee mediums zijn voor jou en Allison, en de twee grote voor Elliot en mij.'

'Maar...' Hannah wacht even. 'Ik weet dat jij groter bent dan ik, Sam, maar ik heb tieten. Mijn borstomvang is zelfs groter dan de jouwe.'

Allison giechelt. 'Hannah is behoorlijk ruim bedeeld,' zegt ze. 'Dat is vanaf de middelbare school al een kwelling voor me.' Dat is niet waar. In groep acht had Hannah een grotere maat dan zowel haar oudere zus als haar moeder, maar het was voor haarzelf een kwelling. Toch hebben zij en Allison jarenlang gedaan alsof er ten minste één ding was waar Allison Hannah om benijdde.

'Ik ben groter, dat is een feit,' zegt Sam. 'Maar ik ben geen seksist. Kom eens naast me staan, Hannah.'

Eerst gaan ze naast elkaar staan, dan met hun ruggen tegen elkaar.

'Dit is belachelijk,' zegt Elliot, maar Hannah weet niet waar dat op slaat. Op deze situatie? Op haar?

'Het is moeilijk te zien zonder centimeter,' zegt Allison. Ze praat nog steeds – ze doet alsof, denkt Hannah – op geamuseerde toon.

'Kun je dat medium vest vast krijgen?' vraagt Sam aan Hannah.

Hannah steekt haar armen door de openingen. Ze weet zeker dat ze het niet vast krijgt, maar dan lukt het toch. Maar dat betekent waarschijnlijk dat Sam het ook vast zou krijgen, maar terwijl zij met de sluiting bezig is geweest, heeft hij haar de grote maat weten te ontfutselen. Er zit niets anders op dan de kajaks te water laten.

Eerst gaat het wiebelig, daarna soepel, bijna alsof ze over het water zelf glijden, zonder het fiberglas tussen hen in. Elliot en Sam peddelen sneller dan zij en Allison, en als ze een paar honderd meter van elkaar verwijderd zijn, draait Hannah haar hoofd een stukje en zegt ze over haar schouder – Allison zit op de achtersteven en stuurt: 'En wat vind jij van die lullige streek van je vriendje of verloofde of wat hij ook is?'

'Hannah, rustig nou.'

'Bedankt dat je het voor me hebt opgenomen. Was je bang dat hij zich ontmand zou voelen als je toegaf dat zijn borstkast niet zo breed is als hij wil geloven?'

Allison zegt niets.

'Maar ik geniet echt van de geweldige tijd met zijn broer,' zegt Hannah. 'Wat een hartelijke vent.'

'Elliot is een schatje,' zegt Allison, en het maakt Hannah woedend dat Allison het niet voor haar opneemt, dat ze zelfs niet wil zeggen wat ze ervan vindt. Toen ze klein waren, hadden ze vaak fikse ruzie – ze vlogen elkaar letterlijk in de haren – en hoewel het fysieke element verdween, bleven ze bekvechten totdat Allison in groep zeven zat. En daarna – vreselijk was dat – werd ze aardig. Zoals sommige meisjes in de onderbouw populair worden, of anorectisch, of gothic, veranderde Allison resoluut in iemand die vooral aardig was. Ze werd ook knap, wat haar aardige gedrag nog edelmoediger en minder noodzakelijk maakte.

'Weet je waar die twee me aan doen denken?' Misschien ga ik te ver, denkt Hannah. 'Aan de uitspraak: "Hoed je voor de man die één boek heeft gelezen." Ze geven me het idee dat ik vreselijke paranoïde doe over beren, maar zoveel kampeerervaring hebben zij ook niet.'

'Sam heeft al eerder gekampeerd,' zegt Allison. 'Echt waar. Ze zijn allebei toen ze jong waren vaak op trektocht geweest in Wyoming.'

'Nou, dat zegt nogal wat,' zegt Hannah. 'Echte cowboys.'

Weer zegt Allison niets.

'Ik heb één vraag,' zegt Hannah. 'Voel je je niet tekortgedaan door het feit dat hij je een zilveren ringetje heeft gegeven terwijl zijn familie steenrijk is?'

'Op dit moment,' zegt Allison, 'kan ik me niet echt meer voorstellen dat jij getuige bent bij ons huwelijk.'

'Is dat een dreigement?'

'Hannah, waarom zou ik je bedreigen? Maar jij maakt duidelijk dat je Sam en Elliot niet mag. Ik zou jou niet in een situatie willen brengen waarin je je niet op je gemak zou voelen.'

'Zoals hier, bedoel je? Het is duidelijk dat iedereen liever had gehad dat ik niet meegegaan was.' Ze wacht tot Allison dit tegenspreekt, en als dat niet gebeurt, gaat Hannah door: 'Ikzelf incluis.'

Meer dan twintig minuten blijven ze zwijgen. Eerst voelde het zwemvest van Hannah aan als een korset, maar ze is er nu aan gewend. En het is een opluchting om in de kajak te zitten. Nu moet ze alleen de tocht nog door zien te komen, niet de voorbereiding op de tocht én de tocht.

Ten slotte zegt Allison: 'Zie je die gletsjer daar voor ons? We kunnen er niet te dichtbij komen, want er kunnen elk moment brokstukken naar beneden komen. Dat heet afkalven.' Ja, Allison is volwassener dan Hannah, Allison is een beter mens, maar er staat voor haar ook minder op het spel. Allison kan het zich veroorloven om in een gesprek te capituleren omdat haar belang niet bij Hannah ligt; voor Allison is Hannah niet de belangrijkste persoon op hun tocht. 'Je doet het goed,' gaat Allison verder. 'De eerste keer dat ik ging kajakken, werd ik zeeziek.'

Met tegenzin zegt Hannah: 'Is dat mogelijk?'

'Ik heb overgegeven in het water. Vraag maar aan Sam. Hij vond me een ontzettende tut.'

Later op de middag zien ze een Amerikaanse zeearend, en daarna een zeehond die vlak bij hun kajak boven water opduikt. Zijn natte bruine kop heeft iets treurigs, denkt Hannah, als hij weer onder water duikt en verdwijnt.

Voor het avondeten, als Sam water kookt voor de couscous en Allison en Elliot in hun tent zijn, zegt Sam tegen Hannah: 'Je bent toch niet meer boos over het zwemvest?'

Hannah wacht even voor ze zegt: 'Nee hoor, dat is oké.'

Sam gaat zachter praten. 'Allison maakt zich echt zorgen over de problemen die je met je vader hebt.'

'Ik wist niet dat mijn problemen met mijn vader overal bekend waren,' zegt Hannah, en Sam doet er het zwijgen toe.

Na het avondeten gaan ze in de tent van Sam en Allison hartenjagen. Het is zo koud dat ze allemaal hun jack en wollen muts aantrekken. Rond negen uur, als het donker wordt – in Alaska schijnt de zon eind augustus niet tot middernacht – halen ze hun zaklampen te voorschijn en zetten die zo neer dat ze op hen schijnen, als vier maantjes in de tent. Maar dan wordt het echt donker en kunnen ze de kaarten niet meer zien, zelfs niet met de zaklampen.

Voordat ze Elliot volgt naar hun tent, loopt Hannah naar een boom tien meter verderop. Terwijl ze haar ondergoed, een lange onderbroek en een fleece broek omlaag trekt, stelt ze zich voor dat een beer haar van achteren nadert en haar billen bepotelt. Ze schudt even met de berenbel en Allison roept met eentonige stem: 'Ik hoor je, Hannah.' Hannah moet een volle minuut gehurkt blijven zitten voordat ze genoeg kan ontspannen om te plassen. Ze is er vrijwel zeker van dat er een beetje op haar voeten terecht is gekomen – ze draagt wollen sokken en slippers – maar het is te donker en zij is te moe om zich er druk over te maken.

De dagen krijgen een bepaald ritme. 's Ochtends nemen ze havermout of cornflakes en soms warme chocolademelk; als lunch eten ze wortelen en appels en bagels met pindakaas; en voor het avondeten maakt Elliot of Sam pasta of bonen warm op Elliots brandertje. Ze dragen ieder twee waterflessen, een kom, een beker en een setje bestek.

Ze gaan naar een ander eiland, en vlak boven het strand ziet Hannah verscheidene hopen liggen die stront van een beer moeten zijn: grote brijachtige kluiten die de ene keer donkerbruin en dan weer bijna roze zijn, bespikkeld met hele, ongekauwde bessen. Ze denkt aan de jongen in de winkel in Anchorage, hoe hij zei: 'Je bent een kanjer,' en ze probeert de woorden dicht bij zich te houden, als een talisman.

Op het water verschijnen in de verte cruiseschepen. Sam en Elliot maken schampere opmerkingen over de passagiers, het weinig authentieke aan hun beleving van Alaska. 'Toeristen,' zeggen ze vol minachting, en Hannah denkt: maar wat zijn wij dan? Ze zou liever een passagier op een cruiseschip zijn: een grijze dame uit Milwaukee met een camera in een goudlamé schoudertas die elke avond heilbot van een wit bord eet.

De schepen in de verte geven Hannah het gevoel dat ze niet zo alleen is, en ze vindt het altijd jammer als ze uit het zicht verdwijnen. Ze voelt zich ook getroost als ze op een avond in de buurt van hun tent een pleister vindt, half in de modder. Het is een pleister met een plaatje van de Flintstones, en Hannah pakt hem op – dit zou ze normaal nooit doen – en bekijkt hem in haar hand.

's Nachts slaapt Hannah in een sportbeha en volgens de instructie van Allison legt ze natte kledingstukken – meest sokken – tegen haar buik om ze daar te laten drogen. Minstens eenmaal per dag miezert het. Als dit gebeurt, denkt Hannah dat de tijd, als ze gewoon haar gedachten stopzet, verdergaat en zij voor ze het weet weer terug is op Tufts om het nieuwe schooljaar te beginnen en zichzelf voor haar kop te slaan omdat ze haar exotische en kostbare vakantie niet heeft gewaardeerd.

Op de middag van de vierde dag, als de zon een tijdje schijnt, wachten de broers – meestal gaan zij voorop – Allison en Hannah op en beginnen hen dan met hun peddels nat te spetteren. Of eigenlijk, ze spetteren Allison nat. Elliot zit, net als Hannah, bij de boeg, maar hij draait zijn lichaam zo dat hij naar Allison toegekeerd zit. Als Allison het lachend uitgilt, straalt Elliots gezicht zo'n puur plezier uit dat hij wel zwakzinnig lijkt. Dat moment van intense gelukzaligheid maakt Hannah wantrouwig tegenover hem. En dan, die avond, gaat Elliot samen met Allison hout zoeken, en ziet Hannah hen over het strand terugkomen. Wat hem verraadt is zijn ontspannen doch attente houding; het is duidelijk dat Elliot nergens liever wil zijn dan daar.

Het is op dit moment, waarop hij Allison aanbidt, dat Hannah zich bijna met Elliot vereenzelvigt. Terwijl ze hen observeert, voelt ze zelf het verlangen in haar hand om het golvende haar van dit meisje aan te raken, dit meisje wier vriendelijkheid en schoonheid je gelukkig zou kunnen maken als je haar de jouwe kon noemen. Hannah vraagt zich af of Elliot heeft gedacht dat zij een variant zou zijn van Allison.

Als ze na het eten alles hebben opgeruimd, kondigen Elliot en Sam aan dat ze de omgeving gaan verkennen. Nadat ze zijn vertrokken loopt Hannah met haar bel en peperspray naar een grote rots die uit het water steekt. Daar gaat ze zitten. Witte wolken, met een beetje roze erin, hangen als watten laag in de lucht, alles begint aan de randen donker te worden. De Sound is een spiegelend vlak. Allison komt bij haar zitten. Ze zwijgen lang. 'Het is zo mooi, dat ik me schuldig voel als ik ga slapen,' zegt Allison uiteindelijk.

'Ik wed dat het er morgen nog allemaal is,' zegt Hannah.

'Je weet wel wat ik bedoel.' Allison zwijgt. 'Hannah, ik vind echt dat je met pap moet gaan praten. Als je hem je verontschuldigingen aanbiedt, zal hij dit jaar vast nog wel je studie betalen.'

O, ja – Hannah wist dat dit zou komen. Ze zegt: 'Ik denk er niet over hem mijn verontschuldigingen aan te bieden.'

'Waar wil je het geld dan vandaan halen?'

'Ik heb al met iemand gesproken van het bureau financiële bijstand. Dit is niet jouw probleem.'

'Toch wel. Je maakt het mama ook heel moeilijk. Zij kan je studie niet in haar eentje betalen.'

'Dat heb ik haar ook niet gevraagd. Ik ga een studentenlening aanvragen.'

'Vind je dat wel kunnen? Ik weet zeker dat iemand uit een minder welgestelde familie het geld harder nodig heeft dan jij.'

'Een lening, Allison, is geen beurs. Ik zal het terug moeten betalen, dus ja, ik vind dat ik daar recht op heb.'

'Pap heeft mijn masteropleiding betaald,' zegt Allison. 'Ik weet zeker dat hij ook jouw studie wil betalen als je hem daar de kans toe geeft. Hij is eigenlijk heel gul.'

'Pa is een zak,' zegt Hannah. 'Maar om het over iets anders te hebben, weet Sam wel dat zijn broer gek op jou is?'

Allison begint te lachen. 'Waar heb je het over?'

Natuurlijk lacht Allison die opmerking weg. Maar in hoe-verre is haar opgewekte ontkenning hetzelfde als lichtvaardig-heid? Natuurlijk is ze niet dom. Hannah zegt altijd tegen an-deren (tegen dokter Lewin heeft ze het ook gezegd) dat zij en haar zusje goed met elkaar kunnen opschieten, maar is dit wel zo? Zijn Allison en zij graag bij elkaar, weten ze nog de meest basale feiten over elkaar?

'Heeft hij ooit iets met je geprobeerd?' vraagt Hannah.

'Waarom vraag je dat?' zegt Allison, wat natuurlijk al genoeg zegt.

'Wat een kwal,' zegt Hannah.

'Eén keer maar. Hij probeerde me te zoenen op een feestje toen hij stomdronken was, en de volgende dag was hij in alle staten.'

'Heb je het aan Sam verteld?'

'Wat kan jou dat schelen?' Allisons toon zweeft tussen op-standigheid en zelfmedelijden. 'Wat ik ook zeg, jij zult je oor-deel toch wel klaar hebben.'

O, wat heeft Hannah die Allison van de lagere school gemist, de Allison die zo sarcastisch kon worden als ze maar genoeg uitgedaagd werd!

'Weet je, ik vond het vroeger altijd bijna rot voor je dat mannen constant achter je aan zaten,' zegt Hannah. 'Ik wist dat ik je zou moeten benijden, maar al die jongens leken me zo'n last. Je vond ze bijna nooit leuk, maar toch moest je ze terugbellen of je door hen op je wang laten zoenen of gewoon reageren op hun aandacht op een manier die me stomvervelend leek. Maar nu denk ik dat ik het mis had. Jij gedijt op hun belangstelling. Waarom zou je anders Elliot hebben meegevraagd voor deze tocht?'

'Wat vreselijk oneerlijk.'

'Was het om Elliot te laten zien hoe jij en Sam in de natuur dartelen?'

'Je kunt er gewoon niet over ophouden, hè?' zegt Allison, en ze komt boos en onhandig overeind. Haar wangen zijn rood. Als ze weg is, zit Hannah daar in de afschuwelijke, stille nasleep van haar eigen vijandigheid. Maar dan komt Allison terug. Ze blijft voor Hannah staan, met samengeknepen ogen. 'Mama vraagt me wel eens of er volgens mij iets met jou mis is. Wist je dat? Dan zegt ze: "Waarom heeft Hannah geen vriendje, waarom heeft ze niet meer vrienden? Moet ik me zorgen maken?" Ik neem het altijd voor je op. Dan zeg ik: "Hannah heeft haar eigen ritme." Maar zo is het niet. Het komt doordat je zo vreselijk eigenzinnig en bitter bent. Je denkt dat je iedereen doorziet, ons allemaal, met ons stompzinnige leventje, en misschien heb je gelijk, maar je bent een ongelukkig mens. Je maakt jezelf ongelukkig en je maakt de mensen om je heen ongelukkig.' Allison aarzelt.

Zeg het maar, denkt Hannah. Wat het ook is.

'Het gekke is,' zegt Allison, 'dat je me aan pa doet denken.'

Het is de laatste nacht van hun tocht. Ze zijn nu op een ander eiland, het derde en laatste (het is bijna voorbij, het is bijna voorbij, het is bijna voorbij). Hannah heeft geen idee hoe laat het is, maar voelt alleen dat ze diep heeft geslapen, waarschijnlijk al een paar uur, als ze wakker wordt met Elliot boven op haar en zijn hand op haar mond.

'Je moet kalm blijven,' zegt Elliot. Hij fluistert in haar oor, zachter dan ze ooit iemand heeft horen fluisteren; het is alsof hij zijn gedachten bij haar wil inprenten. 'Er probeert er één ons eten te stelen. Je mag niet schreeuwen. Begrijp je? Ik haal nu mijn hand weg, maar als je geluid maakt, leg ik hem weer terug.'

Hoewel hij het woord niet zegt, begrijpt ze – als ze eenmaal weet dat hij haar niet gaat verkrachten – dat hij het over de beer heeft. Uiteindelijk is de beer gekomen, zoals ze aldoor heeft geweten.

Ze knikt en hij haalt zijn hand weg. Buiten klinkt een schrapend geluid, als tegen een boombast, en onbeheerst gesnuif. Het geschraap houdt op en begint dan opnieuw. Zijn Sam en Allison ook wakker? Elliot blijft boven op haar liggen. Ze ligt op haar zij in haar slaapzak, en hij is uit de zijne gekropen en steunt op zijn armen. Zijn bovenlichaam drukt tegen haar schouder, zijn buik tegen haar heup, zijn benen zijn om de hare geslagen. Blijft hij in deze positie liggen omdat hij zelfs niet wil riskeren dat de beer hoort dat hij van haar afglijdt? Omdat hij haar, nu de beer op de tent af komt, wil beschermen? Of omdat het aangenaam is, en verrassend normaal, om zo verstrengeld te liggen? De druk van zijn lichaam is verre van onaangenaam.

Elliots adem ruikt naar de uien van de vorige avond en zou haar waarschijnlijk tegenstaan als ze er op een feestje mee werd geconfronteerd. Op dit moment staat hij haar niet tegen. Ze vraagt zich af of dit het einde is. Ze denkt aan de expositie op het vliegveld van Anchorage: De beer toont zijn woede door te grommen en te happen, en de vacht in zijn nek staat overeind als hij zijn oren plat legt. Als een beer wordt bedreigd, kan hij tot de aanval overgaan. En toch is ze bijna blij dat de beer is gekomen; het betekent dat ze niet paranoïde is.

Dan verschijnt de beer tussen de maan en de driehoekige

luifel van de tent, ze ziet hem niet helemaal, maar wel heel duidelijk – zijn donkere vacht met zilvergrijze puntjes en de spierbundels van zijn schouder. Het is een grizzly; er staat een grizzly voor de tent. Hij staat op alle vier zijn poten (ze had hem zich voorgesteld op zijn achterpoten), op drie meter van hen vandaan. Dit moet haast wel het einde voor hen zijn, zo dicht bij een grizzlybeer. Misschien is Elliot daarom in deze houding blijven liggen, omdat het nu niet uitmaakt wat hij doet – hij zou haar borst kunnen grijpen of haar in haar ogen spuwen, en niemand zal er ooit achter komen. Haar hart bonkt tegen haar borstkas. Een golf van verdriet overspoelt haar en ze voelt dat haar gezicht zich verwringt; ze begint te huilen. Een onderdrukte snik ontsnapt haar en Elliot laat onmiddellijk zijn armen zakken zodat zijn gezicht nu ook tegen haar aan ligt, zijn neus onder haar kin, zijn voorhoofd tegen haar oor. Hij schudt zijn hoofd. Hij slaat zijn armen om de bovenkant van haar hoofd en houdt haar op deze manier onder zich. Hannah zegt vlak bij zijn gezicht zachtjes het woord 'Allison'. Hij schudt weer zijn hoofd. Iemand anders, bijvoorbeeld iemand wiens eigen broer niet in de andere tent lag, zou ze niet hebben vertrouwd. Ergens diep in haar rugzak zit een sleutelring – wat kunnen sleutels ver van huis toch ineens onbelangrijk worden – en aan die sleutelring zit een fluitje, waarmee ze, als ze erop zou blazen, de beer misschien kan verjagen. Ze zou het kunnen proberen als ze geen geloof hechtte aan Elliots waarschuwing.

En dan loopt de beer weg. Als een mens – dit voelt ze – werpt hij nog vaag een blik om zich heen, om te zien of er niets belangwekkends voor hem is, voordat hij vertrekt. Maar zijn aandacht is al niet meer hier, maar op iets anders gericht. Hij loopt weg, en dan is hij verdwenen. Zij noch Elliot verroert zich. Hoe lang blijven ze zo roerloos liggen? Misschien zes minuten. Dan verbreekt Sam de stilte. Hij roept: 'Godsklere!'

'Alles goed met je, Hannah?' vraagt Allison. 'Is alles in orde met jullie, jongens? We zagen hem bij jullie tent staan.'

'Met mij is alles goed,' roept Hannah terug. 'Elliot heeft ervoor gezorgd dat ik me stilhield.'

'Ik wil jullie even komen knuffelen,' zegt Allison. 'Maar ik wacht wel tot het ochtend is.'

'Hebben we het eten niet hoog genoeg opgehangen?' roept Elliot naar Sam. Hij zegt dit op een doodnormale toon terwijl hij nog steeds boven op Hannah ligt. Zijn adem begint haar nu te storen.

'Ik heb het precies zo gehangen als de andere avonden,' zegt Sam. 'Ik geloof niet dat hij iets te pakken heeft gekregen. Ik denk dat hij gewoon nieuwsgierig was.'

'Of dat hij een beleefdheidsbezoekje wilde brengen,' zegt Elliot droog. Onder hem begint Hannah te lachen – niet omdat zijn opmerking zo geestig is, maar omdat de opgekropte energie bij haar naar buiten wil. Ze willen allemaal dat dit moment voorbij is, en dat gebeurt ook, het begint al iets te krijgen van de vorm waarin het later wordt gegoten, als een verhaal dat ze aan anderen vertellen.

'Hij wilde Hannah niet teleurstellen,' zegt Sam. 'Hij wist dat ze zich bekocht zou voelen als we niet minstens één beer te zien hadden gekregen.'

'Het was niet eens een echte beer,' zegt Allison. 'Het was die jongen uit die winkel in Anchorage, in een berenpak. Hij was bang dat je anders het geld voor je peperspray terug zou willen.'

Nu moeten ze allemaal lachen. En Elliot heeft bovendien een erectie. Als ze een ander iemand was, geen maagd, zou Hannah nu – tja, wat? Haar slaapzak openritsen, haar beha uittrekken? Om een en ander te laten gebeuren, zou ze waarschijnlijk maar heel weinig hoeven doen. Daarbij zou nog het frivole element komen dat ze moest zorgen dat Sam en Allison hen niet zouden horen. In het vliegtuig naar huis zal ze zichzelf voor haar hoofd kunnen slaan omdat ze dit moment niet heeft benut. Elliot was hitsig, ze waren in Alaska, en jemig, ze waren net ontsnapt aan de verscheurende tanden van een grizzly. Het feit dat het nooit lukt met jongens – wie anders dan zichzelf kan ze daar eigenlijk de schuld van geven? Op kritieke ogenblikken lijkt ze er niet de energie voor te kunnen opbrengen. Maar als ze aan dit specifieke voorval blijft denken, als ze er echt goed over nadenkt in plaats van het af te doen als een onderdeel van een groter geheel, moet ze toegeven dat ze, als ze de kans kreeg om het over te doen, dezelfde beslissing zou nemen. Ze was moe. Hij had een slechte adem. Er lag een steentje onder haar rechterdij dat door de bodem van de tent, door de slaapmat, door haar slaapzak heen stak. Het zou de volgende dag, of misschien de volgende paar jaar moeilijk geweest zijn; ze zou zich obsessief afvragen of hij had gemerkt hoe onervaren ze was, of hij haar verschrikkelijk slecht vond zoenen. En bovendien wilde hij eigenlijk haar zusje. Dat hij met haar genoegen zou hebben genomen, omdat de nabijheid van de beer hem opgewonden had gemaakt – die reden leek niet afdoende.

Ze maakt aanstalten om op haar buik te gaan liggen, en hij rolt van haar af.

Die ochtend volgt de noodzakelijke debriefing, het steeds opnieuw bespreken van de gang van de beer over hun terrein. Ze pakken voor de laatste keer in en roeien weg. 's Middags zullen ze de kapitein op hetzelfde strand treffen als waar hij hen heeft afgezet.

Na de lunch betrekt de lucht. 'Hannah,' zegt Allison, en ineens wacht Hannah gespannen, elke haar op haar hoofd lijkt elektrisch geladen. 'Ik weet dat er tijdens dit tochtje heel wat mis is gegaan, meteen al vanaf het begin,' zegt Allison. 'Ik zou willen dat ik er iets aan kon veranderen, of misschien hadden we hier gewoon niet met zijn allen naartoe moeten gaan. Maar je moet wel accepteren dat ik met Sam ga trouwen. Hij is echt een goed mens en hij mag jou ook. En als je weigert om daarvoor je best te doen, wordt het voor iedereen een onaangename toestand.'

'Dat spreek ik niet tegen,' zegt Hannah. 'Maar kun je niet uitleggen waaróm je met hem gaat trouwen? Ik zweer je dat ik dit niet rot bedoel. Ik ben oprecht nieuwsgierig. Ik wil begrijpen welke eigenschappen van hem jij zo waardeert.'

'Ik ga met hem trouwen omdat hij me gelukkig maakt,' zegt Allison, en ineens begint het te regenen. Echte regen, geen gemiezer. Hannah kan zich niet helemaal omdraaien – ze brengt haar hoofd zo ver opzij dat ze Allison net vanuit haar ooghoek kan zien, maar verder niet. 'Ik voel me met hem in de buurt beter dan wanneer ik alleen ben,' gaat Allison verder, en vanwege de steeds harder vallende regen moet ze bijna schreeuwen. Ver weg – hoe ver is moeilijk te zeggen nu ze zo op het water zitten – doorklieft een bliksemschicht de hemel. Hannah weet niet zeker of Allison het heeft gezien. 'Ik weet dat het tuttig klinkt,' zegt Allison, 'maar Sam bekommert zich om me. Het is niet zo dat ik zijn tekortkomingen niet zie, want die zie ik wel. Maar ik hou toch van hem.'

Het stortregent; regendruppels springen op van Hannahs jack en maken haar gezicht en haren drijfnat. 'Mijn bril beslaat,' zegt ze. 'Ik zie haast niets meer.'

'Zet hem dan af. Als je toch al niets ziet, kan het niet echt erger worden.'

Als Hannah haar bril afzet weet ze niet waar ze hem moet laten. Als ze hem in de zak van haar regenjas stopt, is ze bang dat hij zal breken als ze de kajaks aanleggen, en uiteindelijk laat ze hem in de hals van haar blouse glijden. In de regen ziet alles er nu grijs en onscherp uit.

'Zie je de jongens?' vraagt Allison. 'Ze gaan in de richting van dat strand rechts. Blijf gewoon maar peddelen, dan stuur ik ernaartoe.'

Hannahs tanden klapperen en haar handen zijn koud en glibberig van het water. De regen is bijna zo compact als ijzel. Ze draait zich een stukje om. Ze zegt: 'Ik vind Sam echt geen eikel. Ik hoop dat je dat weet.' (Alsof 'eikel' het ergste woord is dat Hannah over hem heeft gezegd. Waar ze zich eigenlijk voor zou moeten verontschuldigen is dat ze heeft gezegd: ik vind hem alleen niet zo bijzonder. Maar de oprechtheid van die kritiek maakt die woorden onuitwisbaar; ze kan maar beter gewoon doorgaan.) 'En ik weet dat ik in sommige opzichten op pa lijk. Maar ik vind dat ergens wel logisch. Dat zit in mijn genen. Is het feit dat jij niet op hem lijkt niet vreemder dan dat ik dat wel doe?'

'Je staat te veel stil bij dingen die je ongelukkig maken,' zegt Allison.

Ze heeft ongetwijfeld gelijk. En toch, stilstaan bij dingen die Hannah ongelukkig maken – het is zo'n natuurlijke reflex. Het hoort bij haar, ze heeft het gevoel dat dat haar in sommige opzichten maakt wie ze is. De stekelige opmerkingen die ze over anderen maakt, haar commentaar dat haar in de problemen brengt, zijn die niet waarachtiger dan loos gebabbel en bedankbriefjes? Niet zo mooi, maar wel waarachtiger. En heeft niet iedereen, onder alle uiterlijke schijn, een oordeel en is niet iedereen teleurgesteld? Of zijn dat maar bepaalde mensen, en kan zij ervoor kiezen daar niet bij te horen – kan ze daarvoor ook kiezen zonder, zoals haar moeder, altijd maar toe te geven?

Ze peddelen door de regen en als ze ten slotte bij het eiland aankomen, lopen de broers, die al aangemeerd hebben, het water in om hen te helpen. 'Ik heb een zeildoek opgezet waar we onder kunnen zitten,' zegt Sam. Nadat ze de tweede kajak hebben vastgelegd, rolt Elliot ook een zeildoek op de grond uit. Ze gaan erop liggen, alle vier plat op hun rug.

'Hebben jullie ook van die rozijnenvingers?' vraagt Allison.

'Ik heb een rozijnen-je-weet-wel,' zegt Sam.

Uitgestrekt op het zeildoek, afgepeigerd en verkild en zonder een van de anderen aan te kijken, schiet Hannah in de lach. Per slot van rekening wacht ze nu niet meer op de beer, en morgen gaan ze terug. Ze schuift een natte haarlok van haar voorhoofd en schiet ineens overeind. 'Ik weet niet waar mijn bril is,' zegt ze.

'Wanneer heb je hem voor het laatst gezien?' vraagt Sam, en Allison legt uit dat Hannah hem heeft afgezet toen het begon te regenen.

'Verdomme,' zegt Hannah. Ze staat op en betast haar borst en buik. 'Hij moet eruit gevallen zijn toen we de kajak aan land trokken.'

Ze duikt onder het zeildoek, loopt weer de regen in en rent naar het water. Op de plaats waar de golven op het strand stukslaan tuurt ze omlaag. Ze schopt met de neus van haar rubberlaarzen in het zwarte zand en tegen de kleine rotsen, maar hierdoor wordt het water alleen maar troebeler. Ze loopt verder het water in en blijft staan als de golven net tot haar knie reiken en haar laarzen binnen dreigen te lopen.

'Hannah. Hé, Hannah.' Allison heeft zich onder het zeil uit gewaagd. 'Ik help je zoeken,' zegt ze.

Met gebogen hoofd en schouders turen ze in het water. Ze gaan allebei een andere kant op, waarbij ze elkaar af en toe passeren, zonder een woord te zeggen. De regen klinkt als heftig gefluister.

Na zo'n tien minuten weet Hannah dat ze hem niet zal vinden. Maar ze blijven zoeken, of althans ze blijven door het water ploeteren. Ze kijkt af en toe even naar Allison, een wazig figuurtje in een groene regenjas, haar zacht krullende haar nu steil en donker op haar hoofd geplakt. Hannah zal degene moeten zijn die zegt dat ze het opgeeft; Allison zal dat uit zichzelf niet doen. 'Hij zal wel door het water meegesleurd zijn,' zegt Hannah. 'Het geeft niet. Ik koop wel een nieuwe.'

'Ik vind het zo rot,' zegt Allison.

'Het was stom van me dat ik hem niet in mijn zak heb gestopt.'

'Misschien kunnen we in Anchorage een nieuwe bril kopen.'

'Welnee, ik red me wel. Echt.' En zo is het ook. Vliegvelden, opticiens – dat kan Hannah wel aan, zelfs zonder al haar zintuigen kan ze dat aan.

Allison geeft Hannahs arm een kneepje. 'Je mag mijn getuige zijn,' zegt ze. 'Ik wil echt dat jij het doet. Wat ik heb gezegd, was belachelijk.'

Terug onder het zeildoek besluiten ze warme chocolademelk te maken, en Sam is degene die Hannahs beker voor haar gaat zoeken, de havermoutrestjes van het ontbijt eruit wast, – dat wil hij per se – de cacao en het kokend water uit het pannetje erin doet. 'Ik ben bijziend,' zegt Hannah. 'Alleen van veraf kan ik slecht zien.' Maar hij wil haar beker alweer omwassen als ze hem heeft gebruikt, en na een minimaal protest legt ze zich erbij neer. Als ze de beker aan Sam geeft, raken hun vingertoppen elkaar. Ik geef je mijn zusje, denkt Hannah, omdat ik geen keuze heb. Maar je zult ons nooit inhalen; ik zal haar altijd langer kennen dan jij.

Als hij het al begrijpt, geeft hij daar geen blijk van.

Terug in Ander leveren ze hun kajaks, zwemvesten, regenjacks en rubberlaarzen weer in, ze nemen foto's van elkaar in de haven met de bergen op de achtergrond, en die nacht logeren ze in een pension – Davida's B&B – dat zich in de oude legerbunker bevindt. Het is een appartement dat naar sigaretten ruikt, en Davida zelf, een hartelijke vrouw van in de vijftig, in een gebleekte spijkerbroek, een pluizige lavendelblauwe trui en een blauw windjack, begeleidt hen in de lift naar hun appartement en slaat vervolgens energiek aan het spuiten met luchtverfrisser totdat Hannah het scherpe spul proeft. Als Davida weg is, zegt Elliot: 'Wie had kunnen denken dat die b voor bunker staat?' en Hannah lacht extra hard. Na Elliots schijnversierpoging van de afgelopen nacht had ze eerst een soort medelijden met hem, daarna had ze het gevoel dat er misschien een seksuele spanning tussen hen hing, en nu heeft ze het idee dat hij waarschijnlijk helemaal niet in haar geïnteresseerd is, maar zij is absoluut verkikkerd op hem. De afgelopen drie uur is dat alleen maar erger geworden.

's Ochtends nemen ze de trein naar Anchorage en een taxi naar het vliegveld, waar ze allemaal met een nachtvlucht vertrekken. Hannah zal 's ochtends om halfzeven in Boston aankomen. In het toilet van het vliegveld wordt Allison ongesteld en ze heeft geen tampon; Hannah moet er een kopen, ze stopt kleingeld in de automaat aan de muur en reikt haar de tampon onder de deur van het wc-hokje aan. 'Ben je niet blij dat dat niet is gebeurd toen we nog aan het kajakken waren?' zegt Allison. 'Een beer zou me binnen de kortste keren op het spoor gekomen zijn.'

Dan is Hannah weer terug op Tufts, en het schooljaar is begonnen. Ze is weer veilig en alleen, zoals ze altijd veilig en alleen is. In mei gaan Allison en Sam trouwen tijdens een eenvoudige plechtigheid in het Palace of the Legion of Honor in San Francisco, en hoewel Hannah zich in de weken voordat ze daar naartoe vliegt steeds afvraagt hoe het tussen Elliot en haar zal gaan, zal hij haar voornamelijk negeren. Hij zal een heel magere, heel blonde vrouw meenemen naar de bruiloft, die niet alleen veel knapper is dan Hannah maar ook veel knapper dan Allison. De vrouw zal, zo blijkt, een eerstehulp-arts zijn.

Hannah zal nog heel lang – vaker dan ze wilde dat ze niet tegen Allison had gezegd dat ze Sam niet zo bijzonder vond, en veel vaker dan het haar zal spijten dat ze geen vrijpartij met Elliot is begonnen – aan haar bril op de bodem van het noor-delijke deel van de Stille Oceaan denken. Het is daar beneden donker en rustig; vissen glijden voorbij; haar bril ligt daar on-beroerd, met zijn heldere plastic glazen en titanium frame. In die stilte, zonder haar, zien die glazen van alles.

6

September 1998

Hannah leert de jongen van het bureau financiële bijstand kennen als ze op de manager zit te wachten. Dit is haar derde bezoek aan het bureau sinds ze terug is uit Alaska; het begint iets te krijgen van een extra vak waarvoor ze geen studiepunten krijgt. Op een stuk papier maakt ze dezelfde berekeningen die ze al meerdere malen heeft gemaakt, alsof de uitkomst deze keer anders zal zijn: als de opleiding voor dit jaar 23.709 dollar kost, en als haar moeder de toelage die ze haar per semester geeft verhoogt van 4000 naar 6000 dollar ('Je hoeft het echt niet te doen,' zei Hannah, en haar moeder zei: 'O, Hannah, het spijt me dat ik je niet meer kan geven') en als Hannah een lening kan krijgen van 4300 dollar, en als ze dertig uur per week bij de bibliotheek van diergeneeskunde gaat werken in plaats van twintig – en te midden van haar berekeningen voelt ze dat de jongen achter de balie haar zit op te nemen. Ze kijkt op.

'Misschien kan ik, terwijl je zit te wachten, je vraag beantwoorden,' zegt hij. Ze weet vrijwel zeker dat hij nog studeert. Hij is maar een paar centimeter langer dan Hannah, met bruin haar en een bril, en hij is niet bijzonder knap.

Hannah schudt haar hoofd. 'Het ligt nogal ingewikkeld.'

'Probeer toch maar. Ik werk hier al een paar jaar.'

'Ik ben een uitzonderlijk geval,' zegt Hannah, zoals de manager haar woordelijk heeft gezegd – het uitzonderlijke ervan is dat Hannah pas sinds afgelopen mei, aan het eind van het schooljaar, weet dat ze financiële hulp nodig heeft – maar de jongen glimlacht.

Hij zegt: 'O, maar dat dacht ik al.'

Of hij zit met haar te flirten, of hij lacht haar uit; wat het ook is, het is irritant. Ze buigt haar hoofd en gaat weer door met schrijven.

Nog geen minuut is verstreken als de jongen zegt: 'Ik ben naar die tentoonstelling in het Museum of Fine Arts geweest.'

Het boek dat op haar schoot onder het vel papier ligt, is een biografie van Pierre Bonnard. Hannah overweegt een scriptie over hem te schrijven.

'Hij maakt al die schilderijen van zijn vrouw in bad, weet je wel?' zegt de jongen.

Hannah knikt. Ze is een beetje onder de indruk. 'Heb je zijn laatste werk gezien?' vraagt ze. 'Zijn vrouw is gestorven terwijl hij nog volop aan dat schilderij bezig was, maar het bleek verreweg zijn beste werk te zijn. Het spel van warme en koele kleuren is echt ongelooflijk, die tegels op de vloer en de muur. Het is net of het, zeg maar, licht geeft.' Ze voelt zich onmiddellijk opgelaten. Dat 'licht geeft' – het klonk zo vreselijk student-kunstgeschiedenisachtig.

Maar de jongen zit te knikken. Hij lijkt geïnteresseerd. Hij zegt: 'Toen ik op die tentoonstelling was…' en op dat moment doet de manager de deur van zijn kantoor open en steekt zijn hoofd naar buiten. 'Hannah Gavener?' zegt hij, en ze staat op en loopt achter hem het kantoor in.

In de afgelopen drie jaar heeft Fig Hannah twee keer laten wachten in Starbucks (die op Kenmore Square en die op de hoek van Newbury Street en Clarendon); een keer bij de balie van Clinique op de tweede etage van Filene's; en nu, op een zondagochtend, voor Figs eigen appartement. Ze zouden gaan brunchen, en als Hannah in de smerige hal van Figs flat staat, drukt ze drie keer achter elkaar op de knop van de intercom. Na de derde keer zegt een slaperige, norse vrouwenstem – waarschijnlijk een van Figs huisgenotes: 'Wie is daar?'

'Hannah, en ik ben op zoek…' begint Hannah, maar ze kan haar zin niet afmaken.

'Fig is hier niet. Ze is vannacht niet thuisgekomen.' Het verbreken van de verbinding dat daarop volgt heeft iets definitiefs; het heeft geen zin, weet Hannah, om nog eens op de knop te drukken.

Terug in haar kamer stuurt Hannah een sarcastisch mailtje naar Fig (Maak je maar niet druk omdat je niet thuis was, want het was echt genieten tijdens de eerste ochtendrit in de metro…), maar als ze na een paar dagen nog niets heeft gehoord, begint Hannah zich ongerust te maken. Misschien is er iets gebeurd.

Op woensdagmiddag belt Hannah haar op. 'O, godzijdank, ik wil je zo graag spreken,' zegt Fig. 'Ik wil je zo snel mogelijk zien. Kunnen we vanavond wat gaan eten? Of wacht, niet vanavond, want ik heb gezegd dat ik iets zou gaan drinken met een rechtenstudent. Een rechtenstudent is nog net iets erger dan een jurist, vind je niet?'

'Wat was er afgelopen weekend met je aan de hand?'

'Dat wil je niet weten. Herinner je je mijn kamergenote Betsy uit mijn eerste jaar nog?'

Hannah kan zich haar nog goed herinneren. De eerste keer dat Hannah Fig opzocht op de universiteit zei Betsy: 'Ben je hierheen komen joggen?' en Hannah zei: 'Ik ben met de metro. Hoezo?' en Betsy zei: 'Omdat je zo bezweet bent.'

'Betsy gaf zaterdag een enorm feest en ze werd helemaal gek,' zegt Fig. 'Ze smeekte me haar te komen helpen, terwijl het laatste waar ik op zat te wachten, was meegesleurd te worden in de maalstroom van haar gekte, geloof dat maar. Maar we gingen als idioten tekeer: boodschappen doen, de boel schoonmaken, en toen leek het of er nooit meer een einde kwam aan dat feest. Niemand vertrok gewoon voor zes uur 's ochtends. Je had ook moeten komen.'

'Dat kon moeilijk, als ik er niets van wist.'

'Betsy's nieuwe vriendje draagt een beugel. Kun je je voorstellen dat een jongen met een beugel je beft?'

'Als je een kater had, had je me alleen maar even hoeven bellen, Fig.'

'Ik weet het. Ik ben de meest afschuwelijke persoon op deze wereld. Maar ik wilde je net bellen. En ik zal het goedmaken – ik ga een brunch voor je bereiden.'

'Je kunt niet eens koken,' zegt Hannah. De hoofdbestanddelen van Figs menu zijn zilveruitjes uit een potje, een mengeling van hüttenkäse en ketchup en af en toe een chocoladereep. In restaurants bestelt ze wel wat te eten, maar ze neemt zelden meer dan een paar hapjes, en Hannah en Allison speculeren er al jaren over of ze anorexia heeft.

'Doe niet zo nukkig,' zegt Fig. 'Kom dit weekend maar langs, dan maak ik wentelteefjes.'

'Die heb je nog nooit van je leven gebakken.'

'Misschien niet,' zegt Fig, en het valt Hannah op dat er iets onmiskenbaar troostrijks ligt in het feit dat ze haar nichtje zo goed kent dat ze haar, zelfs als ze het zou willen, nooit verkeerd beoordeelt. 'Maar ik heb het mijn moeder wel duizend keer zien doen,' zegt Fig. 'Gewoon eieren met brood.'

'Ik kom niet,' zegt Hannah.

'Aha, ga je op die toer? Dat mag ik wel, Hannah, dat mag ik wel. Dat is voor jou een hele stap. Maar maak je geen zorgen, ik kom wel naar jou. Zullen we zeggen zondagmiddag twaalf uur?'

'Ik heb een druk weekend,' zegt Hannah.

'Het wordt enig. We gaan lekker giechelen en elkaar geheimen vertellen.'

'Ik zei dat ik het druk heb.'

'Dat is dan afgesproken,' zegt Fig. 'Ik kan niet wachten.'

De jongen zit weer achter de balie als Hannah op het bureau voor financiële bijstand komt om een formulier af te geven. Als hij haar ziet, zegt hij: 'Hannah, zo heet je toch?'

'Hallo,' zegt ze.

'Ik ben Mike,' zegt hij. 'Voor het geval je dat wilt weten. Hoe gaat het?'

Er zitten nog twee mensen te wachten: een atletisch uitziende jongen die *The Economist* leest en een vrouw van middelbare leeftijd die alleen maar zit – en het lijkt haar een beetje raar om in hun bijzijn met elkaar te staan babbelen.

'Met mij gaat het goed,' zegt Hannah.

'Nog plannen voor het weekend?'

'Niet echt. Mag ik dit aan jou geven?' Ze reikt hem het formulier aan, een enkel vel papier.

Maar als ze in de gang loopt – ze is al een meter of zes verder – komt hij haar achterna. Hij zegt: 'Hé, Hannah,' en als ze blijft staan, zegt hij: 'Ik vroeg me af of je van jazz houdt. Ik heb gehoord dat er dit weekend in Aujourd'hui een jazzoptreden is.'

Als je wilt wat ik denk dat je wilt, denkt Hannah weinig op haar gemak, dan kan ik niets voor je doen.

'Ik weet niet of je vrijdagavond iets te doen hebt,' gaat Mike verder.

Ze probeert het, maar ze kan geen enkele reden bedenken om te weigeren. Ze zegt: 'Ik geloof het niet.'

Op vrijdag ontmoeten ze elkaar voor het studentenhuis waar ze woont en door de warme herfstavond lopen ze naar het restaurant. Hij komt uit Worcester, Massachusetts, vertelt hij. Hij is enig kind. Zijn ouders zijn ook gescheiden. Als hij hoort dat ze uit Philadelphia komt, zegt hij: 'Je gaat me toch niet vertellen dat je een amish bent, hè?'

'Die wonen meer op het platteland,' zegt ze.

'Ik plaag je maar,' zegt hij snel.

Hun tafeltje staat in een hoek, ver van het podium. Hannah vraagt zich af of dit een populair tafeltje is, met privacy, dat hun is toegewezen omdat ze jong zijn en duidelijk voor het eerst met elkaar op stap, of dat het juist geen populair tafeltje is en dat ze een beetje weggemoffeld worden omdat ze geen glamouruitstraling hebben. Zelfs in deze hoek klinkt de muziek zo hard dat Hannah het gevoel heeft dat ze moet schreeuwen om zich verstaanbaar te maken. Uiteindelijk knikken zij en Mike half lachend maar wat naar elkaar.

Als ze weer buiten staan, is het betrekkelijk rustig. Hij zegt: 'Live muziek kan zo goed zijn,' en op dit moment lijkt hij iemand die nooit iets verrassends zal zeggen. In de zomer zal hij vragen: Heb je het warm genoeg? En op de eerste dag van november zal hij erover klagen (maar niet echt heftig – hij zal opgewekt en op gemoedelijke toon zijn beklag doen) dat de kerstversieringen elk jaar eerder verschijnen, en als er een schandaal is waarbij een politicus is betrokken, zal hij zeggen dat de pers gewoon uit is op sensatie, dat het saai is om er dag in, dag uit over in de kranten te lezen. (Hannah zelf vindt zulke schandalen nooit saai.) Hij zal uiteindelijk een huwelijksaanzoek doen – niet bij Hannah, maar bij een meisje bij wie hij aan de deur verschijnt met een dozijn rode rozen, waarna hij haar meeneemt naar een leuk restaurantje en met de ober afspreekt dat die de ring in de crème brûlée verstopt zodat ze daar met haar lepeltje op stuit, en die avond, nadat ze ja heeft gezegd, gaan ze met elkaar naar bed – hij noemt het de liefde bedrijven – en hij zal haar diep in de ogen kijken met de woorden dat ze hem de gelukkigste man van de wereld heeft gemaakt. De verlovingsring zal van goud zijn, met een klein, oprecht bedoeld diamantje.

Dan beginnen ze te lopen en hij zegt: 'Maar dit was verschrikkelijk. Jij vond het niks, hè? Dat zag ik.'

'Ik was een beetje bang dat er een ader zou knappen bij die saxofonist,' geeft Hannah toe.

'Misschien was dat beter geweest,' zegt Mike. 'Dat had ons uit ons lijden verlost. Wil je met een taxi?' Hij doet een stap richting straat.

'We kunnen wel lopen,' zegt Hannah. 'Maar jij mag wel een taxi nemen als je dat wilt, dan ga ik lopen. Ik bedoel, we gaan niet – je gaat toch niet mee naar mijn kamer, of wel?'

Hij grijnst. 'Fijne manieren heb jij, zeg.'

'Ik bedoelde alleen dat ik er niet van uitging dat we naar hetzelfde adres zouden gaan. Je mag wel mee naar mijn kamer, als je wilt.' Waarom zegt ze dat? 'Maar ik moet je wel waarschuwen dat ik niet eens tv heb.'

Hij lacht, en misschien ziet ze eruit alsof ze daardoor gekwetst is, want daarna legt hij zijn hand op haar schouder. Ze voelt dat zijn blik op haar gezicht rust. 'Je ziet er vanavond heel mooi uit,' zegt hij, en het eerste waarachtige gevoel van deze hele avond welt in haar binnenste op. Is ze echt zo gemakkelijk van haar stuk te brengen?

'Hé,' zegt hij. Ze kijkt hem aan, hij glimlacht en pakt met zijn rechterhand haar linker. (Hun handen zijn ongeveer even groot, hoewel zijn vingernagels smaller zijn dan de hare, en ook zijn knokkels. Later zal Hannah denken dat als iemand een foto nam van hun handen naast elkaar, en die aan onbekenden liet zien met de vraag welke hand van een man en welke van een vrouw was, de meesten van hen verkeerd zouden raden.) Ze lopen hand in hand verder.

'Ik ben blij dat we uitgegaan zijn,' zegt Mike. 'Het is een mooie avond.'

Hannah zegt heel zacht: 'Ja, inderdaad.' In de loop van de afgelopen paar uur heeft ze zich een paar keer voorgesteld dat ze Jenny of Fig vertelt over haar foute date met die waardeloze jongen van het bureau voor financiële bijstand, maar het dringt tot haar door dat ze hun niets te vertellen heeft. In haar kamer zitten ze naast elkaar op de rand van haar bed en hij laat zijn duim langs haar blote onderarm glijden, en het is zo'n subtiel moment dat ze even niets kan zeggen. Mike lijkt zo aardig en hoopvol (dit gaat natuurlijk helemaal fout lopen) dat ze wel kan huilen. Met zijn vingertoppen draait hij haar kin naar zich toe en als ze elkaar kussen is zijn tong warm en nat.

Ze doen uiteindelijk niet veel meer dan kussen, maar hij blijft wel slapen, in zijn T-shirt en boxershort, met allebei zijn armen om haar heen; hij vraagt of het goed is dat hij zijn overhemd en spijkerbroek uittrekt. Die lepeltje lepeltje houding 's nachts verbaast Hannah. Ik heb geen spijt van wat er tussen ons is gebeurd, lijken Mikes armen te zeggen. En dan, tegen de ochtend: Ik heb nog steeds geen spijt van wat er is gebeurd.

Maar 's morgens, als hij weer op de rand van het bed zit, deze keer om zijn veters te strikken voordat hij weggaat – ze heeft gelogen dat ze om acht uur in de bibliotheek moet beginnen – staat ze daar met haar armen over elkaar. Als hij ook opstaat, legt hij zijn hand op haar rug en hoewel het een lief gebaar is, doet het willekeurig en onnatuurlijk aan, alsof hij net zo goed zijn hand op haar hoofd had kunnen leggen of haar elleboog had kunnen pakken. Het lijkt symbolisch; ze zijn acteurs in een toneelstuk, en de regisseur heeft tegen hem gezegd dat hij haar moet aanraken zodat het publiek begrijpt dat ze een band met elkaar hebben. Ze wil dat hij weggaat.

Het wordt zondagmiddag twaalf uur, en later. Als Hannah om tien voor half twee op haar deur hoort bonzen, denkt ze er even over om niet open te doen, maar natuurlijk doet ze het toch. Fig draagt een nauwsluitende zwarte broek, een zwarte trui en zwarte laarzen met hoge hakken. Ze gooit haar tas op de grond en in één soepele beweging – als Fig langs haar loopt ruikt Hannah sigarettenrook in haar lange roodbruine haar – ligt ze in Hannahs bed onder de dekens.

Hannah, in spijkerbroek en T-shirt, zegt: 'Wat ontzettend smerig, Fig. Trek je schoenen uit.'

Fig gooit de dekens van zich af en steekt een been omhoog.

'Nee,' zegt Hannah.

'Ach toe, alsjeblieft,' zegt Fig.

'Je doet belachelijk.' Hannah pakt Figs rechterenkel, ritst de laars open, trekt hem van haar voet en pakt dan haar linkerenkel.

'Bedankt, snoezepoes,' zegt Fig terwijl ze de dekens tot aan haar kin omhoog trekt. 'Ik heb dus besloten om dievegge te worden. Ik zou er best goed in zijn, denk je niet?'

'Ik had gedacht dat we misschien naar de film kunnen,' zegt Hannah. 'Is er een die jij zou willen zien?'

'Ik moet eigenlijk snel weer naar huis, aangezien Henry zou bellen.' Fig draait zich om naar Hannahs klok. 'Hoe laat is het?'

Alleen al zijn naam – alsof je aan een heerlijk feest denkt waar je naar uitkijkt. Wat onredelijk eigenlijk van haar om te verwachten dat ze voor iemand als Mike, die ze amper kent, hetzelfde zou kunnen voelen als voor Henry. Zijn fijnste e-mail ooit kreeg ze twee weken geleden: Misschien moet je er eens over nadenken hierheen te komen. Fig heeft het er wel over, maar ik weet niet zeker of ze het ook doet. Er is heel veel te doen in Seoel (het meeste heb ik zelf nog niet gedaan), en we zouden ook kunnen reizen. Het zou fantastisch zijn om een bekend gezicht te zien, en ik heb gehoord dat Korean Air relatief goedkope tickets verkoopt. Relatief goedkoop – ze heeft het nagevraagd – bleek bijna duizend dollar te zijn, en dat was uitgesloten. Maar het was evengoed een geweldige e-mail.

'Hoe gaat het met Henry?' vraagt Hannah. Ze weet niet of Fig ervan op de hoogte is dat zij en Henry contact hebben – ze denkt van niet, maar het is veiliger om te veronderstellen dat ze het wel weet. Fig weet, misschien niet zo gek, meer over Henry te vertellen dan Henry zelf, waarbij ze regelmatig iets vermeldt over zijn doen en laten waaruit duidelijk wordt hoeveel hij weglaat in zijn berichtjes aan Hannah. Het meest recente nieuwtje was dat hij met een paar collega's naar een nachtclub was geweest waar de ober op verzoek de aantrekkelijkste vrouw van de club bij je bracht en haar, desnoods met enige aandrang, bij jou neerpootte. Dit verschijnsel heette volgens Fig – die zich helemaal niet bedreigd leek te voelen bij het idee dat Henry andere vrouwen in de schoot geworpen kreeg – 'reserveren'.

'Hij klinkt vermoeid,' zegt Fig. 'De helft van de keren dat hij belt is het daar drie uur 's nachts en is hij nog op kantoor. Maar ben je niet nieuwsgierig naar mijn dievenactie?'

'Moet dat dan?'

'Ik heb iets gepikt.'

'Geweldig, Fig.'

'Kijk maar in mijn tas.'

Hannah is in haar bureaustoel gaan zitten en verroert zich niet.

'Ga maar kijken,' zegt Fig. 'Het bijt niet. Je krijgt er vast een kick van.'

Hannah pakt de tas. Er zit een aantal biljetten van een dollar in die, samen met een rijbewijs, met een elastiekje bij elkaar gehouden worden, en verder een lipstick, een pakje sigaretten, en een zilveren lijstje met daarin een zwart-witfoto van een vrouw met een schort voor en een bril met vlindermodel.

'Wie is dat?' vraagt Hannah.

'Dat is Murrays overgrootmoeder.'

'Wie is Murray?'

'Die rechtenstudent. Ik zat tot een halfuur geleden nog in zijn appartement.'

'Ik dacht dat je niet van rechtenstudenten hield.'

'Dat doe ik ook niet. Hij is echt een slome. Maar hij is helemaal gek van me, dus heb ik hem een kluif toegeworpen.'

'Weet Henry daarvan?'

'Wie niet vraagt, die niet weet. Dat ken je toch? Trouwens, na gisteravond is het afgelopen met de kluiven voor Murray.'

'Denk je dat Henry daar iets met andere vrouwen heeft waar hij jou niets over vertelt?'

'Mmm…' Fig lijkt deze mogelijkheid zonder enige belangstelling te overwegen. 'Neu,' zegt ze uiteindelijk, en Hannah voelt een diepe opluchting. Het idee dat Henry een ander zou kunnen hebben en uit hun leven zou verdwijnen is verschrikkelijk. Zolang hij met Fig omgaat, weet ze waar hij is.

'Vind je het geen vreselijk kitscherige foto?' zegt Fig. 'Ik kon het niet laten.'

Hannah kijkt nog eens naar de foto in het lijstje. De vrouw heeft een brede glimlach en kraaienpootjes achter haar brillenglazen; ze ziet eruit als een jaar of zestig. 'Voel je je niet schuldig?' vraagt Hannah.

'Ik voel me afgrijselijk schuldig. Onbeschrijfelijk schuldig.'

'En terecht.'

'Ik draag nu een hemd van paardenhaar om mezelf te straffen. Je kunt het niet zien omdat ik onder de deken lig, maar het kriebelt verschrikkelijk.'

'Fig, het is zijn grootmoeder.'

'Overgrootmoeder.' Fig grijnst. 'En de seks was naatje, dus ik vond dat ik wel iets kon meenemen van Murray.'

'Naatje? Echt?' Het idee dat Fig geen goede seks zou hebben is nieuw.

'Het duurde wel een uur voordat ik klaarkwam. En nu we het daar toch over hebben, is er al enige vooruitgang te bespeuren in jouw epische droogstand?'

'Ik heb niet zo'n zin om het daar nu over te hebben,' zegt Hannah. Fig moest eens weten hoe episch die nu was geworden – ze heeft nooit veel aandacht gehad voor Hannah. Maar Fig vertellen over Mike, op een manier die niet grappig is bedoeld, is ondenkbaar.

'Je moet ervan af,' zegt Fig. 'God heeft je niet voor niets van die grote tieten gegeven, Hannah.'

Hannah doet haar ogen dicht. 'Zei je net niet dat je er weer vandoor moet?'

'Er is iets waar ik met je over wil praten,' zegt Fig. 'Ik geloof dat ik de man van mijn dromen heb ontmoet.'

'Fig, alsjeblieft.'

'Echt,' zegt Fig. 'Ik meen het.' Het lijkt alsof ze op dit ogenblik echt kwetsbaar is.

'Ik neem aan dat het niet Henry of Murray is?' zegt Hannah.

'Hij heet Philip Lake. Ik heb hem deze zomer ontmoet op de bruiloft van de zus van Tracy Brewster – weet je nog dat ik daarvoor naar huis ben gegaan? Dat was toen jij in Alaska zat.'

Hannah knikt.

'Ik heb op die bruiloft niet eens met hem gepraat, maar toen zag ik hem voor het eerst. Hij droeg een seersucker pak, dat staat niet iedere man, maar hij heeft zo'n vanzelfsprekend zelfvertrouwen. Hij was met een vrouw die nogal aan hem vastgeplakt leek, daarom ben ik toen niet op hem af gestapt. Maar na de bruiloft kon ik hem niet uit mijn hoofd krijgen. Uiteindelijk heb ik Trace om zijn adres gevraagd, en ik had een kopie moeten bewaren van de brief die ik hem heb geschreven. Die was echt goed.'

Had ze er ook een foto bij gedaan? Fig kennende waarschijnlijk wel, en liefst nog een schunnige ook. Het lijkt Hannah ook niet waarschijnlijk dat die claimerige dame de reden was dat Fig hem niet op de bruiloft heeft aangesproken. Als ze dat had gewild, was ze wel op hem af gestapt. In plaats daarvan moet ze de voorkeur hebben gegeven aan het mysterieuze idee later contact met hem te zoeken, hem van een afstand naar zich toe te lokken.

'Hij werkt in LA bij de televisie, en niet dat hij erover opschept, maar ik weet gewoon dat hij succes heeft,' zegt Fig. 'Hij wil dat ik een ticket koop om naar hem toe te gaan. We hebben elkaar een tijdje geschreven, en deze week zijn we begonnen met bellen. Waarom kijk je me zo aan?'

'Vind je dit wel een goed idee? Je kent die man nauwelijks.'

'Hannah, tot op een bepaalde hoogte ken je geen enkele man met wie je omgaat, behalve als het je eigen broer is.' Hannah denkt aan Mike – Fig heeft geen ongelijk. 'Maar ik heb wel aan mijn veiligheid gedacht,' zegt Fig, 'en ik heb besloten dat jij met me mee moet.'

'Naar LA?'

'We gaan in een hotel. Ik weet dat je niet veel geld hebt, dus we kunnen de kosten delen.' Denkt Fig nu dat ze een genereus aanbod doet? 'Als alles goed is, ga ik bij hem logeren. Als hij een of andere klootzak blijkt te zijn van het type Mark Harris, maar ik weet vrijwel zeker dat hij dat niet is, dan blijf ik in het hotel met jou. Dan kunnen we samen filmsterren gaan stalken.'

'Hoe weet je zo zeker dat Philip Lake geen tweede Mark Harris is?'

'Hij is praktisch familie van de Brewsters. Hij was vroeger getrouwd met de zus van meneer Brewster.'

'Is hij gescheiden? Hoe oud is die vent?'

'Hij is vierenveertig.' Fig glimlacht wulps. 'Hannah, vertrouw me maar, oudere mannen weten wat ze doen. Misschien moeten we er voor jou ook een gaan zoeken.'

'Wanneer wou je daar naartoe gaan?'

'Nog niet helemaal zeker, maar waarschijnlijk het tweede of het derde weekend van oktober. Je hebt toch geen les op vrijdag?'

'Nee, dit semester niet.'

'Ga dan maar eens plezier maken. Je bent toch nog nooit in Californië geweest?'

Ondanks zichzelf voelt Hannah zich een beetje gevleid, zoals altijd als Fig haar ergens voor uitnodigt. Ook al doet ze alsof het niet zo is, ze weet dat ze mee zal gaan. Ze gaat altijd mee. Fig zou van gedachten kunnen veranderen en Hannah niet mee willen hebben, en nog steeds zal Hannah meegaan.

Fig gaat overeind zitten en zet haar benen met een zwaai op de grond. 'Denk er maar over na,' zegt ze. Ze steekt haar armen omhoog en strekt ze uit in een Y; het is duidelijk dat ze zo meteen weggaat. Ze kijkt om zich heen. 'Het is zo schattig dat je nog steeds in zo'n studentenkamer woont terwijl je al in je laatste jaar zit,' zegt ze.

Het vreemde is dat Hannah en Mike met elkaar om blijven gaan. Hij blijft haar bellen, en net als bij hun eerste afspraakje heeft zij nooit een reden om zijn uitnodigingen af te slaan. De tweede keer dat ze elkaar zien, gaan ze naar de bioscoop; nadat ze elkaar de hele avond met geen vinger hebben aangeraakt (Hannah heeft, niet goed wetend wat ze moest doen, even naar hem gewuifd toen ze elkaar zagen), pakte hij in de laatste vijf minuten voor de aftiteling haar hand. Bij hun derde afspraakje gaan ze eten in een Vietnamees restaurant, bij het vierde eten ze cheeseburgers. Hij betaalt altijd, wat ze nu meer waardeert dan ze vroeger zou hebben gedaan; hij slaat geen acht op haar halfslachtige protesten. Bij hun vijfde afspraakje gaan ze naar Harvard Square, daarna lopen ze langs de Charles, wat Hannah zich had voorgesteld als quasi romantisch, alsof ze veel te veel hun best doen, maar in plaats daarvan is het gewoon fijn. En na hun relatief kuise eerste ontmoeting eindigt daarna elk uitje in Hannahs donkere kamer (hij heeft kamergenoten), allebei spiernaakt. Hij probeert haar niet over te halen seks met hem te hebben, maar hij zegt haar vaak hoe aantrekkelijk hij haar vindt; dit is zo ongeveer de strekking van hun gesprekken in bed. Wanneer ze net in slaap valt, zegt hij: 'Is het goed als ik het zelf doe?' en als zij knikt, draait hij zich op zijn rug, pakt zijn penis en beweegt zijn knuist eromheen op en neer. Zij ligt op haar zij tegen hem aan, terwijl hij met zijn andere arm om haar heen over haar bovenste borst wrijft. Dit doet hij totdat hij klaarkomt. Ze had verwacht dat ze deze manier van doen stuitend of bijzonder gênant zou vinden, maar hij doet het zo vanzelfsprekend en ongedwongen dat het dat allebei niet is; midden in de nacht, als ze opgekruld tegen hem aan ligt en bijna slaapt, heeft het zelfs iets teders. Soms denkt ze dat zij dit voor hem zou doen als ze Fig was, maar als ze Fig was, zou dat niet nodig zijn omdat ze dan waarschijnlijk ergens ondersteboven aan een trapeze zouden hangen en slagroom van elkaars lichaam zouden likken.

Maar steeds vaker raakt ze hem aan. Hij zal zeggen: 'Je hoeft niet zo voorzichtig te zijn. Je doet me geen pijn.' Maar in deze opmerkingen klinkt altijd – dit is heel bizar en ze heeft geen idee hoe het kan – iets van bekoring; hij lijkt alles wat zij doet bijzonder schattig te vinden, aandoenlijk meisjesachtig. De eerste keer dat hij een spoor van kussen van haar borstbeen tot haar buik tot tussen haar benen drukt, zegt ze: 'Dat hoef je niet te doen, hoor.'

Hij zegt: 'Dat weet ik. Ik wil het.'

Ze zegt: 'Ik dacht dat jongens dat niet fijn vonden.'

In het donker tilt hij zijn hoofd op. Hij zegt: 'Wie heeft je dat wijsgemaakt?'

Aanvankelijk zegt ze niet dat ze nog maagd is – ze heeft haar lesje wel geleerd – maar op een avond, als ze al meer dan twee weken samen zijn, als alles wat minder spannend is en hij op zijn zij achter haar ligt, zegt ze in de stille kamer: 'Ik heb er over nagedacht en ik vroeg me af met hoeveel vrouwen jij seks hebt gehad.'

Hij aarzelt niet. Hij zegt: 'Met vier.'

Dan valt er een stilte die steeds zwaarder wordt.

Zij verbreekt hem. Ze zegt: 'Het aantal mannen met wie ik seks heb gehad,' ze wacht even, dan gaat ze door, 'is nul.'

Een duizendste van een seconde blijft de tijd stilstaan. Ze denkt aan Ted, die zomer. Dan draait Mike haar aan haar schouder naar zich toe. Als ze elkaar aankijken, hij met zijn lichaam languit tegen het hare, pakt hij een voor een haar armen, legt de eerste onder hem en de andere op zijn rug. Dan slaat hij zijn armen om haar heen, in dezelfde positie. Hij zegt helemaal niets.

In het studentencentrum loopt Hannah Jenny tegen het lijf. 'Ik zie je nooit meer,' zegt Jenny. 'Waar zit jij tegenwoordig?'

Hannah bijt op haar lip. 'Ik ben vaak uit met een jongen.'

Jenny's gezicht licht op. 'Wie?'

'Ik denk niet dat je hem kent. En het is niet serieus.'

'Heb je nu vrij? Zullen we een yoghurt halen?'

Na het kopen van het yoghurtijs gaan ze met hun piepschuimbeker naar een tafeltje te midden van het geklepper van studenten die hun brievenbus legen en de boekwinkel in- en uitlopen. Hannah beschrijft de uitjes die ze hebben gehad. 'Hij is aardig,' zegt ze. 'Maar niet echt mijn type.'

'Wat is dan jouw type?'

'Ik weet niet. Iemand die langer is.'

Jenny trekt een verbijsterd gezicht. 'Serieus,' zegt ze, 'ik zie het probleem niet. Hij klinkt fantastisch.'

Tot dusver hebben ze alleen op het matras liggen rollebollen en elkaar betast totdat ze in slaap vallen – zonder pyjama aan, zonder hun gezicht gewassen of hun tanden gepoetst te hebben – maar deze avond haalt Mike een nieuwe tandenborstel, nog in de verpakking, tevoorschijn. Hij steekt hem omhoog. 'Oké?' zegt hij.

Ze knikt.

'Cool,' zegt hij. 'Dan denk ik dat we een stapje verder zijn.'

Als ze in bed gaan liggen, klimt hij over Hannah heen, waarbij zijn penis langs haar knie strijkt, en dit contact heeft iets doodnormaals. Dat hun lichamen, zo blijkt, gewoon lichamen zijn is ofwel bijzonder geruststellend ofwel bijzonder teleurstellend. Hij ligt op haar en ze zwijgen allebei, tot hij na een minuutje zegt: 'Ben ik je eerste vriendje?'

'Je bent niet mijn vriendje.' Ze zegt het op luchtige toon en geeft hem intussen een paar klapjes op zijn billen. Maar het is niet echt een grapje. 'Ik zou nooit een vriendje kunnen hebben.'

'Waarom niet?'

'Omdat ik Hannah ben.'

'En wat houdt dat in?'

Gaat dit over een mogelijke relatie? Wat haar betreft is dat altijd net zoiets geweest als op safari gaan of je bij een bowlingclub inschrijven, een activiteit van anderen, waar zij waarschijnlijk nooit aan zou deelnemen. Dat ze er nu wel aan deelneemt voelt niet als een opluchting, het voelt niet als een bewijs van iets waar ze al jarenlang naar heeft verlangd. Het voelt onwerkelijk en het geeft haar het idee dat ze meedoet in een toneelstuk.

'Hoe moet ik je dan aan anderen voorstellen?' vraagt Mike.

'Als Hannah,' zegt ze.

Fig belt op een dinsdagmiddag. 'Ik heb net gebeld met een reisbureau,' zegt ze. 'Ik moet om vijf uur terugbellen. Je gaat toch mee, hè?'

Het is tien over halfvijf. 'Zeg nog even om welk weekend het gaat.'

'Hannah, doet dat er echt toe? Wat heb je verder dan te doen?'

Ze kan niet over Mike vertellen; Fig zou alles kapotmaken. Ze zegt: 'Misschien moet ik nog een paper afmaken.'

'Het is het derde weekend in oktober. Het ticket kost iets meer dan driehonderd dollar.'

Hannah zucht. Nu ze toch al een schuld heeft, lijkt geld niet echt meer een probleem – wat maakt het uit: elfduizend of elfduizend driehonderd dollar? 'Prima,' zegt ze.

Het derde weekend in oktober – op zaterdag – wordt Mike tweeëntwintig. Hij zegt: 'Dat heb ik je verteld. Toen hebben we het erover gehad dat we naar mijn moeder zouden gaan.'

Hij heeft gelijk. Nu hij het zegt, herinnert ze zich het gesprek weer helemaal. Ze zegt: 'Nou ja, het is in elk geval geen kroonjaar, zoals eenentwintig.'

'Fijn om te horen dat het je zoveel doet.'

Het is voor het eerst dat hij door haar ontstemd is, en zijn nukkige reactie heeft iets kinderachtigs. Ze staat op uit bed, waar ze aangekleed op de deken hebben gelegen – ze gaan zo eten – en pakt een elastiekje van het schaaltje op de toilettafel om een paardenstaart te maken; het is een manier om afstand van hem te nemen.

'Als ik jou over je nichtje hoor praten, krijg ik het idee dat je haar niet eens zo graag mag,' zegt Mike. 'Zo te horen is ze verschrikkelijk.'

'Dat is ze ook,' zegt Hannah. 'Maar ze is ook fantastisch.'

Mike kijkt ongelovig.

'Toen we nog klein waren, kregen Figs ouders met kerst een doos chocoladetruffels, en toen zijn wij met die doos naar haar kamer geslopen en hebben we die helemaal leeggegeten,' zegt Hannah. 'Daarna beseften we dat er een soort likeur in had gezeten, en Fig wist me ervan te overtuigen dat we allebei dronken waren. Ze geloofde het zelf. We begonnen strompelend door haar kamer te lopen, we rolden zo ongeveer over de vloer – we hadden er geen idee van hoe dronken mensen zich in werkelijkheid gedragen. En ik was helemaal over de rooie, maar het was ook leuk. Fig is nooit saai, en het leven is nooit saai als je met haar bent.'

Mike lijkt nog steeds niet erg onder de indruk.

'En,' zegt Hannah, 'ze heeft me een keer willen koppelen aan een jongen van BU.'

'Ik weet niet of ik dat wel wil horen.'

'Het was begin vorig jaar. Ze ging naar een formele studentenavond, en ze regelde het zo dat ik met een vriend zou gaan van een jongen met wie zij een afspraakje had. Ik ben ervan overtuigd dat die vriend dacht dat ik een heel knap ding zou zijn omdat ik Figs nichtje was. Ze zei tegen me dat hij als ik een hele hoop dronk en geen stomme opmerkingen maakte, beslist op me zou vallen, maar dat ik niet met hem naar zijn kamer moest gaan, tenzij ik op seks uit was. En in de bus graaide hij wel naar me, maar ik kon het gewoon niet. Ik kon er niet mee doorgaan.' Hannah kan zich ook de naam van die jongen niet meer herinneren. Hij speelde lacrosse, en wat haar van hem is bijgebleven is dat hij een strak, touwachtig halskettinkje droeg van bruine, houten kralen en dat hij haar vertelde dat hij na zijn studie binnen vijf jaar een ton zou gaan verdienen – zo zei hij het letterlijk. 'Die avond was een fiasco,' zegt Hannah. 'Maar waar het om gaat: Fig bracht een corsage voor me mee. Ze wist dat die jongen dat niet zou doen, dus kocht zij er een voor me, een iris met gipskruid. Fig is zo kwaad niet.'

Mike schudt zijn hoofd. 'Ten eerste ben je wel heel knap,' zegt hij. 'En zal ik je nog eens wat zeggen? Jij bent je eigen grootste vijand.'

Mike heeft op een katholieke school met alleen maar jongens gezeten, en Hannah vermoedt dat hij het vooral daardoor prettig vindt om aan zo'n liberale universiteit te studeren. Hij is lid van de Green Party, en hij eet geen druiven omdat ze geplukt worden door gastarbeiders. Ze zegt: 'Wat is er dan met gastarbeiders?' en hij komt met een uitvoerig antwoord, wat haar verbaast; ze heeft het deels gevraagd omdat ze eraan twijfelde of hij dat zou kunnen. Maar ze weet niet zeker of het feit dat zijn idealisme wel degelijk ergens op is gebaseerd het beter of juist erger maakt. Het lijkt alleen een beetje dwaas. Toen zij nog bij haar vader woonde, moest ze elke dag weer uitkijken dat ze zich niet maatschappijkritisch uitliet, dus kan ze zich niet aan de indruk onttrekken dat mensen die dat zonder duidelijke reden doen, die zich op deze manier laten horen, een spel spelen, ook al zijn ze zich daarvan niet bewust.

Mike lijkt vooral ook een kick te krijgen van het feit dat een van zijn beste vriendinnen, Susan, lesbisch is, en een sierlijk zwart kruisje achter in haar nek heeft laten tatoeëren. De avond waarop ze met haar naar een café gaan, meent Hannah in Mikes stem iets van extra plezier te horen als hij Susan troost omdat ze kort daarvoor haar ex-vriendin is tegengekomen.

Maar dan – een week eerder dan ze hadden afgesproken, vanwege Hannahs uitstapje naar LA – gaan Hannah en Mike met de bus naar zijn moeder in Worcester, en dan blijkt zijn moeder ook lesbisch te zijn. Dus nee, die avond in het café toen Mike met Susan praatte, was de onderliggende tekst niet: Kijk mij eens geen moeite hebben met jouw homoseksualiteit.

Het huis van Mikes moeder is een keurig onderhouden pand uit het koloniale tijdperk met twee slaapkamers en witte aluminium gevelbeplating. Mike, Hannah en Mikes moeder eten 's avonds op de achterveranda, en als Hannah zijn moeder mevrouw Koslowski noemt, zegt ze: 'Doe niet zo raar, Hannah. Zeg maar Sandy.' Ze is accountant, en gescheiden van Mikes vader toen Mike vier was. Ze is klein, net als Mike, en goed verzorgd, met grijs haar tot kinlengte en een licht Massachusetts-accent. Ze draagt een mouwloze, geruite blouse, een spijkerbroek en mocassins. Ze heeft een slome buldog die naar de naam Newtie luistert, een afkorting van Newt Gingrich. 'Is dat een erenaam of een belediging?' vraagt Hannah, en Mikes moeder zegt: 'Voor de man of voor de hond?' Uit een bepaalde vernuftigheid tijdens deze woordenwisseling – van Mikes moeder uit zowel het achterhouden van informatie over zichzelf als het uitstel van een beoordeling over Hannah, of een voorgewend uitstel – maakt Hannah op dat zijn moeder haar voor een rijk meisje houdt. Wat, hoewel dat tegenwoordig anders voelt, niet helemaal onwaar is.

Mike haalt Hannah herhaaldelijk aan in het bijzijn van zijn moeder en als ze klaar zijn met het avondeten, schuift hij naast haar op de houten bank en legt zijn arm om haar schouder. Als hij opstaat om af te ruimen – hij wil niet dat Hannah helpt – pakt hij haar linkerhand en drukt er een kus op. Ze hebben ijs toe. 'Hannah, wil jij pepermuntijs of ijs met pecannoten?' vraagt Mike als hij met de bakken ijs uit de keuken komt, en als Hannah zegt: 'Mag ik van allebei een beetje?' zegt Mikes moeder goedkeurend: 'Goed zo, meisje.'

Ze laat Hannah en Mike op één kamer slapen, in zijn bed uit zijn jongensjaren; Hannah had gedacht dat ze naar de bank in de huiskamer zou worden gedirigeerd. Midden in de nacht – ze zijn allebei in boxershort en T-shirt – zegt Mike: 'Laten we onze kleren uittrekken. Ik wil je huid voelen.'

'En je moeder dan?' vraagt Hannah.

'Die slaapt als een os.'

Natuurlijk duurt het niet lang of ze liggen in elkaars armen te zoenen; hij ligt op haar. 'Weet je zeker dat ze niets kan horen?' fluistert Hannah.

'Sst.' Mike glimlacht in het donker. 'Ik probeer te slapen.'

Als hij zegt dat hij een condoom heeft, knikt ze – het verbazingwekkende is eigenlijk dat het zo lang heeft geduurd – en dan stoot hij bij haar naar binnen; het binnengaan doet het meeste pijn, en Hannah moet aan Fig denken die op de high school zei: 'Je moet gewoon je tanden op elkaar zetten, dan is het zo voorbij.' Daarna, als hij eenmaal binnen is en het echt gebeurt, is het niet zo pijnlijk noch zo prettig als ze zich had voorgesteld. Terwijl hij beweegt, voelt ze vooral een vochtige wrijving, en ze bedenkt dat dit, naar men zegt, de reden is waarom mensen op zaterdagavond in overvolle cafés staan, de reden voor huwelijken en misdaden en oorlogen, en ze kan er niets aan doen dat ze denkt: echt waar? Alleen hierom? Mensen, alle mensen – wij allemaal, denkt ze – worden er zo vreemd en aandoenlijk door. Ze begrijpt dat de daad tussen een man en vrouw in bed wellicht kan variëren, maar moet het niet altijd min of meer hetzelfde voelen? Voor het eerst sinds ze Henry anderhalf jaar geleden heeft leren kennen, komt het bij haar op dat hij misschien niet per se de oplossing voor alles is. Misschien kan Mike dat evenzeer zijn als Henry.

Als Mike op haar neerzijgt, fluistert hij: 'Wat vind je van seks, Hannah?'

Wat moet ze daarop zeggen? Ze knijpt even in zijn hand.

Hij fluistert: 'Het wordt steeds lekkerder,' en ze huilt niet, maar het scheelt niet veel, vanwege zijn zekerheid wat betreft hun toekomst. Heeft hij dan helemaal geen twijfels over haar? Hij zegt: 'Laat me dan nu maar iets voor jou doen,' en hij gebruikt de vingertoppen van zijn wijs- en middelvinger. Ze kronkelt en kronkelt (dit is vast een van die daden die niet bij ieder stel precies hetzelfde is) en als ze klaarkomt jammert ze zachtjes en hij mompelt in haar oor: 'Je bent zo mooi. Ik heb zo veel geluk dat ik zo'n mooie, prachtige naakte vrouw in mijn bed heb.'

De nacht voordat Hannah naar Los Angeles gaat, geeft Mikes vriendin Susan een etentje ter ere van zijn verjaardag. Susan woont met twee andere vrouwen in de buurt van de campus, en ze serveren gnocchi op kartonnen borden en rode wijn in plastic bekers, en iedereen rookt wiet behalve Hannah en, mogelijk uit respect voor Hannah, Mike. Hannah heeft een taart meegebracht uit de supermarkt en op haar computer heeft ze een tegoedbon geprint voor een etentje in het restaurant van Mikes keuze. Ze vindt het maar een flauw cadeautje, iets waarmee een fantasieloos vriendje die van tevoren niets heeft kunnen bedenken zijn vriendinnetje mee zou kunnen ergeren, maar als ze het vlak voordat ze naar het etentje gaan aan Mike geeft, knuffelt hij haar en zegt: 'Dank je wel, schat.' (Schat genoemd te worden: net als safari's en bowlingclubs een verschijnsel waarvan ze nooit had gedacht dat het op haar betrekking zou hebben.)

Tijdens het etentje drinkt Hannah geen alcohol, maar Mike neemt een stuk of zes biertjes. Terug op haar kamer stapt ze na hem in bed, doet het licht uit en gaat op haar zij liggen. Hij buigt zich van achteren over haar heen en trekt de dekens op tot om haar schouders. 'Bedankt,' zegt ze.

'Ik hoop dat je je warm en bemind voelt.' Hij zwijgt even. 'Want ik hou echt van je, weet je.'

Het is twee uur in de nacht en stikdonker in de kamer. Het is al eens bij Hannah opgekomen dat dit moment zich zou kunnen voordoen met Mike, en ze wist niet of ze het wel of niet wil. Hoe dan ook, ze verwachtte het niet nu. Ze blijft ongeveer een halve minuut stil en dan zegt ze: 'Hoe weet je dat?'

Ze hoort, ze voelt dat hij glimlacht. 'Ik heb een vragenlijst ingevuld op het internet,' zegt hij, en hij slaat zijn armen om haar heen; hij wrijft zijn neus in haar haren.

Zeggen dat zij van hem houdt is geen onmogelijkheid, maar het is niet iets wat spontaan bij haar is opgekomen, en er verstrijkt nog meer tijd. Is hij in slaap gevallen? Zijn lichaam heeft zich tegen haar rug gevoegd, en zij ligt met haar ogen open. Na vijftien minuten zegt hij met een klein maar klaarwakker stemmetje: 'Hou jij van mij?'

De reden waarom ze niet reageert is dat ze niets kan bedenken wat precies juist is. Uiteindelijk – ze vindt zichzelf gemeen, maar ze heeft ook het gevoel dat hij haar onder druk heeft gezet – zegt ze: 'We zijn nog geen twee maanden samen. Dat is nog niet zo lang.'

Hij draait zich van haar af. 'Doe me een lol,' zegt hij. 'Kijk dan maar op je emotionele kalender en laat me maar weten hoelang ervoor staat. Misschien kun je een paar data noemen.'

Ze heeft hem nog nooit sarcastisch meegemaakt.

'Mike, misschien is het wel zo.'

'Misschien is wat wel zo?'

Weer zegt ze niets, en dan: 'Als ik het alleen zeg omdat jij dat van me wilt horen, zou het dan eigenlijk wel iets betekenen?'

Ze voelt dat hij weer een kwart slag draait, zodat ze nu rug aan rug liggen. 'Bedankt voor je fijne bijdrage aan mijn verjaardag,' zegt hij, en ze begint te huilen.

Onmiddellijk draait hij zich weer naar haar toe (dus sommige mannen worden echt week door vrouwentranen). 'Wat zou er tussen ons kunnen veranderen waardoor het beter zou worden?' zegt hij. 'Ik denk niet dat het beter kán worden, alleen lijkt het erop dat jij niet wilt dat het officieel wordt. Dat gelul over dat ik je vriendje niet ben – waarom is dat? Geneer je je voor me?'

'Natuurlijk geneer ik me niet voor je.' Soms geneert ze zich voor hem. Ze zou willen dat hij niet altijd het woord eerlijk als 'irluk' uitsprak, als een verkoper van tweedehands auto's; ze zou willen dat hij gewoon druiven at, of anders zijn mond houdt over de reden waarom hij ze niet eet; ze zou willen dat ze niet het vermoeden had dat haar familie hem als ze hem aan hen zou voorstellen, niet echt leuk zou vinden. Ze beseft dat ze dit soort gevoelens nooit tegen hem kan uitspreken, maar moet ze dan, zelfs tegenover zichzelf, net doen alsof ze ze niet heeft? 'Ik begin net een beetje aan alles te wennen,' zegt ze.

'Weet je wat?' zegt Mike. 'Wen er maar lekker aan zonder mij. Ik slaap vannacht niet hier.'

'Het is halfdrie in de nacht!'

'Ik ben veel te opgefokt. Ik wil geen ruzie met je maken.'

'Ik ga morgen naar LA,' zegt ze. 'Ga nou niet weg.'

'Zal ik je nog wat vertellen?' zegt hij. 'Die bibliotheek van jou gaat 's zaterdag pas om tien uur open.'

'Waar heb je het over?'

'De eerste keer dat we samen waren, zei je tegen me dat je de volgende dag om acht uur moest gaan werken.'

'Mike, toen kenden we elkaar amper. Ik was in alle staten.'

'Maar je hebt wel gelijk,' zegt hij. 'Waarom zou ik je überhaupt ergens toe willen overhalen?'

Bepakt met haar rugzak en plunjezak neemt Hannah de metro naar Fig. Ze heeft ermee ingestemd daar eerst naartoe te gaan voordat ze naar het vliegveld rijden, om Fig te helpen kleren uit te zoeken die ze mee wil nemen. In Hannahs gedachten is de ruzie met Mike een kom soep waarmee ze door een lange gang loopt, en alleen al de gedachte daaraan is genoeg om die kom te laten wiebelen; het is het beste om gewoon maar door te lopen. Figs slaapkamerdeur staat open en zijzelf staat voor de kast in een zwarte string en verder niets. Automatisch slaat Hannah een hand voor haar ogen en Fig zegt: 'Doe niet zo preuts. Zal ik eruitzien als een studente in een haltertopje?'

'Je bént een studente.' Figs tweepersoonsbed is niet opgemaakt en ligt bezaaid met kleren, dus gaat Hannah op de grond zitten met haar rug tegen de muur.

'Maar ik wil Philip Lake niet het idee geven dat ik altijd op zuipfestijnen kom, of zoiets,' zegt Fig. 'Ik wil stijlvol overkomen.'

'Je zwarte laarzen zijn stijlvol,' zegt Hannah. 'Trek die maar aan.'

'Die zijn van Mindy, maar het is geen slecht idee. Hé, Mindy...' Nog steeds alleen gekleed in haar string loopt Fig de gang op.

Als ze terugkomt, zegt Hannah: 'Hoe bepaal je of je vannacht bij Philip Lake slaapt of in het hotel?'

'Ik ga op mijn gevoel af.'

'Wat dacht je hiervan: je logeert vannacht in elk geval in het hotel, en denkt erover na of je morgen bij hem blijft.'

Fig stapt in een zwart suède rokje, trekt het op tot over haar heupen en ritst het dicht. Ze gaat voor een manshoge spiegel staan die aan de muur hangt en bekijkt zichzelf kritisch. 'Wat vind je hiervan?' zegt ze. 'Ik doe een halsband om, jij maakt daar een riem aan vast en als ik te frivool ga doen, geef je er een ruk aan.'

'Fig, je hebt zelf gevraagd of ik met je meega.'

'Ik heb niet gevraagd of je op me wilde passen.'

Ergens wel, denkt Hannah, maar ze zegt niets.

Fig stapt uit het rokje en gooit het weer op bed. Ze kijkt naar Hannah en als hun blikken elkaar kruisen, zegt Fig: 'Sta je mijn tieten te bestuderen?'

Een warme blos kleurt Hannahs wangen. 'Natuurlijk niet,' zegt ze. In werkelijkheid had ze, toen ze Fig stond te bekijken, staan denken dat ze voor het eerst van haar leven kon begrijpen waarom mannen zich zo aangetrokken voelen tot vrouwenborsten. In het verleden vond ze borsten altijd een vreemdsoortig, onpraktisch onderdeel van de anatomie – ze rekende ook de hare daartoe – maar bij haar nichtje hebben ze wel degelijk zin. Die van Fig zijn klein, maar zien er stevig uit; haar donkere huid (Fig ligt 's zomers in de zon en de rest van het jaar gaat ze naar een zonnebank) wordt geaccentueerd door de nog donkerder tepels. Soms, als Mike op de hare sabbelt, weet Hannah niet goed wie nu wie een plezier doet – ze denkt dat het meer voor zijn genoegen is, maar ze weet niet precies op welke manier. In Figs borsten ziet ze echter wel iets feestelijks; zoals ze daar hangen is het net alsof ze je uitnodigen. Hardop zegt Hannah: 'Wat is precies het plan? Haalt hij ons op van het vliegveld?'

'O jezus, nee,' zegt Fig. 'Ik dacht aan een taxi. Ik bedoel, Philip weet niet dat jij meekomt.' Fig spuit parfum op haar polsen, en wrijft daar vervolgens mee achter haar oren. Ze kijkt Hannah niet meer aan en dus, denkt Hannah, ziet Fig niet de verbijsterde trek op Hannahs gezicht verschijnen. Natuurlijk weet Philip Lake niet dat Hannah meekomt; ze had het alleen verondersteld, omdat ze er niet echt over had nagedacht. Er was een tijd dat Hannah veel erger tegen dit tripje zou hebben opgezien, dat het van tevoren al veel meer energie van haar had gevergd, maar de laatste tijd is ze er helemaal niet zo met haar gedachten bij geweest. Ze weet zelfs niet zeker hoe laat hun vliegtuig vertrekt – tien voor of tien over half twee – en ze ritst haar rugzak open en zoekt naar het vliegtuigticket. Als ze het eruit haalt, zit er een geeltje op geplakt. Met blauwe inkt heeft Mike erop geschreven: Hannah is fantastisch!

Minstens een minuut houdt ze het stukje papier tussen duim en wijsvinger, en ze kijkt ernaar, met stomheid geslagen. Ze weet niet of hij het daar voor of na hun ruzie op heeft geplakt, maar hoe dan ook, hoe heeft ze zo stom kunnen zijn? Waarom vliegt ze nu eigenlijk naar Los Angeles? Waarom, zo zou Allison het kunnen zeggen, steekt ze tijd in iets wat haar ongelukkig maakt, waarom kiest ze nog steeds voor Fig nu ze eindelijk het voorrecht heeft een keuze te kunnen maken?

Ze staat op. Ze zegt: 'Fig, ik ga niet met je mee.'

'Waar heb je het over?' zegt Fig.

'Je redt het best alleen. Als jij denkt dat Philip Lake geen verkeerd type is, zul je dat wel goed aanvoelen. Je hebt mij niet nodig.'

'Ben je beledigd omdat ik hem niet heb verteld dat jij mee-komt? Als dat je zo stoort, vertel ik het hem alsnog.'

'Daar gaat het niet om,' zegt Hannah. 'Ik moet iets recht zet-ten. Dit was vanaf het begin al geen goed idee.' Ze heeft haar rugzak omgedaan en houdt haar plunjezak in haar hand. Fig bekijkt haar met een mengeling van nieuwsgierigheid en ver-warring. Misschien komt het voor het eerst bij haar op dat Hannahs leven zijn eigen duistere gangen en raadselachtige deuren heeft. 'Je hebt echt prachtige tieten,' zegt Hannah. 'Ik ben ervan overtuigd dat Philip Lake er dol op zal zijn.'

'Wat is er met je?' zegt Fig, maar Hannah loopt de gang al in en wuift met haar ene vrije hand.

'Je moet me er alles over vertellen,' zegt ze.

'Je bent verdomme stapelgek geworden,' zegt Fig, 'en ik hoop dat je niet denkt dat ik je je ticket ga terugbetalen.'

Hannah gaat op een bankje zitten wachten tot de metro komt, nog steeds met het geeltje in haar hand. Vanaf de plek waar ze zit, kan ze Figs kamer zien, maar Fig komt haar niet achterna. De trein doemt net in de verte op als Hannah bedenkt dat ze absoluut geen geduld heeft om die hele rit uit te zitten en daarna vanaf Davis Square naar de campus te lopen. Ze is er vrijwel zeker van dat Mike tot twaalf uur 's middags werkt, dus wat ze beter kan doen is een taxi nemen en rechtstreeks naar het bureau van financiële bijstand rijden. Maar hij heeft dat briefje vrijwel zeker voor hun ruzie geschreven, en als het nu eens niet meer geldig is?

Naast het spoor staat een telefooncel. Hannah stopt er klein-geld in en toetst het nummer in. Als Mike opneemt, zegt hij:

'Financiële bijstand studenten,' en ze is bijna in tranen als ze zegt: 'Met mij.'

Hij blijft zo lang zwijgen dat de angst haar om het hart slaat. Tijdens dit stilzwijgen bedenkt ze dat ze, als hij blij is haar te horen – ze gaat kapot als hij niet blij is – zal zeggen dat zij ook van hem houdt; ze zal het meteen zeggen, tijdens dit gesprek nog.

Ze hoort hem slikken.

'Hoi, schat,' zegt hij.

DEEL III

7

Februari 2003

Op de ochtend dat haar moeder met Frank McGuire in het huwelijk treedt, slaapt Hannah tot kwart voor negen en wordt ze wakker als Allison zegt: 'Opstaan, Hannah, tante Elizabeth is aan de telefoon en ze wil met je praten.' Als Allison de gordijnen opendoet – ze zijn roze gestreept, dezelfde die hun moeder in Hannahs kamer hing toen ze twaalf jaar geleden naar de flat verhuisden – knippert Hannah tegen het licht. Witte vlokjes lijken langs het raam te zweven.

'Sneeuwt het weer?' vraagt ze.

'Er wordt niet meer verwacht dan een paar centimeter. Schiet op en kom naar de telefoon. Elizabeth zit te wachten.' Allison blijft voor de deur staan. 'En als je klaar bent, moet je Oliver misschien gaan redden. Tante Polly is er en ze praat hem de oren van het hoofd.'

Natuurlijk – Oliver. Hannah wist dat er iets was waarom ze zich zelfs tijdens haar slaap niet helemaal op haar gemak voelde. 'Ik kom zo,' zegt ze.

In Hannahs oude slaapkamer is geen telefoon meer. Ze loopt de kamer van haar moeder in, pakt de hoorn en blijft staan voor de spiegel die aan de binnenkant van de open kastdeur zit. Ze draagt een katoenen pyjamabroek en een T-shirt met lange mouwen, en ze ziet zichzelf 'hallo' zeggen.

'Kunnen we het heel even hebben over de vraag wat die prachtige Jennifer Lopez met die rare Ben Affleck moet?' zegt

Elizabeth. 'Elke keer dat ik hem zie, heb ik zin om die spottende grijns van zijn gezicht te trekken.'

'Ik vind het wel een leuk stel,' zegt Hannah.

'Darrach en ik hebben een film gehuurd – nu weet ik niet meer hoe hij heet. Ik ben zo'n warhoofd, Hannah. Maar ik zal je vertellen waarom ik eigenlijk bel. Je moet je vader gaan opzoeken.'

'Ik geloof dat ik daar niet zo'n zin in heb,' zegt Hannah.

'Hoe lang is het geleden? Vijf jaar?'

'Ik heb hem gezien op Allisons bruiloft, en dat is nog geen vier jaar geleden. Trouwens, toen heb ik jou ook voor het laatst gezien.' Dat klopt. Sinds de zomer dat ze bij Elizabeth en Darrach in huis woonde, heeft Hannah haar tante twee keer gezien: een keer op een zondag toen Hannah in het eerste jaar van de high school zat (dat was Hannahs idee), toen Elizabeth, Darrach en Rory met haar en haar moeder bijeenkwamen in een restaurant tussen Philadelphia en Pittsburgh; en de volgende keer was een paar jaar later, toen Elizabeth naar Philadelphia kwam voor de vijftigste verjaardag van Hannahs vader. Hannah en Elizabeth spreken elkaar nog steeds elke twee à drie maanden, en Hannah denkt vaker dan dat aan haar tante – ze merkt dat ze zich dingen herinnert die Elizabeth haar heeft verteld, verwijzingen naar volwassenheid – maar Hannah is nooit meer terug geweest in Pittsburgh. Ze is er vrij zeker van dat dat te veel bij haar naar boven zou brengen.

'Kom nou,' zegt Elizabeth. 'Zijn ex-vrouw gaat vandaag trouwen, en de vent met wie ze dat doet lijkt me stinkend rijk, als ik zo vrij mag zijn. Vind je niet dat je vader dan een keer ontzien mag worden?'

'Hoe gaat het met Rory?' zegt Hannah. 'Werkt hij nog in dat restaurant?'

'Probeer maar niet van onderwerp te veranderen.'

'Mijn vader kan net zo goed contact met mij opnemen als ik met hem. Waarom is dat mijn verantwoordelijkheid?'

'Heb je niet tegen hem gezegd dat hij je nooit mag bellen?'

Hannah zegt niets. Een paar dagen nadat zij en haar vader die laatste keer samen hadden geluncht, stuurde hij een kaart naar haar door van haar tandarts, waarop ze werd herinnerd aan haar jaarlijkse bezoek en die om de een of andere reden naar zijn adres was gestuurd. Op de envelop waar hij de kaart in had gestopt, had hij gekrabbeld: Het was leuk vorige week, Hannah, en ze had geen idee of hij dat sarcastisch bedoelde of dat hij gewoon vergeten was wat er was gebeurd. Op Allisons bruiloft was het onmogelijk hem helemaal te ontwijken, maar ze probeerde dat wel zoveel mogelijk te doen. Tot op de dag van vandaag beweert Allison dat hun vader naar haar informeert en Hannah weet niet of dit waar is. Dat hij uiteindelijk niets heeft betaald aan haar laatste studiejaar op Tufts leek haar een duidelijke boodschap – hij had best evengoed een cheque kunnen sturen. Hannah heeft nooit spijt gehad van haar beslissing, maar ze staat nog steeds rood.

'Ik vráág niet of je je vader wilt opzoeken,' zegt Elizabeth. 'Ik draag het je op. Heb ik daarvoor genoeg autoriteit?'

'Hij en ik hebben elkaar nooit veel te zeggen gehad,' zegt Hannah. 'Misschien kan het tussen ons niet anders.'

'Niemand beweert dat je moet doen alsof je geen problemen met hem hebt. Maar ga gewoon een kop thee bij hem drinken, vraag hem naar zijn werk. Geef hem een reden om te denken dat hij niet al het goede in zijn leven heeft verknald.'

'Dat heeft hij wel,' zegt Hannah, hoewel ze evenzeer reageert in een reflex als uit overtuiging. De eerste golf van woede tegenover haar vader, die middag in het restaurant, is vervaagd; ze wéét meer dat ze kwaad op hem is dan dat ze dat voelt. 'Als ik naar hem toe zou gaan,' zegt ze, 'verwacht hij vast en zeker dat ik mijn verontschuldigingen aanbied.'

'Dat is dan vette pech voor hem. Je gaat erheen voor een gezellig bezoekje, niet om door het stof te kruipen.'

'Waardoor ben je er zo van overtuigd dat dit een goed idee is?'

'Ik zou bijna zeggen: als je het niet voor hem doet, doe het dan voor jezelf. Maar misschien zou je het in werkelijkheid voor mij doen. Maar ik zal je zeggen waar het om gaat. Ben je er klaar voor om dat te horen?'

'Waarschijnlijk niet.' Hannah is naar een raam gelopen dat op de oprit uitkijkt. Buiten sneeuwt het nog steeds en ze ziet haar moeder in een roze doorgestikte badjas en met laarzen aan met tante Polly praten, terwijl ze naar de Volvo van haar tante lopen. Dit betekent in elk geval dat tante Polly Oliver niet langer aan de praat houdt.

'Waar het om gaat, is dat hij eenzaam is,' zegt Elizabeth. 'En dat hij je vader is.'

In de keuken liggen bagels en muffins in een mandje op tafel, en Sam zit proefwerken van zijn zesdejaars na te kijken terwijl Allison vorken en messen in servetjes rolt en daar een blauw lintje omheen knoopt. Er komen negentien gasten op de bruiloft, familie meegerekend; de plechtigheid zal vanmiddag om vijf uur plaatsvinden. Toen Hannah haar moeder vroeg of ze Frank tot die tijd niet zal zien – zo moeilijk zou dat niet zijn, aangezien Frank nog zijn eigen huis heeft – zei haar moeder: 'Ach, liefje, ik ben drieënvijftig. Dat is meer iets voor mensen van jouw leeftijd.'

Als Hannah gaat zitten, zegt Sam: 'Daar hebben we de Schone Slaapster. Heb je een kater of zoiets?'

'Waar is Oliver?' vraagt Hannah.

'Hij is een boodschap gaan doen in mama's auto,' zegt Allison. 'Hij zei dat hij over twintig minuten terug is.'

'Wacht eens,' zegt Hannah. 'Rijdt hij?' Oliver heeft geen rijbewijs. Als Allison haar bevreemd aankijkt, kijkt Hannah de andere kant op. Tegen Sam zegt ze: 'Ik heb helemaal geen kater. Ik heb gisteravond niet eens wat gedronken.'

'Dat had je wel moeten doen,' zegt Allison. 'De champagne zag er heerlijk uit.' Allison is zes maanden zwanger en straalt nog meer dan anders.

'Hannah, als je verkering hebt met een Aussie, moet je meer drinken,' zegt Sam. 'Dan moet je meer een zuiplap worden.'

'Oliver komt uit Nieuw-Zeeland,' zegt Hannah. 'Maar bedankt voor de tip.'

Sam grijnst en Hannah denkt aan de energie die ze vroeger verspilde door zich aan hem te ergeren. Ze begreep toen niet dat je nooit iemand kunt vragen haar wederhelft te verdedigen, dat ze dat nooit van Allison had mogen vragen. Niet vanwege de onschendbaarheid van tweezaamheid (voor zover Hannah weet, komen er slechts voorbijgaande, fragmentarische momenten van onschendbaarheid bij stelletjes voor) maar omdat die persoon haar partner misschien helemaal niet kán verdedigen, omdat die persoon misschien – waarschijnlijk – zelf haar twijfels heeft, waarop jouw kritiek ondermijnend werkt. En niet eens je kritiek op het stel maar op de persoon die probeert verder te komen in haar leven, keuzes te maken die naar zij hoopt de juiste te zijn, terwijl – wanneer weet iemand dat eigenlijk? Allison ertoe dwingen Sam te verdedigen, denkt Hannah nu, was even naïef als bot. Hannah stelde zich vroeger altijd een veel grotere eenwording voor tussen twee mensen, waarbij sprake was van een gevoel van onvoorwaardelijke zekerheid.

'Heb je de kaart voor mam en Frank al getekend?' vraagt Allison.

Hannah knikt en neemt een sesambagel. 'Pa is in de stad, hè?' zegt ze.

'Ja, we hebben hem gisteren gezien. Denk je erover om…' Allison zwijgt halverwege en kijkt haar bemoedigend aan.

'Misschien,' zegt Hannah. 'Maar laten we daar alsjeblieft geen hele discussie aan wijden.'

Oliver komt pas na veertig in plaats van twintig minuten terug. Als Hannah de auto op de oprit hoort, grijpt ze haar jas en loopt naar buiten. Oliver kust haar op haar lippen en ze proeft sigaretten, waar hij waarschijnlijk voor op pad is gegaan. Hij draagt een geruit flanellen hemd en daarover een zwarte donzen parka die in elk geval niet van hem is – hij is van Sam of misschien zelfs van Allison. Hannah gebaart ernaar en zegt: 'Schattig.' Hannah en Oliver zijn de vorige avond met het vliegtuig uit Boston aangekomen en daarna – Hannahs moeder stond erop, vol verontschuldigingen – heeft Oliver op het opklapbed in de zijkamer geslapen. Het is een tikje bizar om zijn knappe verschijning hier in het daglicht te zien in de vertrouwde, troostrijke en saaie flat van haar moeder.

'Tante Polly heeft me aangeboden me haar portfolio van de schilderles te laten zien,' zegt Oliver. Hij gaat op de reling van de veranda zitten, steekt een sigaret op en neemt een trek. 'Maar ik heb het gevoel dat die vol zit met gigantische penissen, en ik vrees dat ik me daarbij vergeleken kleintjes zal voelen.'

'Heeft tante Polly schilderles? Doet ze volwassenenonderwijs of zo?'

'Vraag het haar zelf maar. Ze zal het je maar wat graag vertellen. Ze bestuderen op dit moment het menselijk lichaam, en ze zei dat het mannelijk model zeer weelderig geschapen is.'

'Dat heeft ze niet gezegd, "weelderig geschapen".'

Oliver steekt de hand met de sigaret erin omhoog, met de palm naar haar toe. 'God is mijn getuige.' Maar zijn gezicht vertoont bijna een lachje.

'Tante Polly zou zoiets nooit zeggen. En als ze het wel deed, weet ze vast niet wat het betekent.' Polly is Figs moeder, achtenvijftig jaar oud, met grijzend haar dat meestal in een knot achter op haar hoofd vastgespeld zit. Elk jaar op Thanksgiving draagt ze een emaillen broche in de vorm van een kalkoen.

'Natuurlijk weet ze wat dat betekent,' zegt Oliver. 'Denk je dat ze het over zijn oorlelletjes had? Ze zei ook dat ze zijn scrotum zo prachtig vond. Ze had zichzelf nooit gezien als iemand die op scrotums let, maar aan deze man was iets bijzonders.'

Hannah schudt haar hoofd – ze glimlachen allebei – en ze zegt: 'Wat kun jij liegen.'

'Je tantes waardering voor de mannelijke geslachtsorganen is gezond. Je moet niet zo oordelen.'

Oliver zit nog steeds op de reling en ze heeft de vreemde opwelling om haar hoofd tegen zijn borst aan te stoten, als een geit. Het gaat haar niet zo om seks met hem, maar ze voelt zich altijd veilig als hij zijn armen om haar heen slaat. Als hij nog een sigaret opsteekt, voelt ze haar hart opspringen – ze dacht dat hij er maar één zou roken, maar nu krijgen ze de kans nog wat langer buiten te staan, alleen op de achterveranda. Het feit dat Oliver rookt stoort haar helemaal niet, hoewel roken haar anders wel een beetje hindert. Maar de rook doet haar, zelfs als ze bij elkaar zijn, aan hem denken.

'Misschien ga ik vandaag even naar mijn vader,' zegt Hannah. 'Vind jij dat ik moet gaan?'

Oliver haalt zijn schouders op. 'Tuurlijk.'

'Je weet toch dat ik hem al een aantal jaren niet heb gesproken?'

'Niet sinds hij probeerde je te dwingen pasta te eten, als ik het goed heb.' Oliver lijkt vaak maar half te luisteren, toch heeft hij een uitstekend geheugen. Het is tegelijkertijd beledigend en vleiend.

'Als ik ga, wil je dan mee?' vraagt Hannah.

'Bedoel je of ik graag wil of dat ik gewoon mee zou gaan?'

'Allebei, geloof ik.'

'Ik zou wel gaan. Maar graag – nee.' Misschien voelt hij dat dit niet goed bij haar valt, want hij trekt haar naar zich toe zodat ze van opzij tegen zijn borst aan leunt. Hoewel zijn sigaret nu vervaarlijk dicht tegen haar haren moet zijn, heeft deze positie veel weg van die waar ze eerder aan dacht, waarbij ze de rol speelde van de geit. 'Je hebt mij niet nodig om met je mee te gaan, Hannah,' zegt hij, en in zijn stem klinkt toegeeflijke genegenheid. 'Je bent een grote meid.'

Nadat ze op de vierde etage uit de lift is gestapt, loopt Hannah door de gestoffeerde hal tot ze het appartement van haar vader heeft gevonden. Hier woont hij al bijna tien jaar, sinds hij hun huis op de Main Line heeft verkocht. Hoewel haar hart tekeergaat, klopt ze zonder aarzelen aan; het is een gebaar uit gewoonte. Als haar vader de deur opendoet, glimlacht hij op een vriendelijke, oppervlakkige manier, zoals hij naar de volwassen dochter van een buurman zou lachen, en zegt: 'Kom verder.' Ze loopt achter hem aan en accepteert de cola light die hij aanbiedt en zelf ook drinkt. (Vreemd – het heeft bijna iets meisjesachtigs – om haar vader cola light te zien drinken.) Het valt Hannah vooral op hoe goed hij eruitziet. Op zijn achtenvijftigste is hij nog fit en slank; zijn grijze haar is keurig gekamd; hij draagt bootschoenen, een kaki broek en een blauw poloshirt waarvan het kraagje zichtbaar uitsteekt boven de hals van zijn grijze sweatshirt. Als hij een vreemde was die Hannah op straat voorbijliep, zou ze dan niet hebben gedacht dat hij een levenspartner had? Ze zou denken dat hij een aantrekkelijke vrouw had, met wie hij die avond naar een liefdadigheidsdiner zou gaan in het museum.

Als ze in de woonkamer zitten, zegt hij: 'Lang geleden, Hannah. Ik moet bekennen dat ik verrast was toen ik vanochtend je telefoontje kreeg. Waaraan heb ik dit bezoekje te danken?'

'Nou, ik ben dit weekend in de stad,' zegt Hannah.

'Juist. En je moeder wordt een rijke erfgename, hm? Wie had dat gedacht?'

'Frank lijkt me een aardige vent.'

'Ik zal je vertellen wat Frank McGuire is: hij is een geslepen zakenman. Hij is niet bang om zijn handen vuil te maken. Dat heb ik over hem te vertellen.'

'Heb je hem wel eens ontmoet?'

'O, zeker. Jaren geleden, maar ik heb hem inderdaad ontmoet. Hij is een bekende figuur in deze stad.'

'Hij gedraagt zich heel rustig tegen ons,' zegt Hannah.

'En jijzelf? Ik neem aan dat je tegenwoordig fulltime werkt.'

Als hij werkelijk regelmatig bij Allison naar Hannah informeert, lijkt het uitgesloten dat hij niet weet wat voor werk ze doet. 'Ik werk bij een non-profitorganisatie die klassiek geschoolde musici naar openbare scholen stuurt,' zegt ze.

'Ach, wat grappig. Ik herinner me dat je een bloedhekel had aan pianospelen.'

'Je hebt het nu over Allison. Ik heb nooit pianoles gehad.'

'Pardon? Jij kreeg les van een heks van een vrouw in Barkhurst Lane.'

'Dat was beslist Allison.'

'Heb jij nooit pianoles gehad? Dan ben je wel wat tekortgekomen in je jeugd.'

'Maar goed,' zegt ze, 'ik ben dus bezig met fondsen werven.'

'Bij een non-profitorganisatie, hm? Jij en je zus blijken tere zieltjes te zijn.'

'Jij hebt bij het vredeskorps gezeten, pap.'

Hij trekt een vrolijke grimas. 'Moeilijk te geloven, hè? Ik dacht altijd dat een van jullie economie of rechten zou gaan studeren. Het is nog niet te laat, weet je. Je bent nu bijna zesentwintig?'

Ze knikt. Ze kan zich niet voorstellen dat er iets is wat minder bij haar past dan economie of rechten.

'Dan zou je er nu al middenin zitten. Vooral een MBA-studie biedt heel veel mogelijkheden. Als ik zo oud was als jij, ging ik dat doen, vergeet die onzin over een studie rechten maar.'

Ze knikt nog eens. Als ze nog een kwartier blijft, moet het wel genoeg zijn. 'Reis je nog veel voor je werk?' vraagt ze.

'Steeds minder. Ik heb een zaak in King of Prussia, als je de tocht naar zo'n schijtbak tenminste een reisje kunt noemen. Waar ik vorige maand wel ben geweest, niet voor werk maar voor wat ontspanning, is Florida.' Haar vader buigt zich naar voren. 'Pak dat album even van de plank, wil je? Dit zul je wel mooi vinden.'

Als ze het album in haar handen heeft, gebaart hij haar dichterbij te komen. Bedoelt hij dat ze nu naast elkaar op de bank moeten zitten? En sinds wanneer laat haar vader zich fotograferen? Hij was altijd vol ongeduld als haar moeder hen liet poseren; als haar moeder hoopvol wachtte tot de zon weer tevoorschijn kwam, of misschien totdat Hannah glimlachte, zei hij altijd: 'Schiet nou maar op en neem die foto, Caitlin.'

'Ik ben daar met een paar kerels geweest, Howard Donovan en Rich Inslow,' zegt hij. 'Inslow is nu ook gescheiden.'

Hannah kan zich niet herinneren dat haar vader vrienden heeft, en al helemaal geen goede vrienden. De Donovans en de Inslows zaten allebei bij dezelfde sociëteit als de Gaveners

– haar moeder was na de scheiding geen lid meer, dus Hannah ging er zelden naartoe – maar de andere mannen waren volgens haar niet meer geweest dan kennissen. Interessant, dat haar vader was opgehouden met afspraakjes in de tijd dat haar moeder ermee was begonnen; hij had in het begin een paar relaties gehad, maar die waren allemaal verbroken.

'Het was een golfuitstapje, een lang weekend,' zegt haar vader. 'Dit is het vakantieoord. Prachtige greens, een volmaakt uitzicht over de oceaan. Het is in Clearwater, aan de Golf.'

Vreemd om te denken dat haar vader dit blauwleren album in een winkel heeft gekocht, en daarna, misschien wel op deze bank, de foto's onder het plastic heeft geschoven. Hij heeft niets bij de foto's geschreven, en hij heeft ze ook zonder onderscheid ingeplakt, zelfs kiekjes die identiek zijn of onscherp, of waarop de mannen met hun ogen dicht staan. Hier zitten Howard Donovan en Rich Inslow in de wachtruimte van hun gate op het vliegveld van Philadelphia, Rich eet een boterham; hier zijn luchtfoto's, gemaakt in het vliegtuig tijdens het dalen, een foto van Howard die autorijdt terwijl Rich op de voorbank een kaart vasthoudt, een kiekje van hoe ze hun clubs uit de kofferbak van de huurauto halen op de parkeerplaats van het vakantieoord. Terwijl haar vader de foto's laat zien, wordt zijn stemming vrolijker, en dan komt het duidelijke hoogtepunt: foto's van wat haar vader een oosters restaurant noemt en waar ze de avond voor hun vertrek hebben gegeten. Er zijn twee opnames van Rich met zijn arm om een jonge, knappe donkere serveerster in een blauw met witte kimono, een paar van het interieur (heel veel bamboe, met de gelegenheid – haar vader en zijn vrienden hebben er klaarblijkelijk geen gebruik van gemaakt – je schoenen uit te trekken en op de vloer te zitten), en haar vaders favoriete opname in deze favoriete omgeving is van een blad met sushi en sashimi die Howard had besteld. Haar vader wijst op de glibberige roze rechthoekjes, de roodbruine vis die op de rijst ligt en het hoopje gember. 'Weet je wat dat is?' vraagt hij, en hij wijst op een lichtgroen bolletje.

'Dat is wasabi, toch?'

'Dat spul is dodelijk. Het is de Japanse variant van mierikswortel. Godallemachtig, je krijgt er tranen van in je ogen.'

Ze is geschokt en ze durft ook niet naar hem te kijken. Als hij de bladzijde omslaat, beschrijft hij een dessert waarvan hij de naam niet meer weet maar dat brandend op tafel werd geserveerd. Ze is totaal verbijsterd. Dit is haar vader: iemand die opgetogen raakt door sushi. Iemand die foto's neemt van het interieur van een restaurant. Haar vader is eigenlijk heel gewoontjes! Zelfs zijn knappe uiterlijk, denkt ze, als ze naar een van de foto's kijkt waar hij op staat, heeft een bepaalde onschuldige anonimiteit, het knappe van een model van middelbare leeftijd in een advertentiebijlage van een warenhuis in de zondagse uitgave van de *Inquirer*. Heeft zij hem zich alleen voorgesteld als een monster? Zijn belangrijkste les, zo meende ze altijd, was: er zijn vele manieren van zondigen, en de meeste zul je niet herkennen totdat je ze hebt begaan. Maar is zij degene die deze les heeft bedacht? Ze is hem daarin op zijn minst tegemoet gekomen, ze is erin meegegaan. Niet alleen als kind, maar ook tijdens haar hele adolescentie en volwassen jaren – tot de dag van vandaag zelfs. Ze beseft nu dat Allison daar niet in is getrapt, al jaren niet meer, en dat Allison daardoor geen strijd levert met haar vader of langere tijd weigert met hem te praten. Waarom zou ze? Hannah ging er altijd van uit dat Allison zich gedwongen voelde aardig te doen tegen haar vader, maar nee – Hannah is degene die van zijn woede veel meer heeft gemaakt dan het ooit is geweest.

Na tweeëndertig minuten brengt Hannah haar cola light

naar de keuken, waar ze het flesje weggooit (jaren geleden probeerde Allison hem zover te krijgen dat hij flessen naar de glasbak bracht, maar natuurlijk wilde hij dat niet). Hannah vraagt zich af of Sam ook inziet dat Douglas Gavener niet serieus genomen hoeft te worden. En dokter Lewin, van een afstand? Weet iedereen dat behalve Hannah en, een tijdlang – negentien jaar, zolang zijn Hannahs ouders getrouwd geweest – haar moeder?

Maar niet echt bedreigend is niet hetzelfde als geen klootzak. Hij was wel een klootzak. Terwijl ze in de keuken staat, denkt ze eraan om terug naar binnen te gaan en hem gewoon te vragen waarover hij zich al die jaren geleden zo kwaad heeft gemaakt. Hij had een lieve vrouw en gehoorzame dochters. Ze beschikten over alle luxe van een gezin uit de betere klasse. Wat had hij nog meer verwacht?

Maar als ze de woonkamer weer binnenloopt, zegt hij: 'Zeg tegen je zus of tegen Sam dat ze me bellen als ze de kaartjes willen – Eagles tegen de Giants. Er is een kans dat ik er ook voor jou een te pakken kan krijgen.' Dan steekt hij zijn hand naar haar uit, en dat is de reden waarom ze hem niets meer kan vragen. Als hij haar de hand schudt, als hij zo afstandelijk en op zijn hoede is, wéét hij dat hij een klootzak is geweest. Hij hoeft er niet naar te worden gevraagd en het hoeft hem niet te worden gezegd – onder al zijn wrange luchtigheid weet hij het.

Ze doet een stap naar voren en drukt een kus op zijn wang. 'Tot ziens, pap,' zegt ze.

Frank McGuire is eenenzestig, acht jaar ouder dan Hannahs moeder. Hij is zo'n een meter vijfenzeventig, met zowel een terugwijkende haargrens als dunner wordend haar, een dikke buik, mollige vingers en volle lippen; zijn onderlip vooral is even zacht en dik als die van Hollywoodactrices. Tijdens de plechtigheid wordt Hannah, terwijl ze een boeket fresia's en rozen vasthoudt, overvallen door gedachten die ze tot dit moment had onderdrukt. Hebben haar moeder en Frank seks? Koopt Frank in feite haar moeders middelbare schoonheid, en kan hij dat alleen doen omdat haar moeder daarmee te koop heeft gelopen? Hoe ziet zijn buik eruit zonder kleren, en als je zo'n pens hebt, ga je dan boven of onder liggen? Het is één ding om samen geleidelijk ouder te worden, waarbij het hangen en uitzakken door de jaren heen niet zo opvalt, maar elkaar voor het eerst in deze toestand zien – zou je je niet verschrikkelijk schamen over je eigen tekortkomingen, en bang zijn voor wat de ander misschien onthult?

En wat vertel je elkaar? Na alles wat je tegen die tijd hebt meegemaakt, moet je wel een keuze maken, dus laat je dan domweg de verschrikkelijkste dingen uit je verleden maar weg? Zou Hannahs moeder ooit aan Frank vertellen dat haar eerste echtgenoot haar en haar dochters midden in de nacht het huis uit heeft gezet? Weet Hannahs moeder het nog wel? Natuurlijk. Niet dat ze er ooit iets over zou zeggen, maar ze moet het nog wel weten.

'Ik ga je iets vertellen wat ik nog aan niemand heb verteld,' zegt Fig. 'Maar je mag absoluut niet reageren.'

Hannah en Fig zitten op de bank in de zitkamer, met een bord op schoot. Het eten is van een cateringbedrijf, en Hannahs moeder heeft het blauw-witte servies en het bestek met monogram tevoorschijn gehaald, en overal om hen heen zitten de andere bruiloftsgasten, voor het merendeel familieleden, luidruchtig met elkaar te praten. De plechtigheid was kort, en het is nu bijna zes uur, en buiten achter de niet dichtgetrokken gordijnen is het donker. Binnen in de kamer schijnt een rozige gloed: de glazen en het zilver glanzen, en de mensen hebben kleur op hun wangen, misschien als gevolg van de champagne of misschien omdat mevrouw Dawes, de oudste vriendin van de overleden grootmoeder van Hannah en Fig, plichtsgetrouw is uitgenodigd en de thermostaat voor haar op vierentwintig is gezet.

'Ik meen het echt,' vervolgt Fig. 'Geen verbaasde kreten.'

'Fig, zeg het nu maar.'

'Ik heb iets met iemand,' begint Fig, en Hannah denkt: natuurlijk, en wil al halverwege afhaken als Fig zegt: 'En het is Dave Risca's zusje.'

Eerst denkt Hannah dat ze het niet goed heeft verstaan. 'Zijn zúsje?' herhaalt ze.

'Heb ik net niet gezegd dat je niet mocht reageren?'

'Ik reageer niet,' zegt Hannah. 'Ik wilde weten of ik het goed had verstaan.' Fig heeft iets met een vróuw? 'Je bedoelt niet echt een relatie? Je bedoelt dat je op een feestje met haar hebt staan zoenen.'

Als Fig zegt: 'Nee, ik bedoel dat we een relatie hebben,' bedenkt Hannah dat ze door dit nieuwtje haar wereldbeeld zal moeten bijstellen. 'Een paar maanden nadat ik was terugverhuisd naar Philly kwam ik haar tegen,' zegt Fig. 'We stonden op de stoep met elkaar te praten, en toen ineens voelde ik iets en zij vroeg of ik wat wilde drinken. En van het een kwam toen het ander.'

'Hoe ziet ze eruit?'

'Ze heeft stijl.' Hannah hoort aan Figs verrukte, beschermende toon dat ze zich echt tot deze vrouw aangetrokken voelt. De relatie is misschien voor een deel een grap voor Fig, maar niet helemaal. 'Ze heeft, zeg maar, een fijne kaaklijn en groene ogen. Ze heet Zoe.'

'Lang of kort haar?'

'Kort.'

Hannah voelt zich opgelucht. Het leek haar oneerlijk, maar misschien wel voor de hand liggend, als Fig een relatie had met een lesbische vrouw met lang, blond haar. 'Is het echt zo anders dan met een man?' vraagt Hannah.

'Niet echt. Ik heb trouwens altijd makkelijker een climax kunnen bereiken door orale seks dan door penetratie.'

'Hè Fig, toe. Daar vroeg ik niet naar.'

'Tuurlijk wel.' Fig glimlacht zelfgenoegzaam. 'Iedereen wil weten hoe meisjes het met elkaar doen. Hoe is jouw seksleven met Oliver?'

'Laat maar,' zegt Hannah.

'Oliver is een schatje,' zegt Fig, wat Hannah somber maakt. Het maakt haar vooral somber omdat Oliver vlak nadat ze Fig en Oliver aan elkaar had voorgesteld – Fig draagt een laag uitgesneden zwarte blouse – in Hannahs oor fluisterde: 'Je nichtje heeft schitterende borsten.' Waarschijnlijk wisselen Oliver, die nu aan de andere kant van de woonkamer zit, en Fig een soort buitenzintuiglijke signalen uit die alleen zeer aantrekkelijke betrokkenen kunnen begrijpen: Jij bent een lekker ding, bliep bliep. Ja, weet ik; jij ook, bliep bliep. Ik kan niet geloven dat ik naast die suffe stiefvader van Hannah zit. Toen Oliver die opmerking maakte over Figs borsten zei Hannah: 'Ga vragen of je er een aan mag raken,' waarop Oliver antwoordde: 'Waarom vragen? Dat zou de verrassing verpesten.'

'Mijn moeder vindt hem ook een schatje,' zegt Fig. 'Hé, mam.'

Tante Polly zit bij de haard met Allison te praten.

'Hannahs vriendje is een schatje, ja toch?' zegt Fig.

Tante Polly legt een hand achter haar oor.

'Hannahs vriendje,' herhaalt Fig en steekt dan haar duim omhoog. (Hannahs vriendje – dit zal altijd de raarste woordcombinatie zijn die Hannah zich kan voorstellen. Reuzengarnaal, denkt ze. Droefgeestigheid.)

'O ja, hij is fantastisch, Hannah,' roept tante Polly. 'Dat Australische accent!'

'Het komt uit Nieuw-Zeeland.' Hannah heeft het gevoel dat ze zit te schreeuwen.

'Allison vertelde me dat jullie elkaar op kantoor hebben leren kennen. Laten we...' Tante Polly draait haar hoofd naar rechts en wijst. We praten er straks in de keuken even over, bedoelt ze. Of we doen in elk geval alsof, zodat we niet meer tegen elkaar hoeven te brullen.

'Is het je opgevallen dat mevrouw Dawes vanavond een vreselijk slechte adem heeft?' vraagt Fig, en Hannah voelt ineens in een opwelling dat ze naar Oliver moet. Misschien heeft ze toch wel buitenzintuiglijke krachten, misschien is dat niet gekoppeld aan hoe goed je in de markt ligt. Oliver is van het praten met haar moeder en Frank onrustig geworden, hij wil een sigaret en hij wil dat Hannah hem gezelschap houdt terwijl hij rookt. Dat weet ze. 'Het lijkt wel alsof ze voordat ze hierheen kwam een teen knoflook heeft gegeten,' zegt Fig.

Hannah tikt Figs onderarm aan. 'Wacht even,' zegt ze. 'Sorry, ik ben zo terug.'

Dit is de reden waarom Hannah op Oliver viel: hij haalde een splinter uit haar hand.

Soms denkt ze bij zichzelf, als in een soort verontschuldiging, dat ze hem voordat hij haar vriendje werd niet eens aardig vond. Ze kende hem, ze deelde een kantoor met hem, en ze vond hem niet aardig. Maar maakt die aanvankelijke weerzin, gezien wat er tussen hen is gebeurd, haar dan niet helemaal een sukkel?

Op het werk stonden hun bureaus tegenover elkaar tegen de

muur, en als ze hem aan de telefoon hoorde praten of erger, als een jonge, aantrekkelijke vrouwelijke collega, vaak nieuw in het bedrijf, langskwam en in de deuropening bleef hangen, zich duidelijk aan het opladen voor of aan het bijkomen van een seksuitje met Oliver buiten kantoor, negeerde Hannah zowel hem als de vrouw. Het spelletje dat ze speelden, hun woordkeuze – óf de vrouw deed even afgestompt en grof als Oliver, of ze was juist geheel verstoken van cynisme en bereid halsoverkop verliefd op hem te worden – het was allebei even misselijkmakend. Alleen had Hannah het na een tijdje niet meer in de gaten. Ze had zo weinig belangstelling voor Oliver, dat hij niet in staat was haar van streek te maken. (Later dacht ze met heimwee terug aan de tijd voordat ze hem serieus nam.)

Op een dag, nadat ene Gwen was langsgekomen – zij en Oliver gingen blijkbaar die avond naar een café in Downtown Crossing – zei Hannah: 'Ik hoop maar dat je weet dat je het voor negentig procent aan je accent te danken hebt.'

'Je bedoelt mijn sexappeal?' Oliver glimlachte. In de korte tijd tussen haar opmerking en zijn reactie had ze zich voorgesteld dat hij misschien niet zou begrijpen waar ze het over had, en ze had zich opgelucht gevoeld. Maar hij leek er niet door beledigd.

'Zo zou ik het niet willen noemen,' zei Hannah. 'Maar zoals je wilt.' Als hij haar niet had begrepen en zij hem niet had beledigd, zou ze erover opgehouden zijn. Het feit dat hij haar wel had begrepen en dat ze hem – nog – niet had beledigd, betekende alleen dat ze meer haar best moest doen.

'Dierlijke aantrekkingskracht,' zei Oliver. 'Zo zou je het kunnen noemen.'

'Zou kunnen.'

Hadden ze ooit eerder een gesprek gevoerd? Het leek plotseling alsof dat niet het geval was. Ze zaten al vier maanden lang tweeënhalve meter van elkaar af, ze hoorden elk woord dat de ander zei terwijl ze onderling alleen maar de meest banale babbels uitwisselden: Heb je je door de regen gewaagd? Fijn weekend! En nu zag ze in dat hij een slijmbal was, maar ook intelligent.

'Natuurlijk,' zei Oliver, 'werp je nu twee vragen op, of twee om mee te beginnen. Ongetwijfeld werp je er nog veel meer op, en we zullen de rest van ons leven door moeten brengen met het beantwoorden daarvan. Maar de meest knellende vraag is: kunnen we er met een gerust hart van uitgaan dat je jezelf niet rekent tot de categorie vrouwen die zich laten verleiden door zoiets oppervlakkigs als een accent?'

'Kennelijk niet,' zei Hannah, 'en de overige tien procent is primaire agressie. Dat was je tweede vraag, toch?'

'Je bent helderziend!' riep Oliver uit. 'Precies wat ik altijd al dacht. Maar agressie heeft een ondertoon van roofzucht, en ik ben zo'n vreedzame kerel.'

'Assertief dan,' zei Hannah. 'Je bent een rokkenjager.'

'Nou, daar heb ik geen bezwaar tegen – dat klinkt heerlijk ouderwets.'

'Een ploert,' zei Hannah. 'Wat vind je daarvan?'

'Een stoere kerel.'

'In je dromen.'

'Als ik een rokkenjager ben,' zei Oliver, 'dan moet jij toegeven dat iedere vrouw wil dat er op haar gejaagd wordt.'

'En met nee bedoelt ze zeker altijd ja? En als je in de metro naast een lekker ding zit en je wilt uitdrukking geven aan je gevoelens, dan moet je dat doen, want zij is daar natuurlijk helemaal voor in.'

'Nee betekent niet altijd ja,' zei Oliver. 'Maar bij jou waarschijnlijk meer dan bij de meeste mensen. Jij mag dan zedig overkomen, maar ik weet zeker dat daarbinnen het hart van een wellustig beest klopt.' Ondanks zichzelf voelde Hannah zich gevleid, en toen vervolgde hij: 'Misschien van een woestijnrat.'

Had hij de afgelopen maanden gewacht totdat zij een gesprek met hem zou beginnen? Had hij met haar wíllen praten? Nee. Hij is verwaand – als hij dat had gewild, was hij wel begonnen. Het moet zo zijn geweest dat hij, toen zij hem zat te stangen, zich ook zat te vervelen en wel zin had in wat gehakketak. Het was halfvier 's middags, het dufste uur op kantoor. Waarom niet?

Maar het was alsof het gesprek nu wat scherper van toon werd; die woestijnrat leek bedoeld om haar te kwetsen. Ze zaten ieder aan hun bureau, half naar de ander toe gekeerd, en ze zei: 'Ik moet even bellen.'

Ze toetste het nummer al in toen hij zei: 'In mijn binnenste klopt het hart van een rokkenjagende leeuw.'

Hannah vond het bizar dat Oliver zo gezellig deed, aangezien hij zich daar niet per se toe genoodzaakt hoefde te voelen. Het zou alle Gwens op de hele wereld niets uitmaken of hij dat wel of niet deed. Was het, behalve zijn accent, niet de toon en het ritme van zulke gesprekken dat ertoe deed? Niet de feitelijke inzichten. En ook zijn uiterlijk, dat niet mis was: Oliver was een meter tachtig lang, had brede schouders en haar dat bruin was geweest toen hij pas bij hen kwam werken en dat drie weken daarna blond geverfd was. Hannah had hem toen gevraagd of hij naar een kapsalon was geweest om het te laten verven of dat hij het zelf had gedaan, en tot haar teleurstelling zei hij toen dat hij het zelf had gedaan, met hulp van een vriendin. Later begreep ze dat ze graag had neergekeken op een man die honderden dollars had uitgegeven aan zijn haar. Ze had zijn knappe uiterlijk willen pareren; het viel gemakkelijk in te zien dat het met haar gedaan zou zijn als ze daarop viel.

Na hun post-Gwen-gesprekje praatten Hannah en Oliver iets vaker, maar niet veel. Hannah was waarschijnlijk al binnen drie minuten, of misschien al voordat ze zich weer omdraaide naar haar eigen bureau, bang dat de dynamiek tussen hen was veranderd. Moest ze zich nu anders gedragen? Bijvoorbeeld nors, maar klaar voor een snedige opmerking? Toen ze de volgende ochtend met de lift naar de achtste verdieping ging, was ze in paniek; in die paniek veronderstelde ze een steeds hogere mate van ongevoeligheid. Oliver kwam, typerend, zo'n veertig minuten na haar binnen, en ze bracht de tijd door met half noodzakelijke telefoontjes plegen omdat het beter zou zijn als ze aan het bellen was als hij binnenkwam; dan zou ze zich niet zo genoodzaakt voelen om een bepaalde uitdrukking op haar gezicht te toveren of iets te zeggen. Maar ze was klaar met haar telefoontjes, dus toen hij binnenkwam deed ze net alsof ze geconcentreerd bezig was met haar werk. Ze keek even in zijn richting zonder oogcontact te maken, zei: 'Hoi,' en ging toen weer verder met haar werk.

Op een toon die bijzonder vriendelijk maar niet overdreven hartelijk was zei hij: 'Hallo, miss Hannah,' en verder niets. Dus misschien – misschien wilde hij niet echt met haar praten, of wilde hij niet dat hun gesprek van de dag ervoor een precedent had geschapen. Misschien hád hun gesprek van de dag ervoor ook wel geen precedent geschapen. Misschien kon het hem geen bal schelen. Wat dan ook. Hoe meer tijd er verstreek – dagen verstreken – hoe meer het haar opluchtte dat ze zich nergens druk over hoefde maken.

Het bedrijfsuitstapje was een paar weken later, in Newport. Het was in oktober en dankzij een van hun hoofdsponsors konden ze er ook een nachtje blijven. Iedereen was die och-

tend in Boston in de bus gestapt, met gekscherende opmerkingen over hoe vroeg ze die dag wel zouden gaan drinken, en
toen ze incheckten in het hotel zag Hannah dat Olivers kamer
vlak bij de hare was. De kans bestond dat hij niet alleen sliep;
Hannah was er tamelijk zeker van dat een nieuwe assistente,
Brittany, naast hem in de bus had gezeten.

’s Avonds, na de bijeenkomst maar voor het eten, ging Hannah zich douchen en omkleden, waarna ze op de veranda
ging staan die uitzicht bood op de oceaan. De temperatuur
was nog aangenaam, de hemel had roze met oranje strepen,
de lucht was fris en geurde zoet, en de hoopvolle droefheid
van een volmaakte omgeving overviel haar. Misschien kwam
het doordat ze werd afgeleid door die droefheid of doordat
ze zich eraan overgaf, dat ze achteloos met haar hand over de
houten reling wreef. Ze trok hem onmiddellijk terug, maar
het was al te laat – het minuscule bruine puntje van de splinter stak omhoog uit haar handpalm, veilig ingebed in het
vlees.

Hannah heeft de pest aan dit soort dingen: een wimper in
haar oog, een vliegje in haar mond, elk vreemd voorwerp dat
ergens is waar het niet thuishoort; ze wil gewoon dat de tijd
verstrijkt, ze wil dat alles opgeruimd is en dan verdergaan,
ook al heb je een blauwe plek of een snee. Zonder na te denken haastte ze zich, rende ze bijna terug haar kamer in en vervolgens de gang op naar Olivers kamer.

Hij was er. Als hij er niet was geweest, was het dan nooit iets
tussen hen geworden? ‘Ik heb een splinter,’ zei ze, en ze stak
haar hand naar hem uit terwijl hij in de deuropening stond.
Ze was niet zo van slag dat het niet bij haar opkwam dat hij
haar misschien kleinzerig zou vinden, maar die splinter zat nu
eenmaal in haar rechterhand, en ze is rechts. Hoe had ze die
er dan uit moeten krijgen? Hij troonde haar mee naar binnen

– ze meende, maar ze wist het niet zeker, dat hij even haar rug aanraakte toen ze langs hem liep – en ze gingen op de rand van een van de bedden zitten. In haar kamer stond een king-size bed, maar hier waren twee tweepersoonsbedden. Zonder zich er echt van bewust te zijn flitste het door haar heen dat ze hem, als hij aardig deed terwijl hij die splinter eruit haalde, misschien kon aanbieden van kamer te ruilen zodat hij en Brittany meer ruimte hadden voor hun seksuele capriolen.

Hij boog zich over haar uitgestoken arm en drukte met zijn duim het kussentje van haar handpalm in beide richtingen plat. 'Hij ziet er goed diep in,' zei hij.

Meteen was ze zich meer bewust van zijn nabijheid dan van haar ongemak over de splinter. Die splinter kon haar hoegenaamd niet schelen. Misschien was het sowieso alleen maar een excuus geweest. Zijn haar werd weer donker, het geverfde deel was uitgegroeid, en ze hield van de manier waarop hij zijn hoofd boog, ze hield van zijn mannenvingers, ze hield van het feit dat ze nauwelijks iets tegen elkaar hoefden te zeggen, en dat hij helemaal niet verbaasd had gekeken toen hij haar voor zijn deur zag staan. Het voelde als iets onvermijdelijks. In hun leven samen zou hij haar herkennen als een lid van zijn stam: hij zou haar zwijgzaamheid niet aanzien voor re-laxedheid, haar verantwoordelijkheidsgevoel niet voor gebrek aan humor; hij zou zelfs haar preutsheid niet aanzien voor echte preutsheid. Hij zou luidruchtig en onhebbelijk zijn, en hij zou praten over anderen niet enigszins immoreel vinden (zoals Mike). Ze zou niet het eenzame gevoel hebben dat zij de enige was die er meningen op nahield. Als ze bij het vertrek uit een restaurant een opmerking zou maken over de arm-zalige fooi die iemand had gegeven, of over hoe lang en saai iemand had uitgeweid over zijn reis naar Frankrijk, zou Oliver dezelfde dingen hebben opgemerkt. Hij zou niet op een agressief vriendelijke manier zeggen: 'Ik vond het juist heel leuk om over die reis te horen.'

'Ik moet een pincet hebben,' zei Oliver.

Het had iets gênants dat zij er een had, maar ze hadden hem nodig. In de tijd die het kostte om naar haar kamer terug te gaan, de pincet te zoeken en weer terug de gang door te lopen, was haar idee over hun lotsbestemming totaal veranderd – ze was duidelijk gestoord – en terug in zijn kamer veranderde het weer. Ja. Zielsverwant vond ze een stom woord, maar zoiets was het in elk geval. Ze konden elkaar altijd gezelschap houden, ze zou voor hem kunnen zorgen, ze zou hem op het juiste spoor kunnen houden. Hij had absoluut iemand nodig om hem op het juiste spoor te houden. Misschien, bedacht ze opgewekt, had hij wel zonder succes geprobeerd af te kicken van de cocaïne.

'Stil blijven zitten,' zei hij. 'Ik heb hem bijna. Ah, daar is-ie. Wil je hem zien?' Hij hield de pincet in de lucht; de splinter, in zijn stekelige bruine splinterigheid, was nauwelijks zichtbaar, hij stelde bijna niets voor.

Toen hij naar haar keek, wist ze dat ze hem te indringend aan zat te kijken. Hij glimlachte – hartverscheurend – en zei: 'Vergeet niet, Hannah, dat ik een rokkenjager ben.'

'Dat ben ik niet vergeten,' zei Hannah.

'Goed dan.' Nog steeds verroerde geen van beiden zich.

Uiteindelijk zei ze: 'Als ik een andere vrouw was, zou je me op dit moment kussen.'

'Klopt,' zei hij.

'Kus me dan maar.'

Hij boog zich naar voren en zei, met zijn mond vlak bij de hare: 'Ik heb altijd geweten dat je een slettenbak bent.'

Na de huwelijkstaart vertrekt de jongere generatie – Hannah, Oliver, Allison, Sam, Fig, en Figs tweeëntwintigjarige broer Nathan – naar de zijkamer om tv te gaan kijken. Allison vraagt: 'Fig, waar is je vrijer?'

'Welke vrijer?' vraagt Fig blasé.

'Je weet wel. Dat lekkere ding aan wie je me vorig jaar hebt voorgesteld.'

'O, die,' zegt Fig. 'Allang verleden tijd.'

'Jemig,' zegt Allison. 'Jij houdt het niet lang vol, hè?'

'Dan ben je een mannenverslindster,' zegt Oliver over zijn schouder. Hij zit op het puntje van de bank tussen Hannah en Fig in tv te kijken, met zijn ellebogen op zijn knieën en een whisky (zijn vierde? zijn negende?) in zijn hand. Fig ligt achterover in de kussens, met haar voeten op de salontafel. Dit is de slaapbank waar Oliver de afgelopen nacht op heeft gelegen.

'Soms,' zegt Fig. 'Als ik honger heb.'

Nee, denkt Hannah. Nee, nee, nee!

'Waarom heet je trouwens Fig?' vraagt Oliver, en Hannah denkt: ik verbied het. Hier valt niet over te marchanderen. Bovendien is Olivers vraag gelul, want Hannah heeft hem niet een, maar twee keer verteld waar Fig haar naam aan te danken heeft. Ze heeft het hem al in het begin verteld, toen ze voor het eerst haar familie beschreef, en nog eens toen ze in het vliegtuig naar Philadelphia zaten. Het kan best zijn dat hij zich die eerste keer niet herinnert, ondanks zijn uitstekende geheugen, maar na de tweede keer moet hij het in elk geval nog weten.

'Het is Hannahs schuld,' zegt Fig. 'Zij kon Melissa niet uitspreken.'

'Toch houd je die bijnaam,' zegt Oliver. 'Die zou je nu toch kunnen veranderen.'

'Hij past bij me,' zegt Fig. 'Ik ben net zo zoet als een vijg.'

'Wispelturig zul je bedoelen,' zegt Nathan zonder op te kijken van de tv. Fig maakt een prop van het servetje onder haar wijnglas en gooit die naar hem toe, tegen de achterkant van zijn hoofd. Nog steeds zonder zich om te draaien veegt hij over de plek waar hij terechtkwam.

'In het oude Syrië werd de vijg beschouwd als een afrodisiacum,' zegt Oliver, en Hannah staat op en loopt de kamer uit. Ze is er vrijwel zeker van dat die opmerking, behalve nog andere dingen, niet eens waar is. Het is niet zo dat ze er niet aan heeft getwijfeld of ze Oliver wel moest meenemen naar haar moeders bruiloft – ze kon er niets aan doen. Die knappe, charismatische man is, zeg maar, van haar; ze wilde dat anderen dat ook zagen.

In de keuken zijn Hannahs moeder en tante Polly bezig met de afwas. Hannahs moeder draagt een schort over de beige satijnen japon waarin ze is getrouwd. 'Mam, dat moet jij toch niet doen,' zegt Hannah. 'Laat mij maar.'

'O, ik vind het niet erg. Maar je kunt me wel een groot plezier doen door met Frank mee te gaan om mevrouw Dawes naar huis te brengen. Gewoon even meerijden, zodat hij de weg niet kwijtraakt. Ze staan in de hal voor.'

Dit is heel riskant – Oliver en Fig samen in hetzelfde huis achterlaten, zonder dat zij hen in de gaten kan houden – maar wat moet ze? En eigenlijk wil ze ook niet echt bij hen in de buurt zijn.

Terwijl Hannah, Frank en mevrouw Dawes de acht treden van de flat naar de auto af lopen (het is vroeg in de middag opgehouden met sneeuwen, en Hannah was degene die de trap heeft schoongeveegd), denkt Hannah dat iemand aan de overkant hen zou kunnen aanzien voor familieleden – Hannah als de dochter van in de twintig, Frank als de zoon van middelbare leeftijd en mevrouw Dawes als de grootmoeder

– terwijl ze elkaar in werkelijkheid helemaal niet zo goed kennen. Mevrouw Dawes houdt zich vast aan Franks arm, en Hannah loopt vlak voor hen. Ze lopen tergend langzaam. Mevrouw Dawes draagt lage pumps met zwartzijden strikken op de neus, ragdunne vleeskleurige kousen en een zwart-rood wollen pakje dat nu schuilgaat onder een enkellange zwarte wollen jas. Ze heeft een zwartleren tasje in haar hand. Haar enkels zijn even dun als die van Hannah toen ze op de basis-school zat, en haar haar, een matgrijze bob die aan de punten een beetje omkrult, is zo dun geworden dat er stukjes van haar roze schedel doorheen schemeren. Ze zou een hoed of een sjaal moeten dragen, denkt Hannah, hoewel ze zelf geen van beide heeft.

Dankzij Frank loopt de motor al, en is de verwarming aan. Onder aan de trap laten ze mevrouw Dawes voor in de auto plaatsnemen, en net voordat Frank het portier sluit, zegt Hannah: 'Mevrouw Dawes, wilt u uw autogordel om? Dan doe ik dat wel even voor u.'

'Dat is niet nodig,' zegt mevrouw Dawes.

Hannah gaat achterin zitten, vlak achter mevrouw Dawes, en Frank stapt achter het stuur. Hij heeft een Mercedes. Waar haar vader, als een dobermannpincher die je gunstig wilt blij-ven stemmen, goed gevoed en niet bedreigd door onenigheid of verrassende gebeurtenissen, altijd in elke situatie een bepa-lende aanwezigheid is geweest, is Frank zo inschikkelijk dat Hannah niet precies weet wat voor persoonlijkheid hij heeft. Voor dit weekend had ze hem twee keer ontmoet: eerst in de zomer en daarna toen Frank, Hannahs moeder, Hannah, Al-lison en Sam voor Thanksgiving naar Vail gingen, en ze met zijn vijven in drie kamers logeerden die Frank betaalde. Tot dat moment had Hannahs moeder vanaf 1969 niet meer ge-skied, maar nu deed ze het zo'n beetje de hele dag, elke dag, de eerste ochtend begon ze met lessen op de oefenpiste, om zich daarna snel bij Frank te voegen; Allison had nog maar een paar keer geskied met Sam, bij Lake Tahoe, maar beklom ook vol enthousiasme de hellingen, ze ging zelfs een paar keer snowboarden; Hannah had nog nooit geskied en verkoos dat ook niet te doen na die ene les met haar moeder. Als ze haar moeder en zusje 's avonds naar het hotel terug zag komen, met een gezonde blos op hun wangen en goedgemutst, voelde ze zich klein en verraden. Dat reisje had als doel dat Frank, Allison en Hannah elkaar beter leerden kennen, zoals Hannahs moeder herhaaldelijk had gezegd, zelfs als ze allemaal in dezelfde kamer zaten – dan zei ze: 'Ik hoop dat jullie elkaar leren kennen!' Hannah en Frank hadden van die gesprekken die je voert met een vriendelijk ogend persoon die naast je in het vliegtuig zit: over het weer, films, de maaltijd die wordt geserveerd. Frank was bezig in een dik, ingebonden boek over een Brits parlementslid in het begin van de twintigste eeuw. Frank was dol op kruiswoordpuzzels. Hij droeg tijdens het eten een stropdas, behalve op de avond dat Allison aankondigde: 'We nemen je mee naar een informele tent, Frank!' en hen naar een restaurant bracht waarover ze in een tijdschrift had gelezen en waar horens en geweien aan de muur hingen en de serveersters strakke spijkerbroeken droegen met daarop nog strakkere hemdjes of flanellen bloesjes. Daar droeg Frank zijn gebruikelijke blazer en overhemd, maar hij liet de kraag open. De rekening voor hen vijven in die zogenaamd informele tent bedroeg (Hannah wierp er steels een blik op) 317 dollar, en zoals altijd ontfermde Frank zich daarover.

Soms, als zij en Allison in het bijzijn van Frank zitten te praten over bijvoorbeeld parfum, vraagt Hannah zich af of hij hun gebabbel amusant vindt of alleen maar onnozel. Hij heeft zelf geen kinderen. Hij is negenentwintig jaar getrouwd geweest met een vrouw die of geestesziek was of extreem moeilijk (Hannahs moeder praat zo kort en raadselachtig over die vrouw dat Hannah er niet wijs uit kan worden), en hij is vier jaar geleden weduwnaar geworden. 'Hij is een beetje verlegen,' zei Hannahs moeder in het begin, maar Hannah weet niet zeker of dit klopt – het feit dat hij niet zoveel praat, betekent niet dat hij verlegen is. Frank is in de eerste plaats rijk. Dit is het opvallendste aan hem, de reden waarom zijn huwelijk met Hannahs moeder, behoudens tot dusver on-opgemerkte psychotische trekjes, een positieve ontwikkeling is. En waarom zou je ook niet met een rijke man trouwen? (Hannah vraagt zich af of er geen genuanceerdere manier is om deze netelige vraag te stellen.) Nu heeft ze de garantie dat Hannahs moeder in de nabije toekomst roze bandplooi-broeken en zachte vesten in pasteltinten kan blijven dragen, en garnalenpasta Alfredo (haar specialiteit) kan blijven maken bij bijzondere gelegenheden. Niet dat Hannahs moeder materialistisch is, alleen weet Hannah niet precies of ze ook op een andere manier zou kunnen leven. En Frank heeft iets troostrijks dat, zo vermoedt Hannah, deels het gevolg is van zijn geld. Ze heeft het gevoel dat hij tijdens spanningen problemen aan zou kunnen – bijvoorbeeld als Allison of Hannah een eetstoornis had en in het ziekenhuis opgenomen moest worden, of als een van hen gepakt zou worden voor rijden onder invloed. De kans dat deze dingen zich voordoen is praktisch nihil, maar mocht zoiets gebeuren, dan lijkt het erop dat Frank het probleem onder ogen zou zien en het te lijf zou gaan zonder dat hij verzuipt in een hoop gepraat of afkeurende woorden. Bovendien lijkt het er niet op dat Frank probeert iets te bewijzen, hij lijkt het tegen-overgestelde van gespannen. Zelfs het feit dat hij mevrouw Dawes naar huis brengt – Hannah ziet het als een goed teken voor Franks huwelijk met haar moeder dat hij zich niet wil koesteren in aandacht voor de pasgehuwde, hij hoeft niet de hele avond aan de zijde van zijn vrouw te zitten om in zijn eigen ogen of die van anderen over te komen als iemand die de hele avond aan de zijde van zijn vrouw heeft gezeten.

Frank zet de radio aan, kiest een nationale zender, en klassieke muziek stroomt op een beschaafd volume de auto binnen. 'Mevrouw Dawes, is het warm genoeg voor u?' vraagt hij. 'Ik kan het in een paar minuten warmer stoken.'

'Ik heb het nooit warm,' zegt mevrouw Dawes. 'Al zet je hem op dertig graden, het is nooit genoeg.'

'Nou, ik ben in elk geval blij dat u op onze bruiloft bent geweest,' zegt Frank. 'Het betekende heel veel voor Caitlin.'

Hannah is nooit zo dol geweest op mevrouw Dawes, maar waarschijnlijk is het wel waar dat haar aanwezigheid iets betekend heeft voor Hannahs moeder: de oudere generatie die haar zege geeft aan hun verbintenis.

'Het is heel bijzonder dat Caitlin haar figuur heeft weten te behouden,' zegt mevrouw Dawes. Ze maakt een halve draai naar links. 'Ik wed dat jullie moeten oppassen wat je eet, maar je moeder is altijd van nature slank geweest. Ik heb geloof ik wel geconstateerd dat Allison wat zwaarder is dan de laatste keer dat ik haar zag.'

'Allison is zwanger,' zegt Hannah, en Frank produceert een soort kuchje dat wellicht betekent dat hij een lach onderdrukt – waardoor hij er precies zo over zou denken als Hannah – of dat hij een kriebel in zijn keel had. 'Ze is uitgerekend in mei,' vervolgt Hannah.

'Ik hoop dat ze er geen problemen mee krijgt. Ze hebben vaak veel meer problemen op oudere leeftijd, weet je.'

'Ze is pas negenentwintig.'

Mevrouw Dawes gnuift. 'Dat is niet zo jong, Hannah. Ik had

op mijn negenentwintigste al vier kleintjes. Maar jullie moeten van alles overhebben voor jullie carrière.'

Hannah denkt mild, niet eens heftig: ach, krijg de pest. In theorie vindt Hannah het verwerpelijk om een hekel te hebben aan iemand van tweeëntachtig. En de fysieke zwakte van mevrouw Dawes is ontnuchterend. Maar elke keer dat Hannah langer dan een minuut met haar praat, weet ze meteen weer waar die antipathie vandaan komt: mevrouw Dawes klaagt en bekritiseert op vrolijke toon en suggereert daarmee wellicht haar eigen luchthartige tolerantic van andermans tekortkomingen. Ze stelt Hannah nooit veel vragen, en ze is ook niet bijzonder praatziek, maar toch voel je dat ze zit te wachten tot je haar aandacht geeft en haar bezighoudt, waardoor een praatje met haar een zware taak wordt. Hannah weet dat anderen (Allison bijvoorbeeld) het niet eerlijk zouden vinden om een tachtigjarige te beoordelen op dezelfde criteria die je toepast op mensen die veel jonger zijn, wat de reden is waarom Hannah haar antipathie jegens mevrouw Dawes nooit tegen iemand heeft uitgesproken. En mevrouw Dawes is bovendien niet echt vitterig en humeurig genoeg om als een oude zeur te boek te staan.

'Vertelt u eens,' zegt Frank, 'hebt u dochters of zoons, mevrouw Dawes?'

'Ik heb van ieder twee, en allemaal wonen ze in Californië, wil je dat wel geloven? Alle vier.'

Ja, dat wil ik best geloven, denkt Hannah. En hoewel haar moeder haar waarschijnlijk niet zozeer heeft meegestuurd om de weg te wijzen als wel om Frank enigszins te ontlasten van het vermoeiende gezelschap van mevrouw Dawes, haakt Hannah af en laat ze het voeren van de conversatie verder over aan Frank.

Mevrouw Dawes woont een kwartiertje rijden van de flat

van Hannahs moeder vandaan, in een bebost gebied waar je de meeste huizen vanaf de weg niet kunt zien. Je rijdt een laan in, nog zo'n vierhonderd meter tussen de bomen, en dan doemt aan het eind een huis op – ze zijn allemaal groot, hoewel meer van het ouderwetse soort met dakspanen dan de weinig bescheiden nieuwbouwhuizen. Mevrouw Dawes is bezig Frank te vertellen over haar man die een echte vogelaar was – ze noemt hem dokter Dawes – als ze haar verhaal onderbreekt om tegen Frank te zeggen dat hij links de oprit op moet. Hannah herinnert zich vaag dat ze hier jaren geleden op een verjaardagspartijtje is geweest van een van de Californische kleinkinderen van mevrouw Dawes, waarbij een goochelaar optrad. Hoewel Hannah niet veel ouder dan zes of zeven geweest kan zijn, weet ze nog hoe vreemd ze het vond om op een verjaarspartijtje te zijn van iemand die ze nog nooit had gezien.

Het huis is totaal in het donker gehuld. Allison en Sam hebben mevrouw Dawes voor de huwelijksplechtigheid opgehaald, en Hannah denkt geïrriteerd dat haar zus toch wel minstens één lamp aan had kunnen laten. Frank stelt voor dat Hannah mevrouw Dawes uit de auto helpt naar het stenen pad dat naar de voordeur leidt, terwijl hij een klein stukje achteruitrijdt om het pad met zijn koplampen te verlichten. Hannah stapt achter uit de auto, doet het portier voor mevrouw Dawes open, en steekt haar rechterarm uit. Mevrouw Dawes plaatst haar voeten op de grond, of eigenlijk zet ze haar hakken in de sneeuw, aangezien het pad helemaal niet schoongeveegd is. (Dat hadden Allison en Sam ook wel even kunnen doen – het zou Sam misschien drie minuten hebben gekost.) Mevrouw Dawes pakt Hannah bij de arm en Hannah voelt dat de oude vrouw zich aan haar optrekt. Als mevrouw Dawes naast haar staat, ruikt Hannah geen knoflook, zoals Fig had beweerd, maar een aangenaam seringenparfum. Hannah reikt achter haar langs om het portier dicht te doen en Frank zet de wagen in zijn achteruit. Slechts een paar seconden verstrijken waarop de deuren nog dicht zijn en Hannah en mevrouw Dawes daar alleen in de avondlucht staan, maar Hannah voelt de primitieve angst voor het donker – de huizen en bomen en de hemel om hen heen zijn zwart en kijken heimelijk toe, onverschillig voor de kwetsbaarheden van een mens, of misschien juist loerend naar dat soort kwetsbaarheden. Zelfs als Frank de auto heeft geparkeerd en is uitgestapt, neemt Hannahs gespannenheid maar een beetje af. Net als toen ze uit de flat van Hannahs moeder vertrokken, nemen ze heel kleine stapjes, maar deze keer is Hannah de hoofdbegeleidster.

'Als u me uw sleutels geeft, mevrouw Dawes,' zegt Frank, 'dan kan ik alvast de deur voor u openmaken.'

Ze blijven even staan terwijl mevrouw Dawes in haar tas rommelt. Haar sleutelketting blijkt een bruin leren riempje te zijn, een beetje zoals een boekenlegger, met turkooiskleurige, rode en zwarte kraaltjes erop. Nou nou, mevrouw Dawes, denkt Hannah, wat zijn we folkloristisch! Als gevolg van haar verwarrende uitleg aan Frank welke van twaalf sleutels bij welk van de twee sloten hoort, is de deur tegen de tijd dat Hannah en mevrouw Dawes daar zijn aangekomen, nog niet open. 'Geef ze maar terug,' zegt mevrouw Dawes streng, maar zelf staat ze er ook nog minstens vier minuten mee te rommelen. 'Je hebt ze allemaal door elkaar gehaald, nu weet ik niet meer welke waarbij hoort,' zegt ze meer dan eens tegen Frank. In de tussentijd kijken Frank en Hannah elkaar een paar keer aan. De eerste keer trekt hij een wenkbrauw op, en de tweede keer glimlacht hij zo bedroefd als Hannah nog nooit iemand heeft zien glimlachen. Hij heeft niet zijn geduld verloren, beseft ze; hij voelt alleen maar mee met mevrouw Dawes.

Eindelijk gaat de deur open. Frank vindt een schakelaar en ze staan in een hal met een houten vloer met daarop een oosters tapijt. Rechts van de deur staat een mahoniehouten bureau met een spiegel erboven; links ervan is een trapportaal met een glanzende leuning. De hal komt uit in een woonkamer met aan alle muren planken, die vol staat met gedateerde maar fraaie meubelen: een witte bank, een paar grote stoelen die gestoffeerd zijn met bloempatronen, marmeren bijzettafeltjes, een salontafel met een porseleinen asbak erop en een zilveren vaas waar geen bloemen in staan – en ook een bruine, verstelbare fauteuil die op ongeveer een meter tachtig van de plasmatelevisie opgesteld staat.

'Zal ik u naar boven brengen, mevrouw Dawes?' vraagt Frank. 'Ik wil met alle plezier even met u meelopen voordat we vertrekken.'

Hannah kijkt even op om te zien of er een gemotoriseerde liftstoel aan de trap is bevestigd. Maar nee. En ze weet van haar moeder dat mevrouw Dawes iedere vorm van hulp heeft geweigerd buiten de huishoudster die drie keer per week komt. Hannahs moeder vermeldt dit feit elke keer dat ze een reden heeft om het over mevrouw Dawes te hebben: mevrouw Dawes, die er niet over piekert om dat grote huis op te geven; Mevrouw Dawes, die nog steeds geen nachtzuster wil, zelfs niet een vrouw die alleen maar beneden zit, waar mevrouw Dawes haar niet zou hoeven zien... Al een aantal jaar brengt Hannahs moeder een paar keer per week wat eten naar mevrouw Dawes – een paar koekjes bijvoorbeeld, of een half litertje soep – de geringe hoeveelheid hiervan maakt het in Hannahs ogen nauwelijks de moeite van de inspanning waard. Of, erger nog, alsof Hannahs moeder domweg wat restjes weggeeft, terwijl ze in werkelijkheid die spullen bij een van de betere delicatessenzaken koopt. Maar nu, terwijl ze zich voorstelt dat haar moeder hier naartoe rijdt, begrijpt Hannah die geringe hoeveelheden. En mogelijk begrijpt ze ook waarom haar moeder Franks buik voor lief neemt.

'Jullie kunnen maar beter teruggaan, anders denken ze thuis nog dat jullie in de sneeuw vastzitten,' zegt mevrouw Dawes.

'Geen gehaast, hoor,' zegt Frank. 'Mag ik een kopje thee voor u zetten? Ik weet niet of u 's avonds zin hebt in thee.'

'Ik zal je vertellen waar ik zin in heb, al vanaf het moment dat we bij Caitlin zijn weggereden, namelijk een glas water. De eend was bijzonder zout. Vond jij hem niet zout, Hannah?'

'Ik vond hem lekker,' zegt Hannah.

'Ik hou eigenlijk niet zo van eend. Als jullie ook wat water willen, kom dan maar mee deze kant op.'

Weer lopen ze voetje voor voetje, deze keer door een gang, en dan zijn ze in de keuken: wit met rood geblokt linoleum op de vloer, een koelkast met ronde hoeken en een aanrecht dat volgens Hannah uit de jaren vijftig stamt, maar misschien ook wel uit de jaren veertig of zestig. Als mevrouw Dawes de kraan dichtdraait, wordt Hannah zich bewust van de absolute stilte in het huis. Het enige lawaai is afkomstig van henzelf. Mevrouw Dawes heeft schone glazen neergezet met verbleekte oranje stippen zo groot als stuivers. Ze biedt geen ijsblokjes aan, en dan staan ze met z'n drieën hoorbaar te drinken van het lauwe water. Hannah beseft dat ze toch wel dorst had. Ze kijkt toe – ze ziet dat het gaat gebeuren, dan ziet ze het gebeuren, maar ze ziet het daarna niet als iets wat ze had kunnen voorkomen – als mevrouw Dawes haar glas neerzet op het randje van het aanrecht. Twee derde van de bodem van het glas zweeft in het luchtledige, als boven een klip. Het glas valt op de grond in stukken.

Frank laat een kreet horen, een hoge, gênante kreet. Dan bukt hij zich, vanuit zijn taille, hij zakt niet door zijn knieën, om het gemorste water op te deppen met een stuk keukenpapier van de rol die op het aanrecht staat. Als hij opkijkt, met een gezicht dat rood is van de kreet of van het bukken, vraagt hij: 'Mevrouw Dawes, waar staat de bezem? We hebben dit in een mum opgeruimd.'

Als mevrouw Dawes de bezem uit de kast in de hoek pakt, wil Frank hem van haar overnemen, maar ze geeft hem geen kans. 'Ik heb die rommel gemaakt, Frank,' zegt ze. 'Ik ruim het op.' Ze veegt langzaam en een beetje bibberig, en Hannah heeft het gevoel dat ze naar iets kijkt wat niet voor haar ogen bestemd is; ze zou zich moeten omdraaien of net doen of ze zich met iets anders bezighoudt. Maar ze wil ook iets doen. Ze wacht tot de scherven op een hoopje liggen, dan zegt ze: 'Laat mij het opruimen met veger en blik. Is dat goed?'

Misschien laat mevrouw Dawes haar haar gang gaan omdat Hannah een vrouw is, of misschien kan mevrouw Dawes niet over de vloer kruipen met veger en blik. Heeft ze alle splintertjes wel opgeveegd, vraagt Hannah zich af, of heeft ze nog wat kleine scherfjes laten liggen? Ze hoopt dat mevrouw Dawes pantoffels draagt, want als ze zich zou verwonden, zou het allemaal zo'n ingewikkeld gedoe worden – bukken om een stuk papier tegen haar voet te drukken, de weg zoeken naar de plek waar ze pleisters bewaart, kijken of het glas in haar huid is binnengedrongen of nog ergens op de grond ligt.

'Voorzichtig,' zegt mevrouw Dawes, maar ze zegt verder niets, en Frank ook niet. Hannah voelt dat ze van boven af naar haar kijken. Een paar seconden geleden dacht ze er nog aan hoe enorm haar dijen eruitzien als ze gehurkt zit, maar ze beseft ineens dat op dit moment haar vitaliteit het meest in het oog springt. Haar jeugd, haar kracht, haar veerkracht – de moeiteloosheid waarmee ze neerhurkt om de glasscherven op te vegen en de concentratie waarmee ze veegt. Misschien denken ze wel dat ze plannen heeft om hierna met haar neef en nicht en Oliver naar een café te gaan, dat de bruiloft nog maar de eerste helft van de avond was, maar dat er voor haar nog een vervolg komt. Voor zover zij weet, zal dat niet zo zijn, maar dat die mogelijkheid bestaat is een feit. In de keuken van mevrouw Dawes is Hannah zich ineens heel scherp bewust van de mogelijkheden die haar leven nog te bieden heeft, de onvoorspelbaarheden. Er zullen haar natuurlijk ook nare of pijnlijke dingen overkomen, maar daarna zal ze weer opveren. Er gaat veel gebeuren.

Als de scherven opgeruimd zijn, gaat mevrouw Dawes hen voor naar de voordeur, en Frank zegt tegen haar: 'Weet u zeker dat een van ons u niet even de trap op moet helpen? Hannah of ik, we zouden met alle plezier…' Heel snel werpt hij Hannah een blik toe, dan kijkt hij weg. In die blik meent ze zijn verontschuldiging te lezen, en later zal Hannah zich dit herinneren als hét moment waarop ze voor het eerst van haar stiefvader hield. De vriendelijk bedoelde manier waarop hij zich aanmatigt niet alleen zijn, maar ook haar diensten aan te bieden, direct gevolgd door zijn onuitgesproken verontschuldiging omdat hij daarmee hun vertrek mogelijk uitstelt terwijl hij kan zien hoe ongeduldig ze is – het doet zo familieachtig aan.

Hannah is blij als mevrouw Dawes Franks aanbod afslaat. Ze laat zich echter nog wel door hem uit haar jas helpen.

'Nog heel erg bedankt dat u bij ons op de bruiloft hebt willen komen,' zegt Frank, en Hannah kan zien dat hij overweegt of het niet te vrij zou zijn om mevrouw Dawes te omhelzen. Hij moet tot de conclusie zijn gekomen van wel, of dat mevrouw Dawes het te vrij zou vinden, want hij beperkt zich tot drie klopjes op haar schouder. Voordat Hannah er bewust toe heeft besloten, buigt ze zich naar voren en drukt ze een kus op de wang van mevrouw Dawes, ongeveer net zoals ze een paar uur daarvoor haar vader heeft gekust. De mogelijkheid bestaat, bedenkt ze, dat ze mevrouw Dawes nooit meer ziet.

Voordat Hannah en Frank het huis verlaten, doet mevrouw Dawes de buitenverlichting aan, en het verlichte stenen paadje houdt het leed en het gevaar van de nacht op afstand. Maar ook het leed en het gevaar buiten het lichtschijnsel blijven op afstand, omdat Hannah en Frank mevrouw Dawes binnen hebben achtergelaten. Hoera! Het is toch niet bot om dat zo te voelen? Ze hebben al het mogelijke voor haar gedaan. Ze hebben eindeloos veel geduld gehad, ze hebben zich enorm uitgesloofd. Hoeveel keer heeft Frank niet aangeboden mevrouw Dawes naar boven te helpen? Minstens twee keer!

Maar als ze hun veiligheidsriem vastmaken laat de radio een treurige symfonie horen, en Hannah raakt haar luchthartigheid kwijt. Ineens is het niet langer zij en Frank tegenover mevrouw Dawes; ze zijn weer gewoon zichzelf, in een auto. Ze kijkt even naar links. Frank concentreert zich op de bochtige laan. Ze komen bij de weg en als ze daar stilstaan schudt Frank, misschien doordat hij haar blik op zijn gezicht voelt, zijn hoofd. 'Ik wil nooit oud worden, Hannah,' zegt hij.

Ze kijkt hem verbijsterd aan. Maar dat ben je toch al, denkt ze.

Thuis parkeert Frank op de oprit, en als ze naar binnen lopen, ziet ze door het raam van de veranda dat haar moeder en tante Polly in de keuken gezelschap hebben gekregen van Oliver en Fig. Als Oliver hier niet was, zou ze kunnen gaan slapen, maar omdat hij er wel is, omdat hij Oliver is, moet ze hem vermaken. Toen hij vanochtend vroeg waar ze pornofilms konden huren, zei ze: 'Dit is het huis van mijn moeder, Oliver.'

'Daar zijn jullie,' zegt Hannahs moeder, en Oliver roept: 'De chauffeurs!'

Hannah gaat aan de keukentafel zitten en kijkt boos naar Oliver – dit is de blik die ze al uren geleden voor hem in petto had – maar hij glimlacht slechts glazig terug, en richt dan weer zijn aandacht op een vuilniszak die hij probeert dicht te binden. (Ze is stomverbaasd dat hij helpt opruimen.) Fig staat vlak bij hem af te drogen. 'Is mevrouw Dawes goed thuisgekomen?' vraagt Hannahs moeder.

'Ze is inderdaad koppig,' zegt Frank. 'Ze wilde niet dat we haar de trap op hielpen.'

'Misschien wilde ze niet dat jullie haar verzameling dildo's zouden zien,' zegt Fig, en tante Polly zegt: 'Toe zeg, Fig.' Fig is waarschijnlijk ook dronken.

Oliver blijft even bij de deur staan voordat hij de vuilniszak buiten gaat zetten en zegt: 'Fig, niet zo ondeugend doen.' Hannah had duizend jaren geleden al gelijk – het komt echt door zijn accent.

Tante Polly zegt: 'Caitlin, de eend was fantastisch. Zaten er kersen in de gelatine?' Tegelijkertijd hoort Hannah Fig tegen Oliver zeggen – zachtjes, maar niet zacht genoeg: 'Misschien moet ik klapjes hebben voor mijn ondeugende gedrag.'

'Kersen en ook appels,' legt Hannahs moeder uit als Oliver naar buiten stapt. Hannah moet zich beheersen om niet op te springen en de deur op slot te doen. 'Ik vroeg me af of het niet te zoet zou worden, maar volgens de cateraar is het een van hun favoriete gerechten.'

'Dat geloof ik graag,' zegt tante Polly.

'Je kunt eend ook bereiden op Aziatische wijze, met kool en peultjes en noem maar op,' op dit moment komt Oliver de keuken weer in, 'maar ik was bang dat dat een beetje extravagant zou zijn voor mevrouw Dawes. Ze is niet zo'n avontuurlijke eetster. Hannah, was jij dat niet, of Allison, die haar een keer de hummus aanreikte en ze niet wist wat ze ermee aan moest?'

'Dat weet ik niet meer,' zegt Hannah, en ze luistert nauwelijks omdat ze toekijkt terwijl – dit is niet echt een verrassing – Oliver achter Fig opduikt, aan de kraag van haar bloesje trekt en er een sneeuwbal in laat vallen.

Fig geeft een gil en Hannah staat op. 'Hou daar mee op,' zegt ze.

Ze draaien zich allemaal naar haar om. Fig graait naar haar rug en Olivers gezicht – de kachel staat zeker nog hoog – straalt zweterige vrolijkheid uit.

'Maak je geen illusie,' zegt Hannah. 'Het is tijdverspilling. Ze is overgestapt naar de andere kant.'

Niemand reageert. Hannah kan niet voorkomen dat ze heel even oogcontact heeft met Fig. Fig lijkt verward. Hannah kijkt even naar Oliver. De vrolijkheid op zijn gezicht heeft plaatsgemaakt voor nieuwsgierigheid.

'Ze is' – Hannah wacht even – 'een pot.' Ze heeft dit woord nooit eerder gezegd. Ze gruwt van zichzelf. Haar gebrek aan loyaliteit met Fig en haar vooroordeel zijn al erg genoeg, maar de klunzige manier waarop ze het brengt is pas echt idioot. Ze staren haar alle vijf aan. Uiteindelijk is niets zo vreemd als een mensengezicht. En dan nog een aantal tegelijk – hoe kwam het dat ze allemaal op dit verschrikkelijke moment bij elkaar waren?

'Dat is de reden waarom je niets met haar hoeft te proberen,' zegt ze tegen Oliver terwijl ze achterwaarts de keuken uit loopt. 'En niet omdat ze mijn nichtje is.'

Dit zijn de regels waaraan Oliver zich moet houden:
Hij mag niet naar prostituees.

Hij mag twee keer vreemdgaan met dezelfde vrouw, maar niet meer dan dat.

Hij mag zich oraal laten bevredigen, maar het niet zelf doen.

Hij moet condooms gebruiken.

Hij moet gedoucht hebben voordat hij weer bij Hannah komt.

Gelooft ze echt dat hij zich aan die regels houdt, behalve dan aan die van het douchen? Meestal niet natuurlijk. Wat dacht je. Hij doet waarschijnlijk niets anders dan hoeren beffen, en Hannah zelf stikt waarschijnlijk van de soa's.

Op andere momenten vindt ze de regels niet zo onrealistisch. Ze lijken genoeg ruimte te bieden, zelfs voor Oliver. Een keer heeft Hannah op het internet bij seksverslaafden gekeken, maar na een blik op een paar websites voelde ze zich alleen maar uitgeput. Wat doet het ertoe als Oliver dat is? Of dat hij alcoholist is? Noem het zoals je wilt – hij gedraagt zich zoals hij zich gedraagt, hij is niet van plan daar iets aan te veranderen. Het is niet zo dat hij zichzelf haat, althans niet meer dan een ander. Hij gelooft alleen toevallig niet in monogamie.

Dit is de regel waar zij zich aan moet houden (het is er maar één):

Zij mag hem alles vragen, zolang ze maar niet vergeet dat het antwoord niets uitmaakt; zolang ze maar niet vergeet dat het beter is voor hen beiden als ze geen gebruikmaakt van dit voorrecht maar het bewaart, als een tegoedbon, voor een onzekere toekomst; zolang ze hem maar nooit op het punt van feiten iets vraagt.

De eerste keer dat ze het hierover hadden, was toen Hannah en Oliver twee weken samen waren. Nadat ze buiten hadden geluncht, waren ze hun kantoor in gelopen, en toen ze aan haar bureau ging zitten zei hij: 'Draai je eens om. Ik wil je iets

235

zeggen.' Hij leek nerveus, zoals iemand zich gedraagt die heel nodig moet plassen. 'Je weet toch nog wel van dat rokkenjagen?' zei hij.

'Wat?'

'Debbie Fenster heeft me vanochtend gepijpt.'

Ze dacht dat hij een geintje maakte. Ze dacht het niet helemaal, maar ze dacht het meer dan haar eerste gedachte dat hij serieus was. 'Hier?' zei ze.

'In de invaliden-wc.'

Wat ze vooral voelde, meer nog dan bedroefdheid of woede, was afkeer. Had Debbie daar neergeknield gelegen, op die smerige vloer? Hannah kende die wc wel; ze maakte daar liever gebruik van omdat het gewone damestoilet meerdere wc-hokjes had en dit was een rustig, afgelegen toilet. En verder: had Oliver met zijn achterwerk tegen die smerige muur aan gestaan? Onder een tl-buis, om tien uur 's ochtends, of wanneer het ook was?

'Wat vind je ervan?' vroeg hij.

'Ik vind het walgelijk.'

'Wil je er nu een punt achter zetten?' vroeg hij. Geen van beiden had sinds Newport het woord vriend of vriendin gebruikt; ze hadden elkaar gewoon van een paar meter afstand flirterige e-mails gestuurd, ze waren na het werk naar cafés gegaan (dronken worden, vooral op een doordeweekse avond, leek toen een feestje), en samen de nacht doorgebracht. In dat korte weekje had ze zich akelig gelukkig gevoeld.

'Ik zou stom zijn als ik er nu geen punt achter zou zetten,' zei ze. 'Vind je niet?' Het kwam bij haar op dat ze zich veel ellendiger zou moeten voelen dan het geval was. Het was vreemd en onaangenaam geweest om dit nieuws te horen, maar ze was er niet kapot van.

Hij stond haar nog steeds angstig aan te kijken, toen dook hij naar voren, knielde neer en legde zijn hoofd op haar schoot, met zijn armen om haar kuiten. De deur van hun kantoor stond open; ze hoorde twee collega's op misschien vier meter afstand met elkaar over voetbal praten.

'Sta op,' zei ze, maar eigenlijk wilde ze helemaal niet dat hij dat deed.

Hij drukte zijn neus tegen haar schaambeen.

'Oliver…' Hoewel ze echt geen raad zou hebben geweten als iemand hun kantoor was binnengekomen, genoot ze van de ongepaste houding waarin hij lag. En toen zag ze in een flits ineens Debbie Fenster voor Oliver geknield liggen, zo ongeveer als hij nu voor Hannah lag. 'Kom,' zei Hannah. 'Sta op.'

Toen hij zijn hoofd oprichtte en naar achteren helde zodat zijn gewicht op zijn hakken rustte, stond ze op. 'Ik ga nu naar huis. Als iemand me zoekt, zeg dan maar dat ik een afspraak bij de dokter heb. Dit is te bizar.' Vanuit de deuropening zei ze: 'Ik weet dat je me hiervoor hebt gewaarschuwd in Newport. Maar evengoed is het bizar.'

De rest van die dag en avond spraken ze niet met elkaar, en toen ze de volgende ochtend op haar werk kwam, voordat hij er was, lag er een envelop met haar naam erop op haar toetsenbord. Geen zakelijke envelop maar een envelop met een kaart erin waarop, toen ze hem opendeed, een donker getinte reproductie van een ijsvogel stond uit 1863. Binnenin stond, in zijn gebruikelijke blokletters: LIEVE HANNAH, VERGEEF ME ALSJEBLIEFT DAT IK NIET GOED GENOEG VOOR JE BEN. LIEFS, JE ONGEZEGLIJKE KANTOORMAATJE, OLIVER. Pas na een paar weken kwam het bij haar op dat dit briefje wellicht was bedoeld als een hoffelijk afscheid, dat hij had gedacht dat het over was tussen hen. Zij was degene geweest die Debbie Fenster beschouwde als iets voorbijgaands. Maar zelfs terwijl ze dit beseft, heeft ze geen spijt van het feit dat ze niet harder tegen hem is opgetreden. Een hard optreden zou eerder een afstandelijk besluit hebben geleken dan een natuurlijke reactie.

Later die dag, toen ze aan hun bureau zaten, stelde Hannah genoeg vragen om erachter te komen hoe het voortaan tussen hen zou gaan, en daarna schreef ze hem haar basisregels voor. Het gesprek was veel minder beladen dan ze zich had voorgesteld; misschien kwam het door de omgeving, maar het had vreselijk veel weg van een vriendschappelijke zakenbespreking, compleet met momenten van luchtigheid.

Hannah ligt op haar rug boven op de beddensprei als er aan de deur wordt geklopt. De deur gaat open, geel licht uit de gang verdeelt de slaapkamer in tweeën, de deur gaat weer dicht en Fig zegt, niet op eerbiedige fluistertoon maar met haar normale stemgeluid: 'Je bent wakker, hè?' Tot het moment dat Fig haar mond opendoet, heeft Hannah gedacht dat het misschien Oliver is die binnenkomt. (Alle vrouwen willen achternagelopen worden.) Zit hij nu ergens in de tuin wiet te roken met Figs broer? Of is hij nog in de keuken, waar hij haar moeder en tante vergast op verhalen over het leven van een Nieuw-Zeelander?

Maar misschien heeft Hannah dit altijd gewild: een man die haar negeert. Een man van haarzelf die niet van haar is. Is dat niet de ware reden waarom ze met Mike heeft gebroken – niet omdat hij voor een studie rechten naar North Carolina is verhuisd (hij wilde dat ze met hem meeging, en zij weigerde) maar omdat hij haar aanbad? Als ze hem in bed vroeg een glas water voor haar te halen, deed hij dat. Als ze een slechte bui had, probeerde hij haar te troosten. Hij vond het niet erg als ze huilde, of als ze haar haar niet waste of haar benen niet schoor of niets belangwekkends te melden had. Hij vergaf haar dat allemaal, hij zei altijd dat hij haar mooi vond, hij wilde altijd bij haar zijn. Het werd zo vervelend! Ze was per slot van rekening niet grootgebracht om het naar de zin gemaakt te worden, maar om het anderen naar de zin te maken, en als zij zijn wereld was, dan was zijn wereld klein, en was hij snel tevreden. Toen hij na een poosje met zijn tong haar lippen uit elkaar deed, dacht ze steeds: toe maar, daar gaan we weer. Ze wilde het gevoel hebben dat ze probeerde verder te komen, een verkwikkende wind in te lopen en te leren van haar fouten, maar in plaats daarvan had ze het gevoel dat ze op een diepe, veel te zachte bank kaasknabbels zat te eten in een veel te warme kamer. Met Oliver hebben de dagen steeds een bepaald contrast, een spanning die hen scherp houdt: Je bent ver van me, je bent dicht bij me. We maken ruzie, we hebben het fijn.

Hannah heeft niet gereageerd op Fig, en zonder waarschuwing gooit Fig zich op het bed naast Hannah. Terwijl Fig de kussens schikt, zegt ze: 'Ik wist niet dat jij woorden als pot gebruikte. Nogal plat.'

'Het spijt me dat ik het heb gezegd waar onze moeders bij waren,' zegt Hannah. 'Wil je nu weggaan?'

'Mijn moeder wist het al, en de jouwe ook,' zegt Fig. Dit zou geen verrassing moeten zijn. Toen Fig eerder zei dat ze het tegen niemand had verteld, bedoelde ze niet echt niemand. Waarschijnlijk had ze het zelf tegen Oliver verteld, en waarschijnlijk had hij het gevreten. 'Ze hebben allebei een artikel over biseksuelen gelezen in *Newsweek*, dus ze hebben besloten dat ik dat ben.'

'En is dat zo?'

'Nou, ik ga al vanaf juni met Zoe. Wat denk je dan?'

'Je gaat vanaf juni met Zoe? Dat is twee keer zo lang als ik met Oliver ben.'

'Wat vind je daarvan?' zegt Fig. 'Misschien ben ik echt wel een enorme lesbo.'

'Fig, als je dat bent, dan steun ik je. Natuurlijk is er niets mis met homoseksualiteit.'

'Ik vind het allemaal best,' zegt Fig, en ze lijkt het te menen. Hoe kan ze zo onbezorgd door het leven gaan? Om de een of andere reden moet Hannah aan die zomer denken dat ze van groep vier naar groep vijf gingen, toen de openbare bibliotheek een programma sponsorde voor meisjes, waarbij je naam op een kartonnen ster werd gezet die op het prikbord op de kinderafdeling werd opgehangen als je de biografieën van alle presidentsvrouwen van Amerika had gelezen. (Jongens moesten over de presidenten lezen.) Hannah was dol op die boeken, de opgewekte, geordende manier waarop hun leven werd verteld – Martha Washington was slecht in spellen, Bess Truman was goed in kogelstoten – en in augustus was ze al bij Nancy Reagan. Intussen bleef Fig, wier dyslexie pas jaren later werd geconstateerd, steken bij Abigail Fillmore. In Hannahs ogen was dat gunstig geweest, het had erop geleken dat ze een bepaalde richting op ging.

'Maar goed,' zegt Fig, 'ik kwam zeggen dat Oliver en ik alleen maar een beetje aan het dollen waren. Het was volkomen onschuldig.'

Hannah zegt niets.

'En het was niet zo dat er iets zou gaan gebeuren,' gaat Fig door.

Ze zijn allebei een minuut lang stil, dan zegt Hannah: 'Hij bedriegt me constant. Het is niet eens meer bedriegen. Zo is ons leven. Het is zoiets als zeggen dat ik zuurstof inadem of, o, ik geloof dat ik in water ga zwemmen.'

'Heeft hij een relatie of gaat het om verschillende vrouwen?'

'Het laatste.'

'Ik weet dat ik ook niet bepaald altijd het toonbeeld van trouw ben geweest, maar misschien moet je hem dan maar dumpen.'

'De laatste tijd,' zegt Hannah, 'denk ik erover om met hem te trouwen.'

'Dat denk je alleen maar omdat hij de eerste man is met wie je iets hebt sinds Mike. Je hebt mannen altijd veel te serieus genomen.'

'Dat kun jij nu gemakkelijk zeggen.' En toch is deze bewering niet onjuist. Al die jaren heeft Hannah Fig beschouwd als iemand die zich liet bepalen door mannen en haar aantrekkingskracht op hen, en daarom ook is het zo'n schok – zonde bijna – dat Fig nu iets met een vrouw heeft. Maar in werkelijkheid is het misschien Hannah zelf die zich door mannen heeft laten bepalen: eerst door zich zorgen te maken over wat het betekende dat ze geen vriendjes had, daarna door zich opnieuw zorgen te maken toen ze die wel had.

'Als je er geen punt achter zet met Oliver,' zegt Fig, 'zou je hem er op zijn minst mee moeten confronteren.'

'Hij weet dat ik ervan op de hoogte ben. We hebben het er vaak genoeg over gehad.'

'Verrek – hebben jullie een open relatie?'

'Ik weet niet of ik het zo zou willen noemen. Voor mij is hij niet open. In het vliegtuig heb ik hem gevraagd zich hier in te houden, met jou in mijn achterhoofd. Ik wilde jou niet specifiek noemen omdat ik hem niet op ideeën wilde brengen, maar ik had jou in mijn achterhoofd.'

'Hannah, doe me een lol. Toen we tieners waren, had ik misschien met hem gezoend of zoiets, maar dat zou ik nu nooit doen.'

'Nou, hij zou jou beslist gezoend hebben. En ik bewonder

hem bijna voor zijn manier van doen – dat hij zijn gedrag niet laat afhangen van de omstandigheden. Ik bedoel, hij pakte je gewoon voor de ogen van mijn moeder. Dat hij zich zo onbeschoft durft te gedragen, is dat geen vorm van eerlijkheid?'

'Je geeft hem wel erg veel krediet,' zegt Fig. 'Er bestaan ook fatsoenlijke mannen, hoor.'

'Ja, en ik ben er met zo een omgegaan. Toen Frank en ik in het huis van mevrouw Dawes waren, dacht ik eraan dat Oliver nooit voor mij zou zorgen als ik oud en zwak was. En toen dacht ik: jezus, Oliver zou me niet eens helpen om voor iemand anders, mijn moeder bijvoorbeeld, te zorgen. Maar Mike was een en al zorgzaamheid, en over hem had ik ook klachten. Oliver en ik hebben het fijn samen. Het is niet zo dat het constant rot gaat. Misschien ben ik niet tot meer in staat.'

'O hemel,' zegt Fig. 'Wat klinkt dat deprimerend.' Ze draait zich naar Hannah toe. 'Je moet dit niet verkeerd opvatten, maar het wordt tijd dat je ophoudt met dat lagezelfbeeldgedoe.'

'Ik heb geen laag zelfbeeld,' zegt Hannah.

'Dan niet.'

'Nee, echt niet,' zegt Hannah.

'Luister goed,' zegt Fig, 'want ik zeg dit maar één keer. Je bent bijzonder integer. Dat is een van je goede eigenschappen. En je doet je niet anders voor dan je bent. Waarschijnlijk zou je meer plezier in je leven hebben als je dat wel deed, maar zo ben je niet. Je bent heel betrouwbaar en eerlijk. Heel grappig ben je niet – sorry – maar je hebt wel gevoel voor humor en je kunt andermans grappen waarderen. Je hebt over het algemeen genomen een stevige persoonlijkheid, en dat kunnen maar heel weinig mensen van zichzelf zeggen.'

'Zeg alsjeblieft dat je een sterke persoonlijkheid bedoelt,' zegt Hannah.

'Dat zei ik.'

'Je zei "stevige", dat is een woord dat je voor een eettafel gebruikt.'

'Hannah, ik geef je een hele berg complimenten. Hou op met doen alsof je dat niet doorhebt. O ja, dat je me bij die enge hoogleraar op Kaap Cod weghaalde, was een van de drie aardigste dingen die iemand ooit voor me heeft gedaan. Ik wist die dag dat ik jou moest bellen, want jij was de enige die gewoon in de auto zou stappen zonder me eerst alles te laten uitleggen.'

'Ja, maar ik liet je daarna wel zitten toen je naar Philip Lake ging.'

'Wie is Philip Lake?' zegt Fig.

'Meen je dat nou? Dat is die man in LA, de man van je dromen.'

'Ah, ik wist dat ik die naam eerder had gehoord.'

'Vraag je je niet af wat er van hem is geworden?'

'Niet echt,' zegt Fig.

Ze zwijgen allebei.

'Nu we toch onze ziel blootleggen,' zegt Hannah, 'moet ik je ook vertellen dat die reddingsactie op Kaap Cod het begin was van mijn obsessie voor Henry. Ik ben nog jarenlang stapelgek op hem gebleven.'

Fig gaat overeind zitten. Hannah neemt aan dat haar nichtje boos is – hoe lang het ook geleden mag zijn, Fig is boos – maar ze klinkt bijna verheugd als ze zegt: 'Natuurlijk! Dat zie ik helemaal zitten: jij en Henry! We moeten hem nu onmiddellijk bellen.'

Hannah duwt haar terug op het matras. 'Fig, ik heb al jaren geen contact meer met Henry. Ik weet niet waar hij na Seoel naartoe is gegaan.' Ze zwijgt even. 'Heb jij zijn telefoonnummer dan?'

'Ik kan er in elk geval aan komen. Ik geloof dat hij nu in Chicago zit. Dit is echt te gek. Ik was voor hem altijd veel te gestoord, maar jullie zouden uitstekend bij elkaar passen. Dat ik daar niet eerder aan heb gedacht. Heb ik je nooit verteld dat hij een gigantische penis heeft? Hij herschikt je organen, maar verder zul je er enorm van genieten.'

'Je schijnt te vergeten dat ik al een vriend heb.'

'Ik dacht dat we net hadden besloten dat je zou breken met Oliver.'

'Dat heb jíj besloten. Maar waarom ben je er zo zeker van dat Henry iets met mij zou willen?'

'Dit bedoel ik nou,' zegt Fig. 'Nu is het afgelopen met dat defaitistische gezeur. Vanaf nu ga je er, tot het tegendeel is bewezen, van uit dat iedere man die je tegenkomt je onweerstaanbaar vindt.'

Terwijl Hannah zo naast Fig ligt – ze liggen nu op hetzelfde kussen – kan ze er niets aan doen dat ze moet lachen. 'Dus dat is jouw geheim,' zegt ze. 'Ik heb me altijd al afgevraagd wat het was.'

Hannah verlaat die avond haar kamer niet meer en ze slaapt goed. Elke keer dat ze wakker wordt, is het idee dat ze haar moeder, Frank of tante Polly onder ogen moet komen na haar uitbarsting afschrikwekkender. Over Oliver maakt ze zich geen zorgen – ze weet nu wel dat ze niet bij machte is hem te beledigen.

Ze staat op om halfacht, met de bedoeling snel een kom cornflakes te eten voordat de anderen op zijn, en treft haar moeder al in de keuken bij het aanrecht waar ze in haar roze doorgestikte ochtendjas bezig is een van de boeketten van de bruiloft in een

244

vaas te zetten. Het is meteen duidelijk dat haar moeder bereid is net te doen alsof Hannah de feestelijke stemming van de vorige avond niet heeft bedorven met haar persoonlijke problemen. 'Je moet de stelen schuin afsnijden, dan blijven ze langer vers,' zegt haar moeder en reikt Hannah een bloem aan met de steel naar haar toe. 'Kijk, zo,' zegt haar moeder, 'en je moet het water in de vaas verversen als het troebel wordt.'

Hannah knikt. Haar moeder heeft altijd weer nuttige tips voor een leven waarvan Hannah praktisch zeker weet dat ze het nooit zal leiden. Gebruik niet te agressieve schoonmaakmiddelen op marmer; als je mooi serviesgoed inpakt, leg dan een stukje keukenpapier tussen de borden.

'Je bent net je zus misgelopen, ze is gaan wandelen,' zegt haar moeder. 'Wil jij eraan denken tegen haar te zeggen dat ze voorzichtig moet zijn bij deze temperatuur, vooral nu ze zwanger is?'

'Waarom zeg je haar dat niet zelf?'

'Heb ik al gedaan. En dan ben ik natuurlijk een ouwe zeur. Maar ik maak me zorgen.' Haar moeder doet het kastje onder het aanrecht open en gooit een handvol bloemstelen in de afvalbak. 'Hannah, ik hoop dat je weet hoe fijn ik het vind om mijn twee dochters thuis te hebben.'

'Natuurlijk, mam.'

'Nou ja, ik weet hoe druk jullie het hebben. Jullie maken lange uren.' Misschien heeft haar moeder, omdat ze zelf niet echt een carrière heeft gehad, overdreven veel respect voor het werk van haar dochters, denkt Hannah. Voor kerst heeft ze hun zelfs een leren aktetas met een ingegraveerd monogram gegeven. Ik zit het grootste deel van de dag achter een bureau, wil Hannah zeggen, maar ze vermoedt dat haar moeder genoegen put uit het idee dat Hannah en Allison belangrijke werkzaamheden verrichten.

Haar moeder droogt haar handen af aan een keukendoek. 'Klopt het dat jullie vliegtuig rond drie uur vertrekt?'

Hannah knikt weer.

Haar moeder aarzelt – het lijkt zelfs of ze bloost – en zegt dan: 'Weet je, lieverd, ik heb Figs vriendin ontmoet, en ze lijkt me heel aardig.'

'Heb je Figs vriendin ontmoet?'

De blos wordt dieper. 'Ik besefte toentertijd niet dat ze, zeg maar, een stel waren. Maar Frank en ik kwamen ze tegen op Striped Bass, ik geloof al in november. We hebben toen met zijn allen wat gedronken.' Sympathiseert haar moeder heimelijk met homo's? Hannah staat te trappelen om het aan Allison te vertellen. 'Ze leek me een aantrekkelijke jonge vrouw,' zegt haar moeder. Op dat moment laat het broodrooster zich horen. 'Heb je zin in een Engelse muffin?'

Hannah zegt ja voordat ze beseft dat haar moeder haar de muffin wil geven die ze net geroosterd heeft. 'Ik kan er wel een voor mezelf maken,' zegt Hannah.

'Ach, lieverd, doe niet zo raar. Ik heb er in een handomdraai nog een gemaakt. Ga zitten en eet hem op nu hij nog warm is.'

Hannah gehoorzaamt omdat dat het gemakkelijkst lijkt, dit schijnt haar moeder te willen. Terwijl ze Hannah het bord aanreikt, zegt haar moeder: 'Ik denk dat het erom gaat dat je iemand vindt met wie je je op je gemak voelt.' Dan – haar moeder is altijd zowel vaag als weinig subtiel – gaat ze verder: 'Oliver is een beetje excentriek, hè?' Ze is zachter gaan praten; waarschijnlijk omdat Oliver in de zijkamer slaapt.

'In welk opzicht?' vraagt Hannah.

'Nou ja, ik weet zeker dat hij heel veel interessante dingen heeft meegemaakt. Ik geloof dat hij de hele wereldbol over is getrokken. We groeien allemaal anders op, nietwaar?' Dit is duidelijk haar moeders versie van een veroordeling. De vraag is, heeft Oliver in haar bijzijn iets gedaan wat duidelijk niet door de beugel kan, behalve dan die sneeuwbal, of heeft haar moeder intuïtief iets aangevoeld? 'En hij is heel knap,' gaat haar moeder verder, 'maar weet je, je vader was ook knap, toen hij nog jong was.'

Hannah is eerder geboeid dan beledigd. Omdat haar moeder echt geen kwaad in de zin heeft, zegt ze zoiets alleen uit ongerustheid over Hannah, uit bezorgdheid om haar toekomst.

'Ben je daarom op pa gevallen, om zijn knappe uiterlijk?' vraagt Hannah, en haar moeder schiet onverwacht in de lach.

'Waarschijnlijk ook wel. God verhoede dat dat het enige was. Toen we trouwden was ik tweeëntwintig, wat me nu uitzonderlijk jong lijkt. Ik stapte zo van mijn ouderlijk huis over in een huis met je vader. Maar Hannah, ik zou mijn huwelijk met je vader nooit een vergissing willen noemen. Ik kwelde mezelf met de gedachte wat een slecht rolmodel ik voor jou en Allison moet zijn geweest, maar uiteindelijk besefte ik dat ik jullie nooit zou hebben gekregen als ik niet met jullie vader getrouwd was geweest. Soms is het moeilijk om te bepalen wat een slecht besluit is en wat niet.' Er valt een stilte, dan vervolgt haar moeder: 'Fijn dat je gisteren naar hem toe bent geweest. Ik weet dat dat hem gelukkig heeft gemaakt.'

'Wie heeft het je verteld?'

'Hij zei het toen hij belde om me geluk te wensen.'

'Niets voor hem om zo hoffelijk te zijn.'

Haar moeder glimlacht. 'Laten we hopen dat het voor geen van ons ooit te laat is.'

Hannah bijt in haar muffin, die uitstekend is: precies lang genoeg gebakken, en haar moeder heeft er ongeveer drie keer zoveel boter op gesmeerd dan Hannah zelf zou hebben gedaan, waardoor hij drie keer zo lekker is. 'Mam,' zegt Hannah.

Haar moeder kijkt op.

'Ik vind Frank echt aardig,' zegt Hannah. 'Ik ben blij dat je met hem bent getrouwd.'

Ze was het niet van plan, maar als ze langs de dichte deur van de zijkamer loopt, onderweg naar de trap, blijft ze in een opwelling staan en draait de deurknop om. Binnen zijn de gordijnen dichtgetrokken en de kamer is schemerig; Oliver is een hoge bult onder de dekens. Ze handelt ook in een impuls als ze bij hem kruipt. Hij ligt op zijn rug en ze krult zich tegen hem aan, met haar gezicht in de holte tussen zijn schouder en nek, haar ene arm tegen de linkerkant van zijn ribbenkast en de andere over zijn borstkas. Hij wordt niet helemaal wakker als hij opschuift om plaats voor haar te maken, waarbij hij een arm om haar middel legt. Ze kijkt naar zijn gezicht, ontspannen in zijn slaap. Hij ademt hoorbaar, zonder dat hij echt snurkt.

's Ochtends ruikt hij op een speciale manier, behalve dan de altijd aanwezige sigarettenlucht; hij ruikt, denkt ze, naar babyspuug. Als ze dit ooit tegen hem zou zeggen, zou hij haar uitlachen. Het is een geur die fysiek is maar wel helemaal puur, afkomstig van een combinatie van zijn haar en mond en huid; dit vindt ze het fijnste aan hem. Terwijl ze de geur diep inademt, voelt ze een dwingende behoefte om hem op een of andere manier op te slaan, te bewaren om hem zich later te kunnen herinneren, en daardoor weet ze dat ze uiteindelijk toch een punt gaat zetten achter hun relatie. Natuurlijk doet ze dat. Zij is toch de enige die ooit heeft gedacht dat het verstandig was om dat niet te doen?

En hoe hartverscheurend, want als het allemaal net een tikje anders was gegaan, zouden ze samen heel gelukkig kunnen zijn, dat weet ze zeker. Ze mag hem echt graag, ze ligt graag naast hem, ze wil hem om zich heen hebben; als je er goed over nadenkt, over hoeveel mensen kun je dat dan zeggen? Maar ook, wat een opluchting: als hij wakker wordt, zo weet ze, zal hij spraakzaam zijn – dat is hij 's ochtends altijd, zelfs als hij een kater heeft – en na een paar minuten zal hij haar hand op zijn erectie leggen. Kijk eens wat je hebt gedaan, zal hij zeggen. Verleidster. Tot voor kort was zijn voortdurende hitsigheid, ondanks alles wat ze wist, vleiend, maar op dit moment geeft het haar een leeg gevoel. Hem afwijzen of toegeven – beide opties zijn even onaangenaam.

En wie weet wat er daarna zal gebeuren, hoe het zich precies zal ontwikkelen? Op dit moment, denkt ze, moet ze het zo aanpakken: zo goed op hem letten dat ze kan blijven liggen tot het allerlaatste ogenblik, vlak voordat hij zijn ogen opendoet.

8

Augustus 2003

Als Hannah tegen Allison zegt dat ze, voor ze de snelweg op-
rijden, bij de praktijk van haar dokter in Brookline langs moeten, zegt Allison – zeer onkarakteristiek voor haar – 'Neem je
me nou verdomme in de maling?'

Het is net na elf uur, een zonnige ochtend op de laatste dag
van augustus, en ze zitten allebei te zweten. Hannahs appartement is leeg, alle meubelen en dozen zijn in de vrachtwagen
geladen; de vorige avond hebben zij en Allison ieder in een
slaapzak samen op een luchtbed geslapen. Tijdens het heen
en weer lopen naar de vrachtwagen heeft Hannah handenvol
oudbakken biscuitjes gegeten die ze in een kast had opgediept,
maar Allison heeft ze afgeslagen.

'Brookline is toch niet zo ver,' zegt Hannah. 'Het ligt zo ongeveer parallel aan Cambridge.'

Allison kijkt Hannah aan. 'Parallél?' herhaalt ze.

Omdat Allison heeft toegezegd om de verhuiswagen de stad
uit te rijden, moet Hannah zich wel diplomatiek opstellen. In
de acht jaar dat ze in Boston heeft gewoond, heeft Hannah
hier precies één keer gereden – tijdens haar eerste studiejaar,
midden in die nacht waarop zij en Jenny terugkwamen van
de technische hogeschool – en ze voelt er niets voor om dat
nog eens te doen, afgezien van het feit dat de vrachtwagen de
kleinste was die ze konden krijgen. Toen Hannah haar vroeg of
ze het wilde doen, aarzelde Allison even vanwege haar dochtertje, Isabel, die nog maar een paar maanden oud is, maar ze

leek op zich Hannahs verzoek om de vrachtwagen te besturen niet zo'n punt te vinden. In San Francisco hebben Allison en Sam samen een middelgrote Saab, en die weten ze moeiteloos op heuvels achterwaarts in te parkeren.

Hannah stopt nog drie biscuitjes in haar mond en zegt al kauwend: 'Kunnen we daarlangs gaan?'

Ze weet niet zeker hoe ze bij de praktijk van dokter Lewin moet komen – ze is er altijd met de metro naartoe gegaan – en ze is blij dat ze de weg niet kwijtraken. Ze bevinden zich op een paar blokken van de praktijk, die zich in het souterrain van een huis bevindt, als Hannah beseft dat ze een fout heeft gemaakt. Toen ze tegen Allison zei dat ze haar trui bij de dokter had laten liggen, ging Allison er waarschijnlijk van uit dat ze een gewone huisarts bedoelde, en dat had Hannah haar natuurlijk ook willen laten geloven. Als ze nu stilhouden voor het grijs gestuukte huis van dokter Lewin, zal Hannah uitleg moeten geven, en ze voelt er weinig voor om aan het begin van een rit van twee dagen van Boston naar Chicago aan een slechtgehumeurde Allison te moeten vertellen dat ze bij een psychiater in behandeling is. Allison is maatschappelijk werkster en staat er officieel dus wel achter dat iemand voor zijn geestelijk welzijn zorgt, maar Hannah vermoedt dat Allison het raar zal vinden, stuitend misschien wel, dat haar eigen zus naar een psychiater gaat. Het zou Hannah niet verbazen als Allison zo iemand is die denkt dat je alleen als je gek bent naar een psychiater gaat.

'Sorry,' zegt Hannah, 'maar ik heb alles door elkaar gehaald. Ik weet hoe we vanaf hier op de Ninety moeten komen, maar ik weet niet waar' – ze wacht even – 'het ziekenhuis staat. Ik denk dat ik ze die trui maar laat opsturen.'

'Kun je niet op de kaart kijken? We zijn nu al zo ver, dat we het net zo goed even kunnen opzoeken.'

'Nee, je had gelijk, dit is geen goed idee. Als je bij Beacon afslaat, kunnen we om het blok heen terug rijden.'

'Heeft die dokter van jou niets beters te doen dan je truien opsturen?'

'Allison, ik dacht dat je weer naar de snelweg wilde.'

Allison reageert niet en Hannah denkt: dit is net zo goed omwille van jou als van mij. 'Sorry,' zegt ze. 'Ik dacht dat ik de weg wist.'

Allison neemt de bocht die hen weer naar de Ninety brengt, maar in plaats van Hannahs verontschuldiging te accepteren, buig ze zich naar voren en zoekt op de radio tot ze een nationale zender heeft gevonden. Dan zet ze het geluid hard, typisch Allison: agressie via de NPR. Hannah eet nog een stel biscuitjes en kijkt uit het raam.

Tot haar verbazing had Hannah in al die zeven jaar nog nooit gehuild bij dokter Lewin. De aanleiding voor haar tranen van gisteren was maar liefst de logistiek van de verhuizing: vroeg in de middag was Hannah (voor de vierde keer in een week) naar het verhuisbedrijf gegaan met de bedoeling nog wat middelgrote dozen te kopen, toen de zaak gesloten bleek. Terug in haar appartement wachtte ze bijna een halfuur aan de telefoon om te proberen haar gas af te laten sluiten, en hing ze uiteindelijk maar op omdat ze naar dokter Lewin moest. Ze kwam net op het perron aan toen ze de trein weg zag rijden, en de volgende liet zo lang op zich wachten dat ze zes minuten, oftewel 12,60 dollar, te laat kwam op haar afspraak. (Dokter Lewins variabele uurprijs was door de jaren heen variabel verhoogd.) Bovendien was het buitensporig broeierig met 35 graden, de zon stond aan de hemel te branden en overal zwoegden airconditioners om het binnen een beetje draaglijk te houden. Waarom had ze in vredesnaam die roze katoenen trui meegenomen? Hannah legde hem op de grond naast haar stoel, die zwaar en van leer was. Haar klamme huid bleef ertegen plakken.

'Sorry dat ik te laat ben,' zei ze voor de tweede keer.

'Het geeft echt niet,' zei dokter Lewin. 'Hoe gaat het met de verhuizing?'

Daarop barstte Hannah in tranen uit. Dokter Lewin gaf haar een doos tissues, maar op dat moment leek het Hannah een beter idee om de kraag van haar shirt omhoog te trekken om haar ogen en neus mee af te vegen.

'Je hebt heel wat aan je hoofd,' zei dokter Lewin.

Hannah knikte alleen; ze kon niet praten.

'Neem de tijd,' zei dokter Lewin. 'Maak je over mij maar niet druk.'

Twee à drie minuten lang (4,20 tot 6,30 dollar) probeerde Hannah tot zichzelf te komen maar toen moest ze aan, nou ja, aan alles denken, en begonnen de tranen weer te stromen, waardoor ze opnieuw tot zichzelf moest komen. Uiteindelijk hielden de tranen op, de vicieuze cirkel kwam langzaam tot een eind, en dokter Lewin zei: 'Vertel eens wat je het meest dwarszit.'

Hannah slikte. 'Het is toch geen vreselijk slecht idee dat ik naar Chicago ga?'

'Nou, wat is het ergste wat je zou kunnen gebeuren?'

'Dat ik word ontslagen, misschien. Ik bedoel, waarschijnlijk zou ik dan wel een andere baan kunnen vinden.'

Dokter Lewin knikte. 'Waarschijnlijk zou je wel een andere baan kunnen vinden.'

'Ik denk dat het het ergste zou zijn als het niets wordt met Henry. Ben ik gestoord, dat ik daar ga wonen terwijl we niets met elkaar hebben?'

'Vind jij dat je gestoord bent?'

'Met alle respect' – Hannah snufte nog wat na –, 'kunt u die vraag niet beter beantwoorden dan ik?'

Dokter Lewin glimlachte vreugdeloos. 'Voor zover ik kan beoordelen, zie je in dat je geen garantie kunt verwachten dat het iets wordt met Henry of met wie dan ook. Wat je doet, is een risico nemen, en dat is heel gezond en normaal.'

'Echt?'

'Je bent zesentwintig,' zei dokter Lewin. 'Waarom niet?' Dit soort commentaar, dat waarom niet? was iets wat ze de laatste tijd vaak zei, voornamelijk sinds Hannah met Oliver had gebroken: dokter Lewin was na al die jaren een beetje luchtiger geworden. Toen Hannah een keer aan dokter Lewin had verteld dat ze, steeds als ze met Oliver naar bed ging, bang was dat ze op dat moment met een soa besmet zou worden, zei dokter Lewin: 'Waarom stop je dan niet met seks met hem en koop je een vibrator?' Hannah moet toen grote ogen hebben opgezet, want dokter Lewin vervolgde: 'Die zijn niet verboden, hoor.' Hannah vroeg zich onwillekeurig af of het mogelijk was, of er misschien een kleine kans bestond dat dokter Lewin haar zou missen.

'Zesentwintig is niet meer zo heel jong,' zei Hannah. 'Het is geen tweeëntwintig.'

'Waar het om gaat is dat je hier geen verantwoordelijkheden hebt, dat je alleenstaand bent. Het is niet onverantwoord om een risico te nemen.'

Het risico dat Hannah nam – neemt – is dat ze verhuist naar Chicago om te zien of het iets zou kunnen worden met Henry. Het was allemaal nogal snel gegaan. Figs bruiloft (zo noemde Fig het zelf, een bruiloft – ze zei: 'Een samenlevingsplechtigheid klinkt zo homo-achtig') vond plaats in juni. Het was een intieme, kleinschalige gebeurtenis in een zaaltje van een restaurant in Walnut Street in Philadelphia. Zoe droeg een wit broekpak en Fig een eenvoudige witte jurk met spaghettibandjes, en ze zagen er allebei hip en mooi uit. Allison en Hannah waren bruidsmeisje, en Nathan en Zoes broer waren – nou ja, geen bruidsjonker – maar het was echt een slim idee van Fig om Frank te vragen de verbintenis te bekrachtigen, waarmee ze impliciet ieders goedkeuring kreeg waar Figs eigen ouders in meegingen. Frank deed het zowel waardig als warm, en Figs ouders leken het fijn te vinden. Daarna, aan het diner, bracht Nathan na een paar martini's een toost uit die begon met: 'Wie had er ooit van zo'n sloerie als Fig gedacht dat ze lesbisch zou worden?'

En: Henry was er ook. Hannah had hem niet meer gezien sinds haar eerste studiejaar, maar daar was hij: ze was er vrijwel van overtuigd dat Fig hem alleen had uitgenodigd om haar een plezier te doen. Hij en Hannah zaten tijdens de receptie vlak naast elkaar, en hij was heel gemakkelijk in de omgang. In plaats van een gesprek dat langzaam uitdoofde en nergens meer over ging naarmate ze langer bij elkaar waren, werd het juist steeds geanimeerder. Ze hadden eindeloos veel te bespreken, en niets van wat hij zei verveelde haar – zo vertelde hij het verhaal dat hij, nadat hij die middag in zijn hotel had ingecheckt, in de lift zat opgescheept met een negenentachtigjarige Russische vrouw die hem pirosjki toestopte en hem aan haar kleindochter wilde koppelen, maar eigenlijk, zei Henry, was hij toen hij de lift verliet een beetje verliefd op die negenentachtigjarige zelf; haar naam was Masja. Ze hadden het ook over wat Henry Figs 'hartsverandering' noemde, en hij leek het zich niet persoonlijk aan te trekken. Hij zei: 'Natuurlijk ben ik blij voor haar. Ze is nog nooit zo ontspannen geweest.' Toen Hannah hem alles over Oliver vertelde, zei hij: 'Hannah, die knaap lijkt me een ongelooflijke eikel. Die is jou niet waard.' Ze hadden allebei aardig wat gedronken, en na middernacht liepen de feestelijkheden ten einde. 'En je werkt nog steeds met hem in één kantoorruimte?' zei Henry. 'Wat vervelend. Je moet gauw weg uit de Bonenstad.'

'Ik weet niet waar ik dan naartoe moet.'

'Waar je maar wilt. De wereld is groot. Kom naar Chicago. Chicago is in elk geval beter dan Boston.'

Ze keek hem zijdelings aan en tuitte haar lippen een beetje. Ze was hier zoveel beter in dan toen ze nog studeerde – en ze was er ook vrij zeker van dat ze er een stuk beter uitzag. Ze had haar haar laten knippen tot kinlengte, ze droeg contactlenzen, en in de strapless jurk die Fig voor haar bruidsmeisjes had uitgekozen kwamen haar schouders en armen mooi uit. Het was eigenlijk voor het eerst van haar leven dat Hannah een strapless jurkje droeg. Ze dacht erover om het vaker te doen.

Met misschien wel haar meest kokette stemmetje zei ze: 'Vind je dat ik naar Chicago moet verhuizen?'

Hij glimlachte. 'Ik vind dat je naar Chicago moet verhuizen.'

'Wat moet ik daar dan doen?'

'Wat iedereen overal doet. Werken. Eten. Seks hebben. Naar muziek luisteren. Maar het zou allemaal beter gaan omdat het daar gebeurde.'

'Oké,' zei Hannah.

'Echt?' zei Henry. 'Want ik hou je eraan, hoor.'

Naarmate de avond verstreek leek het steeds moeilijker te geloven dat er niet iets fysieks tussen hen zou gebeuren, maar de logistiek was ingewikkeld – zijn hotel was in het centrum, en zij zou met haar moeder en Frank meerijden naar de buitenwijk. Iedereen in haar familie kende Henry als de ex van Fig. Het zou lastig uit te leggen zijn geweest. Op straat, terwijl haar moeder en Frank in de auto zaten te wachten, omhelsden

Hannah en Henry elkaar, en hij kuste haar op haar wang, en zij dacht dat het ook zo zou gaan als ze man en vrouw waren en afscheid namen op treinstations en vliegvelden. Het was bijna niet meer belangrijk dat er verder niets gebeurde. Toen ze achter in de auto naar huis reed, moest ze er steeds aan denken hoe leuk ze hem vond.

En waarom zou ze niet gaan verhuizen? Nu Fig met Zoe getrouwd was, zouden Fig en Henry nooit meer een stel worden; dat was definitief voorbij. Bovendien, als Fig verliefd had kunnen worden op Zoe, die niet tot het geslacht behoorde waarvan Fig dacht dat ze erdoor werd aangetrokken, waarom zou het dan zo gek zijn om te denken dat Hannah en Henry iets met elkaar konden krijgen? De relatie tussen Zoe en Fig was eigenlijk bemoedigend; Hannah kreeg er hoop door.

Van de vijf non-profitorganisaties in Chicago waar ze haar cv naartoe stuurde, had één – de educatieve tak van een middelgroot kunstmuseum – haar uitgenodigd voor een sollicitatiegesprek. Eind juli vloog ze ernaartoe, en het gesprek verliep uitstekend (ze was er niet helemaal met haar gedachten bij, omdat ze Henry die avond zou zien) en daarna ging ze met hem en zijn vriend Bill uit eten, en het was weer fantastisch. Ze gingen met zijn drieën naar een tent op Lincoln Avenue, waar ze zes uur achter elkaar biljart en darts speelden, en toen ze bij terugkeer in Boston hoorde dat ze de baan kon krijgen, kon ze niet echt een reden bedenken waarom ze het niet zou doen. Dokter Lewin keurde het niet af – voordien was Hannah ervan overtuigd geweest dat ze dat wel zou doen, maar later kon ze zich niet meer herinneren waarom.

Gisteren, na hun laatste sessie, die dokter Lewin voor het eerst acht minuten liet uitlopen, schreef Hannah een cheque uit waar op het stukje met 'betalen aan' twee wazige, speelse vaalgele labradorpuppy's afgebeeld stonden. 'Ik weet dat het u waarschijnlijk niet kan schelen,' zei Hannah, 'maar ik wil alleen zeggen dat dit natuurlijk niet mijn gewone cheques zijn, maar ik heb ze gebruikt omdat de mijne op waren en het geen zin had om nog een heel nieuw setje te halen, en aangezien ik in Chicago toch een nieuwe bankrekening open, gaven ze me een boekje met deze bedrukte modellen. Kijk, mijn adres staat er niet op.' Hannah scheurde de cheque uit het boekje en reikte hem aan, en dokter Lewin keek er een halve seconde naar voor ze hem aannam. Daarna liet Hannah het hele boekje zien; op de cheque die nu bovenop lag stond een orang-oetang met één arm over zijn kop, waardoor zijn rechteroksel te zien was. 'Kijk,' zei Hannah, 'deze is nog erger.'

'Hannah.' Dokter Lewin ging staan, en in haar stem leek iets van genegenheid en een waarschuwing door te klinken. 'Ik ken je goed genoeg om te weten dat jij nooit cheques zou hebben waar dieren op staan.'

Hannah kwam ook overeind. Ze had een cadeautje mee moeten brengen voor dokter Lewin, bedacht ze. Deden cliënten dat niet bij een afscheid? Misschien een mooie doos bonbons, of een geranium. 'Bedankt voor uw hulp vanaf dat ik eerstejaars was,' zei Hannah. Ze kreeg het gevoel dat dit nergens op sloeg.

'Het was me een eer.' Dokter Lewin stak haar hand uit en drukte die van Hannah – het was iets meer dan een handdruk, maar ook niet echt een omhelzing. 'Ik wil dat je goed voor jezelf zorgt, Hannah, en ik wil graag dat je me laat weten hoe het met je gaat.'

'Dat doe ik beslist.' Hannah knikte een aantal keer voordat ze gedag zei en zich omdraaide om naar buiten te lopen, de benauwende hitte in, zonder haar trui.

Het is na vieren als Hannah zegt: 'Ik moet eigenlijk nodig plassen, dus als je een van de volgende afslagen wilt nemen zou dat heel fijn zijn.'

'Als je niet constant zat te snoepen, hoefde je misschien niet zo vaak te plassen,' zegt Allison.

Het klopt wel een beetje dat Hannah het grootste deel van de middag heeft zitten snoepen, maar dat kwam doordat Allison niet wilde stoppen om te lunchen, nadat ze ook al niet hadden ontbeten. 'Kun je hier niet wat kopen?' vroeg Allison de laatste keer dat ze gingen tanken, en dus haalde Hannah pretzels, karamelpopcorn en een klein pakje kaas en crackers. De kaas was slap, en er zat een rood stokje bij om hem uit te smeren.

'Van eten hoef je niet te plassen,' zegt Hannah. 'Alleen van drinken.'

'Ook van eten,' zegt Allison, en voordat Hannah iets terug kan zeggen, gaat ze verder: 'Wat een stom gesprek is dit.'

'Best,' zegt Hannah, 'maar als je wilt dat ik het in mijn broek doe, moet je vooral doorrijden.'

Bij het tankstation gaat Allison na Hannah naar de wc (zie je wel, denkt Hannah, jij moest ook), en als haar zus weer terugkomt, zegt Hannah: 'Wil je dat ik rij?' Ze hoopt dat Allison nee zegt. Buiten het feit dat de vrachtwagen lastig te besturen is, zijn ze zojuist langs een bord gekomen waarop stond dat er verderop wegwerkzaamheden zijn.

'Graag,' zegt Allison. Als ze Hannah de sleuteltjes geeft, zegt ze: 'Houd de temperatuur van het koelwater in de gaten. Als het verkeer te langzaam rijdt, moeten we waarschijnlijk de airco uitzetten.'

Het ergste is, zoals Hannah al verwachtte, dat ze niets in de achteruitkijkspiegel kan zien. Het een na ergste is de grootte van de wagen. Het is nog nooit eerder bij haar opgekomen als ze iemand in een van die verhuiswagens voor doe-het-zelf-verhuizingen zag rijden, dat de kans groot is dat die wordt bestuurd door iemand die net zo incompetent is als zij. Het maakt niet uit wie er voor haar rijdt, denkt ze, ze blijft in elk geval op de rechterrijbaan rijden.

Allison rolt haar trui op en propt hem tegen het raam, daarna legt ze haar hoofd ertegen en sluit haar ogen. Bedankt voor de morele steun, denkt Hannah, maar na een paar minuten is ze blij dat haar zus slaapt, of misschien doet alsof; Hannah kan toekijkers missen als kiespijn. Het enige positieve aan de vrachtwagen is dat hij zo hoog is. Wie zou zich daarboven niet superieur voelen aan een kleine Honda?

Zo'n drie kwartier zijn verstreken en Hannah heeft zich aardig aangepast aan het ritme van het verkeer (het stuk met de wegwerkzaamheden was niet al te lang) als er iets – iets bruinigs met een staart, niet groot en niet klein – voor de wagen langs schiet. 'O, nee,' roept Hannah hard en dan, bijna onmiddellijk, is ze eroverheen gereden: een doffe bons tegen de linkerwielen. Ze slaat haar hand voor haar mond, waarbij ze een vuist vormt. 'Allison, ben je wakker?'

Allison kijkt op. 'Waar zijn we?'

'Ik geloof dat ik net over een buidelrat of een wasbeer ben gereden. Wat moet ik nou doen?'

'Is dat net gebeurd?'

'Moet ik keren?'

Allison gaat rechtop zitten. 'Je doet helemaal niets,' zegt ze. 'Je blijft gewoon rijden.'

'Maar als hij nou niet helemaal dood is? Als hij pijn heeft?"

Allison schudt haar hoofd. 'Dan doe je nog steeds niets – dat zou echt gevaarlijk zijn. Heb je nooit eerder een beest op de weg doodgereden?'

'Zo vaak rij ik niet.'

'Weet je trouwens wel zeker dat je hem hebt geraakt? Heb je hem gezien in de achteruitkijkspiegel?'

'Ik heb hem geraakt,' zegt Hannah.

'Dan moet je er niet meer aan denken.' Allison klinkt vriendelijk maar stellig. 'Dat gebeurt zo vaak – heb je dat hert een paar uur geleden niet op de middenberm zien liggen? Dat is een stuk erger dan een buidelrat.'

'Heb jij wel eens een dier aangereden?'

'Ik geloof het wel.' Allison gaapt. 'Ik weet het eigenlijk niet meer, en dat moet betekenen dat ik niet zo begaan met dieren ben als jij.'

'Jij bent vegetariër.'

'Ja goed, ik heb nooit een aangereden dier gegéten, als je dat bedoelt. Nee echt, Hannah, je moet er niet meer aan denken. Wil je dat ik rij?'

'Misschien wel.'

'Ik zeg je dat het echt niet zo erg is. Ik wed dat dat beest een mooi leven heeft gehad, en waar hij nu is, heeft hij het nog beter.'

Ze zijn een poosje stil – het spijt me, buidelrat, denkt Hannah – totdat Allison zegt: 'Weet je waaraan ik dacht toen ik net in slaap viel? Weet je nog dat Mexicaanse restaurant waar ze die zevenlagensalades hadden? Mam haalde er altijd een voor ons als zij en pa ergens te eten waren gevraagd of zoiets, maar eigenlijk was het helemaal geen salade – het was kaas met daarop zure room en daarop stukjes rundvlees en daarop guacamole.'

Hannah zegt: 'Ja, dat was lekker,' en tegelijkertijd zegt Allison: 'Ongelooflijk, hoe ongezond we aten toen we klein waren.'

'Er zat wel bladsla in,' zegt Hannah.

'Amper. En dat vlees was smerig. Niet te geloven dat ik ooit vlees heb gegeten.' Allison en Sam eten nu bijna uitsluitend biologische producten en dit, besefte Hannah, moet de onderliggende bedoeling zijn van Allisons opmerkingen – dat het een wonder mag heten dat ze, ondanks een jeugd waarin ze pesticiden en verzadigde vetzuren te eten heeft gekregen, toch nog zo'n wijs en authentiek persoon is geworden. Er zijn producten waarvan Hannah niet eens wist dat ze in de biologische variant verkrijgbaar waren, totdat ze ze bij Allison en Sam thuis zag: ketchup bijvoorbeeld, of pasta.

'Maar weet je nog wat jij zo heerlijk vond?' zegt Hannah. 'Die supervette pizza's in die tent op Lancaster Avenue.'

'O, ja, die hadden de allerlekkerste. Je hebt gelijk. En ik was helemaal stapel op die soepstengels – om de een of andere reden vond ik die heel chic.'

'Dat kwam door de dipsaus,' zegt Hannah. 'Want mam vertelde ons toen wat fondue was, weet je nog? We dachten dat we als echte Parijzenaars in een bistro zaten. Maar waarom was je nou zo chagrijnig?'

'Wanneer was ik dan chagrijnig?'

'Je bedoelt behalve de afgelopen vijf uur?'

'Hannah, je moet toegeven dat je je eerst wel had mogen verdiepen in de route naar het ziekenhuis.'

In Allisons stem hoort Hannah weer het chagrijn. Ze had er niet over moeten beginnen, vooral niet nu ze Allison net uit de afgrond van het biologisch correcte voer heeft gesleurd om haar te laten mijmeren over de koolhydraatrijke snacks uit hun jeugd. 'Rammel je nu niet van de honger?' vraagt Hannah. 'Je hebt de hele dag nog niets gegeten.'

'Ik heb niet zo'n trek,' zegt Allison, en voor de eerste keer komt het bij Hannah op dat Allisons slechte bui misschien niets te maken heeft met Hannah, dat achter Allisons slechte humeur misschien meer zit dan alleen maar wat gekibbel van zusjes. Bij stress verliest Allison altijd haar eetlust – onbegrijpelijk voor Hannah.

Hannah wil zeggen: Wat is er met je? Maar in plaats daarvan zegt ze: 'Er is nog wat popcorn over.' Ze gebaart naar de zitplaats tussen hen.

'Ik heb echt niet zo'n trek. Bovendien stoppen we straks om ergens te gaan eten.' Allison gaapt weer. 'Heeft iemand je wel eens gezegd dat je je aan het stuur vastklampt als een oud dametje?'

'Ja, jij.'

'Nou, het is echt zo. Ik zou je Esther moeten noemen. Of misschien Myrtle. Ik vind jou wel een Myrtle.'

Hannah kijkt even opzij. 'Is het erg gemeen,' zegt ze, 'als ik tegen je zeg dat ik je leuker vond toen je net lag te slapen?'

Die avond logeren ze in een motel in een buitenwijk van Buffalo, en Hannah trakteert, als je een Days Inn in het westen van New York tenminste een traktatie kunt noemen. Allisons mobiel zoemt als ze voor het slapengaan nog even televisie kijken. Het is Sam. Eerst houdt hij kennelijk de hoorn tegen Isabels oor.

'Mammie mist je heel erg, Izzie,' zegt Allison. 'Mammie kan niet wachten tot ze je weer ziet.'

Niet voor het eerst wordt Hannah getroffen door Allisons overvloedige en ongekunstelde genegenheid voor haar dochter. Allison is duidelijk een goede moeder, en ze heeft ook wel geluk. Heeft er ooit veel tijd gezeten tussen het moment dat Allison iets wilde en het moment dat ze het kreeg? Dat ze trouwde, en dat ze nu een kind heeft – dit alles lijkt te bewijzen dat Allison bemind wordt, dat het Allison voor de wind gaat. Wat Allison wenst is normaal en terecht.

Nadat ze Isabel welterusten heeft gezegd, zegt Allison weer

op gewone toon: 'Ja, wacht even.' Ze staat op, loopt de badkamer in en doet de deur dicht. Denkt ze dat Hannah haar zal afluisteren? Naast het feit dat het onmogelijk is om haar niet te horen – denkt Allison soms dat Hannah nog steeds dertien is en alles wat haar oudere zusje doet oneindig opwindend vindt?

Het ergste is dat Allisons gedrag Hannah nieuwsgierig maakt; het brengt de dertienjarige Hannah in haar boven. Ze hebben naar een sitcom zitten kijken, en bij de eerstvolgende reclamespot zet Hannah het geluid uit en tilt ze haar hoofd van het kussen op. Eerst hoort ze alleen maar haar stem, zonder dat ze kan verstaan wat ze zegt, maar Allison klinkt nerveus. Hebben ze ruzie? Waarover zouden Sam en Allison ruziemaken? Dan zegt Allison luid en duidelijk: 'Eigenlijk weet ik niet of het er echt toe doet of het wel of niet waar is.' Ze zwijgt even. 'Nee. Nee. Sam, ik ben niet degene…' Hij moet haar in de rede zijn gevallen, en als ze weer iets zegt, is het onverstaanbaar.

Het televisieprogramma gaat weer verder, wat voor Hannah het signaal is dat ze niet meer moet luisteren. Ze zet het geluid harder. Hierna kan Allison natuurlijk niet meer doen alsof er niets aan de hand is, maar ze blijft zo lang aan de telefoon dat Hannah al slaapt voordat haar zusje de badkamer uit komt.

Ze zijn even ten westen van South Bend, Indiana, en willen net aan hun vierde vraagronde van 'wie is het' beginnen – een spelletje dat ze misschien al twintig jaar niet hebben gedaan – als Allisons mobieltje weer zoemt. Het is drie uur en bewolkt, maar nog warmer dan de dag ervoor, en Hannah zit achter het stuur. Ze probeert haar angst te onderdrukken die bij elk bord met Chicago erop toeneemt. 145 kilometer, stond er op het laatste bord, en ze hebben afgesproken dat ze van plaats wisselen als ze nog zestig kilometer te gaan hebben. Dan gaan ze direct door naar Hannahs nieuwe appartement – dat ze ongezien heeft gehuurd – laden daar met hulp van Henry alles uit, en brengen de verhuiswagen vanavond terug. Allison vliegt morgenmiddag terug naar San Francisco.

'Is het een vrouw?' vraagt Allison.

'Ja.'

'Is ze beroemd?'

'Ja,' zegt Hannah. 'Je mag trouwens best je mobiel opnemen, hoor.'

'Laat maar gaan. Is ze actrice?'

'Nee.'

'Zit ze in de politiek?'

'Niet echt, maar dat reken ik niet als vraag.'

'Dat is niet eerlijk. Je moet ja of nee zeggen.'

'Dan is het antwoord nee.'

'Leeft ze nog?'

'Nee. Dat was vraag vijf.'

'Is ze Amerikaanse?' vraagt Allison, en opnieuw zoemt haar mobiel.

'Ja. Toe, neem nou maar op. Ik vind het niet erg.'

Allison haalt het toestel uit haar tas, kijkt op het schermpje naar de naam van de beller en legt het toestel weg.

'Wie is het?' vraagt Hannah, en Allison doet alsof ze haar niet hoort.

'Oké, een vrouw dus, overleden, Amerikaanse, niet echt in de politiek maar wel zo'n beetje. Is het Harriet Tubman?'

'Je bent toch niet alweer zwanger, hè?'

'Niet dat ik weet. Moet ik daaruit opmaken dat Harriet niet goed is?'

'Gaat het soms over Sams broer, dat hij verliefd op je is?' vraagt Hannah. 'Is dat wat er aan de hand is?'

'De enige die ooit heeft gedacht dat Elliot verliefd op me

265

was, was jij. Hij was een heel klein beetje verkikkerd op me voordat ik met Sam ging trouwen, en dat is al jaren geleden.'

'Is Sam vreemdgegaan of zoiets? Want als dat zo is, zou ik misschien zijn ballen eraf kunnen snijden.'

'Dat is heel aardig van je, Hannah. Ik zal het in gedachten houden. Oké, ik weet het... is het Amelia Earhart?'

'Waarom vertel je me niet wat er aan de hand is?'

'Waarom denk je eigenlijk dat er iets aan de hand is?'

'Omdat ik niet helemaal gek ben. Je vertelt me nooit iets. Ik zal jou iets vertellen. Wil je de ware reden weten waarom ik naar Chicago verhuis? Je kent Henry toch, die jongen die komt helpen de vrachtwagen uit te laden? Ik denk dat hij de liefde van mijn leven is.'

Eerst zegt Allison niets, en dan: 'Heb je iets met Figs ex-vriendje?'

Juist – dit is de reden waarom Hannah nooit iets aan anderen zou moeten vertellen.

'Ik heb niets met hem,' zegt Hannah. 'Maar we zijn wel vrienden.'

'Je verhuist naar een andere staat om in de buurt van een jongen te gaan wonen met wie je niets hebt?'

'Laat maar,' zegt Hannah.

'Heb je dat aan mama verteld?'

'Heb jij aan mama verteld dat je huwelijksproblemen hebt?'

Allison kijkt recht voor zich uit als ze zegt: 'De ouders van een meisje uit Sams atletiekploeg hebben een klacht ingediend bij de school; hij zou ongepaste opmerkingen hebben gemaakt. Ben je nou tevreden?'

'Bedoel je seksueel getinte opmerkingen?'

'Zijn er ook andere?' Allison klinkt wrang. 'Afgelopen voorjaar heeft hij groep zeven en acht getraind, en die zijn zo hormoongestoord dat ze van gekkigheid niet weten wat ze moeten doen. Het is anders dan toen wij zo jong waren – deze meisjes dragen sportbehaatjes, paraderen in hun sportbroekjes en stellen hem allerlei vragen over pijpen, en nu zeggen ze dat hij ze lastigvalt.'

'Wat vindt de school ervan?'

'Ze zijn bezig te bepalen wat er moet gebeuren. Misschien wordt hij dit najaar als trainer geschorst, en dat zou belachelijk zijn. Hij wordt in feite schuldig geacht totdat is bewezen dat hij dat niet is.'

'Je bent toch niet kwaad op hém, of wel?'

'Nou, ik ben niet echt blij met de situatie. Ruik jij ook een brandlucht?'

Hannah snuffelt en schudt haar hoofd. 'Weet je precies wat Sam volgens hen zou hebben gezegd?'

'Die meisjes deden net alsof ze hoertjes waren of zoiets, en toen zei hij voor de grap dat ze hun lichaam wel konden aanbieden in het Tenderloin-district.'

'Jemig,' zegt Hannah.

'Bedankt, Hannah,' snauwt Allison. 'Hij heeft een verkeerde inschatting gemaakt. Hij is niet pervers.'

'Dat bedoelde ik helemaal niet. Ik weet dat hij dat niet is. Jij en Sam zijn het ideale paar – meneer en mevrouw Perfect.'

'Ik weet zeker dat onze huwelijkstherapeut daarvan op zou kijken.'

'Wacht even, zijn jullie bij een huwelijkstherapeut?'

'Al voordat we ons gingen verloven. Ze kost ons een vermogen.'

'Jullie zijn al naar een huwelijkstherapeut gegaan voordat jullie getrouwd waren?'

'Ze is relatietherapeute. Wat doet het ertoe. Jeetje, Hannah, doe die oogkleppen af. Perfecte paren bestaan niet.'

Dit doet Hannah denken aan een ander gesprek; welk gesprek was dat ook alweer? Net als het haar te binnen schiet dat Elizabeth iets dergelijks zei toen Julia Roberts en Kiefer Sutherland hun bruiloft afbliezen, net als Hannah weer weet dat ze twaalf jaar geleden naast Elizabeth op de veranda voor het huis van haar tante in Pittsburgh zat, zegt Allison: 'Jezus christus, Hannah, er komt rook uit de motorkap! Zet de wagen aan de kant!' Als Hannah gas terugneemt en het rechterknipperlicht aandoet, buigt Allison zich naar het stuur. 'Kijk die temperatuur!' zegt ze. 'Ik zei je toch dat je die in de gaten moest houden!'

Het wijzertje kan niet hoger, het staat in de rode zone. De rook stijgt nu op uit de motorkap, en Hannah kan hem duidelijk ruiken – hij ruikt naar verbrande vis. Als ze in de berm staan, stapt Allison uit en Hannah schuift over de zitting om ook aan Allisons kant uit te stappen. Ze staan een halve meter van de motorkap af, de vochtige lucht is benauwend, de auto's zoeven langs. 'Moet ik hem opendoen?' vraagt Hannah, en Allison zegt: 'De motor is oververhit. We moeten wachten tot er iemand komt.'

Nadat ze de wegenwacht hebben gebeld – Allison is gelukkig lid, want Hannah is dat niet – zegt Allison: 'Je hebt toch niet met de handrem aan gereden, hè?' Het zweet parelt op haar bovenlip.

'Natuurlijk niet. Waarom denk je dat het mijn schuld was?'

'Dat zeg ik niet, maar het valt me wel op dat beide incidenten tijdens deze rit zich hebben voorgedaan terwijl jij achter het stuur zat.'

'Allison, je hebt er alles aan gedaan om me duidelijk te maken dat er constant dieren worden aangereden.'

Na een korte stilte zegt Allison: 'Dit is absurd. Chicago is een uur rijden.'

'Heb je haast? Had je vanavond nog naar een museum ge-wild?'

'Ik had gewild dat we niet in niemandsland in Indiana, langs de kant zouden staan.'

'Het had net zo goed kunnen gebeuren terwijl jij achter het stuur zat,' zegt Hannah.

Allison reageert niet.

'Wat ben jij een loeder,' zegt Hannah. Ze doet een paar stap-pen naar omlaag in de met gras begroeide berm. Ze vindt het niet prettig dat ze door de voorbijrijdende automobilisten ge-zien kan worden, ze ziet zichzelf niet graag als iemand met wie andere bestuurders niet graag zouden ruilen. Ze slaat haar armen over elkaar en kijkt achterom naar haar zusje. 'Trou-wens,' zegt ze, 'het was Eleanor Roosevelt.'

En zo komt het dat ze nog een nacht in een motel slapen. Het is nog geen vijf uur als ze inchecken; de man die de ver-huiswagen heeft weggesleept heeft hen hier afgezet. Volgens de garage is de wagen morgenmiddag om twaalf uur klaar, wat inhoudt dat Hannah en Allison meteen naar het vliegveld door moeten rijden als er nog een kans is dat Allison haar vliegtuig haalt. Daarna rijdt Hannah alleen de stad in, door het angstaanjagende verkeer van Chicago, waar ze samen met Henry de vrachtwagen zal uitladen, en daarna zal ze de wagen waarschijnlijk alleen terugrijden. Pas als ze weet dat het niet gaat gebeuren, beseft ze dat ze had gewild dat Allison erbij was als ze Henry begroet, als ze officieel naar zijn stad is verhuisd. Zoiets heeft ze nooit met Fig, omdat Fig en Hannah totaal niet op elkaar lijken, maar soms als Hannah en Allison samen zijn, heeft Hannah het gevoel dat Allisons aantrekkelijkheid op haar afstraalt. Twee auto's zijn gestopt en hebben hulp aan-geboden toen ze op de wegenwacht stonden te wachten; het waren allebei mannen, en Hannah vroeg zich af of ze ook waren gestopt als ze niet met haar zus was geweest.

Ze zijn in de stad Carlton. Het motel is een familiebedrijf en heeft één verdieping, en parkeerplaatsen vlak voor de kamers. Aan de ene kant van het gebouw zijn kleine huizen; aan de andere kant zijn bossen die zo enorm groen zijn dat Hannah veronderstelt dat er de laatste tijd veel regen is gevallen. Volgens de vrouw die hun de sleutel van hun kamer geeft, zijn er op ongeveer anderhalve kilometer buiten de bossen winkels en restaurants, aan een weg zonder trottoir. Zodra Hannah en Allison hun tassen hebben neergezet, verkondigt Allison dat ze gaat joggen. Ze is bijna een uur weg en komt terug met een rood, bezweet gezicht. Tegen die tijd zit Hannah naar het tweede praatprogramma te kijken. Na een douche gaat Allison weer weg en komt een paar minuten later terug met een zak chips die ze uit een automaat heeft getrokken. Ze vraagt Hannah niet of ze er ook een paar wil. Ze gaat op het andere bed een boek liggen lezen over hoe je kinderen zelfrespect kunt bijbrengen.

Als zij en haar zus op dit moment niet zo de pest aan elkaar hadden, bedenkt Hannah, zou het feit dat ze hier zijn gestrand misschien wel iets leuks hebben – door het willekeurige aspect, het ergerlijke zelfs. Maar nu maakt Allison haar zo gespannen dat Hannah zin heeft tegen haar te zeggen dat ze beter nu meteen maar de bus naar het vliegveld kan nemen. Ga maar, Hannah kan het niets schelen. Maar ze zegt niets. Rond zes uur onweert het even, en als het ophoudt met regenen zegt Hannah: 'Wat dacht je ervan om wat te gaan eten?'

'Ik hoef vanavond niets meer. Ik heb genoeg aan die chips.'

Meent ze dit? Hannah had erop gerekend dat een maaltijd de avond nog enig perspectief zou geven. 'Wil je dan mee als ik iets te eten ga halen?'

'Nee, bedankt.'

Wat Hannah doet – het dient een tweeledig doel, omdat het zowel Allison stoort als Hannah genoegen doet – is chinees bestellen. In een la vindt ze een telefoonboek en ze bestelt drie gerechten (Kung Pao-garnalen, Szechuan snijboontjes, en aubergine in pittige knoflooksaus) en bovendien een wontonsoep en twee loempia's. Als ze de hoorn neerlegt, zegt Allison: 'Ik hoop wel dat je dat allemaal zelf opeet, want ik hoef echt niets.'

'Ik heb graag wat keuze,' zegt Hannah. 'Ik weet nog niet precies waar ik straks zin in heb.'

'Het zal hier wel gaan stinken.'

'Ik vind chinees eten lekker ruiken.'

'Blijkbaar vind je de smaak ook lekker.'

'O, wat schaam ik me dat ik drie maaltijden per dag eet. Je hebt me nu echt te pakken. Tjonge, wat voel ik me opgelaten.'

'Weet je,' zegt Allison, 'er zijn mensen die misschien vinden dat het feit dat ik mijn dochtertje in de steek laat om jouw spullen in een verhuiswagen het hele land door te rijden een reden voor jou zou kunnen zijn om niet zo rot te doen.'

Het duurt lang voordat het eten wordt bezorgd, bijna een uur. Maar ten slotte wordt er op de deur geklopt, en een Aziatische man van middelbare leeftijd in een beige overhemd met korte mouwen reikt Hannah de zakken aan. Ze zet alle bakken op het bureau; als ze het deksel eraf haalt wordt het eten sneller koud, maar dat weegt niet op tegen het feit dat het aroma zich in de kamer zal verspreiden en de weg naar Allisons neusgaten zal vinden. Het restaurant, dat er natuurlijk van uitging dat dit een maaltijd is voor een heel gezin, heeft er drie paar eetstokjes en plastic bestek bij gedaan, maar er zijn geen borden, dus trekt Hannah de enige stoel die de kamer rijk is naar het bureau, zet haar knieën parallel aan de middelste bureaula en eet zo uit de bakjes. Er hangt een spiegel boven het bureau waarin ze zichzelf kan zien kauwen; het is niet bepaald een aantrekkelijk gezicht. Achter haar ligt Allison languit op bed te zappen, totdat ze blijft hangen bij een reality-programma over mensen die met elkaar daten. Dit is een tikje verontrustend – voor Hannah is kijken naar zo'n programma heel normaal, maar voor Allison lijkt het op het erkennen van een nederlaag, misschien wel een teken van wanhoop. Waar is dat boek over opvoeden gebleven? Hannah kan er niets aan doen dat ze om de paar minuten even in de spiegel naar haar zusje kijkt. Een keer ontmoeten hun blikken elkaar, en Allison kijkt snel de andere kant op.

Hannah houdt op met eten als ze een vol gevoel heeft en begint te transpireren. Ze heeft een loempia gegeten, twee lepels soep, een tiende van zowel het garnalen- als het aubergine-voorgerecht, plus de helft van de boontjes. Het lijkt nu al een weerzinwekkende vergissing, al dat eten. Ze wast haar handen – de wastafel is niet in de badkamer maar er vlak voor – ruimt dan alles zorgvuldig op en doet alle bakjes dicht.

'Je gaat die vannacht niet hier laten staan,' zegt Allison.

Eigenlijk was Hannah dat ook niet van plan, maar ze komt wel in de verleiding, nu ze Allisons woedende toon hoort. 'Ik dacht erover ze onder je kussen te leggen voor het geval je trek krijgt,' zegt Hannah. 'Als je dat niet wilt, zal ik ze maar weggooien.'

Met een klein stemmetje zegt Allison: 'Bedankt.'

De parkeerplaats is nat van de regen en wordt overgoten door gouden zonlicht. Er staat een briesje en na de niet-aflatende hitte van de laatste paar dagen voelt het buiten aangenaam. Als ze voor het kantoor van het motel staat, denkt Hannah erover het overgebleven eten aan de vrouw achter de balie aan te bieden, maar misschien is dat beledigend. Ze heeft net de zakken in een groen metalen afvalbak laten vallen en zich omgedraaid als ze hem ziet staan: een enorme regenboog, de grootste die ze ooit heeft gezien, perfect van vorm en heel dichtbij. Terwijl ze naar de halve cirkel wazige kleuren kijkt, herinnert ze zich de vierde klas, toen ze met een ezelsbruggetje de volgorde van de kleuren leerde. Ze loopt snel hun kamer in. 'Allison, kom kijken. Dit moet je zien.'

Allison ligt op bed en kijkt met een achterdochtige uitdrukking om, en ineens weet Hannah amper nog waarover ze zo hebben gekibbeld.

Maar Allison staat wel op. Ze volgt Hannah door de deur naar buiten, en naast elkaar blijven ze op de parkeerplaats staan.

'Schitterend, vind je niet?' zegt Hannah. 'Ik heb er nog nooit een gezien van die afmetingen.'

'Schitterend.'

Ze blijven allebei een paar minuten zwijgen totdat Hannah zegt: 'Weet je nog dat we, toen we klein waren en het tegelijkertijd regende en de zon scheen, altijd zeiden dat er kermis in de hel was?'

Allison knikt.

'Hoe ver denk je dat hij staat?' vraagt Hannah.

'Misschien achthonderd meter. Moeilijk te zeggen.' Ze blijven kijken, dan zegt Allison: 'Ik denk niet dat Sam iets verkeerds heeft gedaan. Het is alleen zo'n rottoestand. Zo gênant.'

'Het waait wel over.'

'Dat weet je niet.'

'Dat geloof ik echt. Sam is een fatsoenlijk mens. Ik weet zeker dat hij goed is in zijn werk. En jullie zijn misschien niet perfect, maar in elk geval toch een goed stel. Hij zou jullie huwelijk nooit op het spel zetten – daarvoor houdt hij veel te veel van je. Echt, daarom ga ik verhuizen, omdat ik hetzelfde wil als wat jullie hebben.' Hannah kijkt opzij. Allisons profiel wordt beschenen door de late zon, haar voorhoofd is gefronst, haar lippen zijn strak. 'Ik zeg niet zomaar wat,' gaat Hannah verder, 'maar ik vind dat er al zo veel weerzinwekkende en gênante dingen in het leven zijn. En jij hebt je daar doorheen geworsteld. Is dat niet de les die we hebben geleerd door in één huis te wonen met pa? Je probeert te herstellen wat je kunt, en laat intussen de tijd verstrijken.'

Na een korte stilte zegt Allison: 'Wanneer ben jij zo wijs geworden?'

'Ik ben niet zo stom als je denkt. Ik bedoel, ik weet het niet. Ik ben trouwens ook in behandeling bij een therapeut. Ze weet waarom ik naar Chicago verhuis, en ze keurt het niet af.'

'Hannah, toen ik nog geen vriend had, heb ik ook achter jongens aan gezeten. Dat doen we allemaal.'

'Echt?'

'Natuurlijk. En wat goed dat je bij een therapeut bent. Ik heb er een paar keer over gedacht om je dat aan te raden.' Allison is even stil. 'Dus jij denkt dat we op zoek moeten naar de pot met goud?'

'Ik weet het zeker,' zegt Hannah. 'Ik blijf steeds denken aan "Somewhere Over the Rainbow".'

Allison glimlacht. 'Dat liedje maakt me altijd aan het huilen,' zegt ze.

9

Mei 2005

Beste dokter Lewin,

Ik ben al heel lang van plan u te schrijven, maar ik heb het steeds uitgesteld, eerst omdat ik het te druk had en toen omdat ik – raar om te zeggen, maar daardoor niet minder waar – wilde wachten totdat ik u kon vertellen dat ik verliefd was. Het is moeilijk te geloven dat er bijna twee jaar zijn verstreken sinds ik uit Boston vertrok, en vanmiddag (het is zondag) vond ik dat ik u een brief moest schrijven, voordat u niet meer weet wie ik ben of voordat mijn wens om u te schrijven zelfs in mijn eigen ogen een sentimentele, zinloze daad wordt.

Ik woon nu in Albuquerque, New Mexico, waar ik op een school voor autistische kinderen werk. Het is een gemengde school, maar in mijn klas zitten alleen jongens. (U weet waarschijnlijk wel dat autisme vaker voorkomt bij jongens dan bij meisjes.) De leeftijden van de jongens variëren tussen twaalf en vijftien jaar. De meesten zijn klein van stuk en lijken jonger dan ze zijn, maar een van hen, Pedro, is langer dan ik en waarschijnlijk een kilo of twintig zwaarder. Hij noemt me soms slinks bij mijn voornaam, alsof ik dat niet merk. Als we naast elkaar zitten te tekenen – hij tekent vooral graag gitaren – zegt hij bijvoorbeeld: 'Vind je mijn tekening mooi, Hannah?' en dan zeg ik: 'Niet Hannah, Pedro. Mevrouw Gavener.' Dan is hij een paar seconden stil tot hij zegt: 'Niet Pedro, mevrouw Gavener. Meneer Gutierrez.' Pedro praat het meest. Veel jongens zeggen heel weinig en hebben vaak last van uitbarstingen en driftbuien. Er is een bijzonder temperamentvolle jongen, Jason, wiens zakken altijd uitpuilen van de spulletjes, zoals kapotte pennendoppen, snoepwikkels, elastiekjes, een of twee scharen en een kattenborstel. (De kattenborstel is van grijs plastic, met stalen pinnetjes.) Jason kan rustig zitten eten, tot hij een druif op de grond laat vallen, dan wordt hij hysterisch, of ik zit met hem te praten en probeer hem een antwoord te ontlokken door hem vragen te stellen – dat is één keer gelukt toen ik vroeg: 'Begint je naam met een J?' – en dan kijkt hij vreselijk gekwetst voordat hij begint te tieren en te spugen. Heel anders is Mickey, de vrolijkste jongen die ik ooit heb gezien. Ik ga een keer per uur met hem naar het toilet. Hij is onlangs van luiers overgegaan op luierbroekjes, en als ik die per ongeluk wel eens luiers noem, corrigeert hij me onmiddellijk. Als hij op de wc zit (zelfs als hij moet plassen gaat hij zitten) kijkt hij op zo'n vrolijke, tevreden manier om zich heen dat hij me doet denken aan een zakenman die eindelijk op vakantie is op de Bahama's en achterover ligt op een luie stoel aan het zwembad, met een lekker drankje binnen handbereik. Mickey is een jongen met krullend haar die, ongeacht het jaargetijde, afwisselend rode en blauwe trainingspakken draagt. Vorige week, toen hij met zijn rode broek op zijn enkels op de wc zat, viel zijn oog op een stalen plank – niet meer dan een richel – die was opgehangen voor de pakken wc-papier.

Hij wees omhoog en zei: 'Is die nieuw?'

'Ja, Mickey,' zei ik. 'Volgens mij wel.'

Hij glimlachte zo breed, en schudde zo langzaam en gelukzalig met zijn hoofd dat je bijna zou denken, om die vergelijking met de zakenman nog even voort te zetten, dat hij zojuist een miljoenenopdracht had binnengehaald. Hij was verrukt. Hij vroeg waar die plank voor bestemd was, en ik zei: 'Voor wc-papier.' Toen vroeg hij, zoals hij vaak doet: 'Vindt u me lief, juf Gavener?' (Mickey praat onduidelijk en spreekt het uit als 'juf Gaav'.) Ik zei: 'Ja, natuurlijk,' en toen verliepen er nog een paar minuten tot hij weer naar boven wees en zei: 'Nieuwe plank!' Ik glimlachte en zei: 'Ik weet het, Mickey.' Terwijl hij blij omhoog wees, zei hij: 'Kijk dan!' en ik zei: 'Dat doe ik.'

Ik woon in een bungalow van adobe, ten zuiden van de universiteit, en mijn kamergenote werkt bij de politie. (Voor ik Lisa leerde kennen, kende ik niet één vrouw die bij de politie werkt.) De helft van de tijd logeert ze bij haar vriend, die ook bij de politie werkt, maar 's avonds is ze thuis en kijken we samen tv. Veel van Lisa's gewoontes zou je stereotiep vrouwelijk kunnen noemen – ze laat altijd haar nagels manicuren en ze geeft driehonderd dollar uit aan een paar schoenen – hoewel ze ook wel een beetje stoer is en een grote fan van de Lobos. Toen ik haar nog geen week kende, zei ze: 'Geen dag is zo beroerd dat hij niet kan worden gered met een lekkere margarita.' Ze is opgegroeid in Albuquerque en ze heeft nooit therapie gehad, voor het geval u dat wilt weten.

Als het erop lijkt dat ik om de hete brij heen draai, namelijk Henry, dan kan dat wel kloppen. Maar ik kan naar waarheid zeggen dat ik momenteel niet meer elke dag, zelfs niet elke week, aan hem denk. Ik denk nog wel elke maand aan hem, maar eerlijk gezegd denk ik vaker aan u. Soms, als ik probeer een besluit te nemen, vraag ik me af wat u me zou aanraden, en in mijn gedachten kiest u altijd iets waar ik meer plezier aan kan beleven of waarin ik opkom voor mezelf. Als ik probeer te achterhalen wat de nadelen zouden kunnen zijn, herinnert u me eraan daar ontspannen over te doen; wat het ook is, zegt u dan, het is het proberen waard.

Trouwens, ik ben blij dat ik op de valreep nog uw echtgenoot heb ontmoet voordat ik uit Boston vertrok, ook al was het bij toeval dat we elkaar allemaal tegenkwamen voor de bioscoop op Brattle Street. Het verbaasde me – zonder daar een oordeel over te vellen, alleen had ik nooit aan de mogelijkheid gedacht – dat hij een Afro-Amerikaan is. Ik stelde me altijd voor dat hij een arts zou zijn zoals u, of een soort hippe timmerman – misschien dacht ik dat omdat u zulk mooi lijstenwerk in uw praktijk had, en de vloer zo prachtig was afgewerkt – maar aangezien hij professor in de wiskunde is, had ik het dus mis. Toen u ons aan elkaar voorstelde, kon u niet verklappen hoe u mij kende, maar ik denk dat hij het wel begreep. Hij glimlachte naar me alsof hij wilde zeggen: Ik neem aan dat je bijzonder neurotisch bent, maar dat reken ik je niet aan.

Dokter Lewin, tot de dag van vandaag blijft u de scherpzinnigste mens die ik ooit ben tegengekomen. U hebt ooit het woord 'perifrastisch' gebruikt – helemaal niet om duur te doen, maar gewoon omdat het voor u het beste uitdrukte wat u bedoelde – en ik was enorm gevleid door het feit dat u ten onrechte veronderstelde dat ik wist wat dat betekende. Ik heb u nooit verteld dat ik na ieder bezoek aan u in de metro noteerde wat we hadden besproken. Ik kwam mijn map met aantekeningen tegen toen ik hier na de verhuizing uitpakte, en hoewel ik ze om narcistische redenen wel interessant vond, hadden ze, ben ik bang, iets ongrijpbaars, iets ontwijkends, terwijl ik altijd had gehoopt dat er plotsklaps iets volkomen duidelijk zou worden – met een heldere, blijvende zekerheid waarvan ik onmiddellijk zou weten dat het waar was en dat ook altijd zou blijven.

Maar goed: die eerste avond in Chicago, nadat ik Allison bij het vliegveld had afgezet en ik met Henry alle dozen en meubelen de trap op sjouwde naar mijn nieuwe woning, zei ik: 'Zullen we iets gaan eten?' en hij zei: 'Er is een heel goed Grieks tentje om de hoek, maar laat ik eerst Dana even bellen,' en ik vroeg: 'Wie is Dana?'

O, zei Henry, had hij het op Figs bruiloft of de vorige keer, toen ik kwam solliciteren, helemaal niet over zijn vriendin gehad? Ze at die avond met ons mee – ik was in een staat van verbijsterd ongeloof – en ze bleek een lange vrouw te zijn met een soort bekakte hardheid. Ze had bij een studentenvereniging geroeid, ze was republikeinse, en ze leek me iemand die, hoeveel ze ook dronk, nooit iets ongepasts of iets ontwapenends zou zeggen. Aan het eind van het etentje zei ze: 'Waarom ben je in Chicago komen wonen?' Ik lachte nerveus en zei: 'Dat weet ik ook even niet meer.'

'Ze heeft hier een baan,' zei Henry.

Dana werkte op een advocatenkantoor, ze maakte lange uren en was doordeweeks, en vaak ook tijdens de weekends, zelden in de buurt. Hierdoor ontwikkelden Henry en ik al snel een patroon waarbij we heel wat tijd met elkaar doorbrachten. Hoewel Dana's bestaan me in het begin het gevoel gaf dat ik verraad pleegde, had ik dit niet tegen Henry durven zeggen, en misschien wilde ik dat ook liever niet. Op de universiteit, toen hij en ik samen naar Kaap Cod reden, was het feit dat Fig er was een soort opluchting geweest, het had de druk van de ketel gehaald. Nu, in Chicago, dacht ik dat Dana Henry en mij de gelegenheid gaf weer aan elkaar te wennen, zodat het haar gemakkelijk werd gemaakt om van het toneel te verdwijnen. Een dergelijk vooruitzicht was niet helemaal onrealistisch: Henry maakte regelmatig opmerkingen waarin hij de stabiliteit van hun relatie in twijfel trok, en ik probeerde net te doen of die opmerkingen me niet blij maakten. 'Ik geloof dat ze haar baas stiekem wel leuk vindt,' zei hij eerst. En: 'Ze is niet de meest invoelende persoon die je ooit zult tegenkomen.' Helaas waren niet al zijn opmerkingen over haar negatief, en een keer zei hij: 'Ze is de eerste vriendin die ik ooit heb gehad die me letterlijk een schop onder mijn kont zou kunnen geven. Is het gek dat dat me opwindt?'

Algauw brachten Henry en ik bijna alle avonden van de week samen door. Hij vroeg vaak mijn advies, wat me verbaasde en vleide. In die tijd kibbelde hij vaak met zijn tweelingzus aan de telefoon – haar man had geld geleend van Henry om een restaurant te kunnen beginnen in New Hampshire, en Henry begon steeds minder vertrouwen te krijgen in die onderneming – en dus hadden we het erover wat Henry daaraan zou kunnen doen. Het duurde een paar maanden voordat ik doorhad hoeveel andere vrienden Henry in vertrouwen nam. Ik was weliswaar degene die hij het vaakst opzocht, maar misschien was dat omdat niemand anders zo beschikbaar was. Hoewel ik niet zeker wist waarom hij dacht dat ik hem van advies kon dienen, nam ik zijn problemen heel serieus en concentreerde ik me zo intens om een oplossing voor hem te vinden, dat ik daarna soms hoofdpijn had. Behalve over zijn zus en zwager, hadden we het vaak over zijn nieuwe baas van het adviesbureau waar hij werkte, en die Henry een klootzak vond, en soms ook over Dana. Henry had het idee dat hij zijn laatste paar relaties zelf had verpest, en hij was vastbesloten er deze keer iets van te maken. Het leek me zo duidelijk dat hem dat niet zou lukken, dat ik niet eens probeerde hem ervan te overtuigen. Ik dacht dat hij het zelf wel snel genoeg zou beseffen.

Op een avond eind september – ik woonde drie weken in Chicago – reden Henry en ik met zijn vriend Bill naar Milwaukee om de Brewers tegen de Cubs te zien spelen. Hoewel ik amper iets begreep van honkbal, had Henry een kaartje voor me gekocht en erop aangedrongen dat ik meeging. In het stadion kondigde Bill aan dat hij elke keer dat de Cubs scoorden een hotdog zou eten. Bij zijn vijfde hotdag greep Bill gepijnigd naar zijn maag, en bij de zevende kon hij nauwelijks de wedstrijd meer bekijken. Hij zat naar voren, met zijn hoofd in zijn handen.

Na de wedstrijd reden we naar Chicago, en Bill viel op de achterbank in slaap, en Henry en ik luisterden naar een zender met klassieke rock, het was een warme avond in het begin van de herfst. We hadden het over de situatie met Henry's zusje en daarna over een nieuw gebouw dat vlak bij zijn appartement zou komen. We spraken niet over Dana; die gesprekken waren al ondraaglijk voor me geworden, aangezien zich altijd de kans kon voordoen dat ze opwindend dan wel hartverscheurend voor me zouden worden, en op deze avond deed alles kalm en gewoon aan. Ik stak mijn hand uit het raampje zodat de lucht ertegenaan werd geperst, en op dat moment had ik het gevoel dat ik nooit van iemand meer zou kunnen houden dan van Henry.

Ik hield van hem omdat hij zo goed en ontspannen reed; omdat hij in het stadion een gigantische *foam finger* voor me had gekocht; omdat hij zo graag wilde dat ik meeging, dat hij er echt zijn best voor had gedaan; omdat hij me, toen ik net een week in Chicago woonde, leerde een fles wijn open te maken, parallel te parkeren en 'je bent een vuile klootzak' te zeggen in het Spaans, en omdat dit vaardigheden leken die ik allang had moeten kennen voor de leukere momenten in het leven; en omdat hij, toen ik zei dat mijn zusje me op de high school het nummer 'Under My Thumb' had leren zingen met in plaats van *she* en *her* overal *he* en *him*, de eerstvolgende keer dat we dat nummer op de radio hoorden, het spontaan ook op die manier meezong; omdat hij er zo knap uitzag in zijn geruite hemd met de parelmoeren drukknoopjes, en met die das van Brooks Brothers, en ook nadat hij in de sportzaal had gebasketbald, nog helemaal bezweet, en omdat hij van die mooie handen had, met vingers die over de gehele lengte even breed zijn en dus niet taps toelopen; omdat hij me zo goed kende, en omdat hij, toen we een keer in een restaurant aten, zei: 'Neem jij die achterste stoel maar,' omdat hij wist dat ik niet graag met mijn rug naar de deur zit. Later, toen ik erover dacht het contact met Henry te verbreken, dacht ik eraan dat ik een ander zou moeten leren me zo goed te kennen als hij, en dat leek me – vooral met een hypothetisch persoon in gedachte – een hoop werk.

Die avond wilde ik alleen maar voor in de auto naast Henry zitten en naar huis rijden na een honkbalwedstrijd in Milwaukee. Terug in de stad bracht hij eerst Bill naar huis, ook al was dat een omweg, omdat hij altijd eerst anderen naar huis bracht en dan pas mij. Voor het gebouw waar ik woonde, parkeerde hij de auto en praatten we nog tien minuten door, nog steeds over feitelijk niets, en ik wilde hem zo graag aanraken dat ik het gevoel had dat ik geen lichaam was, maar een hunkerend voortstuwende meteoor, en toen zei hij ineens: 'Ik ben kapot. Ik moet gaan pitten.' Hij was altijd degene die een eind maakte aan ons samenzijn, hij kon dat; ik kreeg het gewoon niet voor elkaar. Als ik eenmaal binnen was, was het verschrikkelijk om nog steeds een meteoor te zijn. Dan was ik alleen met al mijn opgekropte energie.

Maar ik geloofde, behalve op de vreselijke momenten dat ik het helemaal niet geloofde, dat Henry en Dana uit elkaar zouden gaan en dat hij en ik een relatie zouden beginnen die tot een huwelijk zou leiden, alleen was ik bang dat ik, als hij me voor het eerst kuste, door het feit dat we vrienden waren behoorlijk gespannen zou zijn, en dat hij me, na die gespannen kus, niet wetend dat de situatie zou verbeteren, daarna nooit meer zou willen kussen. Maar het belangrijkste was dat ik me zeker voelde over Henry, dat mijn echte leven eindelijk was begonnen, en dat alles wat tot dusver was gebeurd een inleiding was geweest.

Op een zaterdag in de winter, toen Dana naar Washington DC was gegaan om haar ouders te bezoeken, wandelden Henry en ik door de sneeuw – dat was zijn idee – en die avond maakten we taco's en dronken we bier en zaten we in zijn appartement naar Bruce Springsteen te luisteren. Om drie uur 's nachts, toen ik achterover op de bank lag met mijn voeten op de salontafel, en hij languit op de vloer lag, zei ik: 'Henry, soms heb ik het gevoel dat er iets geks tussen ons is.' Niemand had me ooit verteld dat dat soort gesprekken zinloos zijn, dat je op hem af moet stappen en hem kussen, want wat is een gesprek vergeleken met jouw warme, levende lippen? De man zou je natuurlijk nog steeds kunnen afwijzen, maar hij zou je afwijzen omdat hij je niet terug wilde zoenen, wat een waarachtiger reden is dan alles wat je met woorden kunt zeggen.

Henry zweeg, en het moment duurde eindeloos, er waren nog steeds twee mogelijkheden, en toen zei hij: 'Dat heb ik soms ook,' en ook al was dit een enorme bevestiging, ik wist onmiddellijk dat de rest van het gesprek me droevig zou stemmen. Er zouden vrolijke lachsalvo's volgen, maar het zou hierop uitdraaien: op droefheid. Hij bleef weer een tijdlang zwijgen, toen zei hij: 'Ik geloof niet dat je begrijpt hoe belangrijk je voor me bent,' en ik dacht dat hij zou kunnen gaan huilen.

'Henry, jij bent ook belangrijk voor mij,' zei ik.

'Maar Dana is ook fantastisch,' zei hij. 'En zij is mijn vriendin.'

'Ik moet het gewoon zeggen,' zei ik. 'Ik vond je al leuk toen we nog studeerden.'

Henry keek door zijn oogharen. 'Toen al?'

'Was dat niet te merken?'

'O, ik weet niet. Er zijn momenten geweest…' Hij schudde zijn hoofd en blies langzaam zijn adem uit. 'Het is allemaal zo ingewikkeld.'

Nu ik terugkijk, denk ik: nee, niet echt. Ik denk ook: nee, Dana was in feite niet fantastisch. Maar ik was nog steeds geneigd om Henry op zijn woord te geloven.

'Toen ik in Seoel woonde, wilde ik heel graag dat je me kwam opzoeken. Weet je dat nog?' vroeg Henry.

Ik knikte.

'Ik geloof dat ik toen wel een beetje gek op je was. En toen je me mailde dat je een vriendje had, was ik jaloers.' Hij glimlachte wrang, en mijn hart juichte – hij was gek op me geweest! – en ik overdrijf niet als ik zeg dat ik waarschijnlijk daarna honderd keer heb gedacht hoe stom het was geweest dat ik hem toen niet heb opgezocht. Pas toen ik naar New Mexico was verhuisd begreep ik dat het nooit aan één facet dat je wel of niet hebt gedaan of gezegd te wijten is. Je zou jezelf daarvan kunnen overtuigen, maar het is niet zo.

'Kun jij het je voorstellen dat wij nu een stel zouden zijn?' vroeg ik hem.

'Natuurlijk.' Er viel weer een lange, lange stilte, en hij klonk gepijnigd toen hij zei: 'Ik heb het gevoel dat ik er een rotzooitje van maak.'

'Nee,' zei ik. 'Ik ben degene die het moeilijk maakt door erover te beginnen.'

'Het gaat nu echt moeilijk worden. Heel moeilijk.' Hij grinnikte. We luisterden naar het eind van het nummer – het was 'Mansion on the Hill' – en toen zei hij: 'Het is al laat. Waarom blijf je niet, dan slaap jij in mijn bed en ik op de bank.'

Toen hij me naar zijn kamer had gebracht, bleven we in de deuropening staan, en hij legde zijn hand op mijn schouder en zei: 'Dit is niet omdat ik me niet tot je aangetrokken voel, want dat voel ik me juist wel.' En dat heeft mijn gevoelens misschien nog wel het meest gekwetst. Het klonk zo van: Ach, kleine meid. Nu zie ik dat hij me wel kansen heeft geboden maar dat ik bij die gelegenheden het initiatief had moeten nemen. Het moest mijn fout zijn, of althans, meer dan de zijne. Maar ik begreep niet dat dat de voorwaarde was, of ik begreep het half – ik begreep onbewust dat ik te verlegen was, en dat ik het ook niet wilde zolang hij nog met een ander was. Ik glimlachte sportief en zei: 'Bedankt dat je me hier laat slapen, Henry.' We keken elkaar nog even aan, en toen zei hij: 'Slaap lekker, Gavener.' Dat hij mijn achternaam zei, deed ook pijn, op dat moment.

Ik vermoed dat u zich wel kunt voorstellen hoe het verderging. Het was zo een en al herhaling, dat zelfs als je je er maar een klein stukje van kunt voorstellen, je het hele verhaal kent. Ik dacht dat die nacht een doorbraak was, terwijl het dat helemaal niet was, ik dacht dat er een relatie op handen was, ik dacht dat het een heel bijzonder gesprek was, maar het was een gesprek dat we steeds opnieuw voerden, en elke keer was het niet zozeer een erkenning van de wederzijdse aantrekkingskracht tussen ons als wel een herinnering van mij aan hem van mijn onbeantwoorde liefde en van mijn niet-aflatende beschikbaarheid, mocht hij ooit zover komen dat hij eraan toe wilde geven. Waar hij mij aan herinnerde was hoezeer hij me waardeerde, hoe goed ik hem begreep. Soms, als ons gesprek een onaangename wending had genomen, vroeg hij, schijnbaar gekwetst: 'Wil je dan, als ik niet je vriendje kan zijn, niet gewoon met me bevriend zijn?' En dan zei ik: 'Natuurlijk wil ik met je bevriend zijn!' Met hem omgaan terwijl hij over zijn gevoelens piekerde, terwijl hij in het lauwe bad van zijn ambivalentie lag te weken, met mijn gezicht verwrongen in uitdrukkingen van bezorgdheid en medeleven en niet-oordelend inzicht en niet-gekwetste ontvankelijkheid – daarmee had ik geen probleem. Maar wat voor een stakker zou ik zijn geweest als ik zijn vriendschap had afgewezen omdat hij niet mijn minnaar wilde zijn?

Een paar keer zei Henry: 'Ik ben heel erg op onze vriendschap gesteld' of: 'Ik ben heel graag bij jou'. Of, en dat kwam er nog het dichtst bij: 'Ik ben heel blij met jou in mijn leven.'

En dan waren er de avonden waarop ik op de bank zat en hij met zijn hoofd op mijn schoot lag terwijl we televisie keken, en dan kon ik mijn hand op zijn schouder leggen, maar alleen op zo'n manier dat het was alsof ik hem daar gewoon liet rusten; ik ging niet met mijn vingers door zijn haar. Als hij zo lag, was ik de gelukkigste mens op aarde. Ik was zo gelukkig dat ik nauwelijks adem durfde halen. We hadden het er nooit over, en de gesprekken die we daarvoor, tijdens of daarna voerden waren heel terloops. En we spraken er nooit over toen hij ermee ophield, hetgeen gebeurde – ik weet niet zeker of het ermee te maken had, maar het lijkt aannemelijk – kort nadat hij met Dana naar een bruiloft was geweest. Als we, nadat we ermee waren opgehouden, samen op de bank zaten, was de afwezigheid van zijn hoofd op mijn schoot groter dan het televisieprogramma, of dan mijn appartement, of dan de stad Chicago.

En welke rol speelde Dana hier precies bij? Ze werkte in het centrum op het advocatenkantoor, ging daarna roeien op het apparaat in haar fitnessclub in Clark Street, en op vrijdag en zaterdag gin-tonic drinken met Henry, waarbij hij mij nooit uitnodigde, in chique tenten waar ik nooit was geweest. Toen ik op een keer bij Henry naar de wc ging, zag ik een wikkel van een tampon in de afvalbak liggen, en ik kon wel janken. Een paar keer zei hij: 'Ik geloof dat Dana zich door jou bedreigd voelt. Dat komt doordat ze niet weet wat ze aan je heeft.' En genoot ik niet van het idee dat die breedgeschouderde, gin drinkende Dana zich door mij bedreigd kon voelen, en genoot ik in bepaalde opzichten ook niet van mijn eigen treurigheid? In het weekend, als ik om halfacht 's avonds in een corduroy broek en een sweatshirt naar de supermarkt en de videotheek wandelde, terwijl stelletjes in zwarte kleren hand in hand liepen en in taxi's stapten, liet ik me dan niet meeslepen door de pijn van mijn eenzaamheid, door het feit dat ik Henry's liefde toch zo verdiende, en hoeveel mooier het alleen nog maar kon worden na al mijn doorstane leed?

Aan de ene kant heb ik het gevoel dat ik de grootste dwaas was die er rondliep: als een man romantische gevoelens voor je koestert, probeert hij je te zoenen. Dat is het hele verhaal, en als hij je niet zoent, is er geen enkele reden om op hem te wachten. Ja, in verhalen over verliefde mensen komt het wel voor dat de een op de ander wacht – in die periode vrat ik dat soort verhalen – maar in werkelijkheid gebeurt het zelden. Ook hierover had niemand me iets verteld. En het was niet zo dat ik niet wist dat het onverstandig was om zo veel tijd met Henry door te brengen. Het kon me namelijk echt niet schelen. Ik wilde geen afstand van hem nemen, de brokstukken oprapen en ergens op een dag een leuke vent tegenkomen, een man die me zou waarderen zoals ik het verdiende gewaardeerd te worden. Ik wilde Henry.

Ons huwelijk, zo dacht ik, zou op zich geen overwinning zijn maar louter een neveneffect van het feit dat we zo van elkaars gezelschap genoten, en dat het onmogelijk leek dat er een tijd zou komen waarin we dat niet meer zouden doen. Mijn zekerheid was bijna fysiek – als een telefoon, een sportschoen, niet iets kostbaars of schitterends – en ik hoefde niet in dezelfde kamer te zijn om te weten dat die bestond. Voor zijn negenentwintigste verjaardag kocht ik twaalf oranje eetborden die ruim tweehonderd dollar kostten, en hoewel ik het gevoel had dat het een idioot duur cadeau was, dacht ik – niet als een berekende truc, niet als een grapje dat alleen ik begreep, maar als een nuchter feit – dat die borden uiteindelijk van ons beiden zouden zijn.

Henry en Dana waren nog steeds bij elkaar in februari, toen hij Suzy leerde kennen, een ontmoeting waar ik ook bij aanwezig was. (Ik heb wel eens gehoord dat veel mensen die in 1947 de diploma-uitreiking op Harvard University bijwoonden, toen minister George C. Marshall zijn toespraak hield, niet beseften dat ze naar de aankondiging van het Marshall Plan zaten te luisteren.) Henry en ik gingen op een avond een pizza halen in Damen Avenue, en Suzy zat aan het tafeltje achter ons in haar eentje te roken, terwijl Henry en ik op onze bestelling wachtten. Ze zag er, een beter woord weet ik er niet voor, zo studentikoos uit dat het niet bij me opkwam me zorgen te maken. Ze had een spijkerjasje aan, droeg haar lange haar los op een paar kleine vlechtjes aan de voorkant na, en ze had zilveren ringen aan bijna al haar vingers. Ze was klein en knap, en ik kan me niet herinneren dat ze echt naar patchoeli rook, maar ze zag eruit alsof dat heel goed zou kunnen. Als je me die avond had gevraagd hoe we met haar in gesprek raakten, zou ik het waarschijnlijk niet onmiddellijk hebben geweten, maar later dwong ik mezelf eraan terug te denken en het leek geen toeval dat zij en Henry aan de praat raakten op het moment dat ik naar de balie liep om een glas water te halen. Waarschijnlijk was hij degene die haar aansprak. Toen ik terugkwam, hadden ze het over wapenbeheersing. En toen ik hem de week daarop 's ochtends op zijn werk belde, zei hij dat hij een kater had. Hij had Suzy gezien in een café, vertelde hij, maar toen begreep ik het nog niet, en het verbaasde me toen hij zei dat ze tot sluitingstijd waren gebleven.

'Wat raar dat je haar steeds tegenkomt,' zei ik. 'Misschien stalkt ze je wel.'

'Nee, we hadden afgesproken,' zei hij. 'Ik heb haar gebeld.' Er viel een stilte, een stilte waarin ik deze informatie tot me liet doordringen en Henry – wat? – me dat in alle waardigheid liet doen.

'Hoe ben je dan aan haar nummer gekomen?' vroeg ik, en ik had dat bekende gevoel waarbij het is alsof je over ijs de afgrond in glijdt: het zweterige branden van mijn handen, de eindeloos lange val.

'Toen we haar vorige keer zagen,' zei hij, wat niet echt een antwoord was op mijn vraag, maar intussen zei hij wel zo ongeveer alles wat ik moest weten.

Zelfs toen hij en Dana uiteindelijk uit elkaar gingen, dacht ik nog dat het tussen hem en Suzy niet echt iets zou worden. Zij was negentien en waarschijnlijk was ze dol op pijpen of zoiets. We gingen een keer met zijn drieën ergens eten, en ze was niet dom – dat had ik natuurlijk wel gewild – maar ze was ook niet echt interessant. Ze was niet iemand die vragen aan andere mensen stelde, of misschien deed ze alleen zo tegen mij. Ze kwam uit Madison, ze studeerde sociologie aan De-Paul en werkte twintig uur per week als serveerster. Op een bepaald moment zei Henry: 'Ik heb vandaag zo'n vreemde e-mail gekregen van Julie,' en Suzie zei: 'Wie is Julie?' en ik zei: 'Dat is Henry's tweelingzus.' Ik zei het niet pinnig, ik beantwoordde gewoon de vraag. Suzy zei: 'Heb jij een tweelingzus?' en weer (dokter Lewin, ik hoop dat ik nu niet nodeloos grof overkom), kon ik alleen maar denken: pijpen.

Toen ik na het etentje naar huis liep, het was een regenachtige avond in april, bedacht ik – ik was zover dat ik voortdurend probeerde mezelf dit soort beperkingen op te leggen – dat ik nooit meer met Henry zou uitgaan als Suzy erbij was, en dat ik hem vanaf dat moment niet vaker dan twee keer per week moest zien en dat ik niet meer met hem moest praten als hij me op mijn werk belde. Of misschien gooi ik de dingen nu door elkaar, misschien was dat wel het tijdstip waarop ik besloot dat ik niet meer thuis met hem zou moeten praten en alléén nog maar op het werk.

Hoe dan ook, de week daarop gingen we samen lunchen, en ik had het gevoel dat ik zo vaak had bij hem, dat er tussen ons geen enkel woord of gebaar onmogelijk was. Ik wilde over de tafel heen reiken en zijn kin in mijn handen nemen en alle botten van zijn gezicht voelen. Hij had altijd zo van mij geleken. Of ik had wil zeggen: Ik ben helemaal kapot, zonder verdere uitleg. Maar ik nam zijn kin niet in mijn handen, ik zei niets geks, en ik vroeg niet naar Suzy, want dat had ik ook besloten: ik zou niet langer doen alsof praten over zijn vriendinnetjes me niet stoorde.

We hadden tien dagen geen contact. Ik belde hem met opzet niet, en ik was trots dat ik dat volhield. En toen hij me daarna op een donderdagochtend op mijn werk belde, dacht ik: natuurlijk, natuurlijk, hij moet zich altijd even melden, en hij zei: 'Ik heb nieuws, en ik hoop dat je blij voor me bent,' en toen zei hij: 'Suzy is zwanger.' Ze gingen toen nog geen vier maanden met elkaar om.

Ik zat aan mijn bureau en alle dingen die erop lagen – de rode muismat, de beker met pennen, de rij plastic mappen – zag ik ineens zo duidelijk; zo had ik ze nog nooit eerder gezien.

'Ik heb je steun nodig,' zei hij, en ik bekeek de dikke rug van het telefoonboek van Chicago. 'Mijn ouders gaan helemaal flippen.'

Ten slotte vroeg ik: 'Hoeveel weken is ze zwanger?'

'Negen.'

'En jullie gaan geen abortus doen?'

'Hoor je wel wat je zegt, Hannah? Ik neem aan dat je je het niet kunt voorstellen, maar we willen dit kind. We hebben het gevoel dat het om een bepaalde reden is gebeurd.'

'Je bedoelt een andere reden dan dat Suzy de pil niet heeft genomen?'

'Dat is een vreselijk seksistische opmerking,' zei hij. 'Ik ben er meer op ingesteld dan zij. Zij is degene die nog studeert. Maar we zijn echt verliefd.' Een fragment van een seconde dacht ik dat hij het over ons tweeën had. 'Ik wou dat je er niet zoiets raars van maakte,' zei hij.

'Volgens mij heb jij dat al gedaan.'

Hij zweeg.

'Gaan jullie trouwen?' vroeg ik.

'Nu nog niet, maar waarschijnlijk later wel.'

'Wat vinden haar ouders ervan?'

'Die reageren heel tof. We zijn het afgelopen weekend bij ze geweest. Het zijn fantastische mensen.'

Ik moest weer aan de middag denken dat we naar Kaap Cod waren gereden, en hoezeer Henry sindsdien was veranderd – ik geloof dat hij minder eerlijk tegenover zichzelf was geworden – maar ook dat wat op die dag waar was geweest, zeven jaar later nog steeds gold: dat hij graag meisjes redde die gered wilden worden. Hij had ongelijk gehad met zijn voorspelling dat die neiging van hem zou overgaan.

En Henry zou beslist teleurgesteld zijn geweest als ik niet negatief op het nieuws had gereageerd. Was het niet juist de bedoeling dat we dit patroon volgden: dat hij het me vertelde, ik zou flippen, en vervolgens zou kalmeren om hem daarna te vertellen hoe hij het het beste aan kon pakken met zijn ouders, dat we wel een manier zouden bedenken waarop deze ontwikkelingen juist het idee zouden bevestigen dat hij een oppassende, verstandige jongen was wiens leven de juiste kant opging? We zouden zijn beslissing eerzaam noemen; en hij zou in het voorbijgaan nog vermelden hoe verrukkelijk hij Suzy vond, zodat ik wist dat ze geweldige seks hadden en niet het idee zou krijgen dat hij dit alleen uit plichtsbesef deed.

'Nou, veel geluk,' zei ik, en hij zei: 'Het is niet zo dat wij elkaar nooit meer zien.'

Zodra ik had opgehangen begon ik te huilen. Ik zat aan mijn bureau en de deur van mijn kantoor stond open, maar het kon me niet schelen. Ik huilde deels omdat Suzy hem had gekregen en niet ik, maar meer nog dan om het verlies van Henry huilde ik om mijn eigen foutieve inschatting, waar ik nu onweerlegbaar het bewijs van had. Mijn intuïtie, mijn voorgevoel – hoe je het ook wilt noemen, was niet uitgekomen. Henry en ik waren niet voor elkaar bestemd. We zouden niet de rest van ons leven samen van oranje borden eten, ik zou nooit met mijn hand door zijn haar woelen als hij met zijn hoofd op mijn schoot lag, we zouden nooit samen naar een onbekend land reizen. Niets van dat alles. Het was voorbij. Of het werd niets met hem en Suzy, en hij zou me later willen, over een paar jaar, of nog veel later zou hij me achternakomen als ik achtenzestig was en hij zeventig, maar wie kon het dan nog iets schelen? Ik wilde hem nu, nu we nog waren zoals we waren. Bovendien had hij de regels overtreden van wat ik had beschouwd als onze stilzwijgende afspraak.

Ik besloot naar Albuquerque te verhuizen omdat ik daar niemand kende, omdat het ver van Chicago en Boston en Philadelphia lag, en als de omgeving daar anders was, droog en bergachtig en vol vreemde, stekelige planten, zou ik misschien ook kunnen veranderen, stelde ik me voor. Vluchten is, net als onbeantwoorde liefde, een oud verhaal. Nog geen maand nadat Henry me had verteld dat Suzy zwanger was, had ik me al verschanst bij Lisa in Coal Street. Die zomer werkte ik als gastvrouw in een Frans restaurant, en in augustus kreeg ik mijn huidige baan als assistent-lerares op Praither Exceptional School. Ik wist toen ik begon weinig over het bijzonder onderwijs – de enige met een ontwikkelingsachterstand die ik ooit van dichtbij had meegemaakt was mijn neef Rory – maar ik was aan iets anders toe. Mijn salaris is niet hoog, maar gelukkig is het dagelijks leven in New Mexico ook niet duur. Het stemt me vooral blij dat ik kan melden dat ik in februari mijn studentenlening heb afbetaald.

De vorige week gingen we met de jongens naar buiten – de andere docenten zijn Beverly en Anita, en het hoofd heet Graciela, maar zij bleef binnen om de ingrediënten klaar te zetten voor de muffins die we 's middags met de jongens zouden bakken – en een paar leerlingen probeerden de bal in de basket te gooien terwijl anderen in het klimrek klauterden. Ik stond bij de glijbaan terwijl een jongen, Ivan, me vertelde over zijn wens om een tractor te kopen, toen ik een jammerende kreet hoorde. Het was Jason – die opvliegende jongen die met een kattenborstel en allerlei andere spullen op zak loopt – en toen ik me omdraaide zag ik hem op de verhoging die de verbinding vormt tussen de twee delen van het klimrek, met zijn vingers in een van de drainagegaten vastzitten. Ik moet er nog bij vertellen dat het klimrek is ontworpen voor kinderen die kleiner en jonger zijn dan mijn leerlingen. Ik klom op de verhoging en knielde naast Jason, met het idee dat ik, als hij stil bleef zitten, zijn vingers er wel uit zou kunnen trekken. Hij krijst en jankte, en ik trok zo voorzichtig mogelijk aan zijn hand, maar zijn vingers – zijn middel- en ringvinger – bleven vastzitten. Anita en Beverly kwamen erbij en de rest van de jongens stond al toe te kijken.

'Kan een van jullie wat vaseline gaan halen?' vroeg ik aan de docenten. 'Of anders een sopje?'

'We nemen de kinderen mee naar binnen,' zei Anita.

Toen de speelplaats leeg was, bleef Jason jammeren. 'Jason, wat staat er op je T-shirt?' zei ik. 'Een vis, ja toch? Een vis uit Texas?' Hij droeg een turkooiskleurig T-shirt waarop stond SOUTH PADRE ISLAND. 'Wat voor vis is dat?' vroeg ik.

Zijn gejammer werd steeds minder hard.

'Ik vraag me af of hij snoep eet,' zei ik. 'Eten vissen snoep? Niet in het echt, maar misschien een vis in een film of een nepvis wel.' Het was een goedkoop trucje van me om over snoep te beginnen – om de leerlingen te helpen rekenen (u zult wel weten dat het helemaal niet waar is dat alle autistische mensen wiskundige genieën zijn), en om te oefenen hoe het in de winkel gaat, worden er soms braderieën gehouden. Onze klas, klas D4, verkoopt popcorn voor dertig cent per zak; klas D7, de oudste leerlingen, verkoopt snoep, en veel van onze jongens, onder wie Jason, zijn daar helemaal op gefixeerd.

Jason was opgehouden met huilen. Ik haalde een zakdoekje uit mijn zak en hield hem die voor. 'Snuiten,' zei ik, en hij fronste zijn voorhoofd en keek de andere kant op.

'Wat dacht je van een lolly?' zei ik. 'Zou een vis een lolly eten?'

Hij draaide zijn hoofd met een ruk terug. In de periferie van mijn gezichtsveld zag ik Graciela en de schoolzuster uit het gebouw naar ons toe komen. Jason stond me aan te kijken. 'Ben jij veertien?' vroeg hij.

Ik schudde mijn hoofd. 'Jij bent veertien,' zei ik. 'Ja toch? Jij bent veertien jaar. Maar ik ben een volwassene. Ik ben achtentwintig.'

Hij keek me onbewogen aan.

'Achtentwintig is twee keer zo oud als veertien,' zei ik. Jason reageerde nog steeds niet, en ik vroeg: 'Waarom sta je me zo aan te kijken?'

'Ik speur naar aanwijzingen voor een goede sociale omgang,' zei hij.

Ik moest op mijn lip bijten. 'Dat is heel goed!' zei ik. 'Jason, dat is geweldig. Dat is precies wat je moet doen. Maar weet je? Als je let op aanwijzingen voor een goede sociale omgang, zeg je dat meestal niet tegen een ander. Dat hoef je niet te doen.'

Hij bleef stil. Omdat ik het gevoel kreeg dat ik hem had ontmoedigd, vervolgde ik: 'Maar ik zal je een geheimpje vertellen. Ik speur ook naar aanwijzingen voor een goede sociale omgang. Het valt niet mee, vind je wel?'

Graciela en de zuster waren bij het klimrek aangekomen. Ze hadden vaseline en zeep bij zich, en Beverly volgde kort daarna met tandzijde en ijsschaafsel. Niets werkte. Graciela en de zuster stonden onder de verhoging ijs op Jasons vingers te drukken, ze smeerden ze in met vaseline, trokken en duwden eraan, maar ze bleven vastzitten. De zuster belde de eerstehulp. Ik bleef met Jason praten terwijl zij gebukt onder de verhoging stonden – ik kon het merken als ze hardhandig aan zijn vingers trokken omdat hij dan even gilde en me daarna aankeek, alsof hij zich voorbereidde op een nieuwe stortvloed van tranen. Ik knikte hem toe. 'Het gaat lukken,' zei ik. Of: 'Ze doen het om je te helpen.'

De eerstehulp kwam na twintig minuten. Ook de politie arriveerde – dat is wettelijk verplicht – en het bleken mijn huisgenote Lisa en haar partner te zijn. Dat is al eens eerder gebeurd. 'Wat hebben we hier?' zei ze. Ze vroeg of Jason haar pet op wilde, maar dat wilde hij niet. Ik voelde dat de kans steeds groter werd dat hij weer hysterisch zou worden door de komst van de auto's en de mensen, en hij begon een beetje te huilen maar hij bleef rustig. Zelfs toen de broeders zijn vingers losrukten – ik neem aan dat ze alleen maar wat meer kracht gebruikten dan Graciela en de zuster hadden gedurfd – bleef Jason kalm. Toen zijn vingers eindelijk los waren en hij kon opstaan, omhelsde ik hem. We proberen de jongens zo veel mogelijk te behandelen als normale veertienjarigen, om één lijn te trekken op het gebied van fysiek contact – vooral Mickey heeft hier moeite mee, hij steekt vaak zijn hoofd onder mijn arm en zwijmelt dan: 'Ik hou van u, juf Gaahv' – maar op dit moment kon ik me niet inhouden. Ik voelde wel dat Graciela het tegelijkertijd afkeurde en begreep.

Ik droeg een grijze blouse, en toen Jason met de zuster naar binnen ging, zag ik dat er op een aantal plaatsen vaseline op zat, en op dat moment voelde ik – je kunt vanaf de speelplaats de Sandiabergen zien – dat mijn bestemming hier in de woestijn van New Mexico was, dat ik voorbestemd was een docent te zijn met vaseline op mijn blouse. Ik wil de jongens niet idealiseren of net doen alsof het van die engeltjes zijn; Pedro peutert regelmatig in zijn neus totdat het bloedt, en ze zitten allemaal zo vaak in hun broek met hun penis te spelen dat we papieren handen op hun tafels hebben geplakt waar ze hun handen op moeten leggen. 'Handen boven tafel!' roepen we dan. 'Handen boven tafel!' En toch heb ik ergens het gevoel dat mijn leerlingen de hele wereld in zich dragen. Ik kan hier niet echt woorden voor vinden. Net als wij allemaal zijn ze hebberig en chagrijnig en soms afstotend. Maar ze zijn nooit stiekem; ze zijn volkomen oprecht.

Het leven van mijn leerlingen zal hard zijn op een manier die zij niet begrijpen, en ik wou dat ik ze kon beschermen – dat kan ik niet – maar zo lang ik probeer hun te leren hoe ze zichzelf moeten beschermen, denk ik in elk geval niet dat ik mijn tijd aan het verspillen ben. Misschien is dat de manier om te weten dat je doet wat je moet doen: hoe langzaam of hoe gering ook je vorderingen zijn, je hebt nooit het gevoel dat het tijdverspilling is.

Eerlijk gezegd ben ik blij dat ik niet heb gekregen wat ik in Chicago meende te willen. Als ik toen had gekregen wat ik wilde, zou ik nooit hebben geleerd hoe ik een tiener die me wil aanvallen moet aanpakken, ik zou nooit een dashiki op het mededelingenbord hebben geprikt ter gelegenheid van de Kwanzaaviering, ik zou nooit voor een klas met jongens hebben gestaan in een les over puberteit en hygiëne. En ik vind mezelf echt een geluksvogel dat ik heb voor kunnen doen hoe je deodorant aanbrengt. Wat zou er van Henry en mij zijn geworden als we getrouwd waren? Ik stel me voor dat we op zaterdagmiddag naar de betere warenhuizen zouden gaan, om kussenslopen of porseleinen schalen te kopen om gevulde eieren op te serveren.

Soms, als ik 's middags naar de wc ben geweest en naar de wastafel loop om mijn handen te wassen, is mijn spiegelbeeld iemand die ik wel ken maar niet meteen kan plaatsen. Ook dat komt door de jongens: omdat ze al mijn aandacht opeisen, me opgebruiken en maken dat ik mezelf vergeet. En als ik mijn handen sta te wassen en zie dat er een stukje eten tussen mijn tanden zit en ik uitreken dat dat er al een paar uur moet zitten waarin ik met andere docenten heb gepraat, ook mannelijke docenten, zal ik niet zeggen dat het me niets doet, maar echt veel kan het me niet schelen. In mijn leven hiervoor, in Chicago en in Boston, zou ik me vreselijk opgelaten hebben gevoeld als ik wist dat ik met mensen had staan praten terwijl er iets tussen mijn tanden zat. Maar dat zou me nooit gebeurd zijn, aangezien ik dat soort dingen ontzettend belangrijk vond.

Soms mis ik mijn familie wel, maar die schijnen het goed te maken. Allison is weer zwanger en ook Fig is zwanger – er is tegenwoordig veel mogelijk op deze wereld – en ze vertelt aan iedereen die het horen wil dat de anonieme spermadonor die zij en Zoe hebben gebruikt een IQ heeft van 143. Darrach en Elizabeth en Rory zijn me in de winter komen opzoeken, en we hebben een heleboel toeristische dingen gedaan – ze hebben alle drie turkooizen kettingen gekocht in Old Town – en Elizabeth zei steeds maar: 'Het is verdomd cool dat je hier woont. Ik heb mijn hele leven al naar New Mexico gewild.' Ik weet niet of u zich mijn vriendin Jenny van Tufts nog herinnert, maar zij woont in Denver, dat is niet ver vliegen hiervandaan, dus we zeggen steeds dat we elkaar komen opzoeken; zij doet het tweede jaar van de verpleegopleiding. (Ik hoop dat ik met het verstrekken van de laatste nieuwtjes over anderen uw belangstelling voor mijn huidige leven niet overschat nu ik u niet langer 105 dollar per uur betaal. En ik wil echt niet de spot drijven met uw honorarium, aangezien ik weet dat sommige andere cliënten wel zeventig dollar meer betalen. Ik denk dat ik u ook niet eerder heb geschreven omdat ik, toen u zei dat ik u moest laten weten hoe het met me ging, gewoon niet wist of u bedoelde eenmalig of regelmatig.)

Maar om terug te komen op Henry: ik veronderstel dat de simpelste verklaring is dat hij me niet zo heel aantrekkelijk vond. Maar dat ik me tot hem aangetrokken voelde was voor hem vleiend, en hij genoot oprecht van mijn vriendschap. Wat had hij te verliezen als hij mij in de buurt hield? Ik verwijt hem niet dat hij me heeft voorgesteld naar Chicago te verhuizen, aangezien ik met een natte vinger te lijmen was – ik hoorde in dat gesprek op Figs bruiloft wat ik erin wilde horen. Of misschien voelde hij zich wel voldoende tot me aangetrokken, maar wilde hij niet dat degene die hij alles toevertrouwde ook zijn vriendin zou zijn. Ik begrijp wel dat iemand misschien liever een beetje afstand wil. Ik begrijp ook dat ik, omdat hij mij afwees, zekerheid had wat hem betrof, maar dat hij, omdat ik hem nooit afwees, gebukt ging onder onzekerheid. En dan denk ik weer: nee, nee, dat was het allebei niet. Het kwam door mij – ik was degene die uiteindelijk niet wilde. Ik wilde het geluk bewaren, als een fles champagne. Ik stelde het uit omdat ik bang was, omdat ik het overwaardeerde, en omdat ik het niet wilde opgebruiken, want wat heb je dan nog te wensen over? Die mogelijkheid, dat ik vreesde te krijgen wat ik wilde, is voor mij het moeilijkst onder ogen te zien, wat waarschijnlijk betekent dat die het meest waarschijnlijk is. Bij drie of vier gelegenheden had Henry me waarschijnlijk gekust, en bij al die gelegenheden draaide ik mijn gezicht weg. Soms scheelde het maar een centimeter, of ik zei het met mijn ogen. Het was nooit met opzet; ik had het altijd al gedaan voor ik ertoe had besloten. Een van die keren was toen hij op mijn schoot lag voor de tv en naar me opkeek; hij keek me toen zo indringend aan, en ik had ook naar hem kunnen kijken, maar in plaats daarvan vroeg ik me af of hij mijn neushaartjes kon zien, en ik hield mijn hoofd scheef zodat we elkaar niet langer in de ogen hoefden kijken. Ik heb me er op die momenten nooit klaar voor gevoeld, ik had het gevoel dat ik eerst moest gaan douchen of aantekeningen maken en dus was het, denk ik, mijn schuld; ik heb mijn eigen ondergang geregisseerd. Aan de ene kant denk ik: maar waarom kon hij zich geen rekenschap geven van mijn nervositeit, waarom kon hij niet gewoon zijn handen op mijn oren leggen en me stilhouden? En aan de andere kant denk ik dan: hij was tenslotte nooit vrijgezel. Misschien is het wel beter zo.

Soms denk ik aan die keer dat we terugreden na de wedstrijd van de Brewers, toen ik geloofde dat ik nooit van iemand meer zou kunnen houden dan van Henry. Op een bepaalde manier heb ik misschien gelijk gehad: ik kan me niet voorstellen ooit nog zo verliefd en vrij van twijfel te zijn. Ik denk dat Henry misschien de eerste en de laatste is van wie ik dacht: als ik hem van mij kan laten houden, dan komt alles verder goed. Dat ik niet langer zo naïef ben, is tegelijkertijd verlies en winst. Ik ben sinds ik in New Mexico woon een paar keer met mannen uit geweest – zelfs een keer met een jongen die ik tegenkwam bij de supermarkt, iets waarvan ik dacht dat het alleen maar in films gebeurde – maar ik ben niet verliefd. Als ik een gokje moet wagen, zou ik zeggen dat ik uiteindelijk nog wel trouw, maar ik ben daar helemaal niet zeker van. Als ik denk aan Henry en Oliver en Mike heb ik het gevoel dat ze alle drie een bepaald type vertegenwoordigen – sjablonen bijna – en ik vraag me af of dat de enige drie op de hele wereld zijn: de man die er helemaal voor je is, de man die wel bij je is maar ook weer niet, de man die zo dichtbij komt als hij kan zonder ooit de jouwe te worden. Het zou aanmatigend zijn te beweren dat er geen andere dynamiek bestaat alleen omdat ik die niet heb meegemaakt, maar ik moet zeggen dat ik me niet kan voorstellen hoe die zou zijn. Ik hoop dat ik het mis heb.

Mike is de enige van de drie aan wie ik met veel heimwee terugdenk. Ik denk echt dat het anders zou kunnen zijn als we elkaar nu tegenkwamen, nu ik genoeg vergelijkingsmateriaal heb om te weten hoe zeldzaam zijn goedheid was, maar dan bedenk ik hoe akelig ik werd van zijn zoenen. Hoe kun je je leven doorbrengen met iemand van wiens zoenen je akelig wordt? Ik heb trouwens horen zeggen dat hij is getrouwd. Oliver woont nog in Boston, en af en toe sturen we elkaar een mailtje. Ik koester geen wrok tegenover hem – ik heb echt een kick van hem gekregen – maar ik ben blij dat we niet langer bij elkaar zijn gebleven.

Wat Henry betreft, we hebben geen contact meer gehad sinds ik uit Chicago ben vertrokken. Ik ga ervan uit dat hij en Suzy nog bij elkaar zijn; als ik hem voor me zie, zie ik haar daarbij op de achtergrond met een kind in haar armen. De dag waarop ik uit Chicago vertrok hebben Henry en ik samen ergens ontbeten, op zijn voorstel, en toen we elkaar bij het afscheid omhelsden zei hij: 'Ik heb het gevoel dat ik tegenover jou een paar dingen verkeerd heb gedaan,' en ik zei: 'Dat gevoel heb ik tegenover jou ook.' En weer keek hij alsof hij elk moment kon gaan huilen, dus schudde ik, bijna geërgerd, mijn hoofd en zei: 'Zo erg is het niet.'

Op een keer beschreef ik, kort nadat ik naar Albuquerque was verhuisd, Henry aan mijn kamergenote Lisa. Hoewel ik al vijftien minuten aan het woord was, had ik volgens mij nog bijna niets over hem verteld, maar zij keek even naar me – we zaten in de auto, en zij reed – en zei: 'Wat een watje lijkt me dat.'

Vorige week op de speelplaats, nadat Jason naar binnen was gegaan, belde Lisa met haar walkietalkie naar het hoofdbureau, en zweeg even terwijl haar partner terugliep naar de auto. Ze zei: 'Hannah, wat heb ik je gezegd over vingers van leerlingen in drainagegaten steken?' Ze grinnikte. 'Dus jij wilt vanavond buiten grillen?'

'Hebben we daar spullen voor?'

'Ik ga onderweg wel even bij Smith's langs.' Lisa stapte in de auto, draaide het raampje omlaag, stak haar hoofd naar buiten en zei: 'Niet te geloven dat je klompen draagt. Je bent echt zo'n lerares.'

Dokter Lewin, ik vertel u dit allemaal zodat u weet dat ik vooruit ben gegaan; ik heb vorderingen gemaakt. In de tijd dat we elkaar zagen, moet ik zijn overgekomen als iemand die vreselijk vastgeroest was – in mijn ideeën over mezelf, over mannen, over alles – en ik heb wellicht de indruk gewekt dat ik niets hoorde en niets tot me liet doordringen, maar ik heb heus wel naar u geluisterd; ik heb echt wel wat geleerd. En ik leer nog steeds: zelfs toen ik hier was komen wonen, had ik het gevoel dat ik Henry en Suzy een cadeautje moest sturen om ze geluk te wensen, en omdat ik zo bitter was, geloofde ik dat het een manier was om te laten zien dat ik juist niet bitter was. Dus kocht ik op een dag in een winkel met campingartikelen een grill, en die nam ik mee naar huis, en ik wilde net het adres op de doos schrijven toen ik dacht: wat ben ik verdomme aan het doen? Het is de grill die Lisa en ik nu in de achtertuin hebben staan. Het gras in de tuin is allang dood, maar er is wel een terras waar we kunnen zitten. Het is nu voorjaar; 's avonds is het licht boven de bergen prachtig, en de hamburgers die we op Henry's grill bakken zijn, al zeg ik het zelf, buitengewoon lekker. Als u ooit toevallig in Albuquerque bent, hoop ik dat u me komt opzoeken, dan zal ik er een voor u bakken. Ik stuur u deze brief met heel veel genegenheid en waardering voor de vele manieren waarop u me hebt geholpen.

Het beste,
Hannah Gavener

Woord van dank

Mijn agente, Shana Kelly, is kalm en verstandig, zelfs als ik dat niet ben, en alles wat ze voor me doet, doet ze uitstekend. Bij William Morris word ik verder bijgestaan door Suzanne Gluck, Jennifer Rudolph Walsh, Tracy Fisher, Raffaella DeAngelis, Michelle Feehan, Andy McNicol, Alicia Gordon – die me alles over Hollywood zo kan uitleggen dat ik het begrijp – en Candace Finn, die altijd opgewekt is en alles op orde heeft.

Bij Random House heb ik het geluk bijgestaan te worden door Gina Centrello, Libby McGuire, Jane von Mehren, Sanyu Dillon, Avideh Bashirrad, Allison Saltzman, Victoria Wong en Janet Wygal. Ik heb niet één, maar twee uitstekende redacteurs: Daniel Menaker, die me de fijne kneepjes van het vak bijbrengt, en Laura Ford, de eerste vriendin van zowel Lee Fiora als Hannah Gavener bij Random House. De uitgebreide feedback van Dan en Laura, hun grappige e-mails, wijze adviezen, constante beschikbaarheid en goede humeur stemmen me elke dag dankbaar. Daarnaast zijn mijn publiciteitsagentes – Jynne Martin, Kate Blum, Jen Huwer, Jennifer Jones en Megan Fishmann – de slimste en hardst werkende vrouwen ter wereld. Soms hoor ik van mensen die ik helemaal niet ken dat mijn agentes wonderen verrichten; ik ben het met hen eens.

De redactrice van *Prep*, Lee Boudreaux, heeft me na het lezen van enkele stukken van dit boek in een eerder stadium scherpzinnige, nuttige adviezen gegeven; ook al werken we niet meer samen, door haar is het een beter boek geworden.

Ook een aantal bevriende auteurs heeft mijn materiaal kritisch gelezen, en ik bedank vooral degenen die het geduld hebben opgebracht het meerdere keren te lezen en er toch nog iets zinnigs over konden zeggen: Jim Donnelly, Elisabeth Eaves, Emily Miller, Sam Park en Shauna Seliy.

Mijn ouders, Paul en Betsy Sittenfeld, en mijn broer en zussen, Tiernan, Josephine en P.G., zijn veel warmere, gekkere en grappiger personages dan ik ooit kan verzinnen. En het feit dat ze een romanschrijver in de familie hebben, vatten ze heel goed op.

Ten slotte bedank ik mijn vriend, Matt Carlson, die mijn website heeft ontworpen en ook bijhoudt; die voor me heeft uitgezocht hoe het in 1998 toeging op Tufts University en wat de recordtijden zijn van zwemmer Mark Spitz; die me troost als het tegenzit; die samen met me geniet als het meezit; en die natuurlijk een droom van een man is.

Openbare Bibliotheek
SPB
Spaarndammerstraat 490
1013 SZ Amsterdam
Tel.: 020 - 682.70.26
Fax: 020 - 681.63.43